KB271532

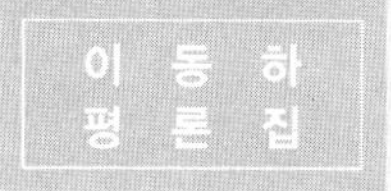

한국소설 속의 신앙과 이성

한국소설 속의 신앙과 이성

이 동 하

도서출판 역락

책머리에

　그동안 문학 연구와 비평에 종사해 오면서 내가 가장 크게 관심을 기울인 것은 종교적 신앙의 정신이 우리 소설 속에 어떤 양상으로 구현되고 있는가 하는 문제였다. 이 문제만큼 지속적으로 나를 매혹한 것은 없었다. 그리고 이 문제와 씨름하는 일만큼 나를 행복한 몰입으로 이끌어 간 것도 없었다. 늘 그러한 마음의 상태 속에서 살아오다 보니, 이 문제와 관련하여 나는 어느덧 꽤 많은 분량의 글을 쓰게 되었다. 그 중 가장 최근에 씌어진 글들이 이 책에 수록되어 있다. 그러나 이 책에 수록된 글들이 위의 문제와 관련된 내 탐구 행로의 종착점을 보여주는 것은 아니다. 아직도 나에게는 이 문제와 관련하여 더 읽어야 할 것, 더 생각해야 할 것, 더 말하고 싶은 것이 적지 않게 남아 있다.

　그런 한편으로, 나는 언제나 명석하고 균형 잡힌 이성의 사도이기를 소망해 왔다. 이러한 나의 소망은 글쓰기의 주제가 신앙의 문제와 관련된 것일 때에든, 또 다른 어떤 문제와 관련된 것일 때에든, 일관되게 내 마음 속에 자리잡고 나를 지배했다. 그것이 나의 실제적인 글쓰기 속에서 제대로 관철되었는지는 알 수 없지만, 그러한 방향으로 내가 꾸준히 노력해 온 것만은 분명한 사실이다. 신앙의 문제와 관련된 글쓰기에 해당하는 이 책

제1부와 제2부의 글들에서나, 신앙 이외의 문제(정치 및 이념의 문제, 역사소설의 문제, 예술가소설의 문제 등등)와 관련된 글쓰기에 해당하는 이 책 제3부와 제4부의 글들에서나, 독자들은 이러한 노력의 자취를 공통적으로 찾아볼 수 있을 것이다.

오래 전, 1989년에 『물음과 믿음 사이』라는 제목의 평론집을 냈던 적이 있다. <물음과 믿음 사이의 긴장>이라는 말로 나 자신을 요약할 수 있다는 생각에서 붙였던 제목이다. 세월이 한참 흘렀지만 그 긴장의 기본적인 성격과 강도는 변하지 않았다. 앞으로도 상당한 기간 동안 나는 그러한 긴장 속에서 살아야 할 것 같은 예감이 든다. 그러한 긴장이 깊이와 풍요로움을 갖춘 글쓰기로 이어질 수 있기를 바랄 따름이다.

2007년 4월

이 동 하

차 례

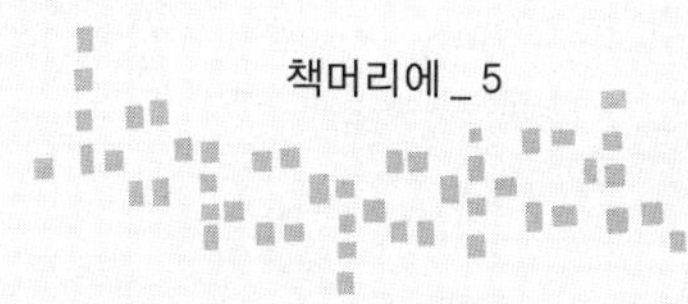

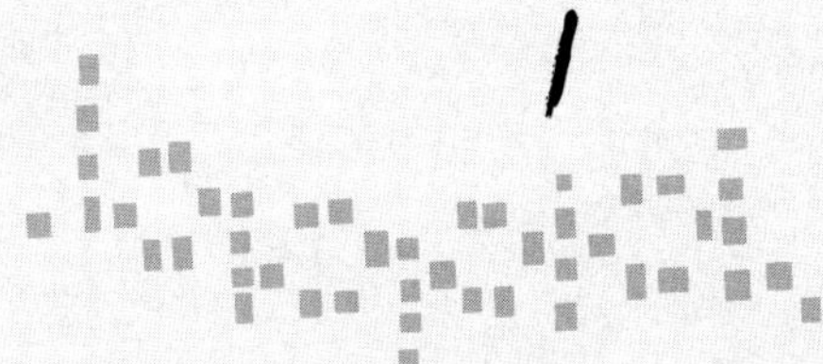

서기원의 『조선백자마리아상』에 대하여

1. 『조선백자마리아상』이라는 소설

서기원의 장편소설 『조선백자마리아상』은 1971년 7월부터 19회에 걸쳐 『이조백자마리아상』이라는 제목으로 『현대문학』에 연재되다가 중단된 후 1979년에 단행본으로 출간되면서 완성을 본 작품이다.[1]

일찍이 1956년에 등단한 서기원은 그 창작활동의 초기에는 6·25의 현장을 밀도 있게 다룬 작품과 이른바 전후세대의 문제에 초점을 맞춘 작품들을 집중적으로 선보인 바 있었다. 그러던 그는 대략 1960년대 중반으로 넘어오면서부터 작품세계의 확대를 위한 방안을 다각도로 모색하기 시작한다. 그러한 모색의 과정에서 특히 큰 비중을 차지한 것이 바로 역사소설을 쓰는 작업이었다. 『조선백자마리아상』도 따지고 보면 이러한 작업의 일환으로 태어난 셈이다.

---

1) 서기원, 「후기」, 『조선백자마리아상』(한진출판사, 1979), p.339.

2. 서기원의 초기 문학세계와 역사소설들

『조선백자마리아상』을 포함한 서기원의 여러 역사소설들을 두루 관찰해 보면, 그가 역사소설을 쓰면서 주로 관심을 기울인 시기는 조선 후기였음을 알 수 있다. 조광조를 주인공으로 등장시킨 『왕조의 제단』(후에 『조광조』로 개제)을 제외하면, 그의 중요한 역사소설들은 모두 조선 후기를 대상으로 삼고 있는 것이다. 서기원이 역사소설을 쓰면서 이처럼 조선 후기에 특별한 관심을 기울인 것은 근대의 전사(前史)에 해당하는 이 시대에 대한 심층적 이해를 통하여 근대의 의미와 성격에 대한 통찰을 심화시키고자 하는 의도가 그의 역사소설 창작을 떠받친 원동력이었기 때문인 것으로 이해된다. 이런 점에서 보면 그의 역사소설 창작은 그의 초기 문학세계와 긴밀하게 연결되어 있는 것으로 판단된다. 그의 초기 문학세계가 집중적으로 탐구하였던 대상인 6·25 전쟁과 전후세대의 삶이라는 것은 근대라는 시대의 산물이면서 그 시대의 문제성을 집약적으로 압축하고 있는 존재였으며 그러한 대상을 집중적으로 탐구하는 과정에서 그는 의식적으로 근대의 의미와 성격에 대한 이해를 겨냥하고 있었던 것이 사실이기 때문이다.

서기원의 역사소설들이 그의 초기 문학세계와 긴밀하게 연결되는 존재라는 사실은 각도를 달리해서 <폭력성>의 개념을 가지고 접근해 보더라도 마찬가지로 확인된다. 『왕조의 제단』을 포함한 서기원의 모든 역사소설들은 자기주장을 일방적으로 관철시키고자 하는 정치권력의 폭력성과 그것에 의해 유발되는 다양한 문제들에 대하여 깊은 관심을 보이고 있거니와, 그의 초기 문학세계가 6·25 전쟁이나 전후세대의 삶을 다루면서 특별히 중요하게 취급하였던 문제가 다름 아닌 <정치의 연장으로

서의 전쟁>과 거기에 동반되는 폭력성의 문제였다는 사실을 상기하면, 서기원의 역사소설들이 그의 초기 문학세계와 얼마나 긴밀하게 연결되는 가를 인상적으로 깨닫게 되지 않을 수가 없는 것이다.

이러한 서기원의 역사소설들은, 지금까지 언급된 사항들만 가지고도 충분히 짐작할 수 있는 바와 같이, 주로 지적인 탐구의 기록에 해당하는 면모를 지니고 있다. 우리나라의 다른 역사소설 작가들이 곧잘 보여준 요소들이 풍속의 생생한 재현이라든가 한국적인 정조(情調)의 확인이라든 가 특정 이데올로기의 강조라든가 하는 것들이었음을 상기하면, 이 점에 서 서기원의 역사소설들은 우리 역사소설의 전체적인 지형도 속에서도 상당히 독특한 영역을 차지한 것으로 볼 수 있다. 하긴 서기원의 문학세 계는 초기에서부터 일관되게 지적인 긴장미의 조성을 중요한 특징으로 하는 것이었다. 그리고 보면 이 점에서도 서기원의 역사소설들은 그의 초기 문학세계를 그대로 연장한 자리에 놓이는 것으로 규정될 수가 있을 것이다.

3. 서기원 역사소설의 전반적 성격을 공유한 작품

지금까지 서기원의 역사소설들 전반을 대상으로 하여 그 중요한 특징 들을 논의해 보았거니와, 조선 후기에 전개되었던 천주교 박해 사태에서 소재를 구해 오고 있는 『조선백자마리아상』은 이러한 서기원 역사소설의 전반적인 성격을 고스란히 공유하고 있는 작품이다. 그 점은, 서기원의 역사소설들에서 두루 발견되는 면모로 이미 위에서 언급되었던 내용들을 상기하면서 그것과 이 작품의 소재가 된 <천주교 박해 사태>라는 것을 나란히 놓아 보기만 해도, 어렵지 않게 확인될 수 있다.

우선, 천주교의 조선 유입과 그에 따른 갈등(즉 박해 사태)이라는 역사적 사실은 한국 근대의 전사에 해당하는 조선 후기의 특징적인 면모를 전형적으로 보여주는 여러 사건들 가운데서도 특별히 중요한 것의 하나이며, 한국 근대의 의미와 성격에 대한 이해를 기하고자 하는 사람에게 각별히 유익한 시사를 던져주는 것이기도 하다.

그런가 하면, 방금 위에서 <갈등>이라고 표현하였던 사태의 구체적인 내포를 이루고 있는 것은 한 마디로 말해 탄압과 순교의 드라마인데, 이러한 탄압과 순교의 드라마는, 자기주장을 일방적으로 관철시키고자 하는 정치권력의 폭력성과 그 폭력성 앞에 내던져진 인간들의 다양한 반응양식을 극적으로 보여주는 사례에 해당한다.

바로 이 두 가지 점으로 볼 때『조선백자마리아상』은 그 소재 자체에서 이미 서기원 역사소설 일반의 성격을 고스란히 공유하는 것이 될 수밖에 없었음을 알 수 있거니와, 실제로 이 작품을 읽어 보면, 위에서 서기원 역사소설의 세 번째 특징으로 지적되었던 것, 즉 지적인 탐구의 성격이 강하다는 점 역시 이 작품에도 고스란히 적용되는 사항임을 확인할 수 있다.

4. 반드시 짚어 두고 넘어가야 할 사실

그런데 서기원의『조선백자마리아상』에 대한 이야기를 더 진전시키기 전에, <조선 후기에 이 땅에서 벌어졌던 천주교 박해 사태>라는 것의 근본적인 성격과 관련하여, 반드시 짚어 두고 넘어가야 할 사실이 있는 것으로 여겨진다. 그것은, 당시의 박해 사태를 두고, 박해를 가한 자와 박해를 당한 자 사이의 대립관계를 선인과 악인 사이의 대립관계라든지 폭력주의자와 평화주의자 사이의 대립관계라든지 하는 식으로 규정해서는 안 된다는 사실이다. 박해를 가한 유교주의자들이 반드시 악인들이었던 것도 아니고, 폭력주의자였던 것도 아니다. 마찬가지로, 박해를 당한 천주교도들이 반드시 선인들이었던 것도 아니고, 평화주의자였던 것도 아니다. 이 점을 망각하면, 그 사태 전체에 대한 이해가 완전히 그릇된 방향으로 가고 말게 된다.

사실 말이지, 유교와 천주교 사이의 만남이라는 것이 반드시 그처럼 처참한 유혈 사태를 동반해야 할 필연적 이유는 전혀 없었다. 그럼에도 불구하고 실제의 역사 전개가 그런 방식으로 이루어지게 된 데에는 천주교 쪽의 책임이 훨씬 더 크다.[2]

그런가 하면, 조선 후기 우리나라의 경우와 달리 천주교쪽이 정치적인 권력을 장악하고 있었던 세계사 속의 수많은 시대, 수많은 지역들에서 그 종교의 신봉자들이 다른 종교의 신봉자들을 도대체 어떤 식으로 대하였던가 하는 점을 기억할 필요도 있다. 그들이 십자군을 조직하여 예루살렘을 점령할 때는 어떠했던가? 알비주아파를 쓸어버릴 때는 어떠했던가? 후스를 처형할 때는 어떠했던가? 성 바르톨로메오의 대학살로 알려진 위그노 대학살 사건에서는 어떠했던가? 남아메리카 대륙에서는 어떠했던가? 아프리카에서는 어떠했던가?

5. 정조 시대를 배경으로 선택한 이유

이쯤에서 다시 이야기를 되돌려, 원래의 논의를 계속하기로 하자.

조선 후기의 역사에 대한 기록들을 살펴보면, 『조선백자마리아상』에서 문제의 핵심을 이루고 있는 것, 즉 <천주교 박해 사태>라는 것은, 순

---

2) 좀더 구체적으로 말하자면, 그 시대 로마 교황청의 독선적이고 무모한 정책이야말로 이 모든 비극적 사태를 만들어낸 결정적 원인이었다. 도날드 베이커의 『조선후기 유교와 천주교의 대립』(김세윤 역, 일조각, 1997) 참조.

조 시대에 한 번, 그리고 대원군 시대에 또 한 번, 절정에 도달한 바 있음이 확인된다. 이 두 차례의 절정기에 권력자들의 탄압은 극대치를 보여주었고, 거기에 맞선 교인들의 순교 역시 최대치를 보여주었던 것이다.

이러한 사실을 상기할 때 흥미롭게 생각되는 것은, 서기원이 모처럼 천주교 박해 사태에서 소재를 구한 작품의 창작에로 나아가면서, 그처럼 천주교에 대한 권력자들의 탄압과 거기에 맞선 교인들의 순교가 모두 절정에 도달하였던 시기를 피하고, 천주교가 조선에 유입된 초기에 해당하는 시기이면서 탄압의 강도나 순교의 강도나 모두 상대적으로 약하였던 시기이기도 했던 정조 시대를 배경으로 선택하였다는 점이다.

서기원의 이러한 선택은, 다분히 의도적이었던 것으로 생각된다. 탄압이나 순교가 모두 극렬한 절정기에 도달하였던 시점을 다루게 되면, 그 사태의 압도적인 비극성이 전면에 부각될 수밖에 없을 터이다. 그렇게 될 경우, 작품은 거의 자동적으로, 강렬한 비극미를 창출하는 방향으로 나아가게 될 가능성이 크다. 서기원은 이렇게 되는 것을 피하고 싶었던 게 아닐까? 소설을 지적인 탐구의 기록으로 만들고자 하는 지향성을 지닌 서기원에게 있어서, 강렬한 비극미로 뒤덮인 세계라는 것은, 많은 일반 독자들로부터 환영을 받을 수 있는 것일지도 모르지만, 그 자신의 내적인 지향성을 제대로 살릴 수 있는 것은 아니었으리라. 그러했기에 그는 극렬한 절정기를 다루는 것을 피하고, 탄압의 강도나 순교의 강도나 모두 상대적으로 약하였던 시기, 그러면서 문제가 발생한 초기에 해당하기에 좀더 미묘하고 불안정하고 섬세한 혼란과 갈등이 주조를 이루었던 시기를 작품의 배경으로 선택한 것이었다고 짐작된다.

실제로 『조선백자마리아상』을 읽어 보면, 이처럼 미묘하고 불안정하고 섬세한 혼란과 갈등의 분위기에 작가 자신이 각별히 유념하고 있음을 금방 확인하게 된다. 그는 정조 치세 당시에 천주교와 관련을 맺었던 역사상의 실제 인물들을 작품 속에 여럿 등장시키고 있는데, 그러한 실제 인물들 가운데에서는, 그들 중 특히 미묘하고 불안정하고 섬세한 혼란과 갈등의 양상을 누구보다 강하게 드러내었던 두 인물, 이가환과 정약용에게 유난히 커다란 비중을 부여하고 자세하게 다루는 모습을 보여주고 있는 것이다.

6. 신분차와 개인차

『조선백자마리아상』이 이가환이라든가 정약용과 같은 인물들에게 큰 비중을 부여하고 있다는 이야기는, 이 소설이 천주교 박해 사태로부터 소재를 구해 오면서 특히 이가환·정약용 같은 양반층 지식인에게 관심을 집중시키고 있다는 것을 뜻하는가? 그렇지는 않다. 서기원은 이 작품을 전개하면서 양반층 지식인들에게도 관심을 보내고 있지만, 그 이상으로, 평민층에 대해서 적극적인 관심을 쏟고 있다. 그런가 하면 중인층에 대해서도 역시 적지 않은 관심을 표시하고 있다.

이처럼 그 당시의 조선 사회를 구성하고 있었던 다양한 신분층의 사람들을 골고루 등장시켜 균형 있게 다루면서 서기원은 동일한 천주교의 신앙을 가진 사람들 사이에서도 신분의 차이에 따라 서로 다른 행동 양상이 나타나는 모습을 인상적으로 보여준다. 이처럼 신분에 따른 행동 양상의 차이라는 일반론적 현상에서 신앙의 영역도 결코 예외가 되지 않는다는 사실을 선명하게 드러냄으로써 서기원은 그 자신이 역사를 보는 시각에 있어서나 종교를 보는 시각에 있어서나 단순성의 한계로부터 멀찍이 벗어난 통찰력을 지닌 작가라는 사실을 입증해 보이고 있다.

물론, 만약에 신분이 동일한 사람들끼리라면 신앙인으로서의 행동 양상에 있어서도 늘 동일한 면모를 보여줄 것이라고 생각한다면 그것 또한 지나치게 단순한 생각일 터이다. 실제로 서기원도 그렇게 생각하고 있지는 않다. 예를 들면 동일한 중인의 신분을 가지고 있는 두 명의 신앙인, 최역관과 이역관 두 사람을 등장시켜 묘사하면서 서기원은 그 양자의 행동 양상이 뚜렷한 대조를 보이는 것으로 그리고 있다. 이런 식으로 동일한 신분의 소유자가 상이한 행동 양상을 보여주는 모습은 양반층에서도, 평민층에서도 마찬가지로 발견된다. 결국 궁극적으로 중요한 것은 개인차인 것이다.

7. 양반층 천주교인과 평민층 천주교인

하지만 이런 사실에도 불구하고, 신분에 따른 차이의 경계선이 엄연히 존재하는 것은 역시 부정할 수 없다. 무엇보다도 양반층의 경우에 그 점이 두드러진다. 예를 들면, 천주교 신앙을 분명히 가지고 있으면서도 남의 시선을 의식한 나머지 당시의 천주교에서 교리상 금지되고 있던 조상 제사를 여전히 지내는 사람들은 주로 양반층으로 한정된다. 순교자가 제일 적게 나오는 것도 양반층이다. 조선의 체제로부터 받는 혜택이 제일 많고, 생각이 제일 복잡하고, 행동력이 제일 떨어지는 상류층의 특징적 면모이다. 이러한 특징적 면모를 중인층이나 평민층의 신앙인들도 안다. 알기 때문에 말은 못하면서도 은연중 날카로운 비판적 시선을 보내게 된다. 그뿐만 아니라 양반층의 신앙인들 가운데에도 이런 점을 스스로 의식하는 사람들이 있다. 그들은 이런 점을 스스로 의식하고, 갈등을 느낀다. 수치심을 느끼기도 한다. 그러면서도 좀처럼 적극적인 자기변혁을 성취하지는 못한다. 소설의 본문을 보면, 위에서 언급된 이가환의 경우와 정약용의 경우가 이런 점을 특히 뚜렷하게 보여준다. 그 자연스러운 결과로, 이러한 인물들을 묘사하는 대목에서, 서기원 소설다운 지적

긴장미가 제일 팽팽하게 살아난다.

물론 양반층의 신앙인들이라고 해서 누구나 이가환이나 정약용과 같은 유형의 행동 양상만을 보여주는 것은 아니다. 앞에서 말한 <개인차>의 현상은 양반층에게서도 예외 없이 나타난다. 이 작품 속에서 가장 큰 비중을 차지하고 있는 평민층의 경우도 역시 마찬가지이다.

『조선백자마리아상』에 나오는 평민층 천주교인들의 행동 양상은 크게 세 가지로 나뉜다.

첫째, 일심으로 신앙을 지켜 흔들리지 않으며 끝내 순교로 자신의 신앙을 입증하는 은돌과 같은 유형이 있다. 이는 쉽게 그 성격을 규정할 수 있는 유형이다.

둘째, 한때 천주교의 신앙에 몰입하였으나 박해의 상황에 직면하여 고민하다가 결국 신앙을 버리는 변수라든가 칠보와 같은 유형이 있다. 이러한 유형 역시 그 성격을 규정하는 데 어려움을 느끼게 하지 않는다.

아마도 실제로 우리가 당대의 현실에서 확인할 수 있었던 평민층 천주교인의 행동 양상은 대부분 이 두 가지 유형 가운데 하나에 소속되는 것이었을 터이다. 현실의 세계에서라면 이 두 가지 유형을 상정하는 것으로 족할지도 모른다.

그러나 탁월한 소설가인 서기원은 『조선백자마리아상』이라는 작품을 쓰면서 위의 두 가지 유형 가운데 어느 편에도 속하지 않는 김신봉이라는 인물을 창조해 내고 그에게 이 작품의 주인공이라는 지위를 부여하였다. 김신봉은 내적으로는 은돌과 마찬가지로 투철한 신앙인의 면모를 지니고 있는 인물이지만, 외적으로는 본의 아니게 배교자의 낙인을 받고 변수나 칠보와 같은 부류로 분류되는 바람에 순교자가 되기를 자청해도 관헌으로부터 거절당하는 인물이다. 주인공을 이처럼 독특한 처지의 인물로 설정하면서 서기원은, 그러한 인물의 창조를 통하여, 한 가지 중요한 신학적 질문을 제기하고 있다. 그것은 바로 <신의 침묵>에 대한 질문이다. 이처럼 김신봉을 통해 작가가 제기하고 있는 <신의 침묵>에 대한 질문 덕분에 이 작품은 일종의 형이상학적 차원까지를 구비하게 된다.

그러나 여기서 우리가 한 가지 주의하여야 할 사실이 있다. 이 소설 속의 경우처럼 천주교가 박해를 당하는 자리에서 제기되는 <신의 침묵>에 대한 질문이라는 것은, 천주교가 거꾸로 잔인한 박해를 가하는 위치에 섰던 세계사 속의 수많은 시대, 수많은 지역들의 사연에 대한 명료한 인식과 진지한 고찰을 소홀히 하지 않는 자리에서 제기되어야만 얼마만큼이라도 의미를 가질 수 있다는 사실이 바로 그것이다.

한무숙의 『만남』에 나타난 선/악 이분론의 문제점

1. 정약용과 천주교

조선 후기의 위대한 사상가이자 학자이며 정치가였던 다산 정약용 (1762~1836). 그가 처음으로 천주교의 존재와 접하게 된 것은 1784년 음력 4월 15일, 마재에서 서울로 향하는 배 안에서였다. 고향 마재로 가서 형수(맏형 정약현의 부인)의 제사에 참례하고 서울로 돌아오는 길에 그는 그의 둘째형 정약전 및 죽은 형수의 동생 이벽과 같은 배를 타게 되었는데, 바로 그 배 위에서 그는 이벽으로부터 천주교에 대한 이야기를 듣게 되었던 것이다. 이미 독실한 천주교 신앙으로 무장하고 있던 이벽의 열렬한 담론은 정약전·정약용 형제의 마음을 끌어당기고도 남는 바가 있었다. 이후 정약용은 둘째형과 함께 이벽으로부터 천주교 서적들을 빌려서 탐독하는 한편, 교인들의 집회에도 참석하게 된다. 1785년 여름 역관 김범우의 집에서 한 무리의 천주교인들이 비밀 집회를 가졌다가 발각되어 심문을 당하고 급기야 김범우가 고문의 상처로 말미암아 사망에까지 이르는 사건이 일어나는데, 정약전·정약용 형제도 바로 그 집회의 자리에 있었다. 그런가 하면 정약용의 셋째형인 정약종도 차츰 천주교에 마음을 기울이기 시작하더니 나중에 가서는 정약전이나 정약용보다 훨씬 더 열렬한 신자가 되기에 이른다. 1801년, 천주교에 대한 피비린내 나는 일대 박해 사건이 일어났을 때, 정약전과 정약용은 자신들이 천주교 신자가 아니라고 진술함으로써 사형을 모면하고 귀양길에 오르게 되지만, 정약종은 자신이 독실한 신자임을 다시 한번 분명한 어조로 선언하고 의연한 자세로 죽음의 길을 찾아 나아가는 것이다.

그런데 사실 정약용은 1797년에 동부승지 벼슬을 사양하며 올린 긴 상소문에서 이미 자신은 천주교 신앙을 버린 지 오래라는 점을 명확히 한 바 있었다. 그 글에 따르면 그는 천주교에서 제사를 금지한다는 사실을 알고 나서부터 천주교를 <미워하기를 원수같이 하고 성토하기를 흉악한 역적같이> 하게 되었으며, <옛날에 일찍이 흠모한 것을 돌이켜 생각하니, 허황하고 괴이하며 망령되지 않은 것이 하나도 없>음을 깨달았다는 것이다.[1] 이미 1797년에 이러한 자신의 사상 전환을 명확히 밝혔음에도 불구하고 1801년에 이르러 새삼 천주교 신앙과 관련된 죄목으로 체포되어 고문을 당하고 장장 18년에 걸친 유배생활까지 하게 되었으니 천주교라는 것은 정약용에게 있어 참으로 불행한 인연으로 맺어진 존재였다고 할 만하다.

2. 정하상과 천주교

정하상(1795~1839)은 바로 이런 정약용의 조카들 가운데 한 사람이다.

---

1) 박석무, 『다산 정약용 유배지에서 만나다』(한길사, 2003), pp.249~250에서 재인용.

구체적으로 말하자면 1801년의 대박해 때에 순교한 정약종의 둘째아들이 바로 정하상이다. 정하상의 형 정철상은 그 당시 아버지와 함께 순교하였으나 만 6세밖에 되지 않았던 정하상은 어머니와 함께 살아남았다. 그 후 온갖 고난을 겪으며 성장한 정하상은 아버지와 마찬가지로 독실한 천주교 신자가 된다. 1801년 이후에도 계속된 박해로 말미암아 극도로 위축된 조선의 천주교회를 다시 일으키는 것이 자신의 사명이라고 생각한 정하상은 그 사명을 실천에 옮기기 위하여 북경을 전후 아홉 차례나 왕래하며 맹활약을 전개한다. 그의 노력 덕분에 1831년에는 조선 교구가 독립된다. 또 1835년부터 1837년까지에 걸쳐 모방 신부, 샤스탕 신부, 앵베르 주교 등이 연이어 입국한다. 이런 정하상은 1839년에 체포되자, 아버지와 같이 의연한 모습을 견지하면서 순교한다. 그가 체포당하기 직전, 천주교 박해의 부당성을 정부 당국에 호소하기 위하여 쓴 「상재상서(上宰相書)」는 19세기 한국 천주교의 정신을 대표하는 매우 중요한 문헌의 하나로 알려져 있다. 그는 1925년 로마 교황청으로부터 복자(福者)로 인정되며, 다시 1984년에는 성자의 반열에 오르게 된다.

3. 한무숙의 장편소설 『만남』

한국 천주교의 역사를 생각할 때 결코 잊을 수 없는 이 두 사람을 공동의 주인공으로 삼은 소설이 1986년에 출간된다. 그 자신 천주교 신자인 한무숙이 두 권 분량의 장편으로 내놓은 『만남』이 바로 그 작품이다. 이 소설은 1811년, 만 16세의 소년으로 성장한 정하상이 숙부 정약용을 유배지로 찾아가 처음 만나는 장면에서 시작하여, 그때 이후 두 사람이 모두 죽음을 맞이하는 시기까지 살아간 행적을 담아내고 있다.

그런데, 정약용과 정하상이 모두 그들 나름대로 극적인 생애를 살다

간 사람들이기는 하지만, 그 두 사람의 생애를 정공법으로 다루기만 해서야, 소설로서는 너무 단순한 구조를 지닌 작품으로 그치고 말 위험이 크다. 한무숙은 이러한 위험을 극복하기 위하여 한 천주교 신자 가족의 이야기를 소설 속에 집어넣으면서 그것이 꽤 큰 비중을 차지하도록 만들어 놓고 있다.

대략 이상과 같은 면모를 가지고 있는 『만남』은 한무숙의 작품들이 일반적으로 그러하듯이 단아한 기품으로 빛을 발하고 있다. 세련된 문체, 19세기 조선의 풍속에 대한 풍부한 이해, 인간을 깊은 애정으로 바라보는 따뜻한 시선 등등은 누구라도 금방 인정할 수 있는 이 작품의 덕목들이다.

하지만 각도를 달리해서 검토해 보면 이 작품은 상당히 심각한 몇 가지 문제점들을 안고 있다. 그 문제점들 가운데 일부에 대해서는 이미 조남현이 설득력 있는 비판을 가한 바 있다.[2] 여기에서는 조남현에 의하여 다루어지지 않은 문제점들 가운데 한 가지를 짚어 보기로 한다. 그 문제점은, 미리 구체적으로 말해 두자면, 작가가 천주교 박해의 사실과 관련하여 지나치게 소박한 도식적 선/악 이분론에 함몰되고 있다는 문제점이다.

4. 선/악 이분론의 한계

18세기 말에서 19세기에까지 걸쳐 조선 정부에 의해서 행해진 천주교 탄압은 대략 네 가지 이유에 근거를 둔 것이었다. 그 첫째는 실제적인 <윤리>에 최우선 순위를 두는 전통적 유교 이데올로기에 투철한 사람들의 시각으로 볼 때 추상적인 <진리>를 절대시하는 천주교의 이데올로기

---

2) 조남현, 「한무숙 소설의 갈래와 항심」, 『한국현대문학연구』, 12(한국현대문학회, 2002), pp.441~446 참조.

는 도저히 수긍할 수 없는 존재였다는 점이다.3) 그 둘째는—이것이 가장 결정적인 이유였거니와—1715년 클레멘스 11세에 의하여 확정되고 1742년 베네딕토 14세에 의하여 재확인된 후 19세기 내내 줄곧 변함없이 유지된 로마 교황청의 <유교식 제사 금지 원칙>이 어떤 유교 국가의 집권자들로부터나 어차피 강경한 반발을 불러올 수밖에 없었다는 점이다.4) 그 셋째는 18세기 말부터 여러 천주교 신자들에 의하여 끈질기게 추진되어 온 <서양 선박 영입 계획>이 조선 정부의 입장에서는 외국의 조선 침략에 대한 요청이라는, 절대로 용서할 수 없는 매국 행위로 인식되었다는 점이다. 그리고 당쟁의 일환이라는 정치적 측면을 마지막 네 번째의 이유로 들 수 있지만 이것은 그렇게 중요한 요소가 아니다.

이렇게 본다면, 천주교 신자들과 그들을 박해한 당국자들 사이의 대립은, 간단한 선/악 이분법으로 재단될 수 있는 성질의 것이 아니다.『만남』을 보면, 한무숙 역시 이 점을 전적으로 몰각하고 있지는 않다.

그렇기는 하지만,『만남』의 전편을 통하여 한무숙이 보여주고 있는 태도를 자세하게 살펴보면, 천주교 박해 사태가 간단한 선/악 이분법으로 재단될 수 없는 성질의 것이라는 사실을 분명 근본적으로 몰각하고 있지는 않되, 실제의 세부적인 서술에 있어서는 자꾸만 소박한 선/악 이분론에로 기울어지는 모습을 드러내고 있음이 발견된다. 이를테면 그는 일반론적인 설명을 제시하는 자리에서는 <이기경이나 홍낙안이 아니더라도 삼강오륜에 절대적인 가치관을 두고 있던 유학사회에 천주교는 너무나

---

3) 유교와 천주교의 대립을 <윤리제일주의>와 <진리제일주의>의 대립으로 파악할 수 있다는 점은 도날드 베이커의『조선후기 유교와 천주교의 대립』(김세윤 역, 일조각, 1997)에 자세하게 설명되어 있다. 이 책에 나타나 있는 베이커의 견해는 상당히 높은 설득력을 지니는 것으로 판단된다.

4) 최기복,「한국 전통 문화와 천주교회의 충돌」, 김종수 외,『한국 천주교회사의 성찰과 전망』(한국천주교중앙협의회, 2000), pp.63~74 참조.

이질적인 것이었다>5)라는 식으로 선/악 이분법과 관계없는 객관적 언급을 보여주기도 하지만, 구체적인 박해와 수난의 현장을 다루는 자리에서는, 천주교인은 무조건 선인으로, 박해자는 무조건 악인으로 묘사하는 도식적 이분법에로 자기도 모르게 기울어지는 모습을 부단히 노정하는 것이다. 이러한 모습이 가장 인상적으로 부각되는 것은 『만남』이라는 소설 전체의 마지막을 장식하는 문단의 다음과 같은 첫 대목이다.

> 박해자의 이름이 역사의 한 장을 때묻히고 있을 때 성인의 거룩한 이름은 많은 신자들의 기구중에 전구자(轉求者)로 추앙과 존경과 함께 불려지고 있다.6)

위의 문장을 보면, 천주교를 박해한 사람은 <역사의 한 장을 때묻히>기나 하는 자인 반면, 천주교의 신앙을 지켜 순교한 사람은 <거룩한 이름>으로 추앙과 존경을 받아 마땅한 사람인 것으로 이야기되고 있다. 이러한 표현 속에서 우리가 쉽게 읽어낼 수 있는 한무숙의 생각은, <전자가 분명한 악인인 것과 대조적으로, 후자는 선인 중에서도 최고의 경지에 오른 사람이다>라는 것이다. 하지만 이것은 소박하고 일방적이며 도식적인 선/악 이분론의 함정에 그가 빠져 있음을 보여주는 증거에 지나지 않는다. 이런 식의 선/악 이분론은 그 어떤 객관적 근거에 의해서도 뒷받침되지 못하고 있다.

그런가 하면 일반론적인 설명을 제시하는 자리에서도 한무숙은 역시 객관적 자세를 반드시 충실하게 견지하지는 못하고 있다. 자꾸만 근거가 박약한 선/악 이분법으로 기울어지곤 하는 모습을 보여주는 것이다. 한

---

5) 한무숙, 『만남 · 상』(정음사, 1986), p.45.
6) 『만남 · 하』, pp.228~229.

예로, <마치 신유년(1801)에 당시의 어린 왕 순조를 수렴청정으로 보필하던 정순왕후가 시파를 섬멸하는 수단으로 천주교 박해의 대옥사를 일으켰듯이 기해교난 역시 세도 다툼에 말미암은 희생이었던 것이다>7)라는 문장을 보자. 이 문장은 분명 <일반론적인 설명>에 해당하는 것이지만, 이 대목에서 우리 독자들은 도식적이고 근거 없는 선/악 이분론이 개입하여 객관적인 통찰을 방해하고 있다는 느낌을 받지 않을 수가 없다. 여기에서 작가는 요컨대 <박해자들은 권력이라는 것 단 한 가지를 위해서는 무고한 사람들을 다수 희생시키는 일도 서슴지 않는 유형의 인간들이다>라는 주장을 펴고 있는 셈인데, 이는 곧 <박해자들=악인들>이라는 간단한 등식을 진리로 믿어 의심하지 않는 태도이다. 이러한 태도는 문제의 복합적인 진실을 있는 그대로, 균형 잡힌 안목으로 바라보는 성숙한 자세와는 상당히 거리가 먼 것이다.

5. 로마 교황청은 왜 조선의 순교자들에게 사과해야 하는가?

『만남』을 이야기하면서 기왕 조선 정부에 의해 행해졌던 천주교 탄압의 문제를 언급하게 된 김에, 이 문제에 대한 좀더 본격적인 검토를 시도해 보는 것도 의미가 있을 듯하다.

앞에서 나는, 18세기 말에서 19세기까지에 걸쳐 조선 정부에 의해서 행해진 천주교 탄압은 대략 네 가지 이유에 근거를 둔 것이었음을 말하고, 그 네 가지 이유 가운데서도 가장 결정적이었던 것은 18세기에 로마 교황청에 의하여 확정된 후 19세기 내내 일관되게 고수되었던 천주교의 유교식 제사 금지 원칙이었다는 사실을 아울러 지적한 바 있다. 이제부

---

7) 위의 책, pp.223~224.

터 그 점을 조금 더 상세하게 설명해 보기로 한다.

앞에서 내가 든 천주교 탄압의 첫 번째 이유는, 일찍이 도날드 베이커가 지적하였던 바와 마찬가지로, 실제적인 <윤리>를 무엇보다 강조하는 유교의 입장에서 볼 때 추상적인 <진리>를 절대시하는 천주교의 입장은 도저히 수긍할 수 없는 것이었다는 점이다. 하지만 이 첫 번째 사유는, 그것 자체로서는, 조선 정부로 하여금 천주교 탄압의 결정을 내리게 만든 <결정적> 이유가 될 수 있는 것이 결코 아니었다. 유교는 다름 아닌 <윤리>를 무엇보다 강조하는 이데올로기이기 때문에, <이단 박멸 운동> 같은 것에 좀처럼 나서지 않는다. 그런 일에 나서야 할 필요를 느끼지 않는 것이다. 실제로 유교 이데올로기를 신봉한 조선의 권력자들은 불교에 대해서도, 또 무교(巫敎)에 대해서도 결코 수긍하지 않았지만, 그렇다고 해서 불교나 무교의 신앙을 가진 사람들을 박멸해야 한다는 생각은 단 한 번도 가진 적이 없었다. 차별은 했으되, 처형대로 끌고 가지는 않았던 것이다. 수긍이 가지 않는 사상을 가진 사람들이라 해서 박멸해야 한다는 투의 사고는 유교와는 전혀 무연한 것이다. 그런 투의 사고에 친숙한 것은 오히려 천주교 쪽이다. 천주교인들은, 다름 아닌 추상적인 <진리>를 절대시하는 이데올로기의 신봉자들이기 때문에, 그들이 생각하는 진리에 어긋나는 생각을 가지고 있는 사람들이 존재한다는 사실을 마음 깊은 곳에서 용납하지 못한다. 천주교가 권력을 잡았던 지역과 시기의 역사를 펼쳐 보라. 피비린내 나는 <이단 박멸 운동>의 기록이 무수하게 널려 있는 것을 보고, 어느 누구라도 강렬한 인상을 받지 아니할 도리가 없을 것이다.[8]

---

8) 간단한 예를 보이기 위해, 이 문제에 관하여 언급하고 있는 논저의 대목 두 군데를 짧게 인용해 두기로 한다 : <1252년 교황 인노첸시오 4세가 발표한 비인도적인 「박멸에 관하여(Ad Exstirpanda)」는 그러한 박해들을 명령한 문서 중 하나였다. 이 문서

그렇다면 천주교를 믿는 권력자들이나 저질렀어야 자연스러울 <타종
교 박해>라는 행위에, 유교를 신봉하던 조선의 권력자들이 <어울리지
않게도> 나아가게 된 결정적 이유는 무엇인가? 이 물음에 대한 답은, 앞
에서 내가 말한 두 번째 항목, 즉 일찍이 로마 교황청에 의하여 온 세상
의 천주교 신자들에게 시달되었던 <유교식 제사 금지 원칙>을 제외하고
는 달리 찾을 길이 없다. 바로 이 <유교식 제사 금지 원칙>이 실행에 옮
겨진 현장을 접하였을 때 조선의 권력자들은 그들이 지닌 바 모든 사상
과 제도의 근간인 <윤리제일주의>가 뿌리에서부터 모욕당하고 파괴당
하는 것을 느끼지 않을 수 없었으며, 이러한 사태 앞에서 그들은, 일찍이
불교에 대해서도, 무교에 대해서도 사용하지 않았던 <박멸 운동>의 칼
을 분연히 빼어들 수밖에 없었던 것이다.9)

　　이러한 두 번째 이유에 비하면, 앞에서 내가 들었던 세 번째 이유 즉
조선 천주교도들의 서양 선박 영입 계획과 관련된 사정은 어디까지나 후
발적·파생적인 수준의 것에 불과하다. 일단 조선 정부에 의한 천주교
박해가 시작된 후 그것에 대한 응전의 방략으로 천주교인들 사이에 제기
되었던 것이 서양 선박 영입의 논의였고, 그러한 논의가 다시 정부측으
로 하여금 박해를 전보다 더 강화하게 만드는 요인으로 작용하게 되었다

에는 이단자들을 "독 있는 뱀처럼 박살내 버리라"고 기록되어 있다. 이 문서에서는
고문 사용을 정식으로 인정했다. 세속 권력으로 이단자들을 화형시키라고 명령하였
다. 전술한 교서 「박멸에 관하여」는 그 이후 종교 재판소의 기초 문서로 전수되어
몇몇 교황들 즉 알렉산더 4세(1254~61), 클레멘스 4세(1265~68), 니콜라오 4세
(1288~92), 보니파시오 8세(1294~1303) 등이 쇄신 또는 강화시켰다>(랄프 우드로
우, 『로마 카톨릭주의의 정체』(안금영 역, 할렐루야서원, 1987), pp.195~196). <1572
년 파리에서 '성 바돌로매의 축제일'에 100,000의 위그노 교도들(개신교도)이 피의
대학살을 당하였다. 이때 프랑스왕은 많은 이단자들을 소탕한 것에 대해 정중한 감
사를 드리고자 미사를 드렸다. 교황청에서는 이 소식에 크게 기뻐했고 교황 그레고
리 13세는 장렬한 행렬로 성 루이스 교회에 감사드리러 갔다>(같은 책, p.200).
9) 도날드 베이커, 앞의 책, 제3장 「유교와 천주교의 대립」 참조.

는 것이 이 세 번째 이유와 관련된 사정의 핵심이기 때문이다.

그리고 마지막 네 번째 이유 즉 당쟁의 여파가 천주교 박해에 작용하였다는 것은 앞에서도 이미 말했듯 그렇게 중요한 이유라고 말할 수 없다. 이 점은 예를 들어서 이야기하면 납득이 쉬울 것이다. 정약용과 그 형들이 남인이었다는 것은 널리 알려진 사실이다. 하지만 천주교와의 관련을 문제삼아 그들을 가장 집요하게 공격한 이기경이나 홍낙안 역시 다른 당파가 아니라 그들과 같은 남인이었다. 또한 1801년에 천주교를 신봉한 혐의로 처형당한 사람들 가운데에는 김건순처럼 노론에 속하는 사람도 포함되어 있었다. 뿐만 아니라, 처형당한 사람들 가운데에서 무시못할 정도의 비중을 차지하고 있었던 중인이나 평민 신분의 사람들은 당파와 아무 관계가 없었다.[10]

지금까지의 정리를 종합해 보면, 앞에서 내가 제시하였던 네 가지 이유 가운데 첫 번째 것은 잠재적 원인, 두 번째 것은 결정적 원인, 세 번째 것은 후발적·파생적 원인, 네 번째 것은 부수적 원인으로 각각 그 지위를 규정할 수 있을 듯하다.

그런데, 이 중 결정적인 원인, 즉 로마 교황청에 의하여 확립되었던 <유교식 제사 금지 원칙>이라는 것을 오늘의 시점에 와서 새삼 돌이켜 보면, 자못 허망한 느낌이 드는 것을 금할 수 없다.

생각해 보라. 바로 이 <유교식 제사 금지 원칙>을 준수하느라고, 1791년, 전라도 진산의 선비 윤지충과 권상연이 온갖 고문을 받고 그들의 목숨을 처형대의 제물로 바쳤다. 그리고 그 다음에도 무수한 순교자들이 그들의 뒤를 따랐다. 로마 교황청에서 <유교식 제사는 절대 안 된다>는 명제를 절대적인 원칙으로 공표하지 않았더라면, 조선 정부의 당

---

10) 위의 책, p.333.

국자들이 그렇게 악착같이 천주교인들을 잡아다가 고문하고 처형했을 까닭이 없다. 불교 신자들이 절을 찾아가 불상 앞에서 백팔배를 하건, 무당을 따르는 사람들이 큰 돈을 들여 요란하게 굿을 하건, 처형은커녕 잡아들이지도 않았던 그들이다. 불교와 무교를 비웃고 멸시하고 차별하기는 했을지언정, 불공이나 굿을 엄금하고 승려와 무당을 체포하여 죽이는 짓 따위는 단 한 번 생각조차 하지 않았던 그들이다. 그런 그들이 천주교를 박해하는 데에 그토록 집요하였던 것은 다시 말하지만 천주교인들이 유교식 제사를 단호히 거부하고 신주를 불태우는 식의 행동으로 나온 때문이었다. 그리고 천주교인들이 그러한 행동으로 나왔던 것은 어디까지나 1715년 클레멘스 11세에 의하여 확정되고 1742년 베네딕토 14세에 의하여 재확인된 <유교식 제사 금지 원칙> 때문이었다.

그런데 따지고 보면 천주교의 유교식 제사 금지 원칙이라는 것은 영원불변하는 절대적 원칙이 아니다. 그런 것은 1715년 이전에는 없었다. 1715년 이전에는 없었기 때문에, 예컨대 16세기 말부터 17세기 초까지에 걸친 기간 동안 중국에 천주교를 전파하였던 마테오 리치(1552~1610)는 천주교와 유교식 제사 사이에 아무런 갈등을 느끼지 않는 가운데 편안한 마음으로 포교 활동을 전개하였다. 그런가 하면 리치의 설교를 듣고 천주교에 귀의한 많은 중국인들도 자신의 천주교 신앙과 유교식 제사 사이에 아무런 갈등을 느끼지 않고 살았다. 이런 상태가 1백 년이나 계속되었다. 그리고 17세기 동안에는 로마 교황청도 사실상 이런 상태를 승인해 주고 있었다.

교황 알렉산더 7세는 1656년 3월 23일 예수회의 적응주의 방침을 허락하는 훈령을 내렸다. 곧 사회적이고 국민적인 성격의 모든 의식에 참여함을 허용할 뿐 아니라 어떤 것이 사회적이고 국민적이냐를 결정하는

데도 상당한 자유를 주었다. 또한 미신적인 면이 제거된다면 죽은 자에 대한 공경의 의식을 행할 수 있을 뿐만 아니라, 자신의 신앙에 지장이 없고 또 협조를 안함으로써 타인의 적대감을 불러일으킨다면 미신적인 의식에도 도움을 줄 수 있다고 관용적인 태도를 취하였다.

더욱이 1659년 포교성성은 선교사들에게 훈령을 통해, 신앙을 전할 것이지 유럽의 관습이나 풍속을 이식하지 말며, 선교지 문화와 전통을 존중하고 비록 비난받을 만한 악한 관습을 변경시킬 때에도 자제와 침묵으로 하되 그들이 진리를 받아들일 마음의 자세를 갖는 때에 하라고 (…) 지시하였다.[11]

이처럼 유연성 있는 태도를 보여 오던 로마 교황청이, 18세기로 넘어오자 태도를 180도로 바꾸어, <유교식 제사 금지 원칙>을 제정하고, 그것을 절대적인 행동강령으로 밀어붙이게 된 것이다.

그런데 조선에 천주교가 들어온 것은 이승훈이 중국에 갔다가 천주교 신부로부터 영세를 받고 돌아온 1784년부터였다. 이 시점은 유교식 제사 금지 원칙이 확립된 지도 한참 후가 되는 셈이다. 그러했기 때문에 조선의 천주교인들은, <평화로웠던 마테오 리치 시절> 혹은 <좋았던 알렉산더 7세 시절>의 기억을 가지고 있는 중국의 천주교인들과도 또 다르게, 저 유교식 제사 금지 원칙이라는 것을 마치 태고적부터 확립되어 군림해 온 영원불변의 절대적 원칙처럼 느끼면서, 거기에 온몸을 바쳐 매달릴 수밖에 다른 가능성이 없었을 터이다.

그런데, 이 <유교식 제사 금지 원칙>이라는 것을 오늘의 시점에 와서 새삼 돌이켜 볼 때 자못 허망한 느낌이 드는 것을 금할 수 없는 까닭은, 바로 이 원칙이 20세기에 들어오자 다른 사람 아닌 로마 교황 자신에 의하여 사실상 폐기처분되었기 때문이다.

11) 최기복, 앞의 논문, p.59.

<유교식 제사는 절대 안 된다>는 원칙을 엄격하게 고수함으로써 유교를 신봉하는 조선 정부의 권력자들로부터 그토록이나 강경한 반응을 초래하고, 그처럼 수많은 조선 천주교인들의 피를 흘리게 만드는 결정적 원인을 제공한 바 있었던 로마 교황청은, 20세기에 들어오자 방향을 또 한 번 180도로 전환하여, 유연한 관용 정책으로 나아가게 되는 것이다.

우선, 1919년 베네딕토 15세에 의하여 발표된 회칙은, 로마 교황청이 약 2백 년만에 다시 관용 정책으로 방향을 선회하게 되었다는 사실을 세상에 널리 알리는 것이었다. 그리고 베네딕토 15세에 의하여 이루어진 이러한 방향 전환은 그 후계자인 비오 11세에 의하여 더욱 열정적으로 추진되었다. 비오 11세가 관용 정책을 얼마나 적극적으로 밀어붙였는가 하는 것은 1932년 일본에 의해 만들어진 만주국이 정치적 목적에 입각하여 <공자 숭배>를 만주국 국민의 의무로 규정하였을 때 만주국에 거주하는 모든 천주교인들이 그것을 수용하도록 조치한 사실에서 단적으로 드러난다. 그는 심지어 일본 제국주의자들이 그들의 통치권 아래에 있는 모든 사람들에게 신사 참배를 예외 없이 강요하였을 때, 천주교인들이 그것까지도 수용하도록 하였다.[12] 이런 것은 극단적인 예이지만, 어쨌든 20세기에 들어와서 <유연한 관용 정책>은 교황이 아무리 바뀌더라도 달라지지 않는 로마 교황청 전체 차원의 일관된 방침으로 굳어지게 되었다. 그 연장선상에서 1939년 12월 8일 마침내 비오 12세에 의하여 「중국 의례에 관한 훈령」이 공포되었다. <중국 의례를 비교적 광범위하게 허용하는 관용의 조치>를 담고 있는 훈령이었다.[13] 이로써, 2백년 이상 고집스럽게 지켜져 왔던 로마 교황청의 유교식 제사 금지 원칙은, 이제

---

12) 위의 논문, pp.80~81.
13) 김기만, 「한국 교회 과거사 반성을 위한 연구—박해 시대」, 김종수 외, 『한국 천주교회사의 성찰과 전망 2』(한국천주교중앙협의회, 2001), p.316.

실질적으로뿐 아니라 공식적으로도 철폐되기에 이르렀다.

여기에서 우리는 새삼 아픈 마음으로 생각해 보지 않을 수 없다.

만약 로마 교황청이 저 알렉산더 7세 시절의 유연한 태도를 변함없이 계속 지켜 나왔더라면, 조선 천주교의 역사는 어떤 식으로 전개되었을 것인가?

20세기에 들어와서는 신사 참배까지도 수용하도록 신자들에게 지시한 로마 교황청이, 그리고 더 나아가서는 유교식 제사 금지 원칙을 공식적으로 철폐하기에까지 이른 로마 교황청이, 그러한 관용주의자의 면모를 18세기 말이나 19세기에 보여 주었더라면, 조선 천주교의 역사는 어떤 식으로 전개되었을 것인가?

대답은 자명하다. 윤지충도, 권상연도 처형당하지 않았을 것이다. 정약종도, 이가환도 처형당하지 않았을 것이다. 정하상도 처형당하지 않았을 것이다.

그 모든 사람들은—그리고 그 밖의 수많은 순교자들은—당대 사회의 주류로부터 다소의 소외를 당하는 정도의 불이익은 겪었을지 모르나, 본인은 처형당하고 집안 전체는 풍비박산이 되는, 처절을 극한 사태는 절대로 생겨나지 않았을 것이다.

이러한 모든 사정을 종합해서 판단할 때, 나는, 로마 교황청이 조선의 순교자들을 향하여 진심으로, 정중하게 사과하는 일이 반드시 필요하다는 결론에 도달하게 된다.

로마 교황청이 베네딕토 15세 시대 이래 지금까지 스스로 시행해 오고 있는 유연한 관용 정책의 정당성에 대한 확신을 가지고 있다면, 바로 그 확신의 필연적인 귀결로서, 클레멘스 11세-베네딕토 14세의 <유교식 제사 금지 원칙>은 부당한 것이었거나, 최소한, 적절하지 못한 것이었다는 결론을 피할 수 없을 것이다. 그렇다면, 교황의 이름으로 확립된 부당한—혹은, 적어도, 적절하지 못한—원칙을 지키느라고 수많은 사람들이 갖은 고통을 겪고 처참한 죽음을 맞이하였는데, 그 당시의 원칙이 부당하거나 최소한 적절하지 못한 것이었음을 이제는 알고 인정하게 된 입장에서, 그 점에 대해 교황청의 이름으로 한 마디 사과의 말을 내놓지 않는다는 것이, 있을 수 있는 일인가?

로마 교황청은 조선의 순교자들 가운데 일부를 복자로 지정하고, 나중에는 성자의 명단에까지 넣어 주었다. 정하상이 그러한 <일부> 속에 포함되었다는 사실은 앞에서 이미 언급된 대로이다. 하지만 나로서는 그런 식의 뒤늦은 <대접>보다도 더욱 절실한 것이 진심을 다한 <사과>라고 생각하지 않을 수가 없는 것이다.

물론 로마 교황청을 상대로 하여, 과거의 교황들이 저질렀던 <부당한 (혹은, 적어도, 적절하지 못한) 원칙 정립의 과오>에 대한 <사과>를 해 달라고 요구하는 것은, 그 어떤 반향도 기대할 수 없는, 무리한 주문이 아닌가 하는 느낌이 들지 않는 바 아니다. 로마 교황청은 일찍이 비오 9세에 의하여 공포되었던 <교황은 오류를 범할 수 없다>고 하는 명제를 지금까지 고수해 오고 있는 터이다. 20세기 천주교의 지성을 대표하는 존재로 세계적인 명성을 떨쳐 온 신학자 한스 큉이 바로 이 교황무오론(敎皇無誤論)에 대해 의문을 제기하였다는 이유로 교황청으로부터 신학교수 자격을 박탈당한 것이 1979년의 일이다. 1979년이라면 요한 바오로 2세가 즉위한 다음해이다. 그리고 이때 큉에게 내려진 신학교수 자격 박탈의 처분은 그 후 결코 철회되지 않았다. 이 한 가지 사례만 보아도 교황청이 교황무오론과 관련해서 지금껏 얼마나 경직된 입장을 고수해 오고 있는가 하는 점이 생생하게 확인된다. 이런 사실을 감안하면 그들을 상대로 해서 사과 요구 따위를 운위한다는 것이 도대체 무슨 소용이 있겠는가 하는 의문이 제기되지 않을 수가 없는 것이다.

그렇기는 하지만, 또 한편으로 보면, 반드시 미리부터 <어림도 없는 일이다>라고 생각하며 낙담만 할 이유는 없는 것 같기도 하다. 지난 2000년 3월 요한 바오로 2세가 「회상과 화해, 교회의 과거 범죄」라는 회칙을 발표하여, 지난날 천주교회가 다른 여러 종교들을 박해해 온 일, 유대인을 박해해 온 일, 여성에 대해 억압적인 태도를 견지해 온 일, 인종 차별을 자행한 일 등등을 인정하고 용서를 구하였던 사실도 있는 것이다.

『만남』에서는 황사영 백서 사건을 어떤 태도로 다루고 있는가?

『만남』 속에서 한무숙은 유명한 황사영 백서(帛書) 사건과 관련하여 다음과 같은 서술을 보여주고 있다.

이 무렵 심상치 않은 유언비어가 떠돌고 있었다. 천주학군들이 서양 군함을 청해 와서 이 나라를 망쳐 버릴 역모를 꾸미고 있다는 낭설이었다. 그러나 박해자들은 아무 단서도 잡지 못하고 있었는데 전주에서 천주학군으로 피체된 유관검이 혹형에 못이겨 심문관들이 유도하는 대로 횡설수설 거짓 고백을 하여 큰 사태가 벌어지게 되었다. 이리하여 이 사건의 장본인이요 총책임자로 지목된 황사영 등을 체포하는 데 총력을 기울이게 되었고, 마침내 옹기가마 속에 들어 있던 사영을 색출해 내었던 것이다. 그리고 그의 품 속에 들어 있던 백서의 내용은 이 낭설을 뒷받침하는 것이 되어 그는 만고의 역적으로 능지처참을 당하고 말았다.[1]

1) 한무숙, 『만남 · 상』(정음사, 1986), p.78.

위에 인용된 대목을 보면, 황사영은 몰라도 그 당시의 많은 천주교도들이 서양 세력을 청해 들이고자 하는 뜻을 가지고 있었다는 이야기는 아무런 근거도 없는 <낭설>에 불과하였으며, 유관검의 자백은 <횡설수설 거짓 고백>을 한 것이었다고 한다. 하지만 사실은 그렇지 않았던 것으로 보인다. 실제로 그 당시 조선에 잠입하여 활동하고 있던 주문모(周文謨) 신부가 1796년 황심을 북경에 보내어 구베아 주교에게 전하도록 한 편지 속에 서양 선박의 파견을 요청하는 내용이 들어 있었던 것으로 보고되고 있다. 그리고 사실, 서양 선박이 와서, 조선 천지에 번지고 있는 천주교 박해의 불길을 그 위력으로 꺼 주었으면 하는 것은, 주문모 신부나 황사영뿐 아니라 당시의 수많은 천주교도들이 공통적으로 지니고 있었던 희망이었다.[2] 그러한 희망을 가장 과격한 형태로 표현한 것이 바로 「정감록」의 예언을 천주교 문제와 연결시킨 일군의 유언비어였고, 유관검이 직접적으로 연관된 것도 바로 이것이었지만, 그러한 희망이 「정감록」을 이 문제에 끌어들인 일부의 사람들에게만 한정되어 있었던 것은 결코 아니었다. 그러한 희망을 어떻게 평가할 것인가 하는 물음에 대한 답은 평가자 자신의 입장에 따라서 다양하게 나올 수 있을 터이다. 하지만 이러한 희망이 그 당시 「정감록」에 현혹된 일부의 과격파들을 넘어서 주문모 신부까지를 포함한 천주교인들 일반에게 광범하게 만연하였던 사실 자체를 부정해 버리는 태도는 분명 문제가 있는 것이다.

그리고 또 한 가지 지적할 것이 있다. 위에 인용된 대목을 보면, 황사

---

2) 이 점을 증거하는 자료는 적지 않으며, 이 문제에 대한 학계의 연구 성과도 풍부하게 축적되어 있다. 대표적인 논문을 세 가지만 들어 두기로 한다. 주명준, 「천주교 신도들의 서양선박 청원」, 『교회사연구』, 3(한국교회사연구소, 1981) ; 한건, 「정조대 주문모 신부의 서양선박 영입 시도」, 서강대학교 대학원(1997) ; 차기진, 「조선후기 천주교 신자들의 성직자 영입과 양박청래(洋舶請來)에 관한 연구」, 『교회사연구』, 13 (한국교회사연구소, 1998).

영 백서의 내용이 구체적으로 어떤 것이었던가 하는 점에 대해서는 가능한 한 언급을 회피하고자 하는 태도가 엿보인다. 단지 서양 군함을 청하는 내용이 거기에 들어 있었다는 점 한 가지만이 마지못한 듯 시사되고 있을 뿐이라는 데서 그것을 알 수 있다. 그 이상은 아무 얘기도 없는 것이다.[3] 시야를 넓혀서 작품의 앞뒤 부분을 좀더 광범하게 살펴보면, 위에 인용된 대목보다 몇 페이지 앞선 자리에, 정약종의 부인 유씨의 시점을 빌려, <천주를 믿은 것이 대죄가 되어 남편과 큰집 조카사위 황사영은 대역부도죄로 능지처참이 되고>[4]라는 표현이 나오는 것으로 보아서, 간신히 저간의 사정을 짐작하도록 만들어 주고 있을 따름이다. 하지만 이러한 표현 역시 사실의 정확한 보고와는 거리가 있는 것이다. 실인즉 정약종은 참수의 형을 받고 죽었으며 능지처참이라는 희귀한 혹형을 당한 것은 황사영만이었거니와, 황사영이 이처럼 특별히 잔혹한 형벌을 받은 것은 <천주를 믿은 것>에서 그치지 않고 당시의 조정측에서 보자면 진실로 경악을 금할 수 없는 내용의 긴 편지를 써서 북경에 있는 구베아 주교에게로 몰래 보내고자 하는 행동으로까지 나아갔기 때문이었다. 그 편지의 내용이 어떠한 것이었던가 하는 점은 언급을 회피하려 든다고 해서 덮여질 수 있는 것이 아니다.

황사영이 구베아 주교에게로 보내는 편지에서 조선의 천주교에 대한 박해를 종식시키는 방법으로서 제시한 안은 모두 다섯 가지였으며, 그

---

3) 위에 인용된 대목을 보면 「정감록」에 바탕을 둔 유언비어와 황사영 백서 사이에 어떤 방식으로든 연관관계가 있었던 것처럼 서술되고 있으나, 학계에서는 이 문제에 관하여 통일된 결론이 나와 있지 않다. 관계가 있었다는 설과 관계가 없었다는 설이 날카롭게 대립하고 있는 것이다. 여진천, 「조선 후기 신앙 자유 획득 방안에 관한 연구」, 김종수 외, 『한국 천주교회사의 성찰과 전망』(한국천주교중앙협의회, 2000), p.27 참조.
4) 『만남·상』, p.70.

중에서도 특히 문제가 된 것은 마지막 두 가지였다. 즉 <내복·감호책(內服監護策)>과 <서양 선박 요청의 건>이었다. 먼저 <내복·감호책>이라는 것부터 보면, 그 요지는 한 마디로 말해 조선을 청나라에 완전히 복속시켜 버리자는 것이었다. 좀더 구체적으로 살피면 그것은 대략 다음과 같은 내용을 가지고 있었다.

조선이 청나라의 한 지역이 된다면 간신들의 권세는 위축될 것이고 조선 왕실의 명성과 위세는 더욱 커질 것이며, 청나라도 언젠가는 중국 천하를 다스리지 못할 때가 올 터인데, 청 황제에게 그때를 대비하여 조선을 청나라의 근거지로 확보하라고 설득하면 된다고 하였다.

이 방안을 좀더 구체적으로 살펴보면, 먼저 이 방안은 <청나라가 조선에 내복(內服)을 명하여 옷을 같이 입게 하고 왕래를 터놓아 조선을 영고탑(寧古塔)에 소속시켜야 한다. 이를 위해서 안주와 평양 사이에 무안사(撫按司)를 설치하고, 친왕(親王)을 임명하여 조선을 감독하면 전국에 변란이 있더라도 극복할 수 있다. 이는 황조(皇朝)의 땅을 넓히는 것이고 만대의 기초가 되기 때문>이라고 하였다.[5]

그런가 하면 <서양 선박 요청의 건>은 구체적으로 다음과 같은 내용을 가지고 있었다.

황사영은 신앙의 자유를 얻기 위해 서양 선박 수백 척(또는 수십 척)과 5만 명(또는 5, 6천 명)의 병력, 대포 등의 무기를 가지고 해변에 접근해서 서양의 전교선이라고 칭하고 국왕에게 서한을 보내어 포교를 공인하도록 하는 방안을 (…) 제시하였다.[6]

위의 두 가지 항목 가운데 어느 것이 더 심각한 의미를 지니는 것이

---

5) 여진천, 앞의 논문, p.23.
6) 위의 논문, pp.25~26.

었던가에 대해서는 보는 사람에 따라서 견해가 나누어질 수 있다.7) 그리고 위의 두 가지 항목을 포함하고 있는 황사영의 서한 전체를 도대체 어떻게 평가해야 할 것인가에 대해서도 사람에 따라서는 다양한 판단을 제시할 수 있다. 그러나 어쨌든 황사영의 서한과 그가 맞이해야만 했던 처참한 죽음을 거론하면서 그 서한의 내용에 대하여 가능한 한 언급을 회피하려 드는 자세로 임하는 것은 바람직한 태도라고 말하기 어렵다.

---

7) 실제로 「조선 후기 신앙 자유 획득 방안에 관한 연구」를 쓴 여진천은 두 가지 가운데 <내복·감호책> 쪽이 더 심각한 의미를 지니는 것이었다고 본 반면, 이 논문이 발표된 심포지엄에서 토론자로 나선 신복룡은 여진천의 주장과 반대되는 견해를 제시한 바 있다.

한무숙의 『만남』과 정약용

1. 정약용은 죽을 때까지 천주교 신자였는가?

『만남』은 한무숙이 1986년에 두 권 분량으로 출간한 장편소설이다. 이 작품에서 한무숙은 19세기 조선의 천주교 박해 사건을 중심으로 한 이야기를 전개해 나간다. 그렇게 하면서 그는 다산 정약용을 두 명의 주인공 가운데 한 사람으로 등장시키고 있다. 그런데 이 작품 속에서 한무숙은, 정약용이 비록 1791년 무렵부터 자신은 천주교 신앙을 버렸다는 선언을 거듭했지만 마음속에서는 죽을 때까지 여전히 천주교 신앙을 지닌 채 살아갔다고 하는 확신을 보여준다. 그러한 한무숙의 확신은 소설 본문의 다음과 같은 대목에서 선명한 선언적 표현으로 제시된다.

> 흔히 다산을 <외유내야(外儒內耶)>니 <주유종서(主儒從西)>니 하는 사람도 있고, 마테오 리치의 소위 보유론(補儒論)적인 적응주의자로 보는 사람도 있다. 그러나 그는 외유내야 같은 혼합주의자도 아니며, 마테

오 리치처럼 서학의 우위적 입장에서 유교에 적응하려는 보유론자도 아니다. 경학에도 서학에도 완전히 통달해 있던 그에게는 이 상반되는 것 같은 두 개의 사상은 양자택일이 불필요했을 것이다. 서학과 경학은 완전히 대등하게 그의 안에서 만나고 공존할 수 있었을 것이다.[1]

정약용의 입장을 위와 같은 방식으로 규정한 한무숙은, 정약용이 이처럼 마음속에서 천주교 신앙을 여전히 견지하였을 뿐 아니라, 외면적으로 나타나는 생활인으로서의 모습에 있어서도 남들이 보지 않는 곳에서는 신앙인으로서의 자세를 잃지 않았다고, 다음과 같이 주장한다.

> 그리하여 달레가 조선천주교회사에서 언급하고 있듯이 향리로 돌아간 후 다산은 손수 만든 괴로운 고대(苦帶)를 두르는 등 갖은 고신극기로 마치 사막의 은수사(隱修士)처럼 천주교인으로서 신앙과 종교생활을 하면서 동시에 완전한 유교인으로서 유교전통에 충실할 수도 있었던 것이다.[2]

이처럼 정약용이 죽을 때까지 내적으로나 외적으로나 천주교인으로서의 면모를 계속 간직한 채 살아갔다고 하는 한무숙의 주장은 『만남』속에서 여러 구체적인 장면들의 전개를 통하여 보다 생생하게 부각되기도 한다. 그러한 구체적 장면들 가운데서도 가장 대표적인 것은 <편지사건>이 전개되는 장면과 종부성사(終傅聖事)의 의식이 펼쳐지는 장면이다. 전자는 정약용의 조카로 독실한 천주교 신자였던 정하상이 1811년, 유배 생활을 하고 있던 정약용을 방문하여 다음과 같은 호소를 해 왔을 때, 정약용이 고민 끝에 수락하고 편지를 써 주는 장면이다.

---

1) 한무숙, 『만남·하』(정음사, 1986), p.216.
2) 위의 책, pp.216~217.

「곧 동지사(冬至使)가 떠나십니다. 그편에 밀사 하나를 끼게 하여 북경 주교(北京主敎)님께 교중 사정을 알리고 탁덕님 영입을 탄원하는 서간을 보내려는 것입니다. 넷째아버지! 애원입니다. 부탁입니다. 지금 교중에는 학식을 가진 사람이 남아 있지 않습니다. 주교님께 올리는 글월을 쓸 수 있는 사람이 없습니다. 주교님을 움직일 수 있는 서찰 한 통만 써주십시오. 불쌍한 우리 교우들을 도와 주십시오. 넷째아버지!」[3]

그런가 하면 후자는 정약용이 임종을 앞두고 정하상을 시켜 그 당시 조선에 들어와 있던 청나라 신부 유방제(劉方濟)를 초청, 은밀히 종부성사를 받는 장면이다. 이 장면을 묘사하면서 한무숙은 종부성사를 받을 당시 <다산의 가슴은 뜨거운 감동으로 떨렸다>고 말한다. 정약용은 유방제에게 <필담으로 생애의 죄를 고하>였으며, 유방제가 <고명을 듣고> <갈봐리아의 십자가를 바라보며 마지막 순간의 고통을 순교하는 마음으로 달게 받아라> 운운하는 <훈계와 보속을 필담으로 주>자 <이 말에 무한한 위안과 감사를 느꼈>다고 한다. 또한 그는 이때에 <천주의 인자함이 저리게 느껴져 뜨거운 눈물이 뺨을 타고 흘렀>으며 <무겁게 자신을 짓누르고 있던 모든 죄가 깨끗하게 제거됨을 느꼈다>고도 한다.[4]

2. 황사영 백서와 다블뤼-달레의 자료

지금까지, 천주교 신자인 한무숙에 의하여 씌어진 장편소설 『만남』 속에 <정약용은 죽을 때까지 천주교 신자였다>고 하는 주장이 어떤 모습으로 나타나 있는가 하는 점을 살펴보았다. 그런데, 사실 알고 보면, 이런 투의 주장은 기왕에도 많은 천주교인들에 의하여 집요하게, 지속적

---

3) 『만남 · 상』, p.85.
4) 『만남 · 하』, p.219.

으로 개진되어 온 것이다.

그러한 사정을 생생하게 보여주는 최초의 사례는 유명한 황사영 백서
(帛書)이다. 황사영 백서란 1801년 대대적인 천주교 박해 사건이 벌어졌을
때 잡히지 않고 충북 제천의 한 토굴로 피신한 독실한 천주교도 황사영이
북경에 있는 주교에게 보낼 작정으로 몰래 쓴 장문의 서간을 가리키는 것
이어니와, 이 비밀 서간 속에 다음과 같은 구절이 들어 있는 것이다.

> 일변은 이가환, 정약용, 이승훈, 홍낙민 등 약간 인이니 다 종전에 천
> 주를 믿었으나 목숨을 구하려 배교한 사람들로서 밖으로 비록 성교(聖
> 敎)를 해독(害毒)했으나 마음속에는 아직도 믿음이 있고 동당(同黨)이 적
> 고 세(勢)도 고위(孤危)합니다.5)

위에 인용된 황사영의 주장에 따르면, 정약용은 비록 목숨을 구하기
위해 자신은 천주교인이 아니라는 선언을 내놓기는 하였으나 그것은 진
심이 아니며 마음속으로는 여전히 천주교의 신앙을 견지하고 있는데 이
런 점으로 보면 그는 이가환이나 이승훈 같은 사람과 동일하다는 것이다.
그런데 황사영은 충청도의 토굴에 피신하여 외부와의 정상적인 연락을
제한당한 상태에서 위와 같은 주장을 일방적으로 편 것에 불과하므로,
객관적으로 보면, 그의 주장에 대하여 별다른 신뢰도를 인정하기 어렵다.
게다가 황사영은 1801년의 시점에서 위와 같은 주장을 폈고 또 바로 그
해에 체포되어 처형당하였으니, 그 주장의 효력은—물론 그런 것이 있지
도 않지만 설령 있다 치더라도—기껏해야 1801년까지의 정약용에게만
해당될 뿐이다. 즉, 정약용이 과연 <죽을 때까지> 천주교 신앙을 견지하
였던가 하는 물음에 대해서라면 황사영은 전혀 아무런 증언도 해 줄 수

5) 김상홍, 『다산문학의 재조명』(단국대학교 출판부, 2003), p.91에서 재인용.

없는 처지인 것이다.

황사영 백서에 이어서 두 번째로 검토될 수 있는 자료는 달레에 의하여 정리된 다블뤼 주교의 비망록이다. 사실 따지고 보면 정약용이 죽을 때까지 천주교 신앙을 견지하였다고 하는 주장을 담고 있는 자료로는 이것이 유일하다.

다블뤼는 정약용이 세상을 떠난 지 9년 후인 1845년 조선에 입국, 21년 동안 은밀히 포교활동을 하다가, 대원군에 의한 천주교 박해 사건이 일어났던 1866년에 체포되어 처형당한 사람이다. 그는 조선에서 활동하는 동안 여러 통의 서간과 비망록을 자기가 소속된 파리 외방전교회(外方傳敎會) 본부로 보낸 바 있는데 중요한 것들의 경우 그 원본은 다 망실되었으나 다행히도 필사본이 남아 있다.6) 달레는 바로 이 다블뤼의 비망록을 중요한 근거로 삼아, 『한국천주교회사』를 저술하였다. 달레가 1874년에 출간한 이 책 덕분에, 다블뤼의 비망록에 담긴 내용은 세상에 널리 알려질 수가 있었다. 한무숙이 『만남』을 쓰면서 직접 참고한 것도 다블뤼의 비망록 자체가 아니라 달레의 이 저서였다.7) 그런데 바로 이 책 속에, 앞서 내가 『만남』을 검토하며 언급한, <정약용은 죽을 때까지 천주교 신자였다>고 하는 주장의 모든 근거가 빠짐없이 들어 있다. 정약용이 고대(苦帶)를 두르고 은수사(隱修士)처럼 살았다는 이야기도 이 속에 들어 있고, 정하상이 부탁한 편지를 정약용이 써 주었다는 이야기도 이 속에 들어 있으며, 정약용이 죽기 직전 중국인 신부 유방제로부터 종부성사를 받았다는 이야기도 이 속에 들어 있다. 그런가 하면, 『만남』 속에는 정약용이 일찍이 『조선복음전래사』라는 저서를 썼다는 내용이 나오는데, 이러한

---

6) 이 필사본은 현재 외방전교회의 고문서고(古文書庫)에 보관되어 있다.

7) 『만남』의 맨 마지막에 붙어 있는 참고문헌 목록 속에 다블뤼의 비망록이 빠진 대신 달레의 저서가 포함되어 있는 것으로 보아 이 점을 알 수 있다. 『만남·하』, p.230.

이야기 역시 달레의 책 속에 들어 있는 것이다. 이처럼 달레의『한국천주교회사』는 정약용이 죽을 때까지 천주교 신앙을 견지하고 있었다는 주장을 입증하기 위하여 자못 다양한 근거를 제시하고 있거니와, 이미 충분히 언급된 바와 마찬가지로, 달레의 이 모든 주장은 다블뤼의 비망록에 토대를 두고 있는 것이다. 이 점을 고려하여, 이제부터는, 정약용의 천주교 신앙과 관련된 내용을 담고 있는 다블뤼의 기록과 달레의 저서를 합쳐서 하나의 텍스트로 간주하고, 여기에 <다블뤼-달레의 자료>라는 이름을 붙이도록 하겠다.

그런데, 다시 말하지만, 정약용이 죽을 때까지 천주교 신앙을 견지하고 있었다는 주장을 담고 있는 자료로는 이것이 <유일>하다. 이것 이외에는 그러한 주장을 뒷받침해 주는 그 어떤 자료도 이 세상에 존재하지 않는다는 이야기다. 그리고 보면, 한무숙은『만남』을 쓰면서 바로 이 다블뤼-달레의 자료 하나에 절대 신봉의 자세로 매달렸다는 평가가 가능할 터이다.

그러나, 사실 다블뤼-달레의 자료 하나에 절대 신봉의 자세로 매달린 것은 한무숙 한 사람만이 아니다. 앞에서도 말했듯 정약용이 죽을 때까지 천주교 신자였다고 하는 주장은 기왕에도 많은 천주교인들이 집요하게, 지속적으로 개진해 온 것인데, 그런 주장을 개진해 온 천주교인들은 하나의 예외도 없이 다블뤼-달레의 자료 하나에 절대 신봉의 자세로 매달린 결과 그와 같은 확신에 도달하게 된 것이다.

하지만 알고 보면 다블뤼-달레의 정약용 관련 자료는 그렇게 절대 신봉의 자세로 매달릴 만한 가치를 가진 텍스트가 아니다. 절대 신봉의 자세로 매달릴 만한 가치를 가진 텍스트이기는커녕, 정확히 그 반대이다. 정약용과 관련된 <엄밀한 역사적 사실>의 문제를 논하는 자리에서는 도저히 신뢰를 가지고 인용할 수 없는 텍스트인 것이다. 다블뤼-달레의 정약용 관련 자료가 그런 존재로 평가받을 수밖에 없는 이유는 김상홍에 의하여 의문의 여지가 남지 않을 정도로 철저하게, 자세하게 규명된 바 있다.[8]

3. 천주교인들의 심리

가만히 생각해 보면, 정약용을 어떻게 해서라도 <죽을 때까지 천주교인으로 살았던 사람>으로 만들고 싶어하는 수많은 천주교인들의 심리는, 충분히 이해가 가고도 남음이 있다.

정약용이 누구인가. 조선 후기 최대의 사상가이자 학자이다. 뜨거운 감동을 안겨주는 다수의 시를 창작한 일급의 문인이기도 하다. 사상과 학문, 그리고 문학뿐 아니라 인품의 측면에서도, 수많은 사람들의 존경을 한몸에 모으고 있는 인물이다. 억울한 고난으로 점철된 생애를 살았기에 더욱 강렬한 인상으로 사람들에게 다가오는 존재이기도 하다.

바로 이런 정약용이 죽을 때까지 천주교인으로 살다 갔다면, 천주교의 입장에서야 얼마나 기쁘고 자랑스러운 일이겠는가.

<정약용이 평생 천주교와 무관하게 살았다면 모른다. 그랬다면야 아예 생각도 안 할 것이다. 그러나 정약용은 젊었던 시절 분명히 천주교 신자들의 모임에 참석했으며 요한이라는 영세명까지 가졌던 사람이다. 이것이 분명한 사실인데 어찌 "그가 죽을 때까지 천주교의 신앙을 유지하였다면……" 하는 생각을 가져 보지 않을 수 있단 말인가?> 천주교인들로서야, 이런 방향으로 생각이 치닫게 되는 것이 당연한 노릇이리라.

하지만, 그런 심리는 이해가 가고도 남음이 있되, 그런 심리로 해서,

8) 김상홍, 앞의 책, pp.73~149 참조.

분명 사실이 아닌 것이 사실로 둔갑할 수는 없다. 더구나 엄밀한 실증적 정확성을 인정받을 수 없는 텍스트임이 명백한 다블뤼-달레의 자료 따위를 근거로 해서 사실이 아닌 것을 사실로 만들 수는 절대로 없다.

4. 다블뤼-달레 자료의 정약용 관련 기록을 믿을 수 없는 이유

다블뤼 주교가 조선에 온 것은, 앞에서 이미 언급되었던 바와 마찬가지로, 정약용이 세상을 떠난 지 9년이 경과한 후인 1845년이었다. 그 당시, 여전히 서슬이 퍼런 박해의 칼날 아래 숨죽이고 살아가야 했던 조선의 천주교인들 가운데 상당수는, 바로 위에서 내가 지적한 바와 같은 심리의 흐름에 따라, <죽는 날까지 천주교 신앙을 견지하다 간 정약용>의 상상도를 자기들 마음대로 그려 보면서, 그러한 상상도로부터 작지 않은 위안을 얻고 있었을 것이 틀림없다. 거기서 엄격한 사실 확인의 작업이라는 것은 아예 고려되지도 않았을 것이다.

다블뤼는 바로 이처럼 엄격한 사실 확인의 작업을 전혀 수반하지 않은 채 자기들 마음대로 상상도를 그려 보고 있던 조선의 많은 천주교인들로부터, 정약용에 대한 이야기를 들었을 것이다. 그런데 다블뤼는 여전한 천주교 박해의 칼날 때문에 운신이 부자유스러운 처지였다. 그의 처지가 이러하였기에, 그로서는 정약용에 관한 정확한 조사를 직접 행하는 것이 불가능했다. 또 사실 그렇게 할 필요를 느끼지도 않았을 것이다. 천주교 성직자였던 그로서야, 그와 같은 이야기를 들었을 때 그저 반갑고 기쁜 마음이 앞섰을 따름이었을 터이며, 그 이야기의 내용이 진실이라고 믿는 데 주저할 하등의 이유를 발견할 수 없었을 터이기 때문이다. 이런 사정이 작용한 결과, 그의 비망록에는 정약용의 천주교 신앙에 관하여 조선의 천주교인들이 그에게 들려준 내용이 아무런 검증 없이 그대로 기록되었다. 이런 그의 비망록을 나중에 달레가 읽어 보고, 자신의 저서에 반영시킨 것이다.

그런데 달레는 조선에 와 본 일이 없는 사람이다. 그가 『한국천주교회사』를 저술한 것은 파리에서였다. 앞에서 말한 대로, 그 책이 나온 것은 1874년의 일이었다. 그 당시 대부분의 서양 사람들에게 있어서 조선은 아직 수수께끼의 안개에 싸인 미지의 나라였다. 이런 조선에 관한 책을 쓰면서, 조선에 한 번 가 보지도 않았던 달레가 참고할 수 있었던 자료는, 사실 변변한 것이 있을 수 없었다. 당연히, 다블뤼에 의해 남겨진 자료가 절대적인 비중을 차지하였다.

한무숙을 비롯한 수많은 천주교인들이 절대 신봉의 자세로 매달려 온 다블뤼-달레의 정약용 관련 자료라는 것들이 실제로 지니고 있는 면모는 대략 이상과 같다. 이런 것이 역사적인 사실을 엄밀하게 입증하는 데 도움을 줄 만한 텍스트가 될 수 없다는 점은, 선입견 없이 이 문제에 접근해 보는 사람이라면, 누구나 납득할 수 있을 터이다. 더구나 정약용 자신이 천주교 신앙의 문제와 관련해서 기술한 모든 글들이 다블뤼-달레의 자료와 정확히 반대되는 내용을 담고 있는 데야, 더 말할 나위도 없다.

5. 정약용의 진실

정약용이 1797년 동부승지 벼슬을 사양하면서 올린 긴 상소문을 보면, 그가 1791년 무렵에 이미 천주교 신앙을 버렸다는 사실이 분명하게 기록되어 있다. 그가 천주교 신앙을 버린 직접적인 이유는, 그 자신의 진술에 따르면, 천주교에서 유교식 제사를 금지한다는 사실을 알게 된 것이었다. 그러한 사실을 알게 되고 나자 그는 <분개하고 마음이 아프고 쓰려 속으로 맹세하며> 천주교를 <미워하기를 원수같이 하고 성토하기

를 흉악한 역적같이> 하게 되었다고 말한다. 그는 또 같은 상소문에서 <양심이 회복되자 이치가 자명해졌으므로, 옛날에 일찍이 흠모한 것을 돌이켜 생각하니, 허황하고 괴이하며 망령되지 않은 것이 하나도 없>음을 깨닫게 되었다고 말하기도 한다.9)

위의 진술을 액면 그대로 받아들인다면, 정약용은 1791년 무렵 이전까지는 천주교에서 유교식 제사를 금지한다는 사실을 모르고 있었으며, 1791년 무렵에 들어와서 비로소 그 사실을 알게 되었다는 이야기가 된다. 그 당시 한국 천주교계의 내막을 잘 모르는 사람이라면, 정약용의 위와 같은 진술을 접했을 때, <어찌 그럴 수가 있을까?>라는 의심이 대번에 일어날 것이다. 하지만 그 당시 한국 천주교계의 내막을 아는 사람의 입장에서 보면, 위의 진술은 충분히 수긍이 간다.

일찍이 마테오 리치(1552~1610)가 처음으로 중국에 들어와 천주교를 전파하던 당시에는 유교식 제사와 천주교 사이에 아무런 갈등이 없었다. 이런 갈등 없는 상태가 1백 년 이상 지속되었다. 그러다가 1715년에 이르러 로마 교황청의 새로운 방침으로 유교식 제사 금지 원칙이 제정되었다. 그리고 1742년에 이것이 다시 확인되었다. 그러면 이처럼 천주교에서 유교식 제사를 금지한다는 원칙이 조선에 알려진 것은 언제였던가? 바로 1790년이었다. 북경의 구베아 주교가 보내 온 편지를 받고서야 조선의 천주교인들은 처음으로 이러한 사실을 알게 된 것이다. 그러니까 정약용이 1791년 무렵 이전까지 천주교의 유교식 제사 금지 원칙을 모르고 있었다는 진술은 정직한 진술임에 틀림없다.

그렇다면 정약용이 천주교의 유교식 제사 금지 원칙을 알게 되기 전, 적극적인 관심과 열의를 가지고 천주교에 접근하던 당시―좀더 구체적

9) 박석무, 『다산 정약용 유배지에서 만나다』(한길사, 2003), pp.249~250에서 재인용.

으로 말해, 천주교 신자들의 모임에 참석하고 요한이라는 영세명을 받던 당시—에 그는 구체적으로 어떤 텍스트에 의거하여 천주교를 이해하였던 것일까? 말할 나위도 없이, 그 당시 조선의 천주교 지식인들 사이에서 보편적인 교과서로 통하던 마테오 리치의 『천주실의(天主實義)』라든가 판토하의 『칠극(七克)』과 같은 저술에 의거하여 천주교를 이해하였을 터이다. 그런데 이들 저술 그 어디에도 유교식 제사 금지 따위의 이야기는 나오지 않는다. 그러니 구베아 주교의 편지가 오기 전까지 정약용이 유교식 제사 금지 원칙을 도무지 알지 못하였던 것은 당연한 일일 수밖에 없는 것이다.

정약용은 천주교가 유교식 제사를 금지한다는 사실을 알기 전에는 천주교에 호의를 가지고 접근하였다. 그가 천주교에 호의를 가지고 접근할 수 있었던 것은 널리 알려져 있는 바와 마찬가지로 그의 철학체계 자체 내에 천주교와 친밀해질 수 있는 요소가 커다란 비중으로 미리 존재하고 있었기 때문이다. 만일 그 당시의 로마 교황청이 유교식 제사 금지 원칙을 고수하지 않고 저 마테오 리치의 시대와 마찬가지로, 혹은 20세기에 이르러 다시 한번 정책의 180도 전환을 감행한 이후의 시기와 마찬가지로 포용적인 정책을 취하고 있었더라면, 정약용은 그의 철학체계가 지니고 있었던 근본 성격으로 보건대 천주교와의 우호적인 관계를 계속 유지했을 것이다. 어쩌면 독실한 신자로 남았을 수도 있다. 하지만 현실은 그렇지 않아서, 당시의 로마 교황청은 유교식 제사 금지 원칙을 철저히 견지하고 있었다. 그리고 그런 원칙은 독실한 유자(儒者)로서의 정약용이 인정하고 수용할 수 있는 한계선을 멀찍이 넘어서는 것이었다. 그런 원칙이 존재한다는 것을 알았을 때 정약용은 진심으로, 단호하게, 천주교를 거부할 수밖에 없었다. 그렇기 때문에 그가 동부승지 자리를 사양하면서 올린 상소문 속에 써 놓은 천주교 비판의 문구들은 모두 그의 진심을 그

대로 반영한 것이었다. 결코 어떤 다른 계산에 입각하여 마음에도 없는 말을 한 것이 아니었다.

6. 천주교인들이 이해하지 못하는 것

정약용과 같이 독실한 유자의 자리에 서 있는 사람에게 유교식 제사라는 것이 왜 중요한가, 얼마나 중요한가 하는 것은—그리고 이런 유교식 제사를 금지한다고 나섰던 그 당시의 천주교와 같은 존재가 왜 배격당할 수밖에 없는가 하는 것은—도날드 베이커의 명저 『조선후기 유교와 천주교의 대립』(김세윤 역, 일조각, 1997)을 읽어 보면 아주 선명하게 알 수 있다.

그런데 한무숙과 같은 천주교인들은 바로 이 점을 이해하지 못한다. 도무지 이해하지 못한다. 도무지 이해하지 못하기 때문에 앞에서 이미 한 번 인용한 바 있는 다음과 같은 말을 감히 할 수가 있는 것이다.

경학에도 서학에도 완전히 통달해 있었던 그에게는 이 상반되는 것 같은 두 개의 사상은 양자택일이 불필요했을 것이다. 서학과 경학은 완전히 대등하게 그 안에서 만나고 공존할 수 있었을 것이다.

양자택일이 불필요했다니! 완전히 대등하게 만나고 공존할 수 있었다니! 정약용이 만약 위의 문장을 보았다면 어이가 없어서 아무 말도 하지 못했거나, 격렬한 분노를 터뜨렸을 것이다. 천주교의 유교식 제사 금지 원칙을 알고 난 이후부터 정약용의 내면에서 천주교와 유교는 빙탄불상용(氷炭不相容)의 관계 이외의 다른 관계를 상상할 수 없는 사이라는 것이 논리적으로나 도덕적으로나 명명백백하게 되어 있었기 때문이다.

로마 교황청이 방향을 전환한 이유

18세기 말에서 19세기 말에까지 걸친 1백 년 가까운 기간 동안, 조선이라는 나라에서는, 참으로 많은 천주교인들이 엄청난 고난을 겪었다. 숱한 순교자들이 피를 뿌리고 죽어갔다. 서기원이 그의 장편소설 『조선백자마리아상』(1973)에서, 그리고 한무숙이 그의 장편소설 『만남』(1986)에서 인상적으로 묘사하고 있는 바 그대로였다.

이런 비극적인 사태가 발생하게 된 이유는 무엇이었던가? 이 물음에 대한 답은 여러 가지로 제시될 수 있다. 하지만 그 중에서도 가장 결정적인 이유는, 로마 교황청이 1715년에 클레멘스 11세의 이름으로 공표한 이후 줄기차게 고수해 온 〈유교식 제사 금지〉의 원칙이었다.

그런데 이처럼 수많은 조선의 천주교인들에게 처절한 고난을 안겨준 결정적 원인으로 작용하였던 로마 교황청의 유교식 제사 금지 원칙이라는 것은, 20세기로 넘어오면서 폐기처분되고 만다.

1919년부터 로마 교황청은 전세계 모든 지역의 토착적 문화를 존중한다는 새로운 원칙을 정립했다. 1930년대에 들어와서 일본 제국주의자들이 그 점령 지역의 모든 주민들에게 신사 참배라는 것을 강요하자, 로마 교황청은 그 지역에 거주하는 모든 천주교인들이 그것을 적극적으로 수용하고 따르도록 지시한 바 있거니와, 로마 교황청으로 하여금 이러한 방침을 택하도록 만든 가장 큰 이유가 바로 <토착적 문화 존중의 원칙>이었다. 그리고 로마 교황청은 1939년 12월 8일에 드디어 「중국 의례에 관한 훈령」을 공포하였으니, 이로써 유교식 제사 금지의 원칙은 공식적으로도 사망 선고를 받기에 이른 셈이었다.

유교식 제사 금지의 원칙을 밀어붙임으로써 수많은 조선의 천주교인들이 희생당하게 만들었던 19세기의 로마 교황청과, 신사에 참배하라는 일본 제국주의자들의 강요까지도 적극적으로 수용하고 따르도록 지시하고, 마침내는 「중국 의례에 관한 훈령」을 공포하기에까지 이른 20세기의 로마 교황청—이 양자 사이에서는 참으로 인상적인 대조가 발견된다.

이 인상적인 대조를 목격하면서, 우리는 한 가지 질문이 마음속에 떠오르는 것을 느끼지 않을 수 없다. <도대체 무엇이 로마 교황청으로 하여금 20세기에 들어와서 이처럼 획기적인 180도의 방향 전환을 감행하도록 했던 것일까?>

위의 질문에 대해서 우리가 금방 상정해 볼 수 있는 한 가지 답은 다음과 같은 것일 터이다.

<20세기 이전에 로마 교황청은 철저한 서양우월주의에 사로잡혀 있었다. 서양우월주의는 서양 이외 지역의 토착적 문화를 미신으로 간주하는 태도로 연결된다. 유교식 제사 금지 원칙이라는 것도 알고 보면 이런 서양우월주의에 입각한 태도의 소산이다. 그런데 20세기로 넘어오면 서양우월주의가 약화되고, 전세계 모든 지역의 토착적 문화를 존중할 줄

아는 관용과 개방의 정신이 성장하게 된다. 이런 변화가 정책의 방향 전환을 낳은 원동력이다.>

가상적으로 한번 상정해 본 위와 같은 설명이 정답이라면 얼마나 다행이겠는가. 하지만 위의 가상적 설명은 정답과는 거리가 멀다. 정답은 전연 다른 곳에 있다. 다음과 같은 설명이 정답인 것이다.

<로마 교황청이 20세기에 들어와 방향을 전환하게 된 참된 원인은, 교황청이 20세기 이전에는 서양 제국주의 강대국의 무력에 의존해서 선교 활동을 전개하였던 반면, 20세기에 들어와서는 강대국의 무력에 의존하지 않고 독자적인 선교 활동을 전개하는 쪽으로 방침을 바꾸었다는 사실에서 찾아질 수 있다.>

이제 위의 <정답>을 조금 더 상세하게 부연 설명해 보자.

동아시아 지역에 대한 천주교 선교 활동은, 19세기 이전에는 포르투갈이라는 제국주의 강대국의 무력을 기반으로 하여 수행되었고, 19세기에는 프랑스라는 제국주의 강대국의 무력을 기반으로 해서 수행되었다. 이처럼 제국주의 강대국의 무력을 기반으로 해서 천주교 선교 활동이 수행되는 동안, 로마 교황청은 일관되게 서양우월주의의 신념을 고수하고 있었다. 그리고 그 신념을 표면으로 드러내는 데에 주저할 필요를 느끼지 않았다. 로마 교황청이 18세기에서 19세기에 걸치는 기간 동안 유교식 제사 금지 원칙을 일관되게 고수하였던 것은 이러한 사정에 바탕을 두고 있다.

그런데 로마 교황청이 특정 제국주의 강대국의 무력을 기반으로 해서 천주교 선교 활동을 전개하는 상황은 무한정 계속될 수 있는 것이 아니었다. 무엇보다도, 로마 교황청 자신이 그렇게 되기를 원하지 않았다. 사실 로마 교황청의 입장으로서는, 특정 제국주의 강대국의 무력에 의존해야 한다는 것이 늘 불만이었다. 선교 활동에 있어서 주체성을 견지하지 못하고, 그 특정 강대국의 이해관계에 끌려다니지 않을 수 없었기 때문이다. 이것은 자존심이 걸린 문제이기도 했다. 당연히, 자체의 독자적인 역량으로 선교 활동을 전개하는 것이야말로, 로마 교황청의 오랜 소망이 되어 왔다.

그러다가, 20세기에 들어오면서, 여러 가지 역사적인 요인이 복합적으로 작용한 결과, 마침내 로마 교황청의 오랜 소망이 이루어지게 된다. 포르투갈의 뒤를 이어서 오랫동안 천주교 선교의 <보호국> 역할을 도맡아 왔던 프랑스가 2선으로 물러나고, 로마 교황청이 자체의 독자적인 역량으로 선교 활동을 전개하게 되는 것이다.

로마 교황청이 특정 제국주의 강대국의 무력에 의존하지 않고 독자적인 역량에 입각하여 선교 활동을 수행하게 되었다 해서, 그들의 마음속에 오랜 세월 동안 깊이 뿌리내려 왔던 서양우월주의에 어떤 변화가 생기지는 않았다. 어떤 변화가 생길 가능성도 없었다.

그렇기는 하지만, 마음속에 어떤 생각을 품고 있느냐 하는 것과 별도로, 현실적인 행동의 차원에서는, 예전과 달리 유화정책(宥和政策)으로 나아가는 것이 불가피했다. 진심으로 원하는 바는 아니었으나 어쩔 수 없었던 것이다. 가만히 따져 보자면, 거만한 프랑스 정부에게 끌려다녀야 하는 신세로부터 벗어나는 대가로 그 정도의 작전 변경쯤이야 충분히 감수할 수 있는 것이기도 했다. 이런 점들과 관련하여 강인철은 그의 논문에서 다음과 같은 설명을 하고 있다.

선교와 제국주의의 분리는 선교가 근본적으로 비정치화(非政治化)됨을 의미했다. 동시에 그것은 교황청이 서구 제국주의의 정치-군사적 보호에서 벗어나 오로지 자체의 <외교력>에만 의존해야 하는 상황이 도래함을 뜻한다. 결국 로마화가 탈제국주의화, 다시 말해 제국주의와의 군사·정치·재정적 결별을 하는 한, 그것은 교황청의 <정치-군사적 무

장 해제>를 가속화할 뿐이다. 제국주의와의 분리로 교황청의 정치-군사적 무력화(無力化), 이것이 로마화의 <역설적> 결과였다. 이 때문에 로마화가 진전될수록 교황청은 오히려 선교지의 국가 권력과 민족주의 운동에 대해 <수동적-방어적인> 태도를 취할 수밖에 없었다. 우선, 이런 상황에서 <선교의 비정치화>는 교황청이 현지 신자들에게 <정치적 순응주의>를 종용하도록 만든다. 이 경우 <정치적 순응주의>는 정확히 <현지 정부에의 순응>과 동의어이다. 두 번째로, 토착 민족주의 운동에 대한 대응이라는 맥락에서 로마화는 <현지화>를 촉진한다. 교회의 현지화(또는 토착화)는 <교회를 현지 문화에 적응시키고 또한 가능한 한 현지인으로 하여금 교회를 다스리게 하라>는 것이다.[1]

강인철의 위와 같은 설명에서 잘 나타나듯, 로마 교황청이 특정 제국주의 강대국의 무력에 의지하지 않고 독자적인 선교 활동에 나서기로 한 결과 불가피하게 선택하기에 이른 유화정책은, 다른 무엇보다도 앞서서, <현지 정부에의 순응>이라는 것으로 구체화되는 양상을 보이게 된다. <현지 정부에서 천주교인들도 유교식 제사라는 것을 행하도록 요구하면, 그까짓 것, 들어 주어라! 현지 정부에서 천주교인들도 신사 참배라는 것을 행하도록 요구하면, 그까짓 것, 들어 주어라!> 이런 식이다.[2]

바로 이런 것이, 20세기에 들어와 로마 교황청이 보여준 <180도 방향 전환>의 본질이다. <180도 방향 전환>의 본질이 이런 것이라는 사실을 알고 나면, 오늘날 로마 교황청에 의하여, 그리고 우리나라의 많은 천주교인들에 의하여 요란하게 찬양되고 있는 19세기 조선 순교자들의

---

1) 강인철, 「식민지 정권과 교회 : 토착화의 종교정치학」, 김종수 외, 『한국 천주교회사의 성찰과 전망』(한국천주교중앙협의회, 2000), pp.240~241.
2) 강인철은 로마 교황청이 반공(反共)에 대한 집착 때문에 일본 제국주의자들에게 상당한 친근감과 동류의식을 느끼고 있었다는 사실도 일본 제국주의자들의 신사 참배 강요 정책을 로마 교황청이 적극적으로 수용하게 만든 이유의 하나였음을 추가적으로 언급하고 있다. 위의 논문, p.267.

처참한 희생을 다시 한번 착잡한 눈으로 돌아보지 않을 수 없는 심정이
된다. 또한, 그 사실을 몰랐을 때와는 전혀 다른 느낌으로『조선백자마리
아상』과『만남』을 대하지 않을 수 없는 심정이 된다.

『변방에 우짖는 새』와 19세기 말~20세기 초의 천주교 문제

1. 『변방에 우짖는 새』의 구마슬 신부와 이재수의 난

제주도 출신의 작가 현기영이 1983년에 출간한 장편소설 『변방에 우짖는 새』는, 비록 소설의 형태를 취하고 있기는 하지만, 상상력에 기반을 둔 문학 작품이라기보다는 역사의 충실한 기록에 더 가까운 성격을 지니고 있는 텍스트이다. 이 소설을 보면, 본래의 성은 라크루였으나 한국에 오면서 구마슬이라는 한국식 이름을 지어 가진 프랑스 국적의 신부가 등장한다. 역시 역사적으로 실재했던 인물이다.

그는 1900년 초에 처음으로 제주도를 찾아온다. 그 전해에 제주도를 찾아와 최초로 천주교 전도를 시도했던 같은 프랑스 국적의 신부가 극소수의 신자만을 얻는 초라한 성과를 올리고 건강 문제로 떠나버린 뒤, 그 후임으로 온 것이다.

갓 30세의 혈기 넘치는 청년인 구 신부는 전해부터 와 있던 조선인 김 신부와 의기투합, 전임 신부의 신중한 전교 방식과는 정반대의 자세

로 나선다. 우선, 징세(徵稅)에 관한 정부의 특명을 받고 제주도로 파견되
어 와 있으면서 가난한 민중의 사정을 돌보지 않고 남징(濫徵)을 자행하여
수많은 사람들의 원성을 사고 있던 봉세관(捧稅官) 강봉헌과 상호 협조의
관계를 맺는다. 구체적으로 말하자면, 봉세관의 마름으로 교인들을 쓰도
록 요청하여 동의를 얻는다. 봉세관의 마름이 되면 자기 집 몫의 세금을
면제받는 혜택이 있었으므로 약삭빠른 사람들이 마름 자리를 노리고 입
교하기 시작한다. 구 신부의 맹활약은 여기서부터 개시된다. 이런 구 신
부에게는 막강한 힘이 갖추어져 있었다.

> 두 신부는 이에 그치지 않고 더 나아가 극약이나 다름없이 위태로운
> 방법조차 서슴지 않고 썼으니, 법국 신부를 <여아대(如我待)>하라는 왕
> 의 칙령과 법국 공사의 세력을 이용한 것이었다. 육지 신부들은 진작부
> 터 이 방법을 써 크게 교세를 확장하고 있는 터였다. <여아대>하라 함
> 은 <나와 같이 대우하라>는 뜻으로 수삼 년 전부터 법국 신부들에게
> 발급한 호조(護照)에 명문화되어 있었다. (…) 신부들은 이 호조를 십분
> 이용하여 탐관오리 등쌀에 시달리는 교인들을 감쌌는데, 일단 교인이
> 되어 신부의 보호를 받으면 지방 수령들은 도무지 맥을 못 추던 것이다.
> 임금이 <나와 같이 대우하라> 하였는데 어찌할 것인가.[1]

구 신부가 그 막강한 힘을 적극적으로 이용하면서 전교에 나서니, 얼
마 안 가 교인의 수가 급증한다. 그런데 이런 교인들 가운데 불량한 자가
많아, 말썽이 끊이지 않게 된다.

교세가 번창해 갈수록 육지와 마찬가지로 이에 따른 폐단 또한 크게
늘어났다. 교인 중에는 열심 교우도 많았지만, 신부의 세력을 믿고 협잡

---

1) 현기영, 『변방에 우짖는 새』, 『우리시대 우리작가 22』(동아출판사, 1987), pp.170~
   171.

난봉을 일삼는 불량 교인도 허다했다. 마을 부랑자, 소악패 치고 한바탕 떵떵 위세 부리고 신명나게 놀아볼 이 좋은 기회를 왜 놓치겠는가. 성교에 투입했으면 교리에 순화되어 새 사람이 된다면야 오죽 좋은 일일까만, 이들은 애초부터 염불에는 뜻이 없고 잿밥에만 눈독들인 자들이었다. 원성 높은 봉세관의 마름질하는 것만도 크게 미움 살 노릇인데, 이를 기화로 작당하여 다니면서 민간에 갖은 패악질을 놓는 것이었다. 고생하여 일궈 놓은 장전을 빼앗아 다른 사람에게 경작시키기, 세를 적게 매길 테니 인정을 쓰라고 요구하기, 마을 공동 소유인 동산이나 냇가 공터를 봉세관으로부터 사들여 수백년 묵은 팽나무를 베어 팔기, 판지 석삼년 되어 값이 두 배 오른 집이나 밭을 본전 주고 빼앗아 가기, 남의 종산에 함부로 투장(偸葬)하기, 교리책 맡기고 책값 받아내기, 남의 빚 받아 주고 사례금 챙기기, 야음에 작당하여 남의 재물 늑탈하기, 남의 처자를 푸대쌈하여 업어 가기 등등 그 패악질은 이루 헤아리지 못할 지경이었다.[2)]

현실적인 이익을 노리고 천주교인이 된 자들이 이런 행패를 일삼으니, 자연 교인 이외의 사람들과 충돌하거나 관청의 단속에 걸려드는 일이 자주 발생한다. 그런데 이런 일이 발생할 때마다 구 신부는 누가 옳고 그른지를 가리는 일에는 관심을 보이지 않은 채 덮어놓고 천주교인 편이 되어서 사태에 적극적으로 개입한다. 그리고 더 나아가서는 천주교당을 아예 자체의 감옥과 행형 도구를 갖춘 하나의 권력 기구로 발전시키기까지 한다.

순검이 잡으러 오면 교당으로 뛰어들어가 신부의 보호를 받으면 무사하고, 밖에서 붙잡히더라도 교인들이 신부를 앞세우고 뒤쫓아가서 도중에 빼앗아버리면 그만이었다. 게다가 교당에는 형틀·채찍·태장은 물론 구류간까지 마련하여 수틀리면 마을 사람들을 데려다 매질하고 구

2) 위의 책, pp.171~172.

류를 살렸으니 그 위세가 관가를 방불케 했다. 마을 사람들 중에 혹 혈기 있는 자가 있어 교폐를 들어 시시비비를 따질라치면 훼교(毁敎)한다고 당장 신부에게 고해 바쳐 붙잡아가 용형(用刑)하기 일쑤였다.[3]

이런 상황이 계속 이어지더니, 1900년도 저물어갈 즈음, 마침내 큰 사건이 발생한다. 평소 주변의 존경을 받아 온 오신락이라는 나이 많은 양반이 천주교인들의 횡포를 비판했다는 이유로 그들에게 납치되어 잔인한 린치를 당한 끝에 시체가 되어 나온 것이다. 많은 사람들이 비분강개하나 속수무책이다. 결국 신부와 천주교인들의 위세를 다시 한번 과시하는 결과만 남긴 채 이 일은 서서히 잊혀져 간다.

그런 지 얼마 후, 엉뚱한 곳에서 또 일이 터진다. 새로 도임한 제주 군수가 이 곳 제주도에 귀양살이 와 있던 사람들 가운데 세 명을 감옥에 집어넣었는데, 공교롭게도 그 중 한 명인 이범주가 이미 천주교에 귀의한 사람임을 군수가 헤아리지 못했던 것이다. 당장 신부가 한 무리의 교인들을 거느리고 달려와 감옥을 깨뜨리고 이범주를 빼낸다.

이처럼 안하무인인 신부와 천주교인들의 행태가 계속되자, 마침내 이들에 대한 분노를 참지 못하게 된 한 무리의 사람들이 상무사라는 이름으로 일종의 비밀 결사를 조직하여 후일을 예비하는 활동에 들어간다. 얼마 후, 두 신부가 해마다 있는 피정(避靜) 모임에 참례하러 서울로 간 사이, 상무사와 연결되어 있는 대정 군수 채구석이 최제보라는 못된 천주교인을 잡아다 심문하고 감옥에 가둔다. 그러나 신부가 잠시 자리를 비웠다 하여 위축될 천주교인들이 아니다. 당장 감옥을 습격하여 최제보를 빼내고 채구석에게 폭행을 가한다. 이에 마침내 상무사가 들고 일어나 민중을 규합하기 시작한다.

3) 위의 책, p.172.

상무사와 천주교인 집단이 팽팽하게 대치하고 있는 판에, 그 동안 피정 갔었던 구 신부가 돌아온다. 조선인 김 신부 대신 무세라는 프랑스인 신부—그는 한국식으로 문제만이라는 이름을 지어서 사용하고 있다—가 구 신부와 함께 온다.

상무사에서 규합한 민중들과 천주교인들 사이에서 격렬한 투쟁이 벌어질 조짐이 보이자 채구석을 비롯한 관리들이 적극 나서서 중재를 시도한다. 결국 양쪽이 각각 대표단을 조직하여 회동을 갖기로 약속한다. 그러나 천주교인들 측에서는 약속을 어기고 민중 대표단을 기습, 전원 납치하는 데 성공한다. 이 기습 작전의 현장에서는 두 프랑스인 신부가 앞장서서 <연방 쌍혈포를 하늘에다 쏘아대>[4]며 기세를 올린다.

납치 작전을 성공적으로 끝낸 신부를 비롯한 천주교인들 측에서는 민중 집단이 지도부를 잃어버린 이상 자연 뿔뿔이 흩어질 것으로 믿고 안심한다. 하지만 분노한 민중은 쉬 해산하지 않고 오히려 거세게 달려든다. 이에 천주교인들은 신부의 동의를 얻어 다시 한번 기습 작전을 전개한다.

> 최 선달은 신부의 허락을 얻어 동헌 근처의 군기고를 깼다. 몽둥이 대신 화승총·환도·철창을 손에 든 교인들은 곧 두 패로 나뉘어 북성문과 남성문 앞으로 몰려갔다. 구 신부가 양총을 허공에 쏘자 그것을 신호로 교인들은 일제히 총을 난사하고 무섭게 함성을 지르며 성 밖으로 치달았다. 급습당한 회민들은 어둠 속에서 비명지르며 갈팡질팡 사방으로 도망쳤다.[5]

이 사건으로 민중들 가운데 사망자가 나온다. 하지만 총을 쏘고 겁을

---

4) 위의 책, p.261.
5) 위의 책, p.267.

주면 민중이 제풀에 꺾이고 말리라는 신부와 천주교인들의 예상은 다시 한번 빗나간다. 민중은 더욱 늘어나기만 하고, 그들 가운데 새로운 대표자가 나온다. 민중 가운데에도 산포수들이 있어, 총으로 대항하기 시작한다. 물론 민중이 갖고 있는 무력은 천주교인들 측의 무력에 비하면 턱없이 미약하다. 하지만 워낙 많은 수의 민중이 덤비니, 신부와 천주교인들은 중과부적이라는 말을 실감하지 않을 수 없게 된다. 그들은 제주성 안으로 들어가 성문을 걸어 잠그고 농성을 시작한다. 이때 단연 빛을 발하는 것이, 두 신부가 가진 신식 총의 효능이다. 예를 들면 다음과 같은 장면이 전개된다.

급히 성 위에 올라간 두 신부가 화약불이 번쩍거리는 곳을 잘 겨냥하여 쌍혈포를 서너 방 쏘아붙이니 금새 총성이 멎고 우르르 튀어 달아나는 소리가 들렸다. 총알이 천팔백 보나 나가는 양총이라, 그 중 총 맞은 자가 생긴 모양이었다.[6]

그런가 하면 두 신부는 특공대를 거느리고 갑자기 성문 바깥으로 돌진하여, 이제는 장기가 되어 버린 기습 작전을 또 한 차례 전개하기도 한다.

해가 중천을 벗어나기 시작하여 광양촌 벌판에 밥 짓는 연기가 자욱해지자, 두 신부와 최 선달은 불질 잘하는 포수 이십여 명만 거느리고 남문 밖을 내달았다. 양총을 든 두 신부를 가운데 두고 포수들이 양옆으로 날개 펼치듯 늘어서서 연방 총을 갈기며 달려가니, 흡사 양떼 가운데 뛰어든 범의 형용이었다. (…)
이날 광양촌 기습은, 민당이 완전히 공포에 질려 다시는 주성을 넘보지 못하게끔 작심하고 살육을 벌인 것이니 과연 사상자가 많이 발생하였다. 즉사한 자가 십여 명이요, 부상자가 이십여 명인데, 그 중 중상자

6) 위의 책, p.278.

가 다수 끼여 있어 금명간에 죽고 말 목숨이었다. 사망자 중에는 보리밭에 들어 귀리풀을 뽑다가 애꿎게 변을 당한 아녀자도 서너 명 끼여 있었다.[7]

하지만 이런 기습 작전 따위로 전세를 돌이키기는 이미 글러 버렸다. 계속해서 전투가 이어지고, 거기에서는 여전히 두 신부의 양총이 빛을 발하지만, 아무리 그래도 성 밖의 들판을 가득 채우고 있는 분노한 민중의 함성은 수그러들 줄을 모른다. 그들은 성 밖의 여러 마을들에 미처 피하지 못한 채 남아 있던 천주교인들을 색출하여 처형하기 시작한다. 이러한 상황에서는 옥과 돌의 구별이 불가능하다. 결국, 평소에 불량한 행실을 보여 왔던 천주교인들뿐 아니라, 불량한 동료 천주교인들의 행패에 마음 아파하며 조용히 신앙생활에만 전념해 왔던 천주교인들도 다수 희생되고 만다.

한편, 농성전이 장기화되자 성내의 사람들은 다들 굶주림에 허덕이게 된다. 원래부터 성 안에서 살아온 수많은 일반 주민들의 입장에서 보면, 난데없이 무기를 들고 와서 성내를 장악한 신부와 천주교인들 때문에 엉뚱한 자기들까지 모두 굶어죽을 판이다. 게다가 성 밖의 들판을 온통 뒤덮고 있는 분노한 민중은 성이 함락되는 날이면 옥석을 가리지 않고 성 안의 사람들을 다 쓸어버리겠다고 끊임없이 외쳐댄다. 결국 성 안의 주민들에 의해 성문이 열리고, 민중이 당당하게 진입해 들어온다. 1901년 4월 11일의 일이다.

곧바로 천주교인들에 대한 처형이 시작된다. 역시 불량한 사람과 선한 사람을 구분하지 않는 처형이다. 그런 가운데서도, 프랑스인 신부에게 해를 가했다가는 호시탐탐 기회만 노리고 있는 프랑스에게 명분을 줄 따

7) 위의 책, p.281.

름이라는 사실을 잘 알고 있는 민중 지도부는, 두 신부의 신변만은 철저하게 보호한다. 이러고 있는 판에 마침내 프랑스의 거대한 군함 두 척이 나타난다. 4월 14일의 일이다. 농성 초기에 몰래 배를 구하여 육지로 보냈던 밀사가 바다에서 역풍을 만나 며칠 동안이나 표류하였던 탓으로 프랑스 군함의 출현이 이토록 늦었던 것이다.

할 일을 다했다고 판단한 민중 지도부는 정부에 투항하여 재판을 받고 처형된다. 민중 지도부 가운데서도 가장 두드러진 활약을 보였던 천민 출신 젊은이의 이름을 따서 <이재수의 난>으로 흔히 일컬어지고 있는 1901년의 역사적 대사건은 이로써 일단 막을 내린다.

그러나 민중 지도부의 처형으로 이 사건의 막이 내려졌다고 생각하지 않는 사람들이 있었다. 그 중 대표적인 존재가 바로 주한 프랑스 공사였다. 그는 프랑스인 신부가 곤욕을 치른 이 기회를 놓치지 않았다.

이 무렵 법국 공사는 정부에 두 신부가 민란 중에 입은 손해를 배상하고 교인 영장지를 정급하라고 촉구하고 있었다. 두 신부가 입은 피해액이란 것이 실로 엄청나 백미 516석에 맞먹는 5,160원이었는데 훼손된 교당 수리비, 불에 타거나 실물된 여러 개 물목(物目) 외에도 거진 한 달 가량 수백 교인을 먹인 식량, 땔감, 목포 왕복에 쓰인 선비, 목포에 피란 간 교인들이 쓴 비용, 기타 잡비 등 난리 중에 쓰인 돈이란 돈은 다 들어가고, 그리고 구 신부의 죽은 하인의 휼금(恤金)이 1천 원이었다. (…) 교인 영장지라는 것도 난중에 피살된 교인뿐만 아니라 차후 다른 교인의 유골도 묻힐 수 있는 상당한 면적의 교인 공동묘지를 뜻하는 것이라 정부는 장차 법국이 제주땅에 저들의 조계(租界)를 만들려는 흉계가 아닐까 의심했다.[8]

조선 정부의 의심을 산 영장지 문제를 빼고 보더라도 프랑스 공사의

8) 위의 책, pp.354~355.

요구라는 것은 실로 적반하장의 횡포가 아닐 수 없었으니, 천주교 신부를 앞세운 추악한 제국주의의 진면목이 여기서 생생하게 드러난다.[9] 그러나 약자가 강자의 횡포 앞에서 어디까지 버틸 수 있으랴. 결국 제주도민들이 십시일반으로 돈을 모아서 요구대로 다 주고 말았다. 그 동안 이자가 마구 불어난 까닭에 실제로 준 총액은 6,305원이나 되었다.[10] 그리고 영장지도 내 주었다. <광무 5년의 민란 중 피살된 유골에 한할 뿐, 기타의 교인이나 신부의 그것은 매장할 수 없다는 것을 간신히 법국 공사에게 설득시켜 승낙을 받아>[11]낸 것으로나 위안을 삼아야 할까. 하지만 프랑스 공사도 애초부터 그런 정도의 양보(?)는 마음속으로 다 예정해 놓고서 협박을 시작했던 것일 터이니, 따지고 보면 조그마한 위안을 얻을 건덕지도 없는 셈이다.

2. 이재수의 난은 특이한 사건이 아니었다

『변방에 우짖는 새』에 등장하는 프랑스인 신부와 그의 비호에 기대어 횡포를 부리다가 파멸의 길을 걸어간 천주교인들의 모습을 보고 있노라면 긴 탄식이 저절로 나온다. 어찌하여 저들은 그토록 못된 짓들만 골라 가며 했던 것일까?

---

9) 프랑스측이 요구한 5,160원이라는 배상액은 그 당시 천주교 <조선교구 전체 예산의 1/4 내지 1/5에 해당하는> 거액이었다. 장동하, 「개항기 한국 사회와 천주교회」, 김종수 외, 『한국 천주교회사의 성찰과 전망 2』(한국천주교중앙협의회, 2001), p.331.
10) 이처럼 가난한 일반 주민들이 돈을 모아서 프랑스인에게 거액을 지불해야 했으니, 천주교에 대한 분노는 다시 한번 수많은 제주도민들의 마음속에 사무치게 되었을 것이다. 천주교 신부인 장동하도 이 문제에 대해 언급하는 자리에서 <당시 피해 보상에 참여할 수밖에 없었던 주민의 마음 깊은 곳에 천주교에 대한 적대감이 자리하고 있었다는 점을 미루어 짐작할 수 있을 것이다>라는 말을 하고 있다. 위의 논문, pp.332~333.
11) 현기영, 앞의 책, p.355.

　그런데 사실 이재수의 난이 터졌던 1901년 무렵을 전후한 상당 기간 동안 우리나라에서는 『변방에 우짖는 새』에서 이야기되고 있는 것과 기본적으로 동일한 성격을 지닌 사건들이 아주 흔하게 일어났었다. 표현을 달리해서 말하자면, 『변방에 우짖는 새』에서 이야기되고 있는 사건이란 그 본질에 있어서 전혀 예외적이거나 희귀한 것이 아니었다. 『변방에 우짖는 새』에서 이야기되고 있는 사건이 그것과 본질적으로 동일한 성격을 지니고 있는 다른 많은 사건들과 구별되는 점은 단 한 가지뿐이다. 사건의 규모가 제일 컸다는 점 한 가지뿐인 것이다.

　『변방에 우짖는 새』에서 이야기되고 있는 것과 같은 성격의 사건, 즉 신부를 비롯한 천주교인들이 주변 사람들―그것은 일반 민중일 수도 있고 정부측의 사람들일 수도 있다―과 충돌해서 일어난 사건을 가리키는 단어는 교안(敎案)이라는 단어이다. 그러니까 『변방에 우짖는 새』에서 이야기되고 있는 사건은, 앞에서도 이미 언급되었던 것처럼 보통 <이재수의 난>이라 일컬어지고 있지만, 교안이라는 단어를 적용해서 표현하면, <제주 교안>이 된다.12)

　그런데 가톨릭대학교 교수이며 신부인 장동하는 1886년부터 1906년까지의 사이에 걸친 기간 동안 우리나라에서 발생한 교안에 관한 자료를 눈에 띄는 대로 수집한 바 있다. 그가 조사 대상 기간의 상한선을 1886년으로 설정한 이유는 그 해에 한불조약이 체결되었기 때문이요, 하한선을 1906년으로 설정한 이유는 그 해에 주한 프랑스 공사관이 철수하였기 때문이다. 그가 이 기간 동안 조선에서 발생한 교안에 관한 자료를 수집하여 검토한 결과, 총 305건의 교안 발생이 확인되었다. 대단한 숫자라고 하지 않을 수 없다. 특히 그 중 3분의 2에 해당하는 200건이 1896년부터

---

12) 천주교회측에서는 이 사건이 발생한 해의 간지를 따서 <신축교난(辛丑敎難)>이라는 표현을 사용하기도 한다.

1906년까지의 사이에 발생하였다. 그리고 교안이 발생하게 만든 주체가 누구냐 하는 점에 있어서도 1896년은 하나의 뚜렷한 전기를 이룬다. 1896년 이전에는 천주교인이 아닌 주변 사람들이 사건 발생의 주체로 등장하는 경우가 많았으나, 1896년부터는『변방에 우짖는 새』에서 이야기되고 있는 사건의 경우처럼 신부를 비롯한 천주교인들이 사건 발생의 적극적 주체로 등장하는 경우가 오히려 다수를 이루게 되는 것이다. 이처럼 1896년부터 교안 발생의 전체 수효가 급증하고 또 구체적인 사건의 현장에서도 신부를 비롯한 천주교인들이 능동적인 주역의 자리를 담당하는 쪽으로 변화가 일어난 것은 1895년 무렵부터 프랑스가 적극적으로 조선의 내정에 간섭하기 시작한 일과 무관하지 않은 것으로 장동하는 보고 있다.

　　프랑스의 경우, 1895년 한국 정부의 프랑스 보호 요청을 계기로 정치적 영향력을 확대하였으며, 정부의 관리 교체에까지 관여하여 신기선의 경질을 요구하였고, 나아가 프랑스 공사는 관리 추천에까지 관여함으로써 프랑스 이익 증대를 위한 계획까지 꾸미고 있었다. 이러한 정치·사회 배경 속에 당시 한국 천주교회의 상황과 교구장들의 교회 재건 정책과 교세 확장 정책이 맞물리면서 사소한 교민 분쟁이나 사건들이 프랑스 공사가 개입하는 외교 문제인 교안으로까지 확대되어 발전하였던 것이다.[13]

　　조선 천주교회의 최고 책임자였던 뮈텔 주교와 고종의 만남이 이루어진 해도 역시 1895년이었다. 고종을 비롯한 조선 정부의 중요 인사들은 뮈텔이 <프랑스 정부와 한국 정부 사이에 가교를 놓아 주는 역할>을 해

---

13) 장동하, 「개항기 교회의 선교 정책과 전통 사회의 충돌」, 김종수 외, 『한국 천주교회사의 성찰과 전망』(한국천주교중앙협의회, 2000), pp.121~122. 인용문 가운데 <교민 분쟁>이라는 표현은 <천주교회측과 일반 민중 사이의 분쟁>을 가리킨다.

줄 것을 기대하였고, 그러한 기대 덕분에 뮈텔은 <그 누구도 함부로 할 수 없는 사회적 지위의 인물로 자리잡게 되었>거니와, 이런 기회를 교세 확장에 최대한으로 활용하지 않고 그냥 넘어갈 뮈텔이 아니었다.14) 그런데 뮈텔의 <기회 이용>이라는 것은 바로 천주교인들과 비신자들 사이의 대립이 있을 경우 옳고 그름을 가리지 않은 채 덮어놓고 천주교인들의 편을 들어 사건에 개입하는 식의 행동으로 나타났다. 그리고 조선에 와 있던 다른 신부들도 대부분 뮈텔의 이러한 행동 방식과 일치되는 면모를 보였다.

위에서 언급된 바와 같은 이유들이 작용한 결과, 이미 말한 대로 1896년부터는 교안의 전체적인 숫자가 급증하며, 구체적인 사건의 현장에서도 대부분 신부를 비롯한 천주교인들 쪽이 공세를 취하는 양상을 취하게 된다. 장동하는 이러한 교안들의 실상을 검토하면서, 우선 프랑스인 선교사들의 행동이 원인으로 작용하여 발생한 교안들에 주목한다. 그가 밝히고 있는 바에 따르면, 그 교안들 가운데에는 신부가 <지방 관청에 난입하여 지역 관리의 사법권과 행정권을 무시하는 불법적인 행동을 하는가 하면, 아예 사제관에 일종의 사설 재판소를 만들어 신자들을 동원하여 주민에게 행패를 부린 사례도 발견>되며, <급기야 1897년 경상도 칠곡에서는 선교사의 총에 주민이 사망하는 사건까지 발생하고 있다>고 한다.15) 그는 이러한 사례들을 두루 조사하여 그 양상들을 확인한 다음, 이 범주에 드는 교안들의 중요한 공통점을 다음 세 가지로 정리한다.

첫째, 프랑스 선교사들의 적극적인 선교 활동의 결과라는 점이다. 프랑스 선교사들이 주민들을 향한 적극적 교세 확장 정책을 전개하면서

---

14) 위의 논문, pp.110~111.
15) 위의 논문, p.120.

선교사와 지방 행정 당국 또는 선교사와 주민 사이에 불가피한 마찰이 발생하게 되었다는 점이다.

둘째는 프랑스 선교사들이 교민 분쟁에 중재라는 명목으로 적극 개입한 사실을 들 수 있다. 신자와 주민 간의 사소한 분쟁에 선교사들이 무분별하게 개입하거나 사건의 중재자로 나섬으로써 문제가 확대되는 결과를 낳기도 하였던 것이다. 선교사들은 신자와 주민의 사소한 분쟁을 교회 세력과 교회 반대 세력이라는 대립 구도로 설정, 교회 탄압 사건으로 대처하였고 선교 대상인 주민들까지 교회 반대 세력으로 간주하는 경우가 종종 있었다.

셋째는 프랑스 선교사들의 우월 의식이다. 한국의 법과 관습 그리고 주민들의 고유한 공동체 정신에 대한 몰이해와 때로는 멸시까지 하면서 자신들의 가치와 문화를 보편적 가치로 제시함으로써 분쟁을 초래하기도 하였다. 이러한 선교사들의 태도는 급기야 주민이나 지방 관청에 대한 선교사들의 직접적인 행패로 이어지기도 하였다.16)

신부들의 행동이 주된 원인으로 작용하여 발생한 교안들의 성격에 대한 장동하의 위와 같은 설명을 읽어 보면, 그 내용이『변방에 우짖는 새』에 나오는 구마슬 신부의 경우에 전부 고스란히 맞아들어가는 것을 알 수 있다. 그러니까, 따지고 보면『변방에 우짖는 새』에 나오는 구마슬 신부는 조금도 특이한 행동을 보여준 사람이 아니고 그 당시 조선에 와 있던 대부분의 서양 신부들과 동일한 방식으로 자신이 처한 상황에 대처하였던 사람일 따름인 것이다.

신부들의 행동이 주된 원인으로 작용하여 발생한 교안들의 성격이 위에서 밝혀진 바와 같은 것이라면, 일반 천주교인들의 행동이 주된 원인으로 작용하여 발생한 교안들의 성격이 어떤 것일까 하는 점은 자세히 살펴보지 않아도 이미 짐작이 가고 남음이 있다. 신부들이 일방적으로

---

16) 위의 논문, pp.122~123.

자신을 편들어줄 것이라는 믿음 아래 거침없이 자신의 이익을 관철시키려고 나선 수많은 천주교인들의 행동이 주변의 민중들이나 관청의 입장과 충돌하면서 교안의 발생으로까지 나아가게 된 경우가 대다수였으리라는 짐작이 가능한 것이다. 과연 장동하의 논문을 계속 읽어나가 보면 그러한 짐작이 틀리지 않음을 알 수 있게 된다. 장동하는 일반 천주교인이 교안 발생의 주체로 나섰던 다양한 사례들을 거론한 후 다음과 같은 말로 이 문제에 대한 논의의 매듭을 짓고 있는 것이다.

> 선교사들의 적극적인 신자 보호에 기초를 둔 선교 정책과 이에 따른 개종 운동은 선교사에 대한 신자들의 무조건적인 의탁·의존 의식을 가져왔고, 급기야 신자와 주민들에게 양대인 자세(洋大人藉勢)라는 기형적인 선교사와 교회에 대한 이해를 불러왔다. 양대인 자세에 의존하여 자신들의 문제를 해결하려는 이들의 개종이 급증하였고 동시에 이들에 의한 교민 분쟁도 늘기 시작하였다. 이러한 신자들의 기대에 부응하기 위하여 선교사들이 교민 분쟁에 적극 개입하면서 관청에까지 난입하여 행정을 어지럽히는 교폐(敎弊)를 일으키기까지 하였다. 선교사들이 무리하게 사건에 개입하면서 신자와 주민 사이의 단순한 갈등과 분쟁이 교안으로까지 발전해 나갔다. 그리고 교세가 확장되자, 1896년부터는 교회 세력에 의지한 신자들의 집단적 교폐가 나타나기 시작하여 1899년에 이르러서는 서울뿐만 아니라 전국적으로 나타나 심각한 사회 문제로 등장하기 시작하였다. 대부분 이러한 교폐들은 천주교를 빙자한 양대인 의탁 신자들이 교회 세력을 등에 업고 자신들의 사회적 불만과 개인적 원한 관계들을 해결하려 하였다.[17]

위에 인용된 장동하의 글 가운데에 나오는 <양대인 자세>라는 말은 <그 당시에 서양인 신부를 양대인이라는 말로 높여 부르면서 그들의 권

---

17) 위의 논문, pp.138~139.

력에 기대어 자신의 이익을 도모하려 했던 천주교인들의 심리>를 가리키는 말이요, <교폐>라는 말은 <교회의 행동으로 인해 발생한 폐단>이라는 뜻을 가진 말이다.

아무튼, 일반 천주교인들의 행동이 주된 원인으로 작용하여 발생한 교안에 대한 장동하의 위와 같은 설명을 읽어 보면, 그 내용 역시『변방에 우짖는 새』에 나오는 제주도 천주교인들의 경우에 전부 고스란히 맞아들어가는 것을 알 수 있다. 결국, 신부에게 초점을 맞추어서 보든, 아니면 일반 천주교인들에게 초점을 맞추어서 보든, 이재수의 난 혹은 제주 교안으로 일컬어지는 사건은 그 본질에 있어서 전혀 특이한 것이 아니고 오히려 정반대로 그 시대에 흔했던 사건의 유형을 고스란히 따르고 있는 것이며, 단지 그 규모가 다른 많은 유사한 사건들의 규모보다 더 컸다는 점에서 조금 색다른 인상을 준다는 결론이 불가피하게 된다.

3. 중국의 경우와 비교해 보면

이재수의 난 혹은 제주 교안이라고 불리는 사건이 그 시대에 흔했던 사건의 일반적 유형을 고스란히 재현하고 있는 것이라는 점은, 우리가 시야를 조금 더 넓혀서 이웃 중국의 경우까지를 살펴볼 경우, 더욱 분명한 사실로 드러난다.

중국에서도 대략 1860년 경부터 교안의 성격을 지니는 사건들이 숱하게 터졌다. 그렇게 된 이유는 기본적으로 한국의 경우와 동일하였다. 다음의 설명을 읽어 보자.

미크는 <선교사를 보내는 것은 실제로 강군(强軍)을 내지로 들여보낸 것과 다를 바가 없었다. 또한 이 침략군이 거리낌없이 횡행할 수 있도

록 일반 양민과 교민 간의 충돌이 있으면 선교사는 시비를 불문하고 교
민을 보호하였다>고 언급했다. 프랑스 침략자는 공개적으로 <우리의
절대 관심은 교도이다. 만약 그들이 교도이기 때문에 어떤 능욕을 받게
되면 이것은 프랑스에 대해 우호가 없다는 뜻이다>라고 말했다. 이러한
태도는 무뢰 교민이 나쁜 일을 하도록 고무하는 것이었고, 그들의 일체
범행이 향리와 정부의 제재를 받지 않아도 됨을 보증하였다. <이에 간
악한 짓을 행해도 모두 교당에 의지하여 항관(抗官)의 수단으로 삼았다.
심지어 중죄인이 입교하여 보호를 구한 경우도 있었고 어떤 사람과 원
수가 되면 선교사에 의탁하여 원수를 갚기도 하였다. 부(府)·현(縣)·청
(廳)·진(鎭)에 모두 천주교당이 있어 지방에서는 생을 온전히 할 수 없
었고, 선교사의 세력이 커지면서 화가 미치지 않은 곳이 없었다>고 한
다. 선교사는 무뢰배를 비호하여 그 위세를 표시하였고 무뢰배는 선교
사에 의지하여 선량한 민중을 압박하였다. 이에 교회·교당은 <자전자
주(自專自主)의 적국(敵國)>이었을 뿐 아니라, 종종 먼지투성이의 죄악의
소굴을 이루었다.[18]

위에 인용된 글은 중국의 경우를 설명하고 있는 것이지만, 그 내용을
보면, 19세기 말에서 20세기 초 사이에 걸쳐 우리나라의 도처에서 전개
되었던 상황과 본질상 차이가 없음을 알 수 있다.

그런데 좀더 자세하게 그 시대의 중국 역사와 한국 역사를 검토해 볼
경우, 우리는, 교안의 발생을 둘러싼 사태 전개의 <본질>에 있어서는 두
나라의 경우가 동일하였지만, <정도>에 있어서는 중국쪽이 더 심각하였
다는 사실을 발견하게 된다. 그러한 차이가 생기게 된 원인은 간단하다.
중국의 경우, 프랑스인 신부들에게 주어진 특권이 한국의 경우보다 더
컸다는 점이 바로 그 원인이었다.[19] 특권이 더 큰 것에 정확히 비례해서

---

18) 이시악(李時岳), 『근대 중국의 반기독교 운동』(이은자 역, 고려원, 1992), pp.23~24.
19) 강인철, 「식민지 정권과 교회 : 토착화의 종교 정치학」, 『한국 천주교회사의 성찰과
　　전망』, pp.216~219.

횡포도 그만큼 더 컸던 것이다.

이처럼 프랑스인 신부들에게 주어진 특권이 더 컸고, 거기에 비례해서 횡포도 더 컸던 만큼, 교안을 대표하는 것으로 공인되고 있는 사건의 규모에 있어서도 중국쪽이 한국쪽보다 훨씬 더 컸다. 중국에서 발생한 교안을 대표하는 것은 한국의 제주 교안보다 1년 앞서서 터졌던 의화단(義和團) 사건인데, 이 사건은 <외국인 주교 5명과 신부 30명을 비롯하여 3만 명 이상의 엄청난 인명 피해와 시설 파괴를 수반했>[20]던 것이다. 의화단을 진압하기 위해서는 서양 제국주의 국가들이 총체적으로 단결하여 연합군을 구성해야만 했을 정도로 그들의 기세는 대단하였다. 의화단이 궤멸된 이후부터 교안의 발생은 차차 줄어들기 시작했으나 좀처럼 사라지지는 않았으며 그 여진은 중화인민공화국이 수립된 1949년까지 이어진 바 있다.

이러한 역사의 기록을 다시 짚어보면서 우리는 19세기에서 20세기까지에 걸친 기간 동안 프랑스의 제국주의 정책과 천주교 사이에서 맺어졌던 긴밀한 상호 연결관계를 다시 한번 착잡한 마음으로 확인하게 된다. 그 양자간의 긴밀한 상호 연결관계는 프랑스가 직접 식민지로 삼아 통치하였던 베트남에서도 생생한 모습으로 나타난 바 있다. 그런데 바로 이러한 프랑스의 베트남 식민화를 한국의 천주교회에서는 그 기관지격인 『경향신문』을 통해 적극적으로 옹호하였다.[21] 그 시대 한국 천

---

20) 위의 논문, p.222.
21) 프랑스의 베트남 식민화를 옹호하는 한국 천주교회의 논리 전개는, 구체적으로는, 그 당시 많은 사람들의 관심을 끌었던 『월남망국사(越南亡國史)』라는 책에 담겨 있는 논리를 조목조목 비판하는 방식으로 이루어졌다. 『월남망국사』는 베트남의 독립투사인 판 보이 차우와 중국의 사상가인 양계초(梁啓超) 사이에서 교환된 토론의 기록 및 판 보이 차우에 의한 역사 서술을 함께 담고 있는 책으로, 1905년에서 1907년 사이에 무려 세 가지나 되는 번역본이 다투어 출간될 만큼 우리나라의 지식인 사회에서 커다란 관심을 불러모은 바 있다. 이 책에 포함되어 있는 판 보이

주교의 정체성이 과연 어떤 것이었는가를 다시 한번 묻게 만드는 장면
이 아닐 수 없다.

차우의 역사 서술이란 말할 나위도 없이 베트남의 멸망과 그 후에 이어진 독립투쟁
의 전개 과정을 그 대상으로 삼고 있는 것이며, 치열한 반제의식(反帝意識)이 그 전
편을 꿰뚫고 있다. 그리고 이러한 반제의식은 판 보이 차우와 양계초 사이의 대화
를 기록한 부분에서도 마찬가지로 강렬하게 나타난다. 이와 같은 면모를 지니고 있
는 『월남망국사』라는 책에 대하여 한국 천주 교회의 기관지격인 『경향신문』은
1908년 4월 10일부터 7월 31일까지의 기간 동안 무려 17회에 걸쳐 「근리 나는 칙
을 평론 : 월남망국사」라는 제목의 서평을 연재하여, 적극적인 반론을 펼쳤다. 신광
철의 정리에 따르면, 그 반론의 내용은 다음과 같이 요약될 수 있다. <『경향신문』
은 구체적인 평론 과정을 통해서 프랑스 선교사들이 법국, 즉 프랑스의 권세를 위
해서 베트남에 들어간 것이 아니라, 전교(傳敎)를 위해 들어간 것이라는 점을 논증
하였다. 『경향신문』은 다음으로 프랑스의 베트남 입국 목적에 대해서도 통상(通商)
과 베트남의 개화를 위한 것이었다고 하면서, 일본의 조선 침략 야욕과 대비시켰다.
『경향신문』은 프랑스가 베트남 관리들의 부정부패를 해소하는 데 일조했다는 점,
베트남의 세제(稅制)를 개혁했다는 점, 교통의 발전, 농업개량 및 학교의 설립 등의
사실을 제시하여 당시 한국 사회의 베트남사 이해에 대한 보완을 시도하였다>(신
광철, 『천주교와 개신교, 만남과 갈등의 역사』(한국기독교역사연구소, 1998), pp.159
∼160).

『변방에 우짖는 새』의 베드로 양용항

1. 선량한 천주교인들의 운명

19세기 말에서 20세기 초에 걸치는 기간 동안, 서양인 신부들과 일부 천주교인들이 부당한 횡포를 일삼다가 천주교인이 아닌 일반 주민들과 충돌하는 사건, 즉 흔히들 교안(敎案)이라는 말로 부르는 사건이 연달아 일어나곤 했을 때, 가장 난처하고 괴로운 처지에 놓인 것은, 순수한 신앙심을 가지고 선량한 생활을 하며 천주교를 믿어 오던 사람들이었을 것이다.

사실 이러한 부류에 드는 천주교인들은 적은 수가 아니었다. 정확한 통계자료야 물론 없지만, 상식적으로 생각해 보아도, 이런 사람들이 당대의 천주교인들 가운데 최소한 절반은 넘었을 것으로 짐작된다. 중국에서 발생한 교안들을 연구한 이시악(李時岳)도, 교안이 연이어 발생하던 당시의 중국 천주교인들 가운데에서 사실은 선량한 사람들이 다수였고 횡포를 일삼는 무뢰배들은 그리 많지 않았다는 사실을 언급하고 있다.

하지만 문제는, 한국에서나 중국에서나, 선량한 천주교인들이 수적 우위에도 불구하고 대체로 무력한 존재로 남아 있을 수밖에 없었다는 점이다. 어찌하여 이런 사태가 초래되었는가? 중국의 경우에 대하여 이시악은 다음과 같은 설명을 하고 있다.

> 문제는 소수의 걸교자와 투교자가 기독교 해외 포교 운동의 정치 침략성에 부합하여 교회 선교사의 비호를 받아 교민의 대표를 이루었다는 데 있었다.[1]

위에 인용된 이시악의 문장 가운데에는 걸교자와 투교자라는 다소 생소한 단어가 나오는데 이 단어들에 대해서는 이시악 자신이 정의를 내려 주고 있다. 그에 따르면 걸교자란 <교회의 하찮은 은혜를 탐내 교민을 일종의 직업 내지 직함으로 생각하는 사람으로 대개 무뢰 유민들>이었으며, 투교자란 <교회 세력에 기대어 착취에 저항하고 도리어 타인을 착취하는 사람들로, 소수 외국인의 힘을 빌려 권위와 복을 꾀하는 악인들이 여기에 포함되어 있었다>고 한다. 바로 이런 부류의 인간들이 <선교사>, 즉 서양인 신부의 지지를 획득한 덕분으로 천주교인 전체의 대표처럼 행세하게 되었다는 것이 이시악의 설명인데, 그의 설명은 중국의 경우를 대상으로 한 것이지만, 알고 보면 한국의 경우도 이와 완전히 동일한 면모를 보여주고 있는 터이다.

중국의 경우든 한국의 경우든 근본적인 사정이 위와 같은 것이었다면, 문제를 악화시킨 데에는 신부들의 책임이 크다고 하지 않을 수 없다.

---

1) 이시악(李時岳), 『근대 중국의 반기독교 운동』(이은자 역, 고려원, 1992), p.23. 여기서 이시악이 말하는 <기독교>란 천주교와 개신교를 합쳐서 일컫는 명칭이며, 양자 가운데서 사실은 전자에 무게중심이 가 있는 명칭이다. 이시악이 그의 저서 속에서 개신교만을 따로 지칭할 때에 사용하고 있는 단어는 <예수교>이다.

많은 경우 신부들은 그런 걸교자와 투교자의 무리를 신임하고 가까이에 두었으며, 그들이 천주교인 이외의 일반인들과 충돌하여 말썽을 일으킬 때마다 덮어놓고 그들 편을 들어서 사태에 개입하곤 했던 것이니까 말이다. 하지만 따지고 보면 신부들 개개인도 최종적인 책임자라고 할 수는 없다. 문제의 궁극적인 원인은 천주교 전도가 프랑스를 비롯한 서양 제국주의 강대국들의 이익 추구와 뗄 수 없는 관계로 연결된 채 진행되었다고 하는 사실 바로 거기에 있는 것이다.

아무튼 이러한 상황 속에서 다수의 선량한 천주교인들은 별다른 방도를 마련하지 못한 채 대체로 무기력한 방관자의 위치에 머무를 수밖에 없었던 셈이다. 그런데 신부를 앞세운 일부 천주교인들의 횡포 때문에 피해를 입는 일반 민중의 입장에서 보면, 천주교인들 가운데 누가 걸교자 혹은 투교자의 성격을 지니고 있는 사람이고 누가 선량한 신자인지 제대로 구별하기가 어렵다. 그러므로, 한국의 제주 교안이라든가 중국의 의화단 사건과 같은 대사건이 폭발하여 천주교인들에 대한 일반 민중의 보복극이 벌어질 경우, 선량한 천주교인들도 희생자가 되는 운명을 면할 수 없게 된다.

2. 『변방에 우짖는 새』의 양용항이 걸어간 길

일찍이 제주 교안을 소재로 하여 장편소설 『변방에 우짖는 새』를 쓴 현기영은, 그 작품 속에서, 바로 이들 선량한 천주교인 그룹의 괴롭고 불행했던 운명에 대하여 연민 어린 시선을 보내는 것을 잊지 않았다. 그는 이 소설에서 기본적으로는 일반 민중, 즉 서양인 신부를 앞세운 불량 천주교인들에 의하여 고통을 겪어야 했던 일반 제주도인의 입장에 서서 이 사건을 보고 있지만, 반드시 그들의 입장에만 일방적으로 함몰되지 않고,

천주교인들 가운데에는 선량한 사람도 많았음을 분명하게 밝혀 주고 있는 것이다. 현기영이 구체적으로 그 점을 밝혀 주기 위하여 조명을 집중한 인물이 하나 있으니, 바로 베드로 양용항이다.

원래 양용항은 제주도에 천주교의 씨앗을 뿌린 원조(元祖)에 해당하는 사람이다.

> 양 베드로는 이년 전 서울에 머물 때 우연히 성교(聖敎)를 알아 영세 입교하고 열심히 교리를 익힌 다음 고향에 내려와서 나머지 네 사람에게 전교했던 것이다. 민 주교께 이 섬에도 목자를 보내 달라고 여러 번 간청한 것도 그였다.[2]

제주도에 신부가 오게 하려는 그의 노력은 마침내 결실을 거두어, 프랑스인 배 신부가 부임한다. 하지만 배 신부는 기후가 맞지 않아 고생만 하다가 일년을 못 채우고 떠난다. 그 후임으로 역시 프랑스인인 구 신부가 온다. 30세의 혈기 넘치는 젊은이인 구 신부는 전임 배 신부와 대조적으로 맹렬한 포교 활동에 나서는데, 그 주된 수법이 바로 결교자와 투교자들을 널리 모집하여 교세를 키워 나가는 것이었다. 이런 전략은 외형상 성공을 거둔다. 오래지 않아 천주교인의 수가 크게 늘어나는 것이다. 하지만 이렇게 되면서 양용항 자신은 제주도의 천주교인 사회에서 아웃사이더로 전락하고 만다. 그리고 나중에 가서 이재수의 지휘 아래 천주교인들에 대한 학살이 벌어질 때에는 그 역시 결교자·투교자의 무리들과 한가지로 처형당하는 비운을 맞이한다.

이런 식으로 최후를 맞이할 때까지, 양용항이 소설 속에 뚜렷한 모습

---

2) 현기영, 『변방에 우짖는 새』, 『우리 시대 우리 작가 22』(동아출판사, 1987), p.161.
   여기서 말하는 <민 주교>란 1890년부터 1933년까지 한국 천주교회 전체를 관할하는 교구장으로 재임했던 뮈텔 주교를 가리킨다.

으로 등장하는 것은 세 차례이다.

첫 번째는 양용항 자신의 설득에 감화되어 천주교에 입교, 영세를 바로 눈앞에 두고 있던 강우백이라는 친구가, 신부를 앞세운 결교자·투교자 무리의 계속되는 행패에 분노하여 아예 천주교로부터 떠날 것을 결심하자, 양용항이 이를 만류하러 강우백을 찾아갔다가 격렬한 논쟁을 벌이게 되는 장면에서이다. 이 장면에서 양용항은 다음과 같은 세 가지 논리로 강우백을 설득하려 든다. 첫째, 행패를 일삼는 천주교인들도 물론 있지만, 그래도 순수한 신앙의 길을 걷는 선량한 교인들이 더 많다. 둘째, 행패를 일삼는 교인들도 따지고 보면 원래는 <헐벗고 불쌍헌 사람들>로서 <오죽 그동안 천덕꾸러기로 눌려 지냈으면 저리 발악허겠는가>, 그러니 이해해 주는 마음으로 대할 필요가 있다. 셋째, 천주가 저들의 행패를 모를 리 없는 바, 알면서도 아직 아무런 조치가 없는 것은 <무언가 궁리가 있어 잠시 기다리고> 있는 것일 터이니, 우리 신자들도 천주의 뜻과 능력을 믿으며 좀더 기다리는 것이 옳다. 하지만 이런 양용항의 논리는 강우백의 마음을 조금도 움직이지 못한다. 강우백은 <자네 겉은 어진이사 무신 죄가 있나. 자네가 교폐를 바로잡아 보려고 신부와 다투기를 그 몇 번이던가>라는 말로 양용항의 진심을 인정하면서도 천주교를 떠나지 말아 달라는 그의 설득은 끝끝내 물리친다.[3] 그리고 나중에 가서 보면 그는 천주교인들의 횡포에 대항하기 위하여 조직된 상무사라는 단체의 핵심 간부가 되며, 마침내 사태가 제주 교안 혹은 이재수의 난이라는 이름의 일대 민란으로 번지게 될 때에는, 동진(東陣)의 지휘자로서, 서진을 맡은 이재수와 더불어, 민란의 양대 주역 가운데 한 사람으로까지 부상하기에 이른다.

3) 위의 책, pp.201~202.

양용항이 소설 속에 등장하는 두 번째 장면은, 민중들이 몇 가지 요구사항을 내세우며 들고 일어나긴 했으나 아직 정면 충돌은 일어나지 않았던 초기 단계에서 천주교인 측의 간부들이 신부를 중심으로 대책 회의를 여는 장면이다. 당시의 상황은 민중측과 천주교측, 이 양쪽의 대표단이 관(官)의 중재를 받아들여 회합을 갖고 사태의 바람직한 해결책을 의논하기로 약속이 정해진 상태였다. 그런데 대책 회의의 자리에 모인 신부와 교인 간부들은 이 약속을 무시해 버리고 민중 대표단을 급습하여 납치해 오자는 쪽으로 의견을 모아 간다. 이런 기막힌 사태 발전에 놀란 양용항은 힘써 그 부당성을 지적하고 대화로 문제를 해결하자는 주장을 펴다가 강경파의 최 선달로부터 혹독한 면박을 당한다. 그리고 최 선달 이외의 사람들도 모두 양용항의 말을 무시한다. 사실 양용항은 이 무렵이면 벌써 제주도 천주교 집단의 핵심부로부터 <불평만 일삼는다고 노상 개밥에 도토리같이 따돌림 받던> 처지였으므로 원래는 회의에 참석할 수도 없었을 것이지만 <본시 대정 향교 유생으로 그쪽 사정을 잘 알>고 있다는 점 덕분에 겨우 자리에 낄 수 있었던 터이니,[4] 이런 그의 말에 귀를 기울여 주는 사람이 나올 리 없었다.

양용항이 뚜렷한 모습으로 등장하는 마지막 세 번째 장면은, 마침내 제주성을 장악한 이재수 중심의 성난 민중들이 천주교인들을 옥석의 구별 없이 처형하는 대목에서이다. 이 대목의 본문은 조금 길게 인용할 만한 가치가 있다.

목숨이 경각에 놓인 교인들은 완전히 공포에 질려 서로 엉겨붙은 채 울며불며 몸부림쳤다. 이때 한 교인이 벌떡 자리에서 일어나더니 크게 소리쳤다.

4) 위의 책, p.256.

「봅서, 교우 여러분들! 내 말 들읍서!」

양 베드로였다.

「모두들 정신 차립서! 시방 천주님이 부르시는 소리가 들리지를 않소?」

그러나 교인들의 곡성은 좀처럼 그치지 않았다. 양 베드로는 결박진 몸을 거세게 흔들며 우렁찬 목소리로 외쳤다.

「용기를 냅서! 울음을 그치고 용기를 냅서! 천주님 앞으로 갈 때가 왔수다. 이제 곧 우리는 모두 천당에 가게 되니 마음의 준비를 해야 합니다. 용기를 냅서.」

「이 죽음을 두려워하는 자 신심이 약한 잡니다. 신심이 약한 자는 천당에 못 갑네다. 천주께서 나를 위해 죽는 자, 영원히 살 것이라고 하였소. 자 주모경을 외웁시다!」

그제서야 교인들이 눈물이 질펀한 얼굴로 양 베드로를 보았다. 이때 한 교인이 울먹거리며 걱정스럽게 물었다.

「난 무식해서 기도문을 못 외웁니다. 아는 건 <예수, 마리아> 두 말 뿐인디 그래도 천당에 갈 수 있으까 마씸?」

양 베드로가 크게 고개를 주억거리며 대답하기를,

「물론입쥬. 천주님을 위해 죽는 것보다 더 큰 축복은 없우다. 우리 중에는 요사이 입교하여 기도문을 못 깨친 교우님들이 많을 텐데, 모두 나를 따라 하십서. 자, 우리 다같이 큰 소리로 기도문을 외우면서 기꺼운 마음으로 천주님 앞으로 나아갑시다!」

양 베드로가 먼저 얼굴을 하늘로 쳐들고 장쾌한 목소리로 성모경을 외우기 시작했다. 다른 교인들도 하나 둘 울음을 삼키며 뒤따라 외었다. 몸은 결박되어 손을 모아 쥘 수도 없고 묵주도 만질 수 없고 성호도 그을 수 없었다. 그러나 기도 소리는 점점 커져갔다.

「성총을 가득히 입으신 마리아여! 네게 하례하나이다! 주께서 너 함께 계시니, 여인 중에 복 되시며 복중(腹中)에 나신 예수 또한 복되시도다. 천주의 성모 마리아여! 이제와 우리 죽을 때 우리 죄인들을 위하여 빌으소서, 아멘.」[5]

---

5) 위의 책, pp.324~326. 이 대목에서 작품의 서술자가 양용항을 일관되게 양 베드로라 지칭하고 있는 것이 흥미롭다.

　두 번째로 등장하는 장면에서 고독한 모습으로 회의장에 앉아 자신에게 쏟아지는 동료 천주교인 간부들의 부당한 공격과 신부의 역시 부당한 무시를 감당해 내고 있던 양용항이 억울한 죽음을 목전에 둔 시점에 이르러 세 번째로 등장, 위에 인용된 대목에서 보듯, 비상한 용기와 웅변으로 주변을 압도하며 한 사람의 비극적 영웅으로 재탄생하는 모습을 확인할 때, 우리는 상당히 강렬한 인상을 받지 않을 수가 없다. 그리고, 양용항은 이 시점에 이르러 비로소 진정한 마음의 평화를 얻게 된 것이 아닐까 하는 생각을 가져 보게 된다. 적어도 양용항 개인으로서는, 신부를 비롯한 천주교 집단 전체가 행패나 일삼는 악의 무리로 규정되는 사태를 속수무책으로 지켜보아야 하는 것보다는, 차라리 의연한 모습으로 죽음을 맞이하는 순교자의 반열에 들어가는 편이 마음의 평화를 위해 더 나은 일일 수 있었을 법한 것이다.

　그런가 하면 우리는, 그가 제주도에서 천주교회의 권위를 대표하는 유일한 존재로 군림하고 있는 신부의 정책에 대하여 강한 비판의식과 반감을 가지면서도 끝까지 그가 믿는 바 천주에 대한 신앙만은 고수하는 독실한 교인으로 살았고 또 죽었다는 사실을 확인하면서, 맥클로리가 말하는 <충실한 이견자(faithful dissenter)>의 면모6)를 그로부터 발견하고, 다양한 사유를 시도해 볼 수도 있을 듯하다. 물론 그 사유 속에는, 이런 인물을 기어이 본의 아닌 <이견자>로 만들어 버리고 만 구 신부, 그리고 더 나아가, 구 신부와 같은 부류의 신부들이 한국 및 중국의 도처에서 숱하게 출현하도록 만든 그 당대 천주교회 전체의 행태에 대한 비판이 필수적으로 포함되지 않을 수 없을 것이다.

　어쨌든 위에서 이야기된 바와 같은 면모를 지닌 양용항이라는 인물을

---

6) <충실한 이견자>의 개념과 그 대표적인 사례들에 관해서는 로버트 맥클로리의 『충실한 이견자』(김상분·황종렬 공역, 다른우리, 2003)를 참조할 것.

창조해 내었다는 점에서 현기영은, 비록 그 자신은 비신자이지만, 한국 천주교 문학의 자산을 풍요롭게 만드는 데 의미 있는 기여를 한 것으로 평가받기에 충분하다.

『검은 꽃』의 이그나시오와 한국 천주교

1. 김영하의 『검은 꽃』

1905년 4월, 영국 국적의 화물선 일포드 호를 타고 멕시코의 에네켄 농장으로 노동이민을 떠난 1,033명의 조선인들이 있었다. 한 달 넘게 걸린 항해 기간 동안 두 명이 죽고 한 명의 신생아가 태어났기 때문에, 멕시코에 도착한 사람의 수는 1,032명이었다.

바로 이 멕시코 노동이민의 이야기를 소재로 하여, 2003년, 김영하가 한 편의 장편소설을 써냈다. 그 작품이 바로 『검은 꽃』이다.

『검은 꽃』은 깊이있는 사유와 유려한 문체의 매력으로 빛나는 수작이다. 그런가 하면 다양한 인물들을 등장시켜 파란만장한 사건들을 전개해 보인 흥미 만점의 작품이기도 하다.

이 작품에 나오는 다양한 인물들 가운데에는 한국인이 아닌 사람도 포함되어 있다. 내가 이 자리에서 언급하고자 하는 이그나시오 벨라스케스도 그 중의 하나이다.

2. 이그나시오가 걸어간 길

이그나시오 벨라스케스는 농장과 은행을 소유한 부자이다. 또한 그는 그의 유명한 조상인 호세 벨라스케스가 지녔던 열광적인 천주교 신앙을 공유한 사람이기도 하다.

호세 벨라스케스는 16세기에 멕시코로 건너온 예수회 수도사였다. 열광적인 천주교 신자답게 그는 멕시코 원주민들이 믿고 있는 샤머니즘을 반드시 때려부수어야 할 존재로 간주했다. 그는 강력한 사설 군대를 조직했다. 원주민 마을에 쳐들어가 원주민들이 섬기는 우상을 파괴하고, 원주민들의 마을을 불태우고, 원주민들을 학살하는 것이 이 군대의 일이었다. 그 자리에 천주교 교회를 세우는 것도 이 군대의 일이었다.

호세가 세상을 떠난 지 한참 뒤, 그의 후손들 가운데에서 호세와 아주 닮은 사람이 나온다. 앞에서 말한 대로, 그가 곧 이그나시오 벨라스케스이다. 이그나시오의 농장에서 일하는 원주민들은 그가 휘두르는 채찍을 이기지 못하고 샤머니즘을 버리며 그 대신 일요일마다 미사에 출석하게 된다.

이런 이그나시오의 농장에 새로 50여 명의 조선인들이 온다. 태평양을 건너 멕시코에 도착한 1,032명의 조선인들 가운데 50여 명이 이그나시오의 농장으로 오게 된 것이다.

이그나시오는 조선인들도 미사에 참석하라고 명령한다. 조선인들은 일요일마다 알아들을 수도 없는 라틴말로 진행되는 미사에 참여해야만 하게 된다.

조선인들은 주일에 그나마 가장 깨끗한 옷을 꺼내 입고 농장 안에 마련된 조그만 공소에 가 미사를 보았다. 메리다의 신부 하나가 말을 타고 와 농장주와 고용인들을 위해 미사를 집전했다. 농장주와 감독들은 벨리세 산 마호가니 의자에 앉아 미사를 보았지만 조선인들과 마야인들은 땅바닥에 앉아 무슨 말인지도 모르는 라틴어를 들었다. 일어났다 앉기를 몇 번을 거듭하면 미사가 끝났고 농장주는 수박을 내놓았다.[1]

한동안 별 문제 없이 이런 상황이 이어지던 중, 사건이 터진다. 조선인들 가운데 박수무당을 하다가 멕시코까지 오게 된 사람이 있다. 조선인들 가운데 한 남자가 중한 병에 걸려 낫지 않자, 그 아내가 박수무당에게 굿을 요청한다. 굿판이 벌어진다. 물론 은밀한 가운데서이다. 그러나 조선인들 가운데 박수무당의 돈을 훔친 일로 그와 적대관계에 놓인 바 있는 최선길이라는 자가 이그나시오에게 밀고하는 바람에 발각이 되어 버린다. 이그나시오는 농장 감독들을 이끌고 굿판을 습격하여 모조리 때려엎고 박수무당을 붙잡아 구타하면서 개종을 강요한다. 하지만 박수무당은 자기에게 붙어 있는 신이 자기를 놓아주지 않기 때문에, 개종을 하고 싶어도 할 수가 없는 처지이다. 개종이 불가능하다는 박수무당의 말을 통역으로부터 전해 들은 이그나시오는 박수무당을 더욱 혹독하게 구타하고 창고 안에 감금해 버린다. 사태의 이러한 진전에 분노한 조선 사람들은 격렬한 시위를 벌인다. 이그나시오는 경찰을 불러 폭력적으로 시위를 진압한다. 시위가 진압된 후 이그나시오는 자신의 서재로 돌아와 간절한 기도를 올린다.

모든 일들이 진정된 뒤 이그나시오 벨라스케스는 자기 서재로 돌아와 공단이 깔린 바닥에 무릎을 꿇고 기도하였다. 주여, 어찌하여 제게 이런 시련을 주시나이까. 어찌 해야 저 미개한 자들에게 당신의 복음을

---

1) 김영하, 『검은 꽃』(문학동네, 2003), p.157.

전하오리까. 아버지, 제게 어떤 고통에도 굴하지 않을 힘과 용기를 주시고 사탄의 유혹과 꾀에 넘어가지 않을 지혜를 주시옵소서. 어느새 이그나시오의 눈에서는 뜨거운 눈물이 흘러내렸다. 천국으로 인도하겠다는 자신의 진정을 끝내 몰라주는, 저 극동의 가난한 백성들을 향한 동정과 연민이 뜨겁게 솟구쳐올랐다.[2]

그 후 여러 해가 지나서 계약 기간이 만료되자 이그나시오의 농장에서 일하던 조선인들은, 영세를 받고 이그나시오의 충복이 된 최선길만 제외하고, 모두 떠나버린다.

이즈음, 멕시코의 상황이 변한다. 독재자 디아스가 실각하고, 그것을 발단으로 하여, 거대한 혁명의 불길이 멕시코 전역을 휩쓸게 된다. 혁명 세력은 <지도자를 갈아치우는 데에서 그치지 않고 멕시코의 지주계급과 교회, 성직자들을 공격하는 쪽으로 방향을>[3] 튼다. 메리다에 있는 대성당도 혁명군의 공격 목표가 된다. 이그나시오는 최선길을 데리고 메리다 방어전에 참여한다. 이그나시오의 총은 몰려드는 군중을 향해 필사적으로 불을 뿜는다. 하지만 노한 군중의 물결은 끝이 없다. 결국 대성당은 함락되고, 이그나시오와 최선길은 모두 붙잡힌다. 군중은 두 사람 모두를 십자가에 못박아 처형한다.

3. 한국의 천주교에는 이그나시오 같은 사람이 없는가?

『검은 꽃』에 나오는 이그나시오가 걸어갔던 길은 대략 이상과 같거니와, 이러한 그의 면모를 다시 간단히 정리해 보면 그것은 다음과 같은 세 가지 항목으로 요약될 수 있다.

2) 위의 책, p.188.
3) 위의 책, p.261.

(1) 그는 독실한 천주교 신앙을 가지고 있다.

(2) 그의 신앙은 독선적인 성격을 띠고 있다. 그 신앙의 독선적인 성격은, 천주교가 아닌 종교를 가지고 있는 사람을 보면 개종을 강요하고 불응할 경우 박해를 가하는 것으로 나타난다.

(3) 그의 신앙은 신분차별제도와 귀족의 특권이 영속되기를 바라고 그것을 위해서 싸움도 불사하는 정치적 보수주의와 긴밀하게 결합되어 있다.

그런데, 위의 세 가지 항목을 찬찬히 검토해 보면, 그 세 가지 항목은, 하나의 예외도 없이, 콜롬부스가 아메리카 대륙에 처음 도착하였던 당시부터 현대에까지 이르는 장구한 기간 동안 중남미에 등장하였던 천주교인들 가운데 상당수에게 두루 해당되는 내용임을 깨달을 수 있다. 그리고 시야를 더 넓혀서 관찰해 보면, 그 세 가지 항목은 역시 하나의 예외도 없이, 로마 제국의 콘스탄티누스 황제가 그리스도교를 공인하고 국교로 지정한 이후 현대에까지 이르는 더욱 장구한 기간 동안 유럽에 등장하였던 천주교인들 중 상당수에게도 마찬가지로 해당되는 내용임을 깨달을 수 있다. 이런 점에서 보면, 『검은 꽃』에 나오는 이그나시오는 서양의 천주교인들 중 상당수를 차지해 오고 있는 부류의 한 전형을 구현하고 있는 인물이라고 규정지어도 별반 무리가 없을 것으로 생각된다.

그렇다면, 이그나시오를 한국의 천주교인들과 비교해 볼 때에는 어떤 이야기가 가능할까?

『검은 꽃』의 이그나시오가 지닌 면모를 집약해서 설명하고 있는 위의 세 가지 항목 가운데 (1)의 항목을 그와 공유하고 있는 사람은 한국의 천주교인들 가운데서도 어렵지 않게 발견될 수 있다. 하지만 (2)와 (3)의 항목에 관해서는 그렇지 않다. 한국의 경우, 천주교인이 이그나시오처럼 종교적인 이유 때문에 남을 박해한다든가, 신분차별제도와 귀족의 특권이 영속되도록 하기 위해 싸운다든가 하는 모습을 보여준 예는 없다. 한국의 천주교인들이라면 누구나 본래 이그나시오 같은 사람과는 바탕을 달리하고 있었기 때문인가? 그렇게 말하기는 어렵다. 그보다는, 한국 천주교인들의 경우, (2)와 (3)의 항목에 해당하는 면모를 보여줄 기회를 한 번도 갖지 못했던 것이라고 해석하는 편이 적절하다.

우선 (2)의 항목부터 생각해 보자. 누구나 아는 바와 마찬가지로, 한국의 천주교인들은 남을 박해할 수 있는 지위에 올라선 적이 없다. 오히려 박해를 당하면서 성장해 온 것이 한국의 천주교이다.

물론 서양의 경우에도 천주교의 원류에 해당하는 초기 그리스도교는 수백 년간 로마 제국의 권력자들로부터 모진 박해를 당하면서 성장하는 과정을 거친 바 있다. 하지만 서양의 경우, 박해의 시대가 끝나자, 거기에 곧바로 뒤이어서, 그리스도교인들 스스로 남을 박해할 수 있을 정도의 권력을 장악하는 시대가 시작되었다. 바로 이 시점이야말로 천주교의 공식적인 역사가 시작되는 시점이기도 하다. 그리고 이 시점에서 출발한 천주교는, 남을 박해할 수 있을 정도의 권력을 장악하자마자, 실제로 남을 박해하는 일에 나섰다. 그것도 적극적으로 나섰다. 의미심장한 전환이라고 하지 않을 수 없다. 일찍이 베리는 이러한 전환을 다음과 같은 말로 적절하게 요약한 바 있다.

기독교가 금지되어 있던 동안의 2세기간 기독교도는, 종교적 신앙이 자유 의사에서 우러나는 것이요 강제할 수 있는 것이 아니라는 이유로, 신교(信敎)의 관용을 요구하였다. 그러나 기독교가 지배적인 신앙으로 되고 국가의 권력을 배경으로 하게 되자, 그들은 이 견해를 버렸다. 그리고 우주의 신비에 대한 사람들의 견해를 완전히 통일한다는 자신 있는 사업에 착수하고, 아무튼 명백한 사상 탄압 정책을 개시하였다.[4]

　서양의 경우가 위와 같았던 것과 달리, 한국의 경우에는, 천주교에 대한 박해의 시대가 끝나자 곧바로 이어서 다종교 공존의 시대가 찾아왔다. 즉 그 어떤 종교도 다른 종교를 순전히 종교적인 이유로 박해할 수 없는 시대가 왔던 것이다. 역사의 전개 양상이 이러하였으므로, 한국의 천주교인들 가운데 설령 이그나시오와 같은 성격과 신념을 지닌 사람이 있었다 하더라도, 그는 남에게 개종을 강요하거나 박해를 행하는 기회를 가져볼 수가 없었다.

　한국 천주교의 역사 속에서 <타종교인에 대한 개종 강요>라든가 <타종교에 대한 박해>와 같은 기록을 찾아보기 어려운 것은 대략 위와 같은 사정에 근거를 두고 있는 것일 따름이다. 앞에서도 말했던 것처럼, 한국의 천주교인들이라면 누구나 이그나시오 같은 사람과 아예 바탕 자체를 달리하고 있기 때문에 가능했던 일이 아닌 것이다. 사실, 다른 종교를 가지고 있는 사람들을 만나면 개종을 강요하고 불응할 경우 박해까지도 자행하는 이그나시오의 행동은 이미 언급된 바와 마찬가지로 그가 지닌 천주교 신앙이 <독선적>인 것이라는 사실에서 나온 결과인데, 이 신앙의 <독선적>인 성격은 그 뿌리를 의외로 깊은 데에다 두고 있는 터이다. 베리는 이 점을 다음과 같이 설명하고 있다.

　그 근본적 원리가 나온 것은, 구제의 유일한 길이 오직 기독 교회에만 있다는 교리에서였다. 교회의 교리를 믿지 않는 사람은 영원히 지옥에 떨어지며, 신은 신학적 오류를 가장 흉악한 죄인 양 처벌한다는 깊은 확신이, 자연히 박해를 가져오게 마련이었던 것이다. 사람들의 영원한 행복에 관한 문제인 만큼, 유일의 올바른 교리를 그들에게 강제하고 또 오류가 퍼지는 것을 막는 것은, 하나의 의무였다. 이단자는 보통 죄인보다 더한 죄인이며, 사람이 이단자에게 줄 수 있는 고통은 지옥에서

---

4) 존 B. 베리, 『사상의 자유의 역사』(양병우 역, 박영사, 1975), p.44.

그들을 기다리고 있는 고문에 비하면 아무 것도 아니라는 것이었다.[5]

한국의 천주교인들도, 박해를 당하던 시대에나 그 이후에나, 마음속 깊은 곳에서는 이러한 사정으로부터 좀처럼 자유로울 수 없는 형편이었다고 보아야 옳다.

그 다음 (3)의 항목에 관해서 보더라도, 근본적인 사정은 마찬가지이다.

천주교 신앙이 신분차별제도 및 귀족의 특권이 영속되기를 바라는 정치적 보수주의와 긴밀하게 결합하여 하나로 움직인다는 이야기는, 앞에서 이미 말했던 바와 마찬가지로, 중남미나 유럽과 같은 서양 지역에서는 그 종교의 초창기에서부터 현대에까지 이르는 장구한 기간 동안 세상에 나왔던 천주교인들 가운데 상당수에게 고스란히 해당되는 이야기이다. 프랑스 대혁명이 진행중이던 1791년에 교황 비오 6세가 <신적 계시에 따라서 '인간 권리에 관한 혐오스러운 철학'과 특히 종교, 양심, 언론의 자유와 모든 인간의 평등을 거부>[6]하는 선언문을 발표한 사건은 그 한 가지 전형적인 사례라고 할 수 있다.

하지만, 한국의 천주교인들이, 신분차별제도와 귀족의 특권이 영속되기를 바랐다든가, 그런 것이 영속되도록 하기 위해 싸움도 불사하였다든가 한 적은 없다. 사실, 한국의 천주교인들은 박해를 당하던 시기를 거쳐 다종교 공존의 시기로 넘어오는 과정을 밟았을 따름이기 때문에, 특권을 가진 귀족층과 따로 긴밀하게 연결될 기회 자체가 아예 없었다.

하지만 한국의 천주교인들이라 해서, 정치적 선택의 원칙에 있어서까지, 이그나시오 같은 사람과는 예외없이 바탕을 달리하고 있었다고 말하기는 어렵다. 그 점은 한국의 천주교가 막강한 제국주의 대국 프랑스의

---

5) 위의 책, pp.44~45.
6) 한스 큉, 『가톨릭 교회』(배국원 역, 을유문화사, 2003), p.196.

힘에 기댈 수 있었던 시기에 어떠한 모습을 보여주었던가 하는 점을 상기해 보면 금방 알 수 있다.

이그나시오의 신앙이 정치적인 측면에서 볼 때 신분차별제도 및 귀족의 특권을 지키고자 하는 보수주의와 결합되어 있는 것은 요컨대 그의 신앙과 그의 현실적 이해관계가 뗄 수 없게 연결되어 있다는 사실을 말해 주는 것에 다름 아니다. 한국의 천주교가 프랑스의 힘에 기댈 수 있었던 시기에 이재수의 난이라는 이름으로 더 잘 알려져 있는 제주 교안을 비롯한 수많은 교안들이 발생하도록 만들었던 신부들과 일부 천주교인들의 행태 역시 그들의 신앙과 그들의 현실적 이해관계가 뗄 수 없게 연결되어 있었다는 사실을 말해 주는 것에 다름 아니며, 이 점에서 보면 그들은 이그나시오와 본질상 아무런 차이를 갖지 않는 것이다.

한때는 신부였던 사람
—『검은 꽃』의 박광수

1. 박광수의 생애

김영하의 장편소설『검은 꽃』을 보면 흥미로운 인물들이 숱하게 등장한다. 천주교의 신부가 되었다가 나중에 박수무당으로 전신하는 박광수도 그 중 한 사람이다.

박광수는 서해에 있는 위도라는 섬에서 태어난 사람이다. 어업이 모든 주민의 주된 생계 수단으로 되어 있는 곳이면 으레 그렇듯이 위도에서도 무교(巫敎)가 지배적인 신앙 형태로 군림하고 있다. 그런데 박광수가 아직 어린 소년이던 시절, 그의 아버지가 고기잡이를 나갔다가 물에 빠져 죽는다. 혼백을 건지기 위한 굿이 열리는데, 한창 굿이 진행되고 있는 도중, 아버지와 함께 나갔던 삼촌의 시체가 물결에 밀려 섬으로 흘러온다. 곰소나루에 산다는 무당이 와서 씻김굿을 치른다. 얼마 후, 박광수는 곰소나루 무당에게 유괴당한다. 전후 사정으로 보건대, 아마도 박광수의 어머니가 박광수를 무당에게 팔아넘긴 것으로 짐작된다. 곰소나루 무당은 박광수를 박수무당으로 키우기 위해 혹독한 훈련을 시킨다. 매질과 폭언은 일상사가 된다. 기회를 보아서 탈출한 박광수는 해미 읍성의 문을 지나다가 파수 보던 군인의 집으로 가게 된다. 바로 그 군인이 천주교인이다. 박광수는 군인의 인도로 서양인 신부를 만나 바오로라는 이름으로 영세를 받고, 말레이시아의 페낭으로 파견되어 신학교를 마친 후 신부가 되어 당진의 성당으로 간다. 그런데 늘 박광수의 주위를 맴돌던 어느 청상과부가 자살을 하는 사건이 일어나고, 사태의 전말을 오해한 군중의 분노가 박광수에게로 집중된다. 간신히 그곳으로부터 도망친 박광수에게 조선 교구장인 블랑쉬 주교[1]는 다시 그곳으로 가서 주민들의 오해를 풀고 교회의 입장을 밝히라고 명령한다. 하지만 박광수는 자신이 그곳으로 다시 가면 반드시 죽임을 당하리라는 것을 알고 있다. 고민에 사로잡힌 채 거리를 방황하던 그는 일포드 호의 노동이민 모집 광고를 보고 그 배에 올라 멕시코로 간다. 바오로 신부에서 평범한 농장노동자 박광수로 변신한 그는 열성적인 천주교인인 농장주 이그나시오가 조선인들의 은밀한 굿판을 습격하여 뒤집어엎고 박수무당을 구타·감금하는 사건이 벌어지자 이에 항의하는 시위를 주도하다가 그 자신 모진 매를 맞는다. 그 후 병이 깊어진 박광수에게 박수무당은 박광수의 병이 신병(神病)이라는 진단을 내리고 은밀하게 내림굿의 의식(儀式)을 행한다. 이리하여 전직 천주교 신부 박광수는 한 사람의 박수무당으로 새롭게 태어난다. 세월이 흘러 계약이 만료되자 이그나시오의 농장을 떠난 박광수는 냄비 밑바닥을 때우는 일로 생계를 유지하며 살아간다. 가끔씩 의뢰가 있을 때에는 굿을 하거나 점을 치기도 한다. 동료 이민자 수십 명이 과테말라

1) 당시 조선 교구장은 뮈텔 주교(1854~1933)였다. 뮈텔 주교는 1890년부터 제8대 조선교구장으로 재직하였다. 작가는 창작의 편의를 위해 교구장의 이름을 바꾼 것으로 보인다.

의 오지에 신대한(新大韓)이라는 이름의 미니 국가를 세울 때 박광수도 거기에 합류한다. 박광수는 신대한의 건국에 즈음하여 베풀어진 엄숙한 고사를 주재한다. 그리고, 과테말라 정부군의 공격을 받고 신대한이 멸망할 때, 전사한다.

2. 박광수와 블랑쉬 주교

박광수가 당진에서 분노한 주민들을 피하여 도망쳐 왔을 때, 그를 만난 블랑쉬 주교는 그에게 당진으로 돌아가라고 명령한다. 당진으로 돌아가라는 명령은 당진으로 돌아가서 죽으라는 명령과 같다. 박광수가 당진으로 가면 죽을 것을 뻔히 알면서 그에게 이런 명령을 내리는 주교는 참으로 무자비한 사람이라고 하지 않을 수 없다.

<무자비하다>는 말은, 일반적인 경우, 비난의 뜻을 가진 말로 쓰인다. 하지만 주교에게 있어서는 무자비하다는 말이 비난의 말로 들리지 않으리라고 생각된다.

주교는 천주교의 역사를 잘 알고 있는 사람이며, 그 자신이 천주교 역사의 중요한 일부분임을 명료하게 자각하고 있는 사람이다. 천주교의 역사에는 혹독한 박해를 가했던 기록과 혹독한 박해를 당했던 기록이 뒤섞여 있다. 그 두 가지 기록이 천주교의 역사 속에서 차지하는 비중은 엄청나다. 그 두 가지 기록을 합치면 천주교 역사의 대부분에 해당하는 기간이 채워질 정도이다. 그런데, 혹독한 박해를 가하는 입장에 섰을 때에도 천주교는 무자비했고, 혹독한 박해를 당하는 입장에 섰을 때에도 천주교는 무자비했다. 혹독한 박해를 가하는 입장에 섰을 때에는 남에게 무자비했고, 혹독한 박해를 당하는 입장에 섰을 때에는 자신에게 무자비했다. 어떤 경우에나 무자비한 태도를 유지했다는 점에서 천주교는 일관

성을 갖는다. 바로 이런 천주교의 역사를 잘 알고 있으며 자신이 바로 이런 천주교 역사의 중요한 일부분임을 명료하게 자각하고 있는 주교의 입장에서 본다면, 박광수라는 신부 한 사람을 뻔히 죽음이 기다리고 있는 곳으로 보내는 일 정도가 그렇게까지 대수로운 것일 수 없을 법하다. 그런 일로 무자비하다는 지적을 받는다 한들, 그것 역시 그렇게 대수로운 것일 수 없을 법하다.[1]

그렇기는 하나, 막상 뻔히 죽음이 기다리고 있는 곳으로 가라는 명령을 받은 박광수 당자의 입장에서 보면, 이야기가 달라지지 않을 수 없다. 특히 그의 경우는 곰소나루 무당의 폭력을 피해 평화를 찾아가는 과정에서 천주교에 입문했던 사람이기 때문에, 이 문제가 더욱 절실한 것일 수밖에 없다. 이러한 맥락에서 우리는 주교의 명령을 따르지 않고 방황하던 끝에 생각지도 않던 이민의 길을 선택하는 박광수의 행적을 충분히 이해할 수 있다는 느낌을 받는다.

3. 박광수와 이그나시오

멕시코에 도착한 박광수가 배정되어 간 농장은 독실한 천주교도인 이그나시오가 경영하는 농장이다. 신부가 되었던 경력을 가지고 있으며 비록 로만 칼라의 제복은 벗었으나 여전히 내심으로는 신앙심을 유지하고 있는 박광수와 독실한 천주교도인 이그나시오의 만남은 얼핏 보기에는 하나의 축복이 될 수도 있을 것 같은 느낌을 준다. 실제로 이그나시오는 자신의 농장으로 오게 된 50여 명의 조선인들 가운데 천주교도가 한 명 있다는 이야기를 들었을 때 <주께 감사드리나이다. 그 오지에도 주의 은

---

1) 『검은 꽃』에 등장하는 블랑쉬 주교의 이러한 면모는 역사적으로 실재했던 인물인 뮈텔 주교의 면모와 대체로 일치하는 것이기도 하다.

총이 내리사>2) 운운의 기도를 올릴 정도로 기뻐한다.

그러나 이그나시오의 천주교 신앙이 가지고 있는 독선적이고 배타적인 성격은 결국 두 사람 사이의 충돌을 불가피하게 한다. 이그나시오가 굿판을 습격하여 엎어 버리고 박수무당을 감금했을 때 박광수는 항의 시위를 주동했다가 무자비한 폭행을 당한다. 여기서도 박광수는 다시 <무자비한> 천주교인과 만나게 되는 것이다. 바로 이 <무자비한> 천주교인이 멕시코 천주교 전체의 대표로서 박광수 앞에 서게 된 셈인데, 이 <무자비한> 천주교인과 마주 서는 순간 박광수는 오래간만에 다시 한번 신부 바오로가 되어, <신의 권능과 기적>을 기대하며, <기이한 미사>를 집전한다.

> 그들에게 바오로 신부는 그저 박서방일 뿐이었다. 그 박서방은 곤봉에 굴하지 않고 분연히 일어나 페낭의 신학교에서 배운 라틴어로 이그나시오와 감독들을 향해 기도하기 시작하였다. 오래 전에 잊었다고 생각했던 주기도문과 영광송, 성모송, 사도신경이 그의 입에서 줄줄줄 흘러나왔다. 바오로는 자신이 지금이야말로 진짜 미사를 집전하고 있다고 생각했다. 신이 계시다면, 자신에게 사제로서의 위엄을 부여하실 것이다. 바로 지금 신의 권능과 기적이 필요했다. 기이한 미사가 시작되었다. 몇몇 감독들은, 바오로가 아멘이라고 외칠 때마다 자기도 모르게 성호를 그었다.3)

하지만 기적은 일어나지 않는다. 신은 침묵할 따름이다. 천주교인들이 막강한 권력을 등에 업고 이교도들을 박해할 때에 신은 침묵했었고, 반대로 이교도들이 막강한 권력을 등에 업고 천주교인들을 박해할 때에도 신은 역시 침묵했었음을 역사는 우리에게 누누이 알려주고 있거니와,

---

2) 김영하, 『검은 꽃』(문학동네, 2003), p.155.
3) 위의 책, p.187.

천주교인들이 막강한 권력을 등에 업고 한 사람의 천주교인과 다수의 이교도들을 박해하는 이 순간에도, 신은 침묵을 고수하는 것이다. 위에 인용된 대목에 이어지는 다음과 같은 장면을 보면 그 점을 잘 알 수 있다.

> 그러나 농장주 이그나시오가 간단하게 상황을 정리하였다. 보라, 사탄이 주의 말씀을 더럽히는 것을. 악마의 권능이 그의 입을 빌려 신성한 기도문을 외우는 것을.
> 무릎이 드러난 찢어진 옷에 너덜너덜한 짚신을 신고 한 달씩 감지 못한 머리에선 이가 들끓는, 저 극동의 미개한 나라에서 온 자가 라틴어 기도문을 줄줄줄 외며 사제의 흉내를 내는 것이야말로 그의 눈엔 사탄의 소행처럼 보였다. 이그나시오의 말을 신호로 곤봉 세례가 바오로에게 쏟아졌다.[4]

박광수 앞에 멕시코 천주교 전체의 대표와도 같은 존재로 나선 사람이 하필이면 이그나시오라는 <무자비한> 천주교인, 독선과 배타로 뭉쳐진 천주교인이었다는 사실은, 박광수에게 하나의 운명으로 작용한다. 이그나시오와의 이 불행한 대면 이후 박광수는 결정적으로 천주교 신앙을 버리게 된다.

4. 박광수와 박수무당의 길

박광수는 원래 무교가 지배하는 세계에서 태어나 자란 사람이다. 그리고 어머니와 곰소나루 무당의 공모에 의해, 그 자신 박수무당의 길을 가도록 예정된 사람이다. 그는 이러한 예정에 반항하고, 곰소나루 무당의 집을 뛰쳐나온다. 그리고는 천주교의 신부가 된다. 하지만 우여곡절 끝에

---

4) 위의 책, pp.187~188.

결국 그는 무교의 세계에 정착한다. 그가 천주교의 신앙을 버린 후, 신병이 그에게 내렸기 때문이다. 그는 내림굿을 받고, 한 사람의 박수무당이 된다. 그에게 내린 신은 다름 아닌 곰소나루의 무당이 모시던 신이다. 그러고 보면 그는 그의 어머니와 곰소나루의 무당이 예정하였던 길로 한 치의 어긋남도 없이 되돌아오고 만 셈이다. 그리고 이렇게 되돌아온 이후의 그는 내면적으로 평온한 삶을 살아간다. 신대한이 멸망하던 날 찾아온 그의 죽음조차도 전혀 비극적이지 않다. 그것은 <밝은 웃음>을 동반한 죽음으로서, 박수무당이 된 후로 그의 삶을 지배해 왔던 평온함의 분위기를 고스란히 간직하고 있다.

이처럼 자신의 삶에 예정된 길을 벗어나려 몸부림치다가 결국은 그 길로 되돌아오고, 그렇게 되돌아온 다음에 비로소 평온을 얻은 박광수의 이력은, 김동리의 단편 「역마(驛馬)」에 나오는 주인공 성기의 경우를 연상하게 만드는 바 있다. 김윤식은 「역마」를 한국적인 운명애(amor fati)의 이야기로 해석한 바 있거니와,5) 「역마」에 대한 그와 같은 해석은 박광수의 이야기를 이해하는 데에도 뜻깊은 시사를 제공해 줄 수 있는 것으로 생각된다.

하지만 여기서 우리가 한 가지 잊지 말아야 할 것이 있다. 곰소나루 무당의 세계는 원래 어머니가 아들을 팔아넘기는 일이 벌어질 수 있는 세계였으며, 아무 것도 모른 채 끌려온 아이를 한 사람의 박수무당으로 개조하기 위한 매질과 폭언의 동원이 일상화된 세계이기도 했다는 사실이다. 곰소나루 무당의 세계가 지니고 있는 그와 같은 면모를 보면서 우리는 금방 김동리의 장편『을화』에 나오는 태주할미의 그로테스크한 세계를 연상하게 된다. 실제로『검은 꽃』의 본문 가운데에는 곰소나루 무

---

5) 김윤식, 『한국현대문학사』(일지사, 1976), p.160.

당의 집에 끌려온 어린 박광수가 예전에 들었던, 무당과 관련된 무서운 이야기를 상기하며 공포에 떠는 장면이 나오기도 한다.

어떤 무당은 아이를 잡아 가두고 굶겨 죽인다고 했다. 신을 모신 지 오래 되어 신기가 딸리면 그리 한다고 했다. 그럼 한을 품고 죽은 아이의 신이 무당에게 씌인다고 했다. 무당들은 궤짝에 가둔 아이들을 쇠꼬챙이로 찔러 잠을 못 자게 하고 죽을 때까지 지독하게 괴롭힌다고 했다. 그렇게 죽은 원혼이라야 영험이 신묘하다 했다.[6]

위의 대목에 나오는 무시무시한 무당의 세계야말로 곧 『을화』에 나오는 태주할미의 세계 바로 그것이 아닌가? 박광수를 유인해서 붙잡아 갔던 곰소나루 무당의 공간은 다행히도 그렇게까지 잔혹한 공간은 아니지만, 기만과 폭력을 불가결의 구성 요소로 하고 있다는 점에서는 엄연히 태주할미의 세계와 동질성을 지니고 있는 공간이다. 『검은 꽃』의 작가는 곰소나루 무당의 공간을 그와 같은 곳으로 설정함으로써, 무교의 세계가 지니고 있는 근본적인 문제점 한 가지를 정확하게 짚어내고 있는 셈이다.

6) 김영하, 앞의 책, p.147.

안중근·안명근·뮈텔·빌렘 그리고 『조선총독부』

1909년 10월 26일 하얼빈 역에서 이토 히로부미를 사살한 안중근은 독실한 천주교 신자였다.

안중근이 체포당하여 수감되었을 때, 당시 한국 천주교회의 수장으로 있던 프랑스 국적의 신부 뮈텔 주교는 안중근에게 한 가지 요구를 했다. 이토 히로부미를 사살한 것은 자신이 이토를 오해하였던 탓이라는 선언을 공개적으로 하라는 요구였다. 그러한 선언을 해야만 고해성사를 해 주겠다고 뮈텔은 말하였다. 안중근은 이러한 요구를 거부하였다.

사형의 언도를 받은 후 안중근은 뮈텔 주교에게 전보를 쳤다. 신부를 만나게 해 달라는 요청을 담은 전보였다. 일본 검찰에서도 신부의 면회는 허용된다고 하였다. 나중에는 안중근의 사촌 동생인 안명근이 뮈텔 주교를 찾아와 다시 한번 안중근의 요청을 전하였다. 하지만 뮈텔 주교는 일관되게, 단호히 안중근의 요청을 거절하였다.

지금까지 살펴본 바와 같은 뮈텔의 태도는 어디에 그 근거를 두고 있는 것일까? 이 물음에 대하여 윤선자는 다음과 같은 답을 주고 있다.

교회 통치권은 일제를 합법적인 정부로 인정하여 독립운동을 반정부 행위로 판단하고, 독립전쟁을 살인행위로 단정하였다. 모국인 프랑스가 이미 베트남을 침략한 행위를 정당한 것으로 인식하고 있는 선교사들에게 일제의 침략행위는 정당한 것이었다. 게다가 선교사들은 어디까지나 프랑스 국민으로 한국에서 선교활동을 펴고 있을 뿐이었으며, 그들의 일차적인 목적이요 최대 사명은 선교지의 영혼 구령(救靈)이었다.[1]

그런데 원래 안중근에게 영세를 주었던 사람은 빌렘 신부였다. 빌렘 신부는 안중근의 소망을 알게 되자, 조선 교회 수장인 뮈텔의 방침을 어기고, 안중근이 갇혀 있는 여순(旅順)의 감옥으로 갔다. 빌렘은 거기에서 안중근을 면회하고 그에게 고해성사를 베풀었다. 이에 노한 뮈텔은 빌렘에게 2개월의 성무정지(聖務停止) 처분을 내렸다.

안중근에 대한 사형 선고가 집행되고 난 지 5개월 후 한일합방이 있었다. 일찍이 안중근의 부탁을 전하기 위해 뮈텔을 방문한 바 있었던 안명근은 독립전쟁을 위해 간도 지방에 무관학교를 세우려는 뜻을 품고 비밀리에 모금활동을 전개하다가 평양 역에서 체포되었다.

일본 총독부 당국은 안중근이 이토 히로부미를 암살하였던 것처럼 안명근은 테라우치 마사타케 총독을 암살하려고 했다는 시나리오를 만들어 내었다. 그리고 이러한 시나리오를 최대한으로 활용하여 이른바 안악 사건과 105인 사건을 조작하였다. 이 중에서도 특히 105인 사건은 그 당시의 조선인 지사(志士) 700명을 구속하여 혹독한 고문을 가하고 그 중 105인에게 유죄 선고를 내린 희대의 조작 사건이었다. 일제는 이러한 사건을 조작함으로써 조선 민족운동을 근원적으로 뿌리뽑으려 했던 것이다.

---

1) 윤선자, 「민족운동과 교회」, 김종수 외, 『한국 천주교회사의 성찰과 전망』(한국천주교중앙협의회, 2000), p.161.

안명근은 무기징역형을 선고받았다.

1911년 2월 2일, 빌렘 신부가 안명근을 찾아와 면회하였다. 그런데 이때 안명근은 다름 아닌 빌렘이 자신을 밀고한 장본인이라는 사실을 알지 못하였던 것 같다.

뮈텔 주교와의 관계를 개선하고자 하는 희망을 가지고 있었던 빌렘은 그 희망을 실현하기 위한 한 가지 수단으로 뮈텔에게 안명근에 관한 정보를 제공하였다. 정보를 입수한 뮈텔은 심하게 퍼붓는 눈을 무릅쓰고 일본 헌병대를 찾아가 안명근에 대한 고발을 접수시켰다. 빌렘과 뮈텔의 이러한 행동이 안명근 체포라는 결과를 낳았다. 그리고 그것은 다시 160명을 감방으로 끌어넣어 혹독한 고문에 시달리도록 만든 안악 사건으로, 더 나아가 105인 사건으로, 걷잡을 수 없이 번져 나갔던 것이다.

안중근이 이토 히로부미를 사살한 일, 안명근이 비밀리에 모금활동을 전개하다가 체포된 일, 그리고 일제 당국이 105인 사건을 조작하여 혹독한 고문을 자행한 일—이 모든 일들은, 일찍이 유주현의 대작 장편『조선총독부』(1964)에서 자세하게 다루어진 바 있다.『조선총독부』에서 이 일들이 묘사되고 있는 대목을 보면, 작가의 격정적인 필치가 자못 인상적으로 다가오는 것을 느낄 수 있다.

그런데 유주현은 이 자리에서 천주교와 관련된 내용은 일체 언급하지 않고 있다. 그는 왜 그렇게 했을까? 천주교 문제에는 도무지 관심이 없어서였을까? 작품의 초점이 분산됨으로써 전체적인 통일성이 손상될 것을 염려해서였을까? 아니면 또 다른 어떤 이유가 있었던 것일까? 그 답은 알 수 없다. 다만 한 가지 분명한 것은, 유주현이 이 자리에서 천주교와 관련된 내용을 도외시해 버린 결과, 천주교와 한국 역사 사이의 긴장된 관계가 가장 극적인 모습으로 드러난 장면 가운데 하나를 소설의 언어로 담아낼 수 있는 기회가 아쉽게도 그냥 지나쳐지고 말았다는 사실이다.

북한 공산주의자들의 천주교 박해와 김의정의 『목소리』

1. 천주교회와 공산주의

마르크스가 맨처음 공산주의를 창시한 당시부터 천주교회는 공산주의에 대하여 분명한 반대 의사를 표시하였다. 1864년에 교황 비오 9세에 의하여 반포된 교서 속에 이미 공산주의를 단호하게 비판하는 내용이 포함되어 있다. 이 무렵부터 비롯된 공산주의와 천주교 사이의 적대관계는 그 후로도 장구한 기간 동안 변함없이 지속되었다. 한국의 경우도 물론 예외가 아니었다.

일제 강점기를 보자. 그 기간 동안 이 땅에 좌익 세력이 크게 뿌리내렸던 것은 주지하는 바이거니와, 그 시대의 한국 천주교회는 이들 좌익 세력에 대하여 내내 부정적인 시각을 견지하였다. 천주교회에서 발간하는 정기간행물 가운데 하나였던 『경향잡지』의 1935년 3월호를 보면 「공산주의 선전꾼에 속지 말고 피할 일」이라는 제목의 논설이 실려 있는데, 이 글의 제목만 보아도 알 수 있는 바와 같은 종류의 입장이 곧 그 시대

한국 천주교회의 일관된 입장이었던 셈이다.

일제 강점기에 이처럼 공산주의에 대하여 부정적인 시각을 고수하고 있었던 한국 천주교회의 사람들에게는, 그들의 판단을 뒷받침해 줄 수 있는 구체적인 자료가 분명하게 존재하였다. 그것은 바로 소련을 비롯한 공산주의 국가들에서 종교를 박해한다는 사실이었다.『가톨릭청년』1934년 10월호에 실린「러시아 정교회의 참상」과 같은 글 속에 그러한 종교 박해의 정보가 생생하게 담겨 있다.

그런데 이처럼 종교 박해의 사실을 단순한 정보의 차원에서 접하게 되는 것으로 그치지 않고 정작 한국의 천주교회 자신이 공산주의자들에 의한 종교 박해의 표적이 되는 날이 온다. 일본의 항복과 더불어, 김일성을 앞세운 소련군이 38선 이북으로 진주하면서부터이다. 그리고 김일성이 소련의 지원을 등에 업고 6·25를 일으키면서 남한 지역의 대부분을 점령하는 상황이 전개되자, 남한 지역의 천주교회 역시 종교 박해의 표적이 되기에 이른다.

6·25를 전후한 기간 동안 북한과 남한 양 지역에서 공산주의자들에게 체포되어 고난을 겪은 천주교회의 성직자 및 수도자는 총 150명에 달한다. 이들 가운데 한국인은 52명이며, 외국인 선교사가 98명이다. 이들 150명 중 99명이 처형 혹은 옥사의 형태로 죽음을 맞이하였거나 행방을 알 수 없게 되었다.[1] 일반 신자에 대해서는 통계가 나와 있지 않으나 적지 않은 수의 신자가 희생당하였을 것임에는 의문의 여지가 없다.

---

1) 윤선자,「한국전쟁과 교회의 피해」, 김종수 외,『한국 천주교회사의 성찰과 전망 2』(한국천주교중앙협의회, 2001), p.166.

2. 『목소리』라는 소설

1967년에 발표된 김의정의 장편『목소리』는 6·25 발발 초기 공산군에 의하여 점령된 서울을 무대로 삼고 전개되는 소설이다. 이 작품에서 김의정은 공산주의자들에 의한 천주교 박해의 문제를 정면으로 다루고 있다. 한국인 신부, 외국인 신부, 한국인 수녀, 외국인 수녀, 한국인 평신도 등을 두루 등장시키면서 작가는 그들의 고난을 핍진하게 그려나간다. 우여곡절 끝에 결국 한국인 신부와 수녀는 처형당하고, 외국인 신부와 수녀들은 북쪽을 향하여 <죽음의 행진>을 하게 되며, 전쟁 발발 후에 자원하여 수녀가 된 여주인공 수임은 붙잡히는 것을 모면하나 행진의 길을 따라가겠노라고 혼자 결심하는 것으로, 소설 속의 이야기는 결말이 난다.

이 소설의 분위기는 진지하며, 작가의 필치에는 비상한 열정이 느껴진다. 그 비상한 열정으로 작가는, 앞에서도 말했듯, 천주교인들의 고난을 <핍진하게> 그려내는 데 성공하였다. 이보영이 쓴「기독교문학의 가능성」이라는 글을 보면 이 작품이 지니고 있는 미덕으로 <섬세한 관찰과, 신비감각과, 종교적 통찰이 번득이고, 정통적인 기독교소설의 정신이 관류하고 있>[2]다는 사실이 열거되고 있는데, 대체로 수긍할 만한 지적이라고 생각된다.

하지만 이 소설에는 간과할 수 없는 결함이 있다. 그것은 소설 속에서 두 차례에 걸쳐 나타나는 여주인공 수임의 남다른 결단이 플롯의 전개에 있어 결정적인 중요성을 가지는 것임에도 불구하고 독자들에게 뚜

---

2) 이보영, 『한국소설의 가능성』(청예원, 1998), p.58.

럿한 설득력을 발휘하지 못하기 때문에 소설 전체의 인상이 상당히 흐려지고 있다는 점이다.

수임의 남다른 결단 가운데 첫 번째 것은, 수녀가 되기로 작정하는 것이다. 이것부터가 독자의 입장에서는 납득하기 어려운 종류의 결단이다.

본래 수임은 결혼을 약속한 애인이 있는 처지이다. 그 애인은 국군의 장교로 전선에 나간 상태에서 연락이 두절되어 생사를 알 수 없다. 이런 형편에서 수임은 느닷없이 수녀가 되기로 결심하고 그 결심을 실행에 옮긴다. 이것을 개연성이 있는 사건 전개로 볼 수 있을까? 이 물음에 대하여 긍정적인 답이 나오게 하려면, 소설 속에 어떤 방식으로든 충분한 설명이 제시되어 있어야 할 것이다. 하지만 실제는 그렇지 못하다. 그렇지 못하기 때문에, 독자로서는 그저 당혹감을 느끼게 될 뿐이다.

수임의 두 번째 결단은, <죽음의 행진>을 따라가기로 작정하는 것이다. 수임이 이러한 결단을 내리는 장면을 보여주면서 작가는 소설 속에서 그가 등장하는 부분을 최종적으로 끝내고 있다. 그만큼 이 장면은 소설 속에서 중요한 의미를 갖는 장면이다. 그런데 바로 이 장면에서도 우리는 작가로부터 전혀 설득당하지 못하고 있는 우리 스스로를 발견하게 되는 것이다.

소설 속에서 수임의 결단을 직접적으로 표현하고 있는 핵심에 해당하는 대목을 한 번 인용해 보자.

> 해는 동쪽에서 떠서 서쪽으로 지는데 이 마음의 태양은 어찌하여 남에서 북으로 궤도를 밟게 된 것일까? 그것이 자기가 바라는 천주의 섭리라면 수임은 그 길이 제아무리 험악한 길이라 해도 그 태양을 따라 북으로 북으로 걸어가야 한다고 몇 번이고 자신에게 다짐했다.[3]

3) 김의정, 『목소리』(성바오로출판사, 1993), p.295.

위에 인용된 대목에서 언급되고 있는 <마음의 태양>은 수임이 숭배의 대상으로 삼고 있는 글라라 수녀를 가리킨다. 프랑스 사람인 글라라 수녀가 북으로 강제 이송되는 것을 목격하고서 수임은 자신도 글라라 수녀의 길을 따라가기로 결심하는 것이다. 이러한 수임의 모습을 보면서 우리는 그가 앞서 수녀가 되기로 결단하는 장면을 보고 느꼈던 바와 똑같이 <느닷없다>는 느낌에 사로잡히지 않을 수가 없다. 이러한 느낌을 준다는 점만으로도 이미 작가는 우리를 설득하는 데 실패하고 있는 셈이다. 그뿐만이 아니다. 위의 대목에 나타나 있는 수임의 결단이란 사실 너무나 막연한 것이라는 사실도 문제이다. 글라라 수녀는 이미 다른 많은 사람들과 함께 트럭에 실려서 떠나버렸는데, 어떤 방법으로, 어디를 목표로 해서, 그를 따라가겠다는 것인지 우리로서는 알 도리가 없다. 물론 수임 자신도 모를 것이다. 그리고, 작가도 알지 못할 것이다.

3. 소박한 선/악 이분론의 한계

지금까지 나는 김의정의 『목소리』 속에서 주인공인 수임이 수녀가 되기로 결단하는 것이나 <죽음의 행진>을 따라가기로 결단하는 것이 모두 소설적 설득력을 결여하고 있으며 그것이 이 작품의 중요한 결점으로 지적될 수밖에 없다는 사실을 이야기하였다.

여기서, 한 가지 가상을 해 보자. 만일 위에서 지적의 대상이 되었던 부분이 수정·보완되어, 인물의 설정이나 플롯의 전개에 있어서 별다른 문제를 발견하기 어려울 만큼 매끈하게 잘 다듬어진 작품으로 거듭난다면, 『목소리』는 우리에게 감동을 주는 성공작으로 바뀔 수 있을 것인가?

이 물음에 대한 답은, 아무래도, <역시 그렇게 되지는 못한다>라는 것이 될 수밖에 없다.

왜냐하면, 이 작품의 정말 근본적인 한계는 사실상 다른 곳에 있으며, 그 한계는 인물의 설정이라든가 플롯의 전개 같은 측면을 개선한다고 해서 해결될 수 있는 것이 아니기 때문이다. 그 <정말 근본적인 한계>란 구체적으로 무엇인가? 바로 소박한 선/악 이분론의 한계이다. <천주교=선>, <공산주의=악>이라는 두 개의 단순·명쾌한 등식에 입각한 선/악 이분론의 한계 말이다.

나 자신, 신념을 가진 한 사람의 자유주의자로서, 평소 공산주의의 문제점을 줄기차게 비판해 온 터이지만, 이 작품에 나타나 있는 바와 같은 수준의 소박한 선/악 이분론을 가지고 천주교와 공산주의를 대립시키는 데 대해서는 분명하게 그 한계를 지적하지 않을 수 없다.

일찍이 나는 「재미한인 소설을 통해서 본 한국문화와 미국문화의 만남」이라는 글 속에서 김은국의 『순교자』를 논하는 가운데, 그 작품이 <공산주의의 본질=폭력>, <기독교의 본질=비폭력>이라는 두 개의 간단명료한 등식을 확고한 진리로 전제하고 있는 데 대하여, 그러한 등식은 잘못된 것이라는 점을 자세하게 지적하고, 그 점을 근거로 하여, 『순교자』라는 작품 자체를 비판한 일이 있다.4) 김의정의 『목소리』에 대해서도 나는 기본적으로 그때 내가 『순교자』에 대해서 던졌던 것과 동일한 성격의 비판을 던질 수밖에 없는 것이다.

---

4) 이동하·정효구, 『재미한인문학연구』(월인, 2003), pp.386~389.

강용준의 『어느 수녀의 수기』에 대하여

강용준은 특이한 경력을 지닌 작가이다. 1931년 황해도 안악에서 태어난 그는 6·25 당시 인민군으로 징집되어 참전한 바 있다. 그 후 포로가 되어 거제도 등지의 포로수용소를 전전하다가, 이승만 대통령의 반공포로 석방 조치로 풀려난 후, 다시 국군에 입대, 중위로 전역한다. 이처럼 6·25를 전후하여 북쪽과 남쪽의 군대를 모두 체험한 그의 남다른 경력은 그가 쓴 많은 소설들 속에 자연스럽게 반영되어 있으면서, 그로 하여금 우리 분단소설의 세계 속에서 자못 개성적인 위치를 차지할 수 있도록 만드는 원동력이 되고 있다.

그런데 또 한편으로 그는 독실한 천주교 집안에서 태어났으며 스스로도 천주교의 신앙을 지녀 온 작가이다. 이러한 그의 천주교 체험 역시 그의 많은 소설들 속에 자연스럽게 반영되어 있다. 그러한 소설들 가운데 하나로, 그가 1980년에 『꼬르넷을 벗은 수녀』라는 제목으로 발표하였다가 1986년에 개작하여 『어느 수녀의 수기』라는 제목으로 다시 발표한 장편을 들 수 있다.

이 작품에 나오는 <수기>의 필자는 마리아 수녀이다. 그는 1924년에 열여덟 살의 나이로 수녀가 된 후 수십 년 동안 안악의 수녀원을 지켜 오다가 해방 후 공산당이 북한 지역을 지배하게 되면서 천주교에 닥쳐 온 박해의 시련을 고스란히 겪는다.

성당과 교우들이 통째로 흔들리기 시작하였다. 어제까지 사랑과 평화와 구원의 상징이던 성당의 첨탑은 하루아침에 위선과 착취와 부패의 상징으로 바뀌어 버렸다. 주일날이면 그 고운 노래 「아베 마리아」와 더불어 그렇게도 성황이던 성당이 대번에 절간처럼 휑뎅그렁해져서 쓸쓸해져 버렸다. 꼭 나간 집 같았다. 그대로 교인들은 자꾸자꾸 줄어들고, 주일학교용으로 쓰이던 신부관 옆의 별관은 마침내 벽이 떨어져 내리더니 지붕이 무너앉아 버렸다. 성당의 종소리는 이제 더 이상 울리지를 않았다. 그리고 우리들 수녀들의 처지로 말하면, 오 그 고통과 수모를 어찌 다 입으로 말할꼬. 육체적인 고통은 참을 수도 있다. 그러나 이놈의 정신적인 수모와 고통으로 말하면…….[1]

그러다가 마침내 6·25가 터진다. 그해 10월, 인천상륙작전에 성공하여 북진을 계속하고 있는 국군과 유엔군에게 쫓기어 안악으로부터 철수하기로 한 공산당은, 그때까지 감금해 두고 있던 수녀들을 인민재판의 형식에 의거하여 모두 살해하기로 결정한다. 몽둥이, 쇠스랑, 도끼 등을 든 군중의 광란 앞에서 다른 모든 수녀들이 죽음을 맞이하는 가운데 마리아 수녀 역시 중상을 입은 채 의식을 잃고 쓰러진다. 그러나 그는 천행으로 목숨을 건질 수 있었다. 모든 수녀들이 죽었다고 판단한 공산주의

---

1) 강용준, 『어느 수녀의 수기』(사사연, 1986), p.214.

116

자들이 떠난 후 기적적으로 의식을 회복한 마리아 수녀는 그 후 남한으로 내려와 30년 가까이 더 살면서 신앙과 봉사의 삶에 진력한다.

『어느 수녀의 수기』라는 소설은 이러한 이력을 가진 마리아 수녀의 수기를 옛날 안악 시절 마리아 수녀의 제자였다가 소설 속의 현재 시점에서는 중년의 작가가 되어 있는 한신빈이라는 일인칭의 인물이 입수하여 소개하는 형태를 취하고 있다. 이 한신빈이라는 인물은 여러 가지 점에서 『어느 수녀의 수기』의 작자인 강용준 자신을 연상시키는 인물이다.

그런데 『어느 수녀의 수기』라는 소설 속에서 정작 가장 많은 비중을 차지하고 있는 것은 마리아 수녀와 이런저런 인연―수녀원이 운영하는 고아원에서 마리아 수녀에게 배우며 자라났다든가, 마리아 수녀가 원장으로 있는 분원에 소속된 수녀로 있다가 환속했다든가, 마리아 수녀를 찾아와서 수녀가 되는 절차를 밟는다든가 하는 등등의 인연―으로 얽혀 있는 젊은이들 사이에서 전개되는 만남과 이별, 사랑과 미움의 복잡한 드라마이다. 그러나 솔직히 말해서 이 드라마는 그렇게 대수로운 존재가 못 된다. 대체로 범속한 대중적 이야기의 수준을 넘지 못하고 있는 것이다.

『어느 수녀의 수기』라는 소설이 다소라도 특별한 의미를 가질 수 있다면 그것은 저 복잡한 만남과 이별, 사랑과 미움의 드라마 때문이 아니고, 다른 이유 때문이다. 그 다른 이유란, 내가 위에서 마리아 수녀를 소개하는 가운데 이미 언급한 바 있는, 공산당에 의한 천주교 박해의 이야기가 이 소설 속에 들어 있다는 점이다. 이 부분은 상당히 실감이 있으며, 뚜렷한 인상을 남겨 준다.

물론, 천주교가 박해당하는 내용을 소설 속에서 다루고 있는 경우가 대부분 그러하듯, 『어느 수녀의 수기』에서도 그 박해 이야기를 전하는 작가의 자세는 소박한 선/악 이분론의 틀 속에 고스란히 갇혀 있는 형국이다. 이 점은『어느 수녀의 수기』의 분명한 한계이다. 하지만 이 작품의 경우, 그 한계로 말미암아 야기되는 부정적인 인상은, 예컨대『만남』이나『목소리』와 같은 작품과 비교해 보면, 다소 덜한 편이다. 그것은 이 작품의 경우 박해의 이야기가 박해를 겪은 당사자인 수녀의 일인칭 고백이라는 형식에 의거하여 전달되고 있으며, 그 박해 이야기를 대하고 일차적 반응을 보이는 주체인 한신빈—앞에서도 말했듯 그는 어린 시절 마리아 수녀에게 배운 일이 있는 사람이며, 나이 들어서도 여전히 천주교의 신앙을 가지고 있는 사람이다—역시 일인칭의 인물로 등장하기 때문에, 전체적으로 <주관성>의 한계가 나타나도 얼마쯤 양해가 가능한 분위기가 조성된다는 사실에서 연유하는 것으로 보인다.

우리 곁에 가까이 다가온 성직자
―「그림자를 판 사나이」의 바오로 신부

1. 1970년대 소설 속에 그려진 대학 교수와 성직자의 모습

이상섭의 글은 어떤 것이든지 쉬운 문체로 씌어져 있으면서도 풍부한 생각거리를 제공해 주는 미덕을 가지고 있다. 1980년이 시작되는 시점에서 발표되었던 「다양성과 세계성으로 가는 문학」도 예외는 아니다. 이 글이 나온 지 20년 이상의 세월이 지났지만 지금 다시 읽어 보아도 이 글은 여전히 재미있고 신선하다. 그런데 이 글 가운데에는 다음과 같은 대목이 들어 있다.

필자 자신이 20년이나 묵은 대학 선생인 까닭에 70년대 작가들이 어쩌다가 작품 한구석에 세워 놓은 대학 교수상이 얼마나 우스운 이해 부족의 결과인지를 알 수 있다. (…) 더욱이 기막힌 것은, 알맞게 어둑한 서재에 들어앉아 백자 항아리를 어루만지며 한국의 앞날을 걱정스레 예언하는 한복 차림의 학 같은 스승이 어울리지도 않게 70년대 작품에도 등장하곤 하는데 그런 교수는 벌써 없어진 지 오랜 신화이다. 70년대 작가들이 거의 빠짐없이 대학을 다녔는데도 막연한 경외감, 또는 반감 밖에는 대학 교수가 어떤 부류의 인종인지 모르고 학교를 다닌 모양이다.[1]

위에 인용된 대목은 1980년 당시 이른바 <70년대 작가>라고 불리던 사람들, 즉 1970년대에 새로 등장하여 그 위의 세대와는 상이한 작품 경향을 선보이던 사람들이 일반적으로 노정한 문제점들이 무엇인가를 지적하는 가운데에서 나온 것이다. 이상섭에 따르면, 이른바 70년대 작가들이 노정한 문제점들 가운데서도 특히 중요한 것은, 그들의 반지성적 경향이다. 그 반지성적 경향이 우스꽝스러운 모습으로 발현된 한 가지 결과가, 대학 교수들을 실상과는 동떨어진 모습으로 소설 속에 등장시키는 사태라고, 이상섭은 위에서 이야기하고 있는 것이다. 이른바 70년대 작가들은, 반지성적 경향을 내보인 사람들답게, 지성의 세계와 거리가 먼 곳에 거주하는 사람들에 대해서는 애정을 가지고 열심히 관찰하였던 반면, 대학 교수와 같은 지성 세계의 주민들에 대해서는 대체로 무관심한 태도를 견지하였으니, 이런 사태가 빚어질 수밖에 없었다는 것이다. 이상섭은 이런 이야기를 하면서, 다시 한 걸음을 더 나아가, 다음과 같은 언급을 덧붙이고 있다.

나는 목사에 대해서도 조금은 아는데, 그들의 목사에 대한 생각도 많은 착오가 있다.[2]

아마도 이상섭이 보기에, 70년대 작가들의 소설 속에 그려진 목사와 같은 성직자들의 상도, 일반적으로, 대학 교수의 상 못지않게 현실과 동

---

1) 이상섭, 『언어와 상상』(문학과지성사, 1980), p.309.
2) 위의 책, 같은 페이지.

떨어져 있었던 모양이다. 하기야, 대학을 다니면서도 대학 교수가 어떤 부류의 인종인지 모르는 상태로 지냈던 사람들이, 성직자는 과연 어떤 부류의 인종인지 알 수 있었을 까닭이 없다. 그들은 성직자들에 대해서도 아마 <막연한 경외감 또는 반감> 정도만을 가지고, <벌써 없어진 지 오랜 신화>에 해당하는 상투적인 이미지만을 그리고 있었던 것이 틀림없다.

2. 오늘에 와서는 사정이 달라졌다

이상섭은 이른바 70년대 작가들을 논하는 가운데에서 대학 교수나 성직자와 같은 지성 세계의 주민들에 대한 그들의 일반적인 무지를 지적하였다. 그렇다면 1970년대 이후 한참이 더 지난 오늘의 시점에서 소설을 쓰고 있는 사람들의 경우는 어떨까? 상당히 발전적인 변화가 있었다는 판단이 가능할 것 같다. 김영하의 「그림자를 판 사나이」 속에서 천주교 신부가 어떤 모습으로 그려지고 있는가 하는 것 한 가지만 살펴보아도 이 점은 금방 드러난다.

3. 「그림자를 판 사나이」에 나오는 바오로 신부

「그림자를 판 사나이」는 김영하가 2003년에 발표한 단편소설이다. 이미 정평을 얻고 있는 이 작가의 예리한 문제의식과 탁월한 장인적 솜씨를 다시 한번 확인시켜 주는 작품이다. 이 작품은 소설가라는 직업을 가지고 있는 한 남성의 일인칭 서술로 전개된다. 일인칭 화자와 그 친구들에 의해 그려지는 다양한 삶의 궤적이 얽혀서 작품의 내용을 구성하는데, 바로 그 친구들 가운데에 신부도 한 사람 포함되어 있다. 바오로라는 영세명을 가지고 있는 이 신부는 고교 시절 대단히 매력적인 미남으로 많은 여학생들에게 인기가 높았다. 그 중 미경이라는 여학생과는 실제로 연애를 하기도 했다. 그러나 바오로는 결국 신학교를 선택하면서 미경과 헤어진다. 그 후 바오로는 뜻한 바대로 신부가 되며, 미경은 미경대로 자기의 길을 간다. 대학을 졸업한 후 방송국의 프로듀서로 근무하면서 공인회계사와 결혼하는 것이다. 고교 시절 바오로, 미경 두 사람과 모두 친했던 화자는 두 사람에게 있어서 각자 속내 이야기를 털어놓을 수 있는 콩피당(confident)의 역할을 맡아 주는 존재였다. 대학을 나오고 소설가가 된 후에도 화자는 두 사람과 연락을 하고 지낸다. 그런데 화자가 보기에 바오로는 반드시 행복하지 않다. 여전히 화자를 자신의 콩피당으로 삼고 있는 바오로가 화자에게 들려주는 고백은 이를테면 다음과 같은, 씁쓸한 내용을 담고 있다.

> 「저녁 미사 끝나고 나면 무지하게 공허할 때 있거든. 할머니들 앉혀 놓고 기계적으로 영성체하고 복음 읽고, 복사들 데리고 들어갔다 나왔다 하다가 사제관에 오면 문득, 이 생이 이대로 끝난다는 생각이 목을 죄어오는 거야. 나는 젊다는 게 뭔지도 모르고 토마스 아퀴나스나 파다가 이십대를 보냈어.」[3]

이런 고백을 하는 바오로는, 화자가 <그것도 직장인데, 너 그거 그만두고 뭐 먹고 살 거라도 있냐?>라는 질문을 던졌을 때, <없지. 눈 깜짝할 사이에 무능력자가 되어버렸더군> 하고 대답한 사람이기도 하다.[4]

그런데 나이가 들면서 다소 빛이 바래지기는 했지만 그래도 여전히 매력적인 미남의 모습을 유지하고 있는 바오로에게는, 열심히 따르는 젊

---

3) 김영하, 「그림자를 판 사나이」, 『문학동네』, 2003. 봄, p.78.
4) 위의 작품, p.76.

은 여대생 신도도 있다. 바오로는 신부답게 점잖은 태도를 유지하고 있지만, 내심으로는 때로 성욕의 불길이 솟는 것을 느끼지 않을 수 없는 처지이다. 화자는 바오로의 이런 고백을 들으면서, 뭐 그럴 수도 있겠다고 생각한다.

하지만 그런 화자도, 바오로가 술에 만취한 상태에서 화자를 향하여 <나, 미경이하고 잤어>라는 고백을 해 왔을 때에는 작지 않은 충격을 받고 <힘이 쭉 빠>지는 것을 느끼게 된다. 도대체 어떻게 그런 일이 일어난 것일까? 화자의 질문에 대하여 바오로는 <그럴 수밖에 없었어. 미경이가 너무 불쌍해서, 그것 말고는 어떻게 해 줄 수 있는 게 없어서, 그래서 그랬어. 야, 씨팔, 그럼 어떻게 하냐. 불쌍한데>라는 수수께끼 같은 말만을 던지고 쓰러져 잠들어 버린다.[5] 이러한 사건 전개를 보면서 화자와 더불어 우리 독자들도 강한 궁금증에 사로잡히지 않을 수 없는데, 그 궁금증은 조금 뒤 화자와 따로 만난 미경의 이야기를 들으면서 자연스럽게 풀리게 된다. 화자와 얼마 동안 못 보고 지낸 사이에 미경은 그 남편이 도저히 이해할 수 없는 초자연적인 이유로 갑자기 사망하는 비극을 겪었던 것이다.

4. 발전적인 변화

위에서 간략히 소개된 작품의 내용만 보아도 알 수 있듯, 오늘의 젊은 소설가인 김영하는 「그림자를 판 사나이」라는 단편 속에 성직자인 신부를 등장시키면서, <막연한 경외감>과도, <반감>과도 전적으로 무연한 태도를 취하고 있다. 그가 그려내고 있는 신부의 초상은 우리 주변에

5) 위의 작품, p.83.

서 흔하게 만날 수 있는 뭇 세속인들의 모습과 아주 많은 공통점을 지니고 있다. 그처럼 뭇 세속인들과 아주 많은 공통점을 지니고 있는 인물로 신부의 초상을 그려나가는 작가의 표정은 참으로 자연스러우며, 그 필치는 참으로 능숙하다. 그 필치의 능숙함은, 성직자라는 직업을 가지고 있는 사람들에 대하여 아직도 <막연한 경외감>이나 <반감>에 기초한 <착오>를 범하고 있는 독자가 혹시 이 소설을 읽는다면 그러한 착오로부터 금방 해방되도록 만들어 주기에 모자람이 없을 정도이다.

이런 방향으로 신부라는 인물의 소설적 형상화를 수행함으로써 김영하는 일찍이 이상섭이 안타까움을 품고 지적하였던 이른바 70년대 작가들의 일반적인 창작 경향과는 정반대 되는 자리에 그 자신이 서 있음을 보여주었다. 물론 김영하의 「그림자를 판 사나이」라는 작품 한 편이 우리 시대의 소설문학을 전적으로 대표하고 있는 것은 아니지만, 이러한 작품이 나왔다는 사실 자체만으로도 우리는, 이상섭이 거론하였던 문제점과 관련하여, <1970년대 이후 지금에까지 이르는 동안 우리 소설계 내에 상당히 발전적인 변화가 있었다>는 정도의 결론은 충분히 내릴 수 있다고 생각된다.

5. 우리 곁에 가까이 다가온 성직자

어쩌면, 성직자들에 대하여 <막연한 경외감>을 간직해 왔던 독자들 가운데 어떤 사람은, 이 소설을 읽고 이제까지의 착오로부터 벗어나면서, 한편으로 아쉬움과 허전함을 토로할지도 모른다. 성직을 가진 신부라는 사람들도 우리 세속인들과 거의 다를 바가 없다니…… 너무나 아쉽고 허전하다, 라고 그는 중얼거릴지도 모른다.

하지만 반드시 그처럼 부정적으로만 생각할 필요는 없다. 김영하가 그려 보인 신부의 초상화는 막연한 경외감 대신 생생한 친밀감을 선사하지 않는가? 아득히 먼 거리에서, 혹은 안개에 싸인 모습으로, 막연한 경외감을 느끼게 하는 대신, 우리 곁에 가까이 다가와, 우리와 함께 술을 마시며, 우리를 향하여 인간적인, 너무나 인간적인 고백을 건네며, 그렇게 함으로써 우리로 하여금 생생한 친밀감을 느끼게 하지 않는가? 그것은 그것대로 좋지 않은가? 아니, 오히려 더 낫지 않은가?

성직자는 반드시 독신으로 살아야 하는 것일까?

1. 「그림자를 판 사나이」의 한 장면

김영하의 단편 「그림자를 판 사나이」 가운데에는 바오로라는 영세명을 가진 신부가 소설가인 화자와 대화를 나누는 장면이 있다. 두 사람은 오랜 친구 사이이다. 신부는 다른 사람들을 상대로 해서는 아무래도 하기 어려울 다음과 같은 내심의 토로를 화자에게 한다.

「저녁 미사 끝나고 나면 무지하게 공허할 때 있거든. 할머니들 앉혀 놓고 기계적으로 영성체하고 복음 읽고, 복사들 데리고 들어갔다 나왔다 하다가 사제관에 오면 문득, 이 생이 이대로 끝난다는 생각이 목을 죄어오는 거야. 나는 젊다는 게 뭔지도 모르고 토마스 아퀴나스나 파다가 이십대를 보냈어.」

위와 같은 말을 하면서 신부는 또 자신을 열심히 따르는 여대생 신자가 있다는 이야기도 한다. 그리고, 어느 날 혼자 술집에 갔다가 그 여대생 신자를 만났다는 고백도 한다.

> 「바에 앉아서 막 병마개를 따는데 옆에 누가 와서 앉더라구. 걔였어.
> 확 향수 냄새가 풍기는데 그야말로 아찔하더군.」

이런 식으로 신부의 고백이 시작되자 화자가 개입하여 한 마디를 던진다. <굶고 사니 감각만 발달하는구나>라고.[1]

2. 『그리고 이 세상이 너를 잊었다면』의 경우

문형렬의 장편소설 『그리고 이 세상이 너를 잊었다면』에는 대학의 영문과를 다니다가 신부의 길을 걷기 위하여 다시 신학교에 입학하는 김희엽(알베르토)이라는 젊은이가 등장한다. 그는 어느날 이희은(아녜스)이라는 여대생을 만나 사랑에 빠진다. 이희은 역시 독실한 천주교 신자이나 불치의 병으로 시한부 인생을 살고 있는 처지이다. 두 사람의 사랑이 점점 더 깊어가자 김희엽의 장래를 염려한 수녀(젬마)가 김희엽을 만나, 일단 군복무부터 마치고 오라는 권유를 한다. 수녀의 속뜻은 물론 김희엽이 이희은과의 연애관계를 끊었으면 하는 데에 있다. 어떤 이유로 수녀는 김희엽이 이희은과의 연애관계를 끊었으면 하고 바라는가? 다음과 같은 수녀의 편지 한 대목이 위의 물음에 대한 답을 담고 있다.

> 학사님의 아녜스를 향한 사랑은 순수한 자아로서 느끼는 고귀하고
> 정당한 사랑이라는 것을 저는 누구보다 잘 알고 있어요.
> 그런데, 학사님, 그것이 아무리 진실하다 할지라도, 하느님께 모두 바
> 친다는 것, 학사님의 사랑도 그 안에서 간직해야 한다는 것, 홀로 그분

---

1) 김영하, 「그림자를 판 사나이」, 『문학동네』, 2003. 봄, p.78.

앞에 선다는 것, 누가 그렇게 하라고 한 것이 아니라 스스로 그분을 섬기려고 했다는 것 앞에 그 어느 경계선까지 학사님의 사랑이 허용되어야 할까요?

학사님.

하느님께 바치는 마음을 흐트리지 마셔요. 우리가 얼마나 그분의 마음에 드는지는 그분만이 알 수 있어요. 학사님, 이 세상에는 더 불쌍하고, 더 가엾고 더 굶주린 이들이 많이 살고 있어요. 그들은 이 세상에서 잊혀져 살고 있어요.[2]

김희엽은 수녀의 권유를 받아들여, 군에 입대한다. 그런데, 그가 군대에 가고 없는 동안, 이희은은 세상을 떠나고 만다. 이 소식을 듣고 김희엽도 자살한다.

3. 독신의 규칙

「그림자를 판 사나이」와 『그리고 이 세상이 너를 잊었다면』은 서로 판이한 분위기를 가지고 있는 소설들이지만 위에서 언급된 그 소설들의 내용을 통해서 확인되는 문제는 동일하다. 신부의 길을 가는 사람은 그 길에서 여성을 삶의 동반자로 삼을 수 없도록 되어 있다는 규칙, 바로 그 독신의 규칙이 두 편의 소설에서 모두 문제로 제시되고 있는 것이다.

누구나 알고 있다시피, 독신의 규칙은 천주교의 신부들에게 절대적인 계율로 강제되는 규칙이다. 이 규칙은 신부뿐 아니라 수녀에게도 마찬가지로 강제된다. 시야를 넓혀서 보면, 이 규칙은 불교의 대다수 종파에서도 그 종파에 속한 승려들에게 마찬가지로 강제하고 있는 규칙이다. 왜 천주교나 불교는 그 핵심 구성원들에게 독신의 규칙을 강제하는 것일까?

2) 문형렬, 『그리고 이 세상이 너를 잊었다면』(자유문학사, 1993), p.255.

이 물음에 대한 답은 일찍이 김용옥이 그의 저서 『나는 불교를 이렇게 본다』 속에 요령 있게 정리해 놓은 바 있다.[3] 거기에서 김용옥이 제시하고 있는 설명을 읽어 보면, 앞에서 인용되었던 『그리고 이 세상이 너를 잊었다면』 속의 한 대목에서 젬마 수녀에 의해 제시되었던 논리야말로, 천주교 및 불교의 대다수 종파들에서 그 핵심 구성원들에게 독신의 규칙을 강제하고 있는 이유의 핵심을 그대로 담고 있는 것임을 확인할 수 있다. 그리고 『나는 불교를 이렇게 본다』와 『그리고 이 세상이 너를 잊었다면』이라는 두 개의 텍스트를 겹쳐 놓고 볼 때, 어떤 사람은, 이처럼 천주교나 불교가 그 핵심 구성원들에게 독신을 강제하는 것은 매우 타당한 조치라는 느낌을 받을 수도 있을 법하다.

하지만 그 느낌이 과연 타당한 것일까? 개신교의 목사들이나 대처(帶妻)를 허용하는 불교 종파의 승려들이 결혼 생활을 영위하면서도 얼마든지 훌륭한 성직자로서의 직분을 다하고 있다는 사실을 상기해 보면, 위와 같은 느낌은 그 빛을 상당부분 잃어버릴 수밖에 없다.

4. 『신약성서』는 이 문제에 대하여 어떤 입장을 취하고 있는가?

『신약성서』를 보면, 예수가 자기를 따르던 제자들을 향하여 다음과 같이 말하는 대목이 나온다.

> 사람의 원수가 자기 집안 식구리라 아비나 어미를 나보다 더 사랑하는 자는 내게 합당치 아니하고 아들이나 딸을 나보다 더 사랑하는 자도 내게 합당치 아니하고 또 자기 십자가를 지고 나를 좇지 않는 자도 내게 합당치 아니하니라 (『마태복음』 11장 36절~38절)

---

3) 김용옥, 『나는 불교를 이렇게 본다』(통나무, 1989), pp.260~261.

위에 인용된 대목을 보면 예수는 제자들이 가족주의의 굴레를 벗고 일심으로 자신만을 따라 오기를 바랐던 것을 알 수 있다. 그렇다면 예수는 제자들에게 독신생활을 요구하였던 것인가? 위에 인용된 대목을 해석하기에 따라서는 이 물음에 대하여 <그렇다>라는 답을 줄 수 있을 것 같기도 하다. 하지만, 역시 해석하기에 따라서는, <그렇다>라는 답을 반박하는 논리도 충분히 나올 수 있다. 예수는 위의 발언에서 오로지 <마음의 자세>를 문제 삼았을 뿐이며 독신생활 자체를 요구한 것은 아니다라는 해석이 가능하기 때문이다. 사실 예수 자신은 평생 결혼을 하지 않았지만, 복음서의 어떤 대목을 살펴보아도, 예수가 결혼생활을 그 자체로서 부정하거나 비난하는 발언을 한 일은 없다. 오히려 「요한복음」 2장에 나오는, 갈릴리 가나에서 있었던 친지의 결혼식에 예수가 하객으로 참석하였다가 물을 포도주로 바꾸는 기적을―즉 다분히 축복의 의미가 담긴 기적을―행한 이야기 같은 것을 보면, 그 반대의 입장에 가까웠던 것이 아닌가 하는 느낌을 받게 된다.

실제로, 예수의 제자들은 대체로 결혼을 하였던 것으로 보인다. 누구보다도, 수석 제자라고 할 수 있는 베드로의 경우에 이 점이 특히 확실하다. 공관복음서들을 보면 베드로의 장모가 열병으로 앓고 있는 것을 보고 예수가 고쳐 주었다는 기록이 공통적으로 나오거니와,4) 베드로에게 이처럼 <장모>가 있었다는 이야기는, 그가 결혼을 한 사람이라는 사실을 말해 주는, 움직일 수 없는 증거에 다름 아니다.

이러한 나의 지적을 앞에 놓고, 어떤 사람은 다음과 같은 말을 할지 모른다 : <베드로가 원래 결혼을 했던 사람이라는 것은 부정할 수 없는 사실이다. 그렇기는 하지만, 예수를 따르게 되면서부터 그는 결혼생활을

---

4) 「마태복음」은 8장 14절~15절에서, 「마가복음」은 1장 30절~31절에서, 「누가복음」은 4장 38절~39절에서 각각 이 기록을 보여주고 있다.

포기한 것이 분명하다.> 이러한 말을 하는 사람은, 틀림없이, 「마태복음」
19장 27절이나 「마가복음」 10장 28절 혹은 「누가복음」 18장 28절을 자
신의 주장에 대한 근거로 제시할 것이다. 「마태복음」 19장 27절을 보면
베드로가 예수를 향하여 <보소서 우리가 모든 것을 버리고 주를 좇았사
오니> 운운하는 구절이 나오며, 「마가복음」 10장 28절과 「누가복음」 18
장 28절에도 역시 동일한 내용의 발언이 나오기 때문이다. <모든 것을
버리고 주를 좇았>다는 사람이 <도저히 모든 것을 버릴 수 없게 만드는
생활>, 즉 결혼생활을 했을 리가 있겠느냐라는 것이, 그 사람이 주장하
는 구체적인 내용이 될 것이다.

하지만 「마태복음」 19장 27절, 「마가복음」 10장 28절, 그리고 「누가
복음」 18장 28절에 공통적으로 기록되어 있는 베드로의 발언은, 설령 그
것이 실제로 있었던 발언이라 하더라도, 단지 예수에 대한 자신의 충성
심이 얼마나 강렬한가를 강조하고자 하는 수사적 의도를 담은 것일 뿐이
며, 베드로가 결혼생활을 하지 않았다는 사실을 말해 주는 것은 아니다.
사실을 말하자면, 베드로는 예수를 따르게 된 이후에도 지속적으로 결혼
생활을 했다. 베드로가 지속적으로 결혼생활을 했다는 것은 다음과 같은
바울의 발언을 볼 때 의문의 여지가 없다.

> 우리가 다른 사도들과 주의 형제들과 게바와 같이 자매 된 아내를 데
> 리고 다닐 권(權)이 없겠느냐? (「고린도전서」 9장 5절)

누구나 알고 있다시피, 위에 인용된 구절에서 게바라고 지칭된 인물
은 다름 아닌 베드로이다. 실제로 『공동번역 성서』는 게바 대신 베드로
라는 이름을 쓰면서 「고린도전서」 9장 5절을 다음과 같은 식으로 좀더
명료하게 번역해 보여주고 있다.

우리라고 해서 다른 사도들이나 주님의 형제들이나 베드로처럼 그리스도를 믿는 아내를 데리고 다닐 권리가 없단 말입니까?

베드로는 <그리스도를 믿는 아내를 데리고 다닌> 사람, 즉 결혼생활을 지속적으로 한 사람이라는 사실이 위의 구절 속에 분명히 밝혀져 있는 것이다. 그뿐만이 아니다. 베드로 이외의 다른 제자들 역시 <그리스도를 믿는 아내를 데리고 다닌> 사람들, 즉 결혼생활을 지속적으로 한 사람들이라는 사실을 위의 구절은 우리에게 또한 분명히 확인시켜 주고 있는 셈이다.

물론 바울은 결혼을 하지 않을 수 있다면 하지 않는 편이 낫다고 보았다. 바울이 그렇게 판단한 이유는 「고린도전서」 7장 32절에서 34절까지의 대목 속에 잘 나타나 있다. 하지만 그는 결혼에 대하여 결코 극도로 부정적인 생각을 갖고 있지는 않았다. 그의 입장은 단지 <처녀 딸을 시집 보내는 자도 잘하거니와 시집 보내지 아니하는 자가 더 잘하는 것이니라>(「고린도전서」 7장 38절)라는 말에서 단적으로 드러나듯 <결혼생활도 무방하지만 독신생활을 할 수 있다면 그 편이 더 낫다>고 보는 수준이었다. 그처럼 <결혼생활도 무방하다>고 보는 입장이었기에, <모범적인 교회 감독>의 자격을 논하는 자리에서도 <한 아내의 남편이 되는 것>(즉 축첩이나 난봉 피우기의 죄악을 범하지 않는 것)이라든가 <자녀들을 잘 복종하게 하는 것>을 거론했을 뿐 <독신> 같은 것은 아예 언급도 하지 않았던 것이다(「디모데전서」 3장 2절, 4절). 그런가 하면 그는 결혼을 금지하는 교리를 가르치는 이단이 장차 등장하리라고 예언하면서, 그런 거짓 설교자들에게 속지 말라고 미리 주의를 주기도 했다(「디모데전서」 4장 3절).

지금까지 언급된 내용을 종합하면 『신약성서』가 결혼 문제에 대하여 어떤 입장을 취하고 있는가 하는 점이 전체적으로 드러나거니와, 무엇보다도, 분명히 지속적으로 결혼생활을 영위하였던 베드로를 초대 교황으로 모시고 있는 천주교에서 모든 성직자에게 독신 의무를 강제하고 있는 것은, 가만히 생각해 보면, 상당히 아이러니컬한 일이라는 느낌을 버릴 수 없다.

김영하와 천주교, 그리고 「그림자를 판 사나이」

김영하는 『검은 꽃』의 출간을 계기로 하여 마련된 황종연과의 대담에서, 천주교와 관련된 자신의 개인사를 밝히고 있다. 그는 어머니가 5대째 천주교 신자인 가정에서 태어났으며, 태어나자마자 천주교 영세를 받았지만, 현재는 신앙을 갖고 있지 않다고 고백한다. 그는 자신의 성장기가 <교회로 상징되는 신념체계와의 긴장과 갈등, 그리고 오랫동안 수난과 박해 속에서 천주교를 믿어 온 집안에서 태어나서 그것들로부터 벗어나서 근대적인 문학을 하는 작가가 되기까지의 과정>이었으며, 그것은 곧 <아버지 신으로부터의 탈주라고도 말할 수 있>다고 스스로 규정짓는다.[1]

이러한 그의 진술을 듣고 나서 『검은 꽃』을 다시 읽어 보면, 그 작품

---

1) 김영하 · 황종연, 「고난 속에 벌어지는 카니발, 그 쾌활한 지옥도」, 『문학동네』, 2003. 겨울, p.216.

속에서 천주교와 관련하여 제시되고 있는 모든 내용들이 사실은 작가 자신의 내면에서 긴 기간 동안 전개되어 왔던 치열한 정신적 고투의 소산임을 인식하며 새로운 감동에 빠져들지 않을 수가 없다.

그리고 이러한 이야기는, 「그림자를 판 사나이」에 관해서도 고스란히 적용된다. 그 작품 속에서 김영하가 우리 주변의 뭇 세속인들과 별로 다를 바 없는 신부의 초상을 겉으로 보기에 자못 경쾌한 필치로 그려낼 수 있었던 사정의 배후에는, 성장기 내내 <아버지 신>의 권위를 가지고 다가드는 천주교와 맞서서 힘든 정신적 고투를 치르며 보내야 했던 작가의 삶이 자리잡고 있는 것이다. 이러한 사실을 알고 나서 「그림자를 판 사나이」를 읽을 때에 우리가 받는 느낌은, 그 사실을 모르는 상태에서 같은 작품을 읽었을 때에 받았던 느낌과는 상당히 다를 수밖에 없다.

그렇기는 하지만, 이와 같은 <느낌의 변화>로 말미암아, 이 작품에 대하여 내가 진작에 내려 두었던 <발전적인 변화>라는 평가 자체가 달라지는 것은 아니다. 어떤 소설이 문학사의 맥락 속에서 가지는 의미는, 그 소설의 작자가 어떤 내적 과정을 거쳐서 작품의 창작에로 나아가게 되었는가 하는 점과는 별도로—그것과 전혀 무관하게—성립될 수 있고 실제로도 성립되는 것이기 때문이다.

현길언의 『관계』에 나오는 신부의 사연을 읽고

　김영하의 단편 「그림자를 판 사나이」와 문형렬의 장편 『그리고 이 세상이 너를 잊었다면』을 예로 들면서 천주교 성직자의 독신 문제를 거론한 「성직자는 반드시 독신으로 살아야 하는 것일까?」라는 글을 쓰고 난 이후에 내가 새로 읽게 된 소설 가운데 하나로 현길언의 장편 『관계』가 있다. 진작 2000년에 발표되었던 작품인데, 발표된 지 4년이 지난 다음에야 내 눈에 띄게 된 셈이다. 그런데 이 소설을 읽어 보니, 그 속에서도 역시 천주교 성직자의 독신 문제가 다루어지고 있었다.

　『관계』는 제목이 말해 주는 바 그대로 <관계>가 지니는 의미에 대한 다양한 성찰을 담고 있는 작품이다. 여기서 말하는 <관계>란 주로 인간과 인간 사이에서 다양한 방식으로 맺어지는 관계들을 가리키지만, 이와 더불어, 신과 인간 사이의 관계도 포함한다. 그 관계의 그물망을 형성하는 여러 작중인물들 중 하나로 남궁혁이라는 남자가 있다. 바로 이 남자의 행적을 통하여 현길언은 천주교 성직자의 독신 문제를 다루어 보이고 있다.

남궁혁은 갓난아기 때 부모로부터 버림받고 <천사의 집>이라는 고아원에서 자라난 끝에 신부가 된 사람이다. 그런 그가 미술을 전공하는 여대생 장미현과 성관계를 가지게 된다. 이제 어떻게 할 것인가? 이 난감한 물음 앞에서 그가 일차적으로 택하는 길은 도피이다. 도망치듯 혼자 로마 유학을 떠나는 것이다. 하지만 그는 결국 자의로 신부복을 벗게 된다. 자신의 행동과 마음이 신에게나 미현에게나 다같이 떳떳하지 못한 것이라는 생각을 버릴 수 없었기 때문이다. 신부복을 벗고 환속한 후 그는 <천사의 집>을 맡아 운영하는 일에 모든 정성을 쏟으며 나이를 먹어 간다. 그러나 미현에게로 돌아오지는 않는다. 아니, 못한다. 자신과 미현의 결합이란 도저히 있을 수 없는 것이라는 생각이 그의 마음속에 완강하게 자리잡고 있기 때문이다. 그런 생각에 사로잡혀 있기로는 미현도 마찬가지다. 그러다가, 결국, 그 생각이 잘못된 것이라는 사실을 깨닫게 되는 순간이 두 사람 모두에게 도래한다. 첫 성관계가 있은 지 26년이 지난 후이다. 두 사람은 뜨거운 정사를 갖는다. 그런 직후, 남궁혁은 주교를 찾아가 고해성사를 한다. 하지만 그때는 이미 너무 늦은 시점이었다. 남궁혁은, 자각하지는 못하고 있었지만, 이미 병이 깊은 상태였던 것이다. 그는 곧 죽는다.

이러한 이야기를 대하면서 나는 「그림자를 판 사나이」라든가 『그리고 이 세상이 너를 잊었다면』 같은 작품을 읽을 때에 떠올렸던 것과 동일한 종류의 복잡한 상념에 사로잡히지 않을 수가 없었다. 그 상념의 내용은 이미 「성직자는 반드시 독신으로 살아야 하는 것일까?」 속에서 구체적으로 개진한 바 있으므로 여기서 다시 거듭 길게 서술할 필요는 없을 터이다.

다만 한 가지, 남궁혁과 장미현의 안타까운 사연을 읽으면서, 내가 새삼스럽게 『신약성서』의 「로마서」 14장 14절에 기록되어 있는 사도 바울의 말을 떠올릴 수 있었다는 이야기만은 따로 적어 두어도 무방할지 모르겠다. 그 말은 다음과 같은 것이다 : <내가 주 예수 안에서 알고 확신하는 것은 무엇이든지 스스로 속된 것이 없으되 다만 속되게 여기는 그 사람에게는 속되니라.> 바로 이 구절이, 「새번역」 텍스트를 보면, 다음과 같이 기록되어 있다. <내가 주 예수 안에서 알고 확신하는 것은 이것입니다. 무엇이든지 그 자체로 부정(不淨)한 것은 없고, 다만 부정하다고 여기는 그 사람에게는 그것이 부정한 것입니다.> 방금 소개한 두 가지 텍스트 중에서, 남궁혁과 장미현의 사연에 더 절실하게 맞아들어가는 것은, 「새번역」 쪽인 것 같다.[1] 천주교 성직자이기 전에 한 남자였던 남궁혁과 한 여자였던 장미현 사이에서 맺어진 <관계>는, 그 자체로 부정한 것이 아니었다. 다만 남궁혁이 그 관계를 부정한 것이라고 여기고 도피를 선택한 순간부터 그것은 정말로 부정한 것이 되었다. 그러던 것이, 그 관계를 반드시 부정한 것으로 여길 필요가 없다는 사실을 그가 알게 되자, 또 장미현이 알게 되자, 그것은 더 이상 부정하지 않은 것이 되었다. 이것이 중요한 진실의 전부이다. 그렇지 않은가?

---

1) 원전의 뜻을 어느 편이 더 정확하게 옮기고 있는가 하는 점을 기준으로 해서 따져 보더라도 「새번역」 쪽이 더 낫지 않은가 싶다. 참고로 언급하자면 New International Version판 영역 성경에서도 <부정한>과 상통하는 <unclean>이라는 단어를 쓰고 있다.

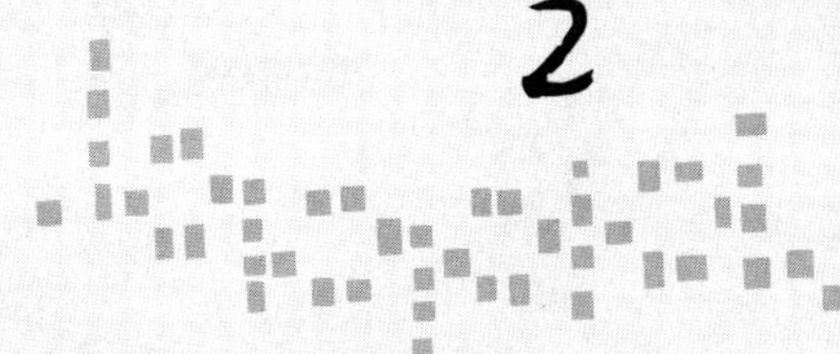

신학대학원생들도 놀라고, 나도 놀랐다
—조성기의 『회색 신학교』와 「출애굽기」

1. 신학대학원생들은 놀랐다

일찍부터 기독교와 관련된 내용의 장편을 다양하게 발표해 온 소설가 조성기는, 1992년에 이르러, 그때까지 자신이 발표했던 기독교 관련 장편들을 7부작으로 개편·정리하고, 7부작 전체의 제목을 『에덴의 불칼』이라고 붙인 바 있다. 이 『에덴의 불칼』 7부작 가운데 제5부에 해당하는 작품이 『회색 신학교』이다.

원래 1988년에 『야훼의 밤』 연작 제4부라는 간판을 달고 처음 단행본으로 나온 바 있었던 이 『회색 신학교』는, 젊은 시절의 조성기 자신을 모델로 한 것으로 간주되는 신성민이라는 인물이 오랜 종교적 탐색의 연장선상에서 마침내 신학대학원에 입학한 이후에 경험한 일들을 소설의 주된 내용으로 삼고 있다. 그러나 이 소설의 초점이 반드시 신성민 한 사람에게만 집중되어 있는 것은 아니다. 신성민과 함께 신학대학원에서 공부하는 다양한 인물들에게 골고루 조명이 비추어지고 있는 것이다. 이 여러 인물들은 신학대학원의 정규 과목들을 열심히 수강하면서 각자 나름대로의 방식으로 <시야의 확대>라는 경험을 갖게 된다.

그런데,『에덴의 불칼』제5부에 해당하는『회색 신학교』의 제8장[1]을 보면, 그들로 하여금 시야의 확대라는 경험을 갖도록 해 준 것들 가운데서도 특별히 충격적이었던 존재 가운데 하나로, <세계 학계에서도 알려져 있는> 어느 유명 교수로부터 이른바 문서설(文書說)의 강의를 들은 일[2]이 제시되어 있다. 그 교수는 <성경을 영감된 책이라고 보기보다 상이한 이해관계를 가진 인간들이 각자 자기의 관점에서 기술해 놓은 자료들을 종합적으로 편집한 책, 그러니까 인간의 작품일 수도 있다는 견해를 가지고 있는 듯>한 사람으로, <성경에 있어 모순되는 점들을 폭로할 때 더욱 얼굴에 생기가 돌곤 하>는 모습을 보인다. <성경에 있어 모순되는 점들을 폭로>하는 그의 강의는, 예를 들면 다음과 같은 식으로 전개된다.

「출애굽 당시 히브리 장정들만 60만 가량이라고 하였습니다. 이것은 대단히 놀라운 숫자입니다. 장정들만 60만이라면 노인, 여자, 아이들 합해서 적어도 이삼백만은 되었다고 할 수 있습니다. 만일 이것이 사실이라면 실제로 그들은 바로왕을 두려워할 필요가 전혀 없었을 것입니다. 그리고 250만 명 정도의 사람들이 옛날 식으로 4열 종대로 행군한다면, 그 길이는 560킬로미터쯤 될 것입니다. 이것은 서울서 부산까지의 거리보다 긴 것입니다. 이런 사람들의 행렬이 하룻밤 동안 홍해를 건넜다는 것은 있을 수 없는 일입니다. 그리고 이들에게 필요한 양식은 하루 평균 900톤의 양식으로, 기차 두 대에 실어야 할 분량이며 그것들을 요리

---

1) 이 제8장은, 1988년에 고려원에서『야훼의 밤』연작 제4부로 간행되었던 최초의 텍스트 속에서는 제11장으로 되어 있었다.
2) 조성기,『에덴의 불칼—제5부 회색 신학교』(민음사, 1992), pp.150~154. 이 부분은 1988년 고려원에서 나온 텍스트의 150~153면에 해당한다.

하기 위해서는 2천 4백 톤의 땔감이 필요한 것입니다. 이런 지경인데 성경에 기록되어 있는 60만이라는 숫자 표기를 문자 그대로 받아들여야 겠습니까? 학자들 사이에서는 60만이라는 숫자를 다르게 해석하려는 학설들이 제기되고 있습니다.」

위에 인용되어 있는 교수의 강의 내용을 읽어 보면, 그것은 지극히 평범한 일반적 상식 차원의 사실을 상기시킨 데 불과한 것으로, 복잡하게 다시 생각해 보아야 할 점은 전혀 없다는 판단이 금방 내려지게 된다. 장정들만 60만이라고 했을 때 노인, 여자, 아이들을 합친 숫자가 2백만 내지 3백만 정도 되리라는 것은 지극히 평범한 일반적 상식 차원의 사실에 불과하다. 250만 명 정도의 사람들이 4열 종대를 이루어 행진할 경우 그 길이가 수백 킬로미터에 뻗치지 않을 수 없다는 것도 마찬가지다. 250만 명 정도의 사람들이 행진을 계속하면서 먹어야 할 식량의 무게나 그 식량을 요리하는 데 쓰일 연료의 무게가 어마어마하리라는 것도 마찬가지다. 이 모든 이야기 가운데 단 하나도 <지극히 평범한 일반적 상식 차원>을 벗어나는 것이 없다.

하지만 『회색 신학교』에 나오는 신학대학원생들 중의 상당수에게 있어서는, 바로 이런 일반적 상식의 확인이 엄청나게 강한 충격을 안겨준 것으로 되어 있다. 소설의 서술자는 위의 강의 내용을 인용한 후 곧바로 이어서, 학생들의 반응을 다음과 같은 말로 전하고 있는 것이다.

이런 교수의 강의 앞에서 학생들은 어안이벙벙할 뿐이었다. 성경의 무오성을 철석같이 믿고 있는 학생들도 당장은 반박할 말을 찾지 못하고 꿀먹은 벙어리가 되기 십상이었다.

신학대학원에 들어온 학생들 가운데 상당수는 위와 같은 내용의 강의를 듣고 <어안이벙벙>하였다는 것이다. 그 교수의 강의를 듣기 전까지 그들은 『성서』의 한 자 한 획도 예외없이 신성한 영감에 의해 씌어졌기 때문에 티끌만한 오류도 있을 수 없다고 하는 이른바 축자영감설(逐字靈感說)-성경무오설(聖經無誤說)의 신봉자들이었던 만큼, 그런 강의를 듣고 충격에 휩싸일 수밖에 없었다는 것이다.

하지만 그들도 대부분의 경우 <상식>은 가지고 있는 사람들이었던 지라, 교수의 강의에 대하여 <반박할 말>을 발견할 수 없었고, 그런 경험을 거듭하면서, 결국은 새로운 개안의 경험을 해 나가게 된다.

많은 학생들이 교수의 강의에 세뇌당하여 가면서, 학교 들어올 당시에 가졌던 소위 건전한 성경관에 대하여 회의를 가지게 되었다. 그리하여 어디까지나 역사적 사실이라고 믿고 있던 창세기 1장에서 11장까지의 내용조차 하나의 신화 정도로 자연스럽게 받아들이게 되는데, 그래도 체면이 남아 있어서 그런지 신화라는 표현은 좀체로 쓰지 않고 설화라는 모호한 단어로 돌려 표현하곤 하였다. 어떻게 보면 설화라는 단어보다 신화라는 단어가 더 무게 있고 깊이가 있는데도 말이다.

위에 인용된 소설의 본문을 보면 학생들이 교수의 강의를 들으면서 서서히 감화되어 가는 과정을 <세뇌당하는 과정>으로 표현하고 있다. 하지만 그것이 정말로 세뇌당하는 과정에 해당할까? 오히려 그동안 세뇌당해 온 것에서 벗어나 상식을 회복해 가는 과정에 해당하는 것이 아닐까?

그런가 하면 그들이 학교에 처음 들어올 당시에 지녔던 축자영감설-성경무오설에 입각한 믿음을 <소위 건전한 성경관>이라 표현하고 있다. 하지만 그것이 정말로 건전한 성경관이었을까?

아무튼 교수의 강의를 계속해 들으면서 새로운 개안의 경험의 얻고 난 다음에 새로워진 시선으로 『성서』를 정독해 보니, 그들로서도, <창세

기로부터 신명기까지의 오경을 모세가 썼다는 주장은 아무 근거 없는 것>임을 깨닫지 않을 도리가 없게 된다. 사실 <창세기로부터 신명기까지의 오경을 모세가 썼다>는 것이 어느 모로 보건 도저히 있을 수 없는 일이라는 사실 역시 누구라도 <지극히 평범한 일반적 상식>을 견지하는 가운데에서 조금만 생각을 해 본다면 금방 깨닫지 않을 수가 없는 바인데, 이 신학대학원생들은 그 교수의 강의를 듣고 나서야 간신히 그 점을 인지하게 되었다는 것이다.

그러나 일단 한번 개안의 경험을 갖게 되자 그들은 금방 자기들의 새로운 인식을 확대시켜 볼 수 있게 된다. 시작만 제대로 이루어지면, 그 다음의 발전 과정은 거의 자동적으로 뒤따라오게 되는 것이다. 그러한 발전의 단계에서 그들의 시선이 주로 쏠리는 대상은 당연히 예수이다.

신약에서 예수가 말한 성경관, 가령 오경을 모세의 책이라고 언급한 부분 같은 것까지도 의심의 눈으로 바라보게 되면 슬그머니 예수에 대한 생각도 바뀔 지경이 되었다. 예수의 지식의 한계가 지리학적·천문학적·병리학적 차원에만 머무르는 것이 아니라 신학적인 차원으로도 확대되어, 예수의 성경관에도 오류가 있었음이 거의 확실시되지 않을 수 없었다. 예수가 그 당시에 아메리카 대륙이 존재한다는 것을 모르고 지구가 태양 주위를 돌고 있다는 사실을 몰랐던 것처럼, 성경이 여러 자료의 집합이라는 사실도 몰랐을 것이었다.

예수는 지리학 분야의 지식에 있어서, 천문학 분야의 지식에 있어서, 또 병리학 분야의 지식에 있어서 오류를 범한 바 있다. 그 점을 확인하는 경험만으로도, 예수를 절대적인 존재로 믿고 섬겨 온 사람의 마음에는 작지 않은 타격이 가해지게 된다. 그런데 이제는 예수가 『구약성서』에 대한 지식에 있어서조차 오류를 범하고 있었다는 사실을 알게 되었으니!

이 일을 어찌하면 좋단 말인가?

그런데『회색 신학교』의 서술자는, 정작 이러한 사실을 알게 된 신학대학원생들의 마음이 반드시 실망과 낙담으로만 가득차지는 않았다는 사실을 보고하고 있다. 실제의 반응은 좀더 복잡하고 미묘한 모습으로 나타났다는 것이다.

이쯤되면 성경의 일점 일획에 매여 꺽꺽거리던 마음이 어느 정도 숨통이 트이면서 자유를 얻게 되는데, 과연 이 자유를 누려도 되는 건지 황송스러워지기도 했다.

과연 그렇다. 도무지 상식과 부합하지 않는 축자영감설-성경무오설을 억지로 믿으려고 기를 쓰던 데에서 벗어나 열린 눈과 마음으로『성서』를 다시 보고, 모세 5경에 대한 그릇된 믿음을 버리며, 더 나아가『성서』전체에 대한 그릇된 믿음을 버리고, 예수에 대한 그릇된 믿음까지도 버릴 때, 거기에서는 반드시 실망이나 낙담만이 따라오는 것이 아니다. 사람에 따라서는, 거기에 또 한편으로 자유의 느낌이 따라올 수 있는 것이다. 그리고 역시 사람에 따라서는, 바로 이 자유의 느낌이, 실망이나 낙담을 압도해 버릴 만큼의 크기와 무게를 가지게 될 수도 있는 것이다.

하지만 또한 사람에 따라서는, 자유의 느낌은 생겨나지 않고, 그저 어떻게 해서라도 축자영감설-성경무오설의 보루를 사수해야겠다는 집념만이 앞선 나머지, 혼자 공연히 기를 쓰다가, <발작 비슷한 상태>에 빠지는 경우도 있게 된다.『회색 신학교』에 나오는 신학대학원생들 가운데에서는 명수라는 인물의 경우가 그러하였다.

명수는 극도의 혼란을 겪지 않을 수 없었다. 다른 학생들처럼 서서히 세뇌되어 가면서 양심 거죽이 단단해져 갔다면 모르겠지만, 자신이 애

초에 가졌던 성경관을 고수하려고 하니 머리가 빙빙 돌 지경이었다. 성경은 어디까지나 영감받은 저자가 하나님이 불러주는 대로 꼬박꼬박 받아썼다는 사실을 확신하고 있다고 스스로 생각하는 명수는, 그 교수의 강의가 끝나고 나면 종종 발작 비슷한 것을 일으켰다.

2. 나도 놀랐다

『회색 신학교』 가운데 지금까지 소개된 부분을 내가 맨처음 읽어본 것은 그 작품이 고려원에서 출간된 직후이다. 그러니까 1988년 말 아니면 1989년 초의 시점이다. 그 당시 나는 그 부분을 접하고서 상당한 놀라움을 느낀 바 있다. 내가 놀란 것은, 소설 속에서 교수의 강의를 들은 신학대학원 학생들 대부분이 겨우 그 정도의 강의에 충격을 받아서 어안이벙벙해지는 상태에 빠진 것으로 서술되어 있다는 사실 때문이었다. 그들의 어안이벙벙해진 모습을 보고, 나야말로 어안이벙벙해졌던 것이다.

<신학대학원에 진학할 정도의 젊은이라면 나름대로 기독교에 대하여, 또 『성서』에 대하여 오래 전부터 상당한 공부를 해 온 것이 틀림없을 텐데, 아니, '상당한 공부를 해 왔다'는 사람들 가운데 다수가 아직도 그렇게 무지몽매한 축자영감설-성경무오설에 완벽하게 사로잡힌 채 단 한 번의 회의나 비판적 반성을 해 보지 못한 채로 지내 왔다는 말인가?>

<『회색 신학교』에 그려져 있는 신학대학원생들의 지적 분위기가 실제로 우리나라의 여러 신학대학원에서 학업을 쌓고 있는 젊은이들의 지적 분위기를 전적으로 대표하고 있는 것이라고 단정할 이유는 물론 없다. 하지만, '전적으로 대표하고 있는 것'은 아닐지언정, '그 일단을 반영하고 있다는 것' 정도는 인정해야 마땅하지 않을까? 그 정도만 인정하고서 본다 해도, 이건 정말 너무한 것이 아닌가?>

대략 이런 투의 감상이 나의 마음속을 오고갔던 셈이다.

그 당시는 나 자신도 교회에 다니고 있던 시절이었지만, 내가 다닌 교회가 한국기독교장로회 소속의 교회였고 그 가운데서도 특히 자유롭고 예리한 비판적 지성의 활동을 최대한으로 보장하는 교회였기 때문에, 저런 축자영감설-성경무오설의 맹신도가 되어 있는 기독교인들의 모습이란 나에게는 상당히 낯선 존재—더 나아가 어안이벙벙하게 만드는 존재—일 수밖에 없었던 것이다.

그런데, 그 당시로부터 다시 10년 이상의 세월이 더 지난 2001년도에 이르러 우연히 읽게 된 오강남의 『예수는 없다』라는 책 때문에, 나는 또 한 번 놀라움을 느끼는 경험을 하게 된다. 그 책에서 오강남은 『회색 신학교』의 위에 인용된 대목에 나오는 신학대학원생들—좀더 구체적으로 말하자면, 교수의 강의를 처음 듣기 시작한 무렵의 신학대학원생들—과 동일한 사고를 가진 기독교인이 한국의 경우 <90퍼센트 내지 95퍼센트>에 달한다는 지적을 하고 있는데, 그의 이러한 지적을 보고 나는 <아니 그렇게까지?>라는 놀라움의 감정에 사로잡히지 않을 수가 없었던 것이다. 위와 같은 지적을 담고 있는 오강남의 저서 한 대목을 조금 더 길게 인용해 보면 다음과 같다.

우리는 이런 주장이 기독교의 보편적 믿음 내용이라 생각하기 쉽지만, 사실 이런 근본주의적 입장은 주로 <미국에서 그리고 미국 선교사의 영향을 받은 가난하고 교육수준이 낮은 나라에서>만 서식하고 있을 뿐 서방 유럽 같은 데서는 거의 찾아볼 수 없는 기현상이다. 현재 미국에는 이런 근본주의자의 숫자가, 어떻게 계산하느냐에 따라 차이가 있지만, 대략 전체 기독교인의 20 내지 40퍼센트를 차지한다고 보고 있고, 한국에는 정확한 통계가 없지만 90퍼센트 내지 95퍼센트 절대다수의 개신교 기독교인이 여기에 속한다 보아도 된다.3)

오강남 스스로 <정확한 통계가 없다>는 사실을 인정하고 있는 만큼, 그가 말하는 <90퍼센트 내지 95퍼센트>라는 수치에 너무 큰 비중을 둘 필요는 없을지 모른다. 하지만 그가 90퍼센트 내지 95퍼센트라는 말을 하고 있는 것을 보니, 아무리 비중을 낮춰 잡더라도, 70퍼센트 아래로까지 내려간다고 볼 수는 도저히 없을 듯하다. 70퍼센트라고만 해도 사실 엄청난 수치이다. 어마어마한 수치이다.

이처럼, 한국의 개신교도들 가운데 수적으로 70퍼센트인지, 95퍼센트인지 하는 비중을 차지하고 있는 사람들이, <『성서』의 텍스트는 하나님의 영감을 받아 씌어진 것이므로 한 자 한 획도 사실 아닌 것이 없다>는 신념을 견고하게 지키고 있다는 것이다. 그러니까 그들은, 예를 들어서 이야기하자면, 다음과 같은 내용들이 문자 그대로 실제 있었던 일이라 믿고 있다는 것이다.

    (1) 야웨가, 이집트에 있는 모든 물을 피로 바꾸었다. 그 결과, 이집트에 있는 강의 고기가 다 죽었다.
    (2) 야웨가, 이집트의 온 땅에 개구리가 들끓도록 만들었다.
    (3) 야웨가, 이집트 땅의 티끌이라는 티끌은 다 이[蝨]로 변하도록 만들었다.[4]
    (4) 야웨가, 이집트의 온 땅에 파리가 들끓도록 만들었다.[5]
    (5) 야웨가, 이집트의 모든 가축들을 다 죽게 했다.
    (6) 야웨가, 이집트 전역에 피부병이 창궐하도록 만들었다.
    (7) 야웨가, 이집트가 생긴 이래 처음 보는, 엄청난 우박을 퍼부었다.

---

3) 오강남, 『예수는 없다』(현암사, 2001), p.28.
4) 이 대목의 표현은 『관주(貫珠) 성경전서』를 따른 것이다. 이 부분이 『공동번역 성서』에서는 <이집트 땅의 먼지라는 먼지는 다 모기로 변하도록 만들었다>는 것으로, 조금 다르게 나와 있다.
5) 이 대목에 관해서도 『관주 성경전서』와 『공동번역 성서』는 내용의 차이를 보인다. 『공동번역 성서』에서는 파리 대신 등에가 등장한다.

(8) 야웨가, 이집트에 있는 모든 푸성귀를 메뚜기가 먹어치우게끔 만들었다. 메뚜기 때문에 온 이집트 땅에 풀이건 나무건 푸른 것이라고는 하나도 남지 않게 만들었다.

(9) 야웨가, 이집트 전역이 3일간 캄캄한 암흑에 빠지도록 만들었다.

(10) 야웨가, 이집트 전국에 있는 모든 맏이라는 맏이는 다 죽여 버렸다. 사람의 자식도 맏이는 다 죽게 하고, 짐승의 새끼 역시 맏이라면 다 죽게 했다.

(11) 야웨가 아홉 번째 재앙을 내릴 때까지도 이집트의 군주는 이스라엘인들의 출국을 금지한다는 자신의 방침을 철회하지 않고 고집을 부렸는데, 열 번째의 재앙을 내리자 마침내 굴복, 모든 이스라엘인들의 출국을 허용하고 말았다.

(12) 그런데 사실인즉 이집트의 군주가 아홉 번째 재앙을 당할 때까지도 자신의 방침을 철회하지 않고 고집을 부렸던 진짜 이유는 야웨가 그의 마음을 일부러 <강팍케> 만들어 놓았기 때문이었다. 즉 야웨는 한편으로는 무시무시한 재앙을 온 이집트 땅에 연달아 보내어 그 나라 전체를 쑥밭으로 만드는 작전을 차질 없이 수행하면서, 다른 한편으로는, 이집트의 군주가 최대한 악착스럽게 버티도록 만든다—다시 말해, 그가 일찌감치 굴복하여, 엄청난 피해를 보기 전에 이스라엘인들의 출국을 허용하는 사태가 발생하지 않도록 만든다—고 하는 또 하나의 작전을 차질 없이 수행하였던 것이다.

위에서 열거된 열두 가지 항목을, 다시 말하거니와, 한국 개신교도의 70퍼센트인지 95퍼센트인지가 <문자 그대로 실제 있었던 일>로 믿고 있다는 것이다. 정말 놀랄 만한 일이 아니고 무엇인가?

그런데 놀랄 만한 일은 이것만이 아니다. 한 가지가 더 있다. 바로 그런 믿음을 간직하고 있는 사람들은, 야웨라는 신에 대한 경건한 숭배와 뜨거운 찬양의 마음을 간직하고 있기도 하다는 사실이 그것이다.

위에서 열거된 열두 가지 항목을 잠깐만 음미해 보아도 이 야웨라는 신이 어떤 성격을 가지고 있는 존재인지가 금방 인식되는데—좀더

구체적으로 말해, 그가 얼마나 잔인하고 흉포한 성격의 주인공인지가
금방 인식되는데—이런 야웨에 대하여 경건한 숭배의 마음을 가진다!
뜨거운 찬양의 마음을 가진다! 이것 역시 정말로 놀랄 만한 일이 아니
고 무엇인가?

『유년기의 끝』과 「출애굽기」, 그리고 고고학

1. 『유년기의 끝』 속의 세계에서 종교가 몰락할 수밖에 없었던 이유

아더 C. 클라크가 1953년에 발표한 장편소설 『유년기의 끝(Childhood's End)』은 참으로 많은 사람들에게 깊은 감동과 풍부한 생각거리를 안겨준 SF의 고전이다. 로버트 스콜즈와 에릭 라프킨이 함께 쓴 SF 입문서를 보면, SF문학사 전체를 대표할 만한 걸작 10편 가운데·하나로 이 작품을 들면서 이 작품에 대하여 <모든 유토피아적 SF 중에서 가장 널리 존경받고 열렬하게 읽히는 소설>[1]이라는 평가를 내리고 있는데, 충분히 공감할 만한 견해라고 생각된다.

이 작품의 앞부분을 보면, 오버로드라고 불리는 고도로 진화된 종족이 외계로부터 지구를 찾아오는 이야기가 나온다. 오버로드의 대표인 카렐렌은 인간들 가운데에서 유엔의 사무총장을 자신과의 대화 창구로 지

---

1) 로버트 스콜즈·에릭 라프킨, 『SF의 이해』(김정수·박오복 공역, 평민사, 1993), p.286.

정한다. 그리고는 그를 통해 인간들을 교화하면서, 지구 위에다 일종의 유토피아를 건설해 나간다. 이 새로운 유토피아 속에서 종교는 지극히 미미한 자리밖에 차지하지 못한다. 특히 <기적이나 신탁에 의거한 종교는 예외 없이 완전히 몰락되고> 만다. 오버로드가 종교에 대하여 적대적인 태도를 가졌기 때문인가? 그런 것은 아니다. 카렐렌은 <다른 사람의 자유를 간섭하지 않는 한, 인간의 신앙은 그 사람 자신의 문제라는> 입장을 견지한다. 카렐렌의 태도가 이러한 것이었음에도 불구하고, 어찌하여 대부분의 종교는 몰락의 길을 걸을 수밖에 없었던가? 그렇게 되고 만 결정적인 계기는, 역사가들의 호소를 카렐렌이 들어 준 데에서부터 시작되었다.

> 전 세계엔 이미 오버로드가 과거를 알 수 있는 능력을 갖고 있다는 것이 널리 알려져 있었기 때문에, 역사가들은 세 번 네 번 카렐렌에게 호소하여 옛부터 논쟁이 되어 온 문제들에 대하여 결론을 지어달라고 하였다. (…) 반영구적인 대부 계약으로 카렐렌은 세계사 연구재단에 겉으로 보기엔 아무 것도 아닌 텔레비전 수상기를 제공했다.
>
> (…) 그것은 단순히 다이얼을 조절하기만 하면 작동시킬 수 있도록 되어 있었다. 그러면 거기에 과거에의 창이 열리는 것이었다. 지난 오천 년 동안의 인류 역사의 모든 것이 눈 깜짝할 사이에 누구나 볼 수 있도록 나타나는 것이었다. 그러나 이 기계는 그 이상 오래된 시대로 거슬러 올라가지는 않았다. 아무리 다이얼을 돌려도 나오는 것은 오직 불가사의한 공백뿐이었다. 어떤 자연에 의한 원인이었는지, 아니면 오버로드의 용의주도한 검열 때문이었는지는 알 수 없었다.[2]

이 신기한 기계를 입수하자마자 역사가들은 대표적인 세계 종교들이 처음 만들어지던 당시에로 다이얼을 맞추고 그 출발의 현장을 조사하는

---

2) 아더 C. 클라크, 『유년기의 끝』(소준선 역, 나경문화, 1992), pp.113~114.

작업에 들어간다. 기계의 탁월한 성능 덕분에 역사가들의 작업은 어렵지 않게 성공한다. 그런데, 이러한 역사가들의 작업을 통하여 인류가 알게 된 진실의 내용은, 그동안 종교적 신앙을 가지고 살아 왔던 인간들에게 있어서는, 그 종교가 구체적으로 어떤 종교였는가에 관계 없이, 참으로 충격적인 것이었다. 그리고 일단 이러한 진실을 알게 된 이상, 그들은 도저히 기왕에 지녔던 신앙을 유지할 수가 없게 된다. 『유년기의 끝』의 본문을 보면 이러한 과정 전체가 다음처럼 담담한 어조로 간략하게 서술되고 있다.

거기에 폭로된 것은 의심할 수도 부정할 수도 없는 뜻밖의 사실이었다. 오버로드의 과학적 힘에 의하여, 세계의 주된 종교의 참된 시초의 모습이 여기에 비로소 밝혀진 것이었다. 물론 그 대부분은 거룩하고 엄숙한 느낌을 주었다. 그러나 종교가 성립되려면 그것만으로는 부족했다. 불과 며칠 동안에 인류의 신앙 속에 살아 있던 여러 가지 구세주들은 그 신성을 영원히 잃어버렸다. 냉혹한 진리의 빛 아래, 이천 년의 긴긴 세월에 걸쳐 언제나 수천만의 신도를 거느려 온 종교는 어느 것이나 모두 아침이슬처럼 사라져갔다. 그것들이 목소리 높여 부르짖던 선악의 범주는 눈 깜짝할 사이에 과거로 흘러가버렸다. 그 어떤 종교라도 이제 사람들의 마음에 호소할 힘을 영원히 잃어버린 것이었다.[3]

2. 의미 있는 공상담

『유년기의 끝』이라는 소설 속에 들어 있는 위의 이야기는 물론 엄밀하게 따지자면 하나의 공상담에 불과하다. 하지만 그것은 우리가 존중하는 마음을 가지고 음미해 볼 만한 공상담임에 틀림없다. 사실 그것은 수

---

3) 위의 책, p.114.

많은 사람들이 종교에 대하여 가지고 있는 복잡한 느낌들—이를테면, 믿고자 하는 의지와 도저히 믿기 어렵다고 하는 의혹이 미묘하게 엉켜 있는 심리, 알 듯 모를 듯한 신비의 안개를 속시원히 걷어 버리고 그 실체를 명료하게 파악하고자 하는 욕망, 과학의 눈부신 발전이 앞으로도 줄기차게 계속될 경우 종교적 주장들은 아무래도 궁극적으로는 버틸 수 없을 것 같다고 하는 불안 등등의 다양한 느낌들—을 효과적으로 집약하여 대변해 주고 있는 이야기가 아니겠는가?

3. 다 알 수 있게 될 것인가?

만약 『유년기의 끝』에 나오는 공상담이 정말로 실현되어, 과거를 직접 볼 수 있는 신기한 기계가 인류에게 제공되었다고 가정해 보자. 그리하여 역사학자들이 『구약성서』 중의 「출애굽기」에서 서술되고 있는 내용의 진위를 점검하는 작업에 착수했다고 가정해 보자. 그 역사학자들은, 조성기의 『회색 신학교』에 등장하는 신학 교수가 강의 시간에 행하였던 다음과 같은 발언을 과연 어떻게 받아들여야 옳을 것인가라는 물음에 대한 답을 찾아낼 수 있을까?

「출애굽 당시 히브리 장정들만 60만 가량이라고 하였습니다. 이것은 대단히 놀라운 숫자입니다. 장정들만 60만이라면 노인, 여자, 아이들 합해서 적어도 이삼백만은 되었다고 할 수 있습니다. 만일 이것이 사실이라면 실제로 그들은 바로왕을 두려워할 필요가 전혀 없었을 것입니다. 그리고 250만 명 정도의 사람들이 옛날 식으로 4열 종대로 행군한다면, 그 길이는 560킬로미터쯤 될 것입니다. 이것은 서울서 부산까지의 거리보다 긴 것입니다. 이런 사람들의 행렬이 하룻밤 동안 홍해를 건넜다는 것은 있을 수 없는 일입니다. 그리고 이들에게 필요한 양식은 하루 평균 900톤의 양식으로, 기차 두 대에 실어야 할 분량이며 그것들을 요리하기 위해서는 2천 4백 톤의 땔감이 필요한 것입니다. 이런 지경인데 성경에 기록되어 있는 60만이라는 숫자 표기를 문자 그대로 받아들여야겠습니까? 학자들 사이에서는 60만이라는 숫자를 다르게 해석하려는 학설들이 제기되고 있습니다.」[4]

얼른 생각하기에는, 어렵지 않게 그 답을 찾아낼 수 있을 것처럼 생각된다. 기계의 다이얼을 맞추기만 하면 되는 일이 아닌가?

우선, 공간의 다이얼을 <이집트에서 가나안에까지 이르는 지역>에다 맞춘다. 그리고, 시간의 다이얼을 기원전 15세기에다 맞춘다. 왜 기원전 15세기인가? 『구약성서』의 「열왕기 상」 6장 1절을 읽어 보면 『구약성서』의 텍스트를 쓴 사람들이 출애굽 사건을 기원전 15세기의 일로 보고 있음을 명확히 알 수 있기 때문이다. 좀더 구체적으로 밝히자면, 「열왕기 상」 6장 1절에 <이스라엘 자손이 애굽 땅에서 나온 지 480년이요 솔로몬이 이스라엘 왕이 된 지 4년 시브월(月) 곧 2월에……> 운운의 구절이 나오는데, 이처럼 솔로몬이 이스라엘의 왕위에 오른 지 4년째 되는 해가 곧 출애굽 이후 480년째 되는 해이기도 하다는 진술을 근거로 해서 계산을 해 보면, 출애굽 사건이 기원전 15세기에 일어났다는 결론은 금방 도출이 되는 것이다.

그러나, 작업의 완벽을 기하기 위하여서는, 기원전 15세기가 아닌 기원전 14세기 및 13세기 등등에 대해서도 조사해 볼 수 있는 가능성을 열어 두는 것이 필요하다. 「출애굽기」 1장 11절을 보면 라암셋이라는 도시의 이름이 나오는데 이러한 이름을 가진 도시가 기원전 15세기에는 존재할 수 없었음이 확실하다는 사실에 주목한 성서학자들이 <기원전 15세

---

4) 조성기, 『에덴의 불칼—제5부 회색 신학교』(민음사, 1992), p.151.

기설>에 의문을 제기한 바 있기 때문이다. 여기에서 나오게 된 것이, 480년이라는 수치를 산술적으로 정확한 수치가 아닌, 다분히 상징적인 수치로 보는 해석이다. 그렇게 되면, 출애굽 사건이 발생했을 가능성이 있는 것으로 조사되어야 할 시기의 폭은 훨씬 더 넓어질 수밖에 없는 것이다. 그렇지만 이것은 그다지 큰 문제가 아니다. 저 신기한 기계는 5천 년의 범위 안에 들어오는 것이기만 하다면 그 어떤 시기든지 자유자재로 다 조사할 수 있는 것이니까 말이다.

결국 어느 모로 보나, 출애굽 사건은, 다이얼을 맞추기 어려운 사건이 아니다.

일단 다이얼을 맞추고 난 후, 역사학자들은, 화면을 들여다보고 있기만 하면 된다. 그렇게 하고 있으면 곧 모세가 이스라엘 백성들을 이끌고 이집트를 떠나 광야로 향하는 장면이 화면에 나타날 것이다. 그 화면을 보면, 모세의 지휘 아래 이집트를 떠난 이스라엘 백성의 총 인원이 정말로 2백만 혹은 3백만에 이르렀는지, 그 행렬의 길이가 정말로 560킬로미터에 뻗쳤는지, 다 알 수 있게 될 것이다. 그들이 식량을 어떤 방법으로 조달하였으며 그 식량의 양은 얼마만큼이었는지, 식량을 요리하기 위해 필요한 땔감은 또 어떻게 조달하였으며 그 땔감의 양은 얼마만큼이었는지, 다 알 수 있게 될 것이다.

4. 출애굽의 사건은 없었다

그러나 실제로는 사태가 위에서 이야기된 것과 같은 방향으로 진전되지 않을 것이다.

역사학자들이 주시하고 있는 화면에는 출애굽의 장면이 아예 떠오르지 않을 것이다.

기원전 15세기에도, 14세기에도, 13세기에도 출애굽의 사건은 존재하지 않았기 때문이다.

역사학자들이 당황해서 다이얼을 앞뒤로 더 과감하게 돌려 보아도, 결과는 마찬가지일 것이다.

그 어떤 다른 시대에도 출애굽의 사건은 역시 존재하지 않았기 때문이다.

5. 현대 고고학의 성과가 말해 주고 있는 것

<『유년기의 끝』에서 이야기되고 있는 신기한 기계가 실제로 주어지지도 않았는데, 어떻게 당신은 그처럼 자신만만한 어조로 "출애굽의 사건은 아예 존재한 일이 없다"는 단정을 내릴 수 있느냐?>라고 나에게 묻는 사람이 있을지 모른다.

이 물음에 대하여 내가 제시할 수 있는 답은 간단하다. <현대 고고학의 성과에 기초하여 그러한 단정을 내릴 수 있다>는 것이 그 답이다. 이제부터 그 현대 고고학의 성과에 대한 설명을 같이 들어 보기로 하자. 이스라엘 핑컬스타인과 닐 A. 실버먼 두 사람이 함께 쓴 책을 보면 이 문제에 대한 설명이 잘 나와 있다.5)

그들이 지적하고 있는 바와 같이, 만약 이스라엘인들의 이집트 탈출이라는 사건이 역사적으로 정말 일어났던 것이라면, 그것을 입증해 주는 고고학적 증거가 당연히 남아 있을 것임에 의문의 여지가 없다. <성경의 설명에 의하면 이스라엘 백성은 사막과 시나이 반도 산악지대를 꼬박 40년 동안 이동하면서 여러 곳에서 야영과 방랑생활을 했다.> 그렇다면,

---

5) 이스라엘 핑컬스타인 · 닐 A. 실버먼, 『성경 : 고고학인가 전설인가』(오성환 역, 까치, 2002), pp.81~84. 이 책의 원제는 *The Bible Unearthed*이다.

당연히, <이스라엘인들이 시나이 반도에서 한 세대 동안 계속한 방랑생활을 입증하는 고고학적 자취가 확실히 발견되어야 한다.>

그런데, 실제로는 어떠하였는가? <북부 해안을 따라 건설되었던 여러 이집트 요새를 제외하면 람세스 2세와 그의 바로 전 파라오들이나 바로 뒤의 파라오들의 시대에 만들어진 야영지나 정착 주거지 터의 흔적이 시나이 반도에서 단 한 곳도 발견되지 않았다.>

발굴의 노력이 부족하였던 것인가? 천만의 말씀이다. 실로 더 이상 어떻게 해 볼 여지가 없을 만큼 철저한 발굴 작업이 거대한 규모로 반복해서 수행되었다.

현대 고고학의 기술적 수준에 아직 문제가 많은 것인가? 역시 천만의 말씀이다. <현대의 고고학 기술은 사냥과 채집 생활을 했던 원시인이나 유목민들이 남긴 매우 희소한 자취조차 전세계 곳곳에서 찾아낼 수 있다.>

좀더 구체적으로 지명을 들어서 설명해 보자.

<성경의 설명에 의하면 이스라엘 백성은 40년의 방랑생활 가운데 38년 동안 가데스바네아에서 야영생활을 했다. 이 지점의 일반적 위치는 「민수기」 34장에 나오는 이스라엘 영토의 남쪽 국경 설명에 의해서 확실하게 파악할 수 있다.> 가데스바네아가 이런 의미를 지니는 곳인 만큼, 이 지역에 대해서는 특별히 엄밀한 조사가 행해졌다. 그 결과는 어떠하였던가? 핑컬스타인과 실버만은 다음과 같은 말로 그 조사의 결과를 요약하고 있다. <이 지역 전체를 발굴하고 조사했으나 후기 청동기 시대의 인간활동의 증거를 하나도 발견하지 못했다. 공포에 떨며 피난하는 소규모의 도망자들이 남겼을 만한 토기 파편 하나 발견되지 않았다.> 다시 말하거니와, <토기 파편 하나> 발견되지 않았다는 것이다.

가데스바네아와 함께 『성서』에 그 이름이 언급되고 있는 또 하나의

장소인 에시온게벨의 경우도 마찬가지였다. 에시온게벨 역시 그 실제 위치를 확인할 수 있는 곳이지만, 그 위치를 아무리 넓게, 깊게 팠어도, 나온 것은 없었다.

각도를 조금 바꾸어서 접근해 보아도, 도출되는 결론은 마찬가지이다.

예를 들면, 「민수기」 21장 1절 이하에는 <남방에 거하는 가나안 사람 곧 아랏의 왕이 이스라엘이 아다림 길로 온다 함을 듣고 이스라엘을 쳐서 그 중 몇 사람을 사로잡은> 사건이 기록되어 있다. 그런데 아랏이라는 장소의 유적을 발굴해 본 결과, 이 장소에는 출애굽의 사건이 있었던 것으로 『구약성서』 속에 기록되어 있는 시대, 즉 <후기 청동기 시대>에는 <사람이 살지 않았던 것이 분명>한 것으로 밝혀졌다. 더 넓게 따져서 브엘세바 계곡 전역을 대상으로 조사해 보아도 결론은 마찬가지이다.

이스라엘인들이 가나안으로 가는 도중 그들의 행진을 막는 <아모리인의 왕 시혼>과 전투를 벌이지 않을 수 없었다고 하는 기록(「민수기」 21장 21절~25절, 「신명기」 2장 24절~35절, 「사사기」 11장 19절~21절)과 관련해서도 역시 동일한 결론이 도출된다. 시혼의 도성은 헤스본이었던 것으로 기록되어 있거니와, 헤스본 일대를 몇 차례나 발굴해 보았지만, <후기 청동기 시대의 도시는 물론이고 작은 마을의 유적조차 존재하지 않았다는 사실이 확인되었다.> 이런 예는 얼마든지 더 들 수 있다.

6. 이제 모든 것은 명백해졌다

핑컬스타인과 실버먼의 책을 계속해서 더 읽어내려가 보면, 도대체 어찌하여 이처럼 역사적으로 전혀 실재하지 않았던 것임이 확실한 <출애굽의 사건>이라는 허구가 만들어지게 되었는가, 누가 그것을 만들었는가, 언제 그것이 만들어졌는가 등등의 여러 가지 흥미로운 물음에 대한 저자 자신들의 답이, 상세한 학술적 논증을 동반하면서, 제시되고 있다. 하지만 이 자리에서 그것까지 언급할 필요는 없을 듯하다. 여기에서는 단지 이른바 <출애굽의 사건>에 대한 『구약성서』의 모든 기록이 순전한 허구라는 사실 한 가지에만 관심을 한정시켜도 충분하다.

이제 모든 것은 명백해졌다. 그리고 명백해진 만큼 단순해졌다.

『유년기의 끝』에 나오는 신기한 기계가 없어도, 우리는 이제, 사태의 진상을 확실하게 인지하는 데 아무런 어려움을 느낄 필요가 없게 되었다.

야웨가 이집트의 모든 물을 피로 바꾸었다는 기록만이 허구인 것이 아니다. 야웨가 이집트의 모든 티끌을 이[蝨]로 바꾸었다는 기록만이 허구인 것이 아니다.

다시 말하지만, <출애굽의 사건> 그 자체가, 그 전체가, 완전한 허구인 것이다.

7. 상징적인 텍스트로 읽어내는 것은 가능하다

물론, 이른바 출애굽의 사건을 다루고 있는 『구약성서』의 방대한 기록—「출애굽기」, 「레위기」, 「민수기」, 「신명기」—을 상징적인 텍스트로 읽어내는 것은 얼마든지 가능하다.

그리스 신화를 상징적인 텍스트로 읽어내는 것이 가능한 것처럼, 그것은 가능하다. 셰익스피어의 희곡을 상징적인 텍스트로 읽어내는 것이 가능한 것처럼, 그것은 가능하다. 톨킨의 소설을 상징적인 텍스트로 읽어내는 것이 가능한 것처럼, 그것은 가능하다. 그것을 누가 불가능하다고 말하겠는가?

하지만, 출애굽의 사건을 다루고 있는 『구약성서』의 기록을 상징적인 텍스트로 읽어내는 작업을 실제로 수행하고자 할 경우 유념해야 할 사항이 한 가지 있다는 점은 여기서 반드시 지적해 두어야 할 것 같다. 그 기록이 이기적이고 호전적인 부족신앙에 바탕을 두고 있는 것이라는 사실 자체를 외면하거나, 망각하거나, 왜곡하는 가운데에서 상징적인 독법을 시험해서는 안 된다는 점이 바로 그것이다. 제아무리 그럴 듯한 <상징적 텍스트 읽어내기>의 작업이라도, 텍스트의 본질 자체를 멋대로 바꾸어 놓은 자리에서 나온 것이라면, 설득력을 가질 수 없다.

8. 조성기의 서문에서 말하지 않은 것

조성기가 1988년 고려원에서 『야훼의 밤』 연작 제4부로 출간한 『회색 신학교』의 서문을 보면 다음과 같은 대목이 들어 있다.

> 「출애굽기」 12 : 42에 <이는 야훼의 밤이라>는 구절이 있다. 야훼의 밤은 애굽에게 있어서는 장자들이 죽어 넘어지는 심판의 밤이지만 히브리 노예들에게는 탈출과 구원의 밤이다.[6]

그럴 듯한 말이다. 하지만 나는 이 그럴 듯한 말을 들으면서, 조성기가 전혀 언급하지 않고 넘어간—그러나 실제로는 가장 중요한—또 다른 문제를 생각해 보지 않을 수가 없다.

「출애굽기」 12장 42절을 히브리 노예들의 시각에서 읽는 독법이 필요하다면, 영문도 모르는 채, 아무런 잘못도 없이, <장자가 죽어 넘어지는> 참사를 당해야 했던 모든 이집트 백성들의 시각에서 읽는 독법도 필요하다. 이 후자의 독법이 빠진 자리에서 제아무리 화려한 미사여구를

---

6) 조성기, 『야훼의 밤—제4부 회색 신학교』(고려원, 1988), 페이지 없음.

동원하여 히브리 노예들의 해방을 찬양하고 신의 섭리를 찬양하고 해도, 거기에는 진정한 생명력이 존재할 수 없다.

그리고 또 한 가지. 「출애굽기」의 본문을 보면, 이집트의 모든 백성들이 <그 집안의 장자들이 죽어 넘어지는> 전대미문의 참사를 당해야 했던 것은, 이집트의 군주인 파라오가, 이미 아홉 가지 재앙을 겪고 난 후임에도 불구하고, 모세의 요구를 또다시 거절했기 때문이라고 되어 있다. 그러면 파라오는 어찌하여 이미 아홉 가지 재앙을 겪고 난 단계에서까지도 모세의 요구를 다시 거절하였던가? 그 답 역시 「출애굽기」의 본문(10장 27절)에 나와 있다. 야웨 자신이 일부러 파라오의 마음을 <강퍅케> 하였기 때문이라는 것이 그 답이다. 야웨 자신이 일부러 파라오의 마음을 고집불통으로 만드는 술수를 부려, 파라오로 하여금 모세의 요구를 거절하게 하고, 그것을 이유로 내세워, 모든 이집트 가족의 맏이들을 몽땅 죽여 버린다! 바로 이것이 「출애굽기」의 본문에서 말하고 있는 내용이다. 여기서 우리는 무엇을 읽을 수 있는가? 야웨의 심술과 잔인성이 얼마나 대단한 것인가를 읽을 수 있다. 그렇다면 「출애굽기」 12장 42절에서 말하는 <야웨의 밤>이란 <야웨의 심술과 잔인성이 최고도로 발휘되었던 밤>이라는 뜻으로 이해되어 마땅하다.

새삼 다시 말할 나위도 없는 일이지만, 『구약성서』의 기록을 상징적인 텍스트로 간주하는 것이 가능하다는 논리는 「출애굽기」의 위와 같은 대목에 대해서도 고스란히 적용된다. 그러니 만큼 누구라도 위의 대목을 놓고 다음과 같은 말을 할 수 있다. <이 모든 기록은 상징적인 텍스트의 성격을 가지고 있다. 나는 고상한 상징적 텍스트 읽어내기의 독법을 원용하여 위 기록의 뜻을 해명해 내겠다.> 이렇게 말하고 나서는 사람을 만류할 수 있는 논리는 없다.

그렇기는 하지만, 이처럼 <상징적 텍스트 읽어내기>를 하겠다고 나

서는 사람을 향하여, 다음과 같은 주문은 할 수 있을 것이다. 아니, 반드
시 해야 할 것이다. <텍스트의 본질 자체를 멋대로 바꾸어 놓으면서까지
'상징적 텍스트 읽어내기'의 마법지팡이를 휘두르지는 말아 달라.>

족보, 「마태복음」과 「누가복음」, 이문열과 이순원

1. 부계 위주의 족보에 무슨 의미가 있는가?

나는 최재천의 저서 『여성시대에는 남자도 화장을 한다』를 통독하면서, 그 내용의 대부분에 대하여 공감하는 마음을 가질 수 있었다.[1] 그리

---

[1] 여기서 <그 내용의 대부분에 대하여 공감을 가질 수 있었다>는 말은, 당연히, 이의를 갖지 않을 수 없는 부분도 전혀 없지는 않았다는 뜻을 내포한다. 그처럼 내가 이의를 갖지 않을 수 없었던 부분의 한 예로, 저자가 자신의 아내를 가리킬 때 사용한 <안사람>이라는 호칭을 들 수 있다. 저자는 아마 별달리 깊은 생각 없이 <안사람>이라는 호칭을 사용했겠지만, 내가 보기에, 이는 안타까운 실책이었다고 하지 않을 수 없다. 아내를 가리켜 <안사람>이라고 부르는 것은, 그렇게 부르는 사람의 의도 여하와 관계없이, <여성에게 어울리는 공간은 어디까지나 집 안이다>라는 생각과 연결되어 버리며, 더 나아가서는, <여성이 사회 활동을 하는 것은 바람직하지 않다>는 생각과 연결되어 버린다. 이런 점에서 <안사람>이라는 호칭은 <집사람>이라는 호칭이 나쁜 것만큼이나 나쁘다. 이러한 지적에 대해서는, <아내>라는 호칭도 원래는 <안사람>이라는 호칭과 어원을 같이하는 것이 아니냐, 그렇다면 <아내>라는 호칭도 쓰지 말아야 하는 것이냐라는 반문이 제기될 수 있을 법하다. 하지만 <아내>라는 호칭은 비록 처음에는 <안사람>이라는 호칭과 어원을 같이하는 것이었을지라도 이제는 이미 그 어원으로부터 멀리 떨어져 다분히 중립적인 느낌을 주는 것으로 변모되었으므로 사정이 다르다고 생각된다.

고 이 책과의 만남을 계기로 하여, 많은 것을 새롭게 생각해 볼 수도 있었다. 그 <새롭게 생각해 볼 수 있었던 것> 중의 한 가지로, <부계를 기준으로 해서 작성된 족보라는 것이 도대체 무슨 의미를 가질 것이냐?>라는 문제가 있다.

최재천이 『여성시대에는 남자도 화장을 한다』 속에서 족보의 문제에 대하여 언급한 가장 핵심적인 구절을 보면 다음과 같다.

전통적으로 남자만 이름을 올릴 수 있는 우리 족보와는 달리 생물학적인 족보는 암컷 즉 여성의 혈통만을 기록합니다. 부계혈통주의는 생물계 그 어디에도 존재하지도 않을 뿐더러 존재할 수도 없습니다.[2]

말할 나위도 없이, 『여성시대에는 남자도 화장을 한다』 속에는, 바로 이 핵심적인 구절이 기록될 수 있도록 만든 과학적 근거가 상세히 설명되고 있다.

나는, 바로 위의 핵심적인 구절을 읽으면서, 그리고, 이 구절을 뒷받침해 주고 있는 상세한 과학적 설명을 대하면서, 새삼스럽게, <부계를 기준으로 해서 작성된 족보라는 것이 도대체 무슨 의미를 가질 것이냐?>라는 물음에 봉착하지 않을 수 없었던 것이다.

2. 복음서에도 족보가 나오는데

『신약성서』의 「마태복음」 서두를 보면, 아브라함에서 요셉에까지 이르는 42대의 족보라는 것이 나온다. 누구나 예상할 수 있는 바와 같이, 부계혈통주의에 입각하여 작성된 족보다. <아브라함이 이삭을 낳고 이삭

---

2) 최재천, 『여성시대에는 남자도 화장을 한다』(2쇄, 궁리, 2004), p.234.

은 야곱을 낳고 야곱은 유다와 그의 형제를 낳고……> 이런 식으로 그 족보는 지루하게 이어진다.

그런가 하면, 「누가복음」 3장에도, 요셉의 족보가 나온다. 역시 부계 혈통주의에 입각하여 작성된 족보다. 여기서는 「마태복음」의 경우와 달리 요셉에서부터 거꾸로 거슬러 올라가는 방식을 취하고 있다. <요셉의 이상(以上)은 헬리요 그 이상은 맛닷이요 그 이상은 레위요 그 이상은 멜기요……> 이런 식이다.

이처럼 사람 이름을 나열하는 순서에 있어서 서로 다른 방식을 취하고 있기는 하지만, 어쨌든 요셉의 족보—부계혈통주의에 입각하여 작성된—가 대단히 중요한 의미를 갖는다고 생각한 점에서는 「마태복음」의 기록자와 「누가복음」의 기록자가 완전히 동일하였던 셈이다.

그런데, 「마태복음」의 기록자와 「누가복음」의 기록자가 이처럼 서로 일치되는 생각에 입각하여 각자 기록한 족보라는 것을 실제로 읽어 나가다 보면, 여러 가지 점에서 이상하다는 느낌을 갖지 않을 수가 없다.

우선, 그 두 개의 족보 속에서 나열되고 있는 사람들의 이름이 대부분 서로 다르다. 예를 들어 보겠다. 위에서 「누가복음」 중의 <요셉의 이상은 헬리요 그 이상은 맛닷이요 그 이상은 레위요 그 이상은 멜기요>라는 대목을 인용한 바 있지만, 이러한 「누가복음」의 기록과 일치하려면, 「마태복음」에 나오는 족보의 맨 끝부분이, <멜기는 레위를 낳고 레위는 맛닷을 낳고 맛닷은 헬리를 낳고 헬리는 마리아의 남편 요셉을 낳았다>라는 말로 마무리되어야 할 것이다. 그런데 정작 「마태복음」을 펼쳐 보면 요셉의 아버지는 야곱, 그 아버지는 맛단, 그 아버지는 엘르아살, 그 아버지는 엘리웃이라고 되어 있다. 여기서 보면, 두 개의 족보에 나오는 이름이 하나도 서로 일치하지 않는다. 이 불가해한 사태를 앞에 놓고 우리는 그저 어리둥절할 수밖에 없다. 장난도 아니고 이게 도대체 무엇이란 말인가?

그뿐만이 아니다. 더 큰 문제가 있다. 『신약성서』의 기록자들 자신이 일치하여 주장하고 있는 바에 따르면 예수는 그 어머니 마리아가 요셉과 성관계를 갖기 이전에 이른바 성령으로 잉태한 결과 태어난 인물이므로 법률상 예수의 아버지로 되어 있는 요셉이라는 사람과 예수 사이에는 정작 아무런 생물학적 혈연관계도 없는 셈이다. 그런데 「마태복음」의 기록자와 「누가복음」의 기록자는 왜 이처럼 예수와 아무런 생물학적 혈연관계도 없는 사람의 족보를 시시콜콜하게 늘어놓지 않고서는 견디지를 못하였던 것일까? 역시 불가해한 노릇이다.

그러나, 백 보를 양보해서, 위의 두 가지 이상한 점에 대한 의문을 다 덮어 주기로 한다고 해 보자. 첫 번째 문제에 대해서는 이른바 성서무오설(聖書無誤說)을 어떻게든 지켜 내고자 기를 쓴 지난날의 고집스러운 몇몇 성서학자들에 의하여 창출된 기발한 해답이 여러 가지 나와 있으니 (물론 그 중 어느 것이든 상식적으로 볼 때 신빙성이 거의 없는 것들이지만) 그것들을 참조해서 덮어 주기로 하고, 두 번째 문제에 대해서는 <어쨌든 요셉이 예수의 법률상 아버지이기는 하니까 그의 혈통을 따지는 것도 전혀 무의미한 일만은 아닐지 모른다>라고 양보하는 정도에서 넘어가기로 해 보자는 말이다. 하지만 그렇게 하더라도 여전히 남는 문제가 있다. 바로 최재천이 지적하고 있는 바, <생물학적인 족보는 암컷 즉 여성의 혈통만을 기록한다>고 하는 사실로부터 발생하는 문제가 그것이다.

족보라는 것은, 생물학적인 근거를 갖지 못한다면, 그 존재 이유의 대부분을 상실하게 된다. 여기에는 의문의 여지가 있을 수 없다. 그러니 만큼, 부계를 기준으로 해서 작성된 족보라는 것의 생물학적인 근거가 취약한 것으로 밝혀지게 되면, 그것의 존재 이유는 근본적으로 흔들릴 수밖에 없다. 「마태복음」에 기록되어 있는 족보도, 「누가복음」에 기록되어 있는 족보도, <도대체 왜 생물학적 근거도 박약한 그런 따위의 것이 중요하냐?>라는 질문 앞에서 별다른 할 말을 찾을 수 없게 된다.

그런데, 「마태복음」이나 「누가복음」이 기록되던 당시에는 생물학의 발달 정도가 워낙 미미하였기 때문에, 위와 같은 문제가 제기될 수 없었다. 하지만 지금은 사정이 다르다. <생물학적인 족보는 암컷 즉 여성의 혈통만을 기록>하며, <부계혈통주의는 생물계 그 어디에도 존재하지도 않을 뿐더러 존재할 수도 없>다는 사실이 과학적인 연구의 성과에 의하여 움직일 수 없는 진실로 확인된 마당인 것이다.

3. 「아우와의 만남」의 주인공에게 주어야 할 충고

이제는 시선을 좀더 가까운 쪽으로 돌려, 몇 년 전 우리나라에서 씌어진 소설 한 편을 보기로 하자.

『상상』 1994년 여름호에 이문열이 발표한 중편 「아우와의 만남」을 보면, 월북한 부친이 북한에서 새로 결혼하여 낳은 아우, 즉 이복 아우를 수십 년 만에 처음으로 만난 자리에서, 그 아우를 향하여, <너 우리 집안을 가볍게 보지 마라>고 하면서, <비록 증직(贈職)이지만 이조판서 좌승지 호조참판의 직함을 가진 조상들과 실직(實職)으로 안동부사며 의령현감을 사신 조상들>을 열거함으로써 자부심을 내보이는 인물이 등장한다.[3] 그리고 이 인물에 대하여 작가 이문열은 아낌없는 공감을 표시하고 있다.

바로 이 인물에 대하여, 그리고 이 인물을 만들어내고 그에게 아낌없는 공감을 표시한 작가 이문열에 대하여 나는 일찍이 「전통적 유교주의

---

3) 이문열, 「아우와의 만남」, 『상상』, 1994. 여름, pp.38~39.

와 오늘의 소설」4)이라는 글을 통해 다양한 각도에서 상세한 비판을 가한 바 있다. 그런데 이제 나는 기왕에 내가 제기하였던 비판에 다시 한 가지 내용을 추가해야만 할 것 같다. 「아우와의 만남」의 주인공이 자랑스럽게 들먹이는 <비록 증직이지만 이조판서 좌승지 호조참판의 직함을 가진 조상들과 실직으로 안동부사며 의령현감을 사신 조상들>과 주인공 사이에는 생물학적으로 볼 때 지극히 미약한 정도의 관련성밖에 존재하지 않는다는 사실을 지적하면서, 그 주인공을 향하여, <당신이 스스로에 대하여 자부심을 느낄 만한 근거를 찾으려거든, 그처럼 당신과의 관련성이 미약한 부계 조상이라는 부류의 사람들에게 기대지 말고, 딴 데에 가서 열심히 찾아 보라>고 충고할 필요가 있다는 내용이 바로 그것이다.

4. 『아들과 함께 걷는 길』의 경우

이 자리에서 특별히 언급되어야 할 작가가 한 사람 더 있다. 1996년에 장편소설 『아들과 함께 걷는 길』(해냄)을 출간한 이순원이 바로 그다. 이순원은 이문열보다 아홉 살이나 아래인—그러니까 세대를 완전히 달리하는—작가이지만, 조선 말기의 가장 수구적(守舊的)인 유교주의자가 보아도 만족할 만한 수준의 충성심을 가지고 <부계혈통주의에 입각한 형태의 족보>를 숭상하고 있다는 점에서는 이문열과 완전히 일치한다. 이순원 자신과 그의 아들을 거의 그대로 옮겨 놓은 이 소설 속의 부자(父子)가 족보라는 주제를 가지고 나누는 대화의 내용을 보면, 여성을 완벽하게 배제하고 오로지 아들, 아들, 아들, 아들……로만 이어지는 부계 절대주의(父系絶對主義) 족보의 신성성에 대한 티끌만한 회의도 보이지 않는

---

4) 이 글은 나의 책 『한국문학과 인간해방의 정신』(푸른사상, 2003)에 수록되어 있다.

것이다. 그러한 신앙의 자리에 서서, 소설 속의 아버지는, 우리가 충분히 예상할 수 있는 바 그대로, 「아우와의 만남」의 주인공과 똑같이, 자랑스러운 할아버지 누구누구누구……를 열심히 거명하며, 자기의 <문중>에 대한 자부심과 충성심을 어린 아들에게 주입시킨다. 이 진지하면서도 희극적인 장면을 보고 있노라면, 「아우와의 만남」의 주인공에게 들려주었던 것과 똑같은 내용의 충고를 이 소설 속의 아버지에게도 들려주어야만 하겠다는 <사명감>이 솟아나는 것을 느끼지 않을 수가 없다.

5. 공포를 느끼게 하는 사람들

그런데, 사실 말이지, 『아들과 함께 걷는 길』에서 족보라는 주제를 놓고 부자간에 교환되는 대화를 따라 읽어나가다 보면, 나는, <같은 인간인 '여성'을 이토록 철저하게—마치 역사의 고리 속에 아예 존재하지도 않는 것처럼, 혹은 단순한 '익명의 도구'라는 자격으로만 존재하는 것처럼—무시해 버려도 되는가?>라는 생각이 들면서, 그 반성 없는 남성 중심주의의 일방적 무한질주 앞에, 공포감마저 느끼게 된다. 나는, 「마태복음」과 「누가복음」에 나오는 요셉의 족보를 읽을 때에도, 이와 비슷한 종류의 감정이 문득문득 엄습해 오는 것을 느낄 때가 있다.

김동인, 복음서의 내용을 바꾸어 쓰다
―「이 잔을」의 경우

1. 김동인과 기독교의 관계

　김동인의 아버지 김대윤은 기독교 교회의 장로였다. 장로의 아들로 태어난 김동인은 어려서 유아 세례를 받았다. 그리고 기독교 계통의 학교인 숭덕소학교와 숭실중학을 다녔다.

　그런데 그는 성장하면서 차츰, 일방적으로 기독교 신앙을 주입하려드는 학교 교육에 반발을 느끼게 된 것으로 보인다. 그 점을 증명하는 것이 그가 숭실중학을 중퇴하게 된 경위이다. 숭실중학에 다니고 있던 어느 날 그는 성경 시험 시간에 책을 펼쳐 놓고 답안을 쓰기 시작했다. 다분히 의도적인 반항 행위였던 셈이다. 당연히 감독 교사로부터 지적을 당하게 되었다. 이렇게 되자 그는 곧바로 일어서서 가방을 싸 들고 학교를 나와 버렸다. 그리고는 다음날부터 학교에 가지 않고 모란봉이나 대동강으로 가서 문학서적을 읽으며 소일하였다. 이런 식으로 일주일 가량이 흘러가자, 숭실중학의 교장이 직접 김동인의 집을 방문하였다. 이와 같은 과정을 거쳐 김동인은 숭실중학을 자퇴하고, 그 대신 일본 유학의 길에 오르게 된 것이다.

그러나 일본에 가서도 김동인은 기독교의 테두리에서 멀리 벗어나지 못하였다. 일본에 가서 처음 입학하였던 동경학원이 폐쇄되는 바람에 명치학원으로 옮기게 되었는데, 이 명치학원이 역시 미션스쿨이었던 것이다. 하지만 비록 다시 미션스쿨을 다니게 되었을망정, 한 번 기독교 신앙으로부터 멀어진 김동인의 내면은, 다시는 신앙쪽으로 돌아가지 않았던 것으로 보인다. 명치학원을 중퇴한 이후에는 더더욱, 신앙이라는 것과는 먼 자리에 머무르게 되었던 것 같다.

이처럼 김동인은 숭실중학을 자퇴하던 무렵부터 시작하여 죽을 때까지 기독교 신앙과는 거리가 먼 곳에 자신의 내면적 위상을 설정해 놓고 살다가 갔지만, 어린 시절 가정에서, 그리고 학교에서 그에게 스며들었던 기독교적 교양은 여러 가지 방식으로 그의 삶과 문학 속에 그 자취를 남겨 놓고 있다. 그가 주도하여 만든 동인지의 이름을 『창조』라고 지었던 것이라든가, 문학의 근본적인 성격을 논하면서 역시 <창조>라는 개념을 동원하고 「자기의 창조한 세계」라는 제목의 글을 써서 그러한 자신의 논리를 정리했던 것은 외양만으로도 그 점을 금방 알 수 있게 하는 사례들이거니와, 그의 소설작품들을 정독해 보면, 좀더 은밀한 양상으로, 혹은 간접적인 양상으로, 기독교적 교양의 자취가 곳곳에서 얼굴을 내밀고 있음을 확인하게 되는 것이다.

김동인이 『개벽』 1923년 1월호에 발표한 단편 「이 잔을」은 김동인의 정신 속에 지속적으로 자리하고 있었던 기독교적 교양의 자취를 뚜렷이 보여주는 사례 가운데 하나로 꼽힐 만하다. 이 작품에서 김동인은 복음서들 속에 기록되어 있는 <예수가 잡히던 날 밤의 사건>을 자기 마음대로 변형시켜 그려나가고 있다. 그렇게 하면서 그는 또한, 소설의 중간 부분에서, 예수의 회상이라는 형식을 빌려, 예수의 생애 전체와 관련된 사항 가운데 몇 가지를 역시 자기식으로 변형시켜 보이고 있다. 그 변형의 양상은 구체적으로 어떤 모습을 띠고 있는가? 그리고 김동인이 행한 그와 같은 변형의 시도는 어떤 평가를 받을 만한가? 이것은 한 번쯤 짚어볼 만한 가치가 있는 문제이다.

2. 〈예수의 회상〉 부분에서 행해진 변형 작업

방금 말한 바와 같이 「이 잔을」은 〈예수가 잡히던 날 밤의 사건〉에 대한 복음서들의 기록을 자의적으로 변형시켜 그려나가면서, 소설의 중간 부분에다, 예수의 회상을 삽입해 놓고 있는 소설이다. 이 중 회상 부분은 아주 간략하다. 여기서 먼저, 예수의 회상이 간략하게 나타나는 부분을 보면, 김동인은 다음과 같은 몇 가지 점에서 복음서들의 기록에 대한 〈김동인식의 변형〉을 행하고 있음이 확인된다.

(1) 예수는 광야에 나가 40일간 금식을 하면서 도를 닦음으로써 치유와 예언의 능력을 획득하게 되었으며, 그 능력은 〈넷적道士들〉이 지녔던 능력과 동일한 수준의 것이었다고 한다.

(2) 이러한 능력을 처음으로 갖게 된 시점에서 예수는 〈자긔의 奇蹟과知識과頭腦로서는 獲得하기 아조쉬운權威잇는王者이냐, 혹은, 道德이衰滅된 이社會를 한번 착하고 아름다운社會로 뒤집을 改革者이냐〉라는 두 갈래 길을 놓고 망설이다가, 결국 후자를 택하게 되었다고 한다.

(3) 막달라 마리아는 예수의 애인이었으며, 예수는 애인인 막달라 마리아와 함께 〈밞기조흔 물에저즌모래우를, 깔닐니의 海邊을 散步〉하며 〈진실로 행복스런꿈〉에 잠겼던 추억을 가지고 있다고 한다.

3. 〈예수가 잡히던 날 밤의 사건〉 부분에서 행해진 변형 작업

예수의 회상이 간략하게 나타나는 대목에서 위와 같은 식으로 자기 나름의 변형을 행한 김동인은, 소설의 대부분을 차지하고 있는 <예수가 잡히던 날 밤의 사건>을 다룬 대목들에서, 역시 그 나름의 변형을 다음과 같이 행하고 있다.

(1) 예수는 제자들과 만찬을 함께 한 후, <醉味조흔 포도주에 녹아서, 페트로에게 머리를 찍히우면서> 앉아 있는, 다소 볼썽사나운 모습으로 처음 등장한다.

(2) 예수는 제사장들이 횃불과 무기를 든 채 만찬장을 향해 오고 있다는 보고를 듣고서는, 제자들을 향해 <橄欖山으로, 겟세마니동산으로> 오라는 지시를 내린 후, <가만히 뒷門으로 빠저나>가, 도망길에 오른다. 도중에 몇 명의 제사장들에게 들키자, 온 힘을 다해 달아난다.

(3) 제사장이 던진 돌을 맞고서는 <파라케된얼굴>을 한 채 <놀램과 무서움>에 사로잡히지만, 간신히 추적을 따돌리고, 제자들이 기다리는 감람산에 도착한다.

(4) 감람산에 도착하여 제자들과 합류한 예수는 홀로 기도를 한다. 그 기도 속에는, <당신은, 웨이리 저를 괴롭게하십니까>라든가 <당신은, 제 죽음까지 要求하시니 웬일이오니까? 제죽음이, 저불상한무리를 착한 길로인도할 唯一의방책이란 넘우도야속한일이외다>와 같은 대목에서 보듯, 신을 원망하는 내용이 포함되어 있다. 또, <온갖고생과 迫害도 두려워하지안코 勇敢하게 나아가던 이 예수가 지금, 사시나무와가티 떠는것도 보실줄압니다>라는 대목에서 보듯, 공포를 진솔하게 고백하는 내용도 들어 있다. 그런가 하면, <제가 죽으면 어린양과가티 모지고씀을 모르는

저弟子들은 누가 가르치고 누가돌봅니까>라는 대목에서 보듯, 자기가 죽은 후의 장래를 비관적으로 내다보는 대목도 들어 있다.

(5) 이러한 기도를 하면서 예수는 <자긔의 잔혹한 운명을 원망하엿>고, 그 운명을 <저주>하기도 하였으며, <자긔의젊은生涯>를 <뉘우침에가까운 늣김으로 바라보앗다>고 한다.

이상, 대략 다섯 가지 측면에서 김동인은 <잡히던 날 밤>에 예수가 보여준 행적에 대한 복음서의 기록을 자기 나름대로 변형시켜 보여주고 있으나, 최후의 귀결은, 복음서들에 나타난 예수의 모습과 일치하는 방향으로 처리하고 있다. 즉, 마지막 순간에 가서 예수는 그때까지의 모든 심리적 갈등을 극복하고, <새로운 勇氣가 그의몸에> 가득차는 것을 느끼며, <勇敢과敬虔으로 빗>나는 얼굴을 한 채, 추적자들의 횃불이 다가오고 있는 방향으로 나아갔다고 서술하면서, 김동인은 「이 잔을」이라는 소설을 끝맺고 있는 것이다.

4. 김동인의 변형 작업에 대한 평가

지금까지, 김동인이 1923년에 발표한 「이 잔을」이라는 소설에서 복음서의 기록을 어떤 식으로 변형시켜 놓았는가 하는 점을 살펴보았다. 그러면 김동인이 행한 이러한 변형의 작업에 대하여 우리는 어떤 이야기를 할 수 있을까?

앞에서 이미 언급하였던 바와 같이 김동인은 일단 기독교 신앙으로부터 멀어지고 난 후에는 다시 그쪽으로 돌아가지 않았던 것으로 보인다. 그리고 「이 잔을」이라는 소설 역시 이처럼 일단 기독교 신앙으로부터 멀어지고 난 후 다시는 그쪽으로 돌아가지 아니하였던 그의 마음의 자리에서 창출되어 나온 것으로 보인다. 그렇다면 이 작품에서 예수가 신성(神

性)을 완전히 상실한 모습으로, 다시 말해 어디까지나 한 사람의 인간 이상도 이하도 아닌 존재의 모습으로 그려지고 있는 것은 당연한 일이라고 할 만하다. 그리고 이처럼 예수를 인간 이상도 이하도 아닌 존재로 그려 놓았다는 점에서 우리는 기독교를 향한 김동인의 공격적인 자세를 읽어 낼 수도 있다.

하지만 우리가 「이 잔을」을 놓고 <기독교를 향한 김동인의 공격적인 자세>를 말할 수 있는 것은 이처럼 그가 예수를 순전한 인간으로 그려놓았다는 점 한 가지로 그친다. 이 정도라면 그의 <공격적인 자세>라는 것은 사실인즉 매우 온건한 것이라고 하지 않을 수 없다.

이러한 나의 평가에 대해서는 대번에 반론을 제기하는 사람이 나올 수도 있을 법하다. 예수가 막달라 마리아와 애인 관계에 있었던 것으로 설정해 놓았다든가, 그가 술에 취해 제자인 베드로에게 <머리를 찍히우>는 자세로 앉아 있는 모습을 보여주었다든가, 또 그가 볼품없는 몰골로 도망치는 장면을 그려 보였다든가 하는 점들을 종합해 보면, 기독교에 대한 김동인의 악의가 상당히 강한 수준에까지 도달해 있었다는 결론을 내리게 되는 것이 불가피한데, 이러한 악의를 내보여 주는 작품이 어떻게 <온건한> 것으로 평가될 수 있느냐고, 그는 반박할 것이다.

하지만, 이러한 반박은 타당한 것으로 생각되지 않는다. 방금 열거된 몇 가지 사항들 정도는, 작가가 예수를 일단 <인간 이상도 이하도 아닌 존재>로 설정해 놓고 보면, 그가 설령 기독교에 대하여 아무런 악의를 갖지 않았다 하더라도, 충분히 작품 속에 들어올 수 있는 것들이다. 정말로 기독교에 대한 악의라는 것을 말할 수 있을 정도가 되려면, 그만한 수준을 넘어서, 훨씬 더 앞으로까지 나아가야 한다.

실제로 <훨씬 더 앞으로까지 나아가는 모습>을 보여주었던 수많은 텍스트들의 존재를 우리는 이미 알고 있는 터이다. 몇 개만 예를 들어 보

자. 니체의 수많은 저작들이 여기에 해당된다. 신채호의 독특한 단편 「용과 용의 대격전」(1928)이 여기에 해당된다. 주제 사라마구가 1991년에 발표하였던 장편 『예수의 제2복음』[1]이 여기에 해당된다.

이러한 텍스트들에서 우리가 공통적으로 만나게 되는 적극적인 기독교 공격의 자세들과 비교해 보면 「이 잔을」에 나타나 있는 기독교 공격의 자세라는 것은 정말이지 온건하기 그지없는 것이다. 하도 온건해서, <공격>이라는 단어를 쓰는 것 자체가 부적절한 처사일지 모르겠다는 느낌이 들 정도이다. 「유서」, 「감자」, 「광염소나타」, 「광화사」, 「김연실전」 등등 다분히 공격적이고 도발적인 기질을 유감없이 드러낸 일련의 작품들로 해서 한국문학사 속에 강렬한 개성의 작가로 자리잡은 김동인이 「이 잔을」에서 그처럼 온건한 입장에 머물러 있는 모습을 보인 것은 흥미로운 현상이다. 이것은 어쩌면 김동인이 기독교 신앙 문제를 놓고 겪었던 갈등이라는 것이, 숭실중학을 자퇴하던 무렵에나 그 이후에나, 알고 보면 그다지 심각한 내적 긴장을 동반하지 않은 것이었다는 사실을 증명해 주고 있는 것인지도 모른다.

그런데, 「이 잔을」의 결말부를 특별히 주목해서 읽어 본다면, 이와는 조금 다른 생각을 해 볼 수도 있게 된다. 「이 잔을」의 첫 부분에서부터 다분히 온건한 입장을 유지하는 가운데 <인간 이상도 이하도 아닌 존재로서의 예수>를 그려나가던 김동인은 이 작품의 결말부에 이르러 예수에 대한 자기 나름의 애정과 경의를 내보인 것으로 파악될 수 있는데, 만약 그렇다고 한다면, 이것은 단순한 <온건함>이라는 말만으로는 해명되지 않는 요소를 내포하고 있다는 판단이 가능해지기 때문이다. 위에서

---

1) 『예수의 제2복음』은 1998년 문학수첩에서 두 권으로 출간된 한국어 번역본(이동진 번역)에 붙어 있는 제목이다. 영역본 제목은 *The Gospel According to Jesus Christ*로 되어 있다.

이미 언급되었던 바와 같이, 예수가 마지막 순간에 가서 그때까지의 모
든 심리적 갈등을 극복하고, <새로운 勇氣가 그의몸에> 가득차는 것을
느끼며, <勇敢과敬虔으로 빗>나는 얼굴을 한 채, 추적자들의 횃불이 다
가오고 있는 방향으로 나아갔다는 내용의 서술이 「이 잔을」의 결말부를
채우고 있거니와, 여기에서 예수에 대한 김동인 나름의 애정과 경의를
읽어 내는 것은 그다지 무리한 독법이 아닐 것이다. 그렇게 볼 경우, 적
어도 이 부분에 초점을 맞추어서 판단한다면, 「이 잔을」에 나타나 있는
김동인의 입장은, 적어도 부분적으로는, 르낭의 입장[2]을 연상시키는 면
모도 가진 것으로 이해될 수 있을 듯하다.

2) 에르네스트 르낭은 『예수의 생애』(1863)라는 책에서, 예수를 어디까지나 순전한 인
   간으로 파악하고, 그처럼 순전한 인간으로 파악된 예수를 높이 평가하는 태도를 선
   구적으로 보여준 바 있다.

주식전문가, 그리스도와 적(敵)그리스도의 싸움에 말려들다
—이문열의 장편소설 『호모 엑세쿠탄스』

1. 대담한 착상

『신약성서』의 복음서 가운데에 나타나 있는 그리스도의 인간 구원에 대한 사상을 현대인의 관점에서 새롭게 다시 문제 삼고, 그것을 통하여 현대라는 시대의 성격과 현대인의 삶에 대한 심층적 성찰을 행하는 것은, 야심적인 현대 작가라면 한번쯤 도전해 볼 만한 작업이다. 실제로 우리는 이러한 도전의 결과로 창출된 작품들을 여럿 알고 있다. 서양의 경우 이러한 범주에 드는 작품들은 널리 알려진 고전에서부터 비교적 근자에 나온 주제 사라마구의 『예수의 제2복음』이라든가 짐 크레이스의 『사십일』 같은 문제작에 이르기까지 꾸준하게 이어지면서 하나의 뚜렷한 계보를 형성하고 있다. 그런가 하면 이웃 일본에서도 엔도 슈사쿠의 『사해(死海) 부근에서』와 같은 작품이 이러한 영역에서 뜻깊은 시도의 자취를 보여 주었던 것을 우리는 알고 있다. 우리의 입장에서 특별히 강조해 둘 만한 것은, 우리나라에서도 이 계보에 속하는 중요한 성과들이 이미 여럿 나온 바 있다는 사실이다. 김동리의 『사반의 십자가』, 박상륭의 단편 「아겔다마」, 백도기의 『가룟 유다에 대한 증언』, 이문열의 『사람의 아들』, 정찬의 『빌라도의 예수』 등이 모두 상당한 문학적 수준을 견지하는 가운데 이 계보의 성과를 풍부하게 만들어 온 것이다.

이번에 출간된 『호모 엑세쿠탄스』는 일찍이 『사람의 아들』을 발표함으로써 이 계보에서 빠뜨릴 수 없는 작가가 되었던 이문열이 『사람의 아들』 이후 30년 가까운 세월이 지난 시점에서 다시 이 계보의 창작에 도전한 성과이다. 이처럼 또 한 번 새로운 도전을 감행하면서 이문열은 참으로 대담한 착상을 들고 나왔다. 그것은 오래 전 기독교가 출발하던 시기에 이루어진 바 있었던 그리스도와 적(敵)그리스도 사이의 격렬한 투쟁이 21세기 오늘의 시점에서 한국 땅에 재림한 그리스도와 역시 그리스도를 따라 재림한 적그리스도 사이의 투쟁에 의하여 재연되고 있다는 착상이다. 이러한 착상을 들고 나옴으로써 이문열은 대번에 영원한 구원이라든가 삶의 궁극적 의미, 성스러움의 본질 등등과 같이 엄청난 무게를 갖는 문제들을 작품의 한복판에 갖다 놓을 수가 있었다.

2. 한 주식전문가가 끌려들어간 싸움

그런데 이문열은 『호모 엑세쿠탄스』에서 이처럼 무거운 주제를 다루되 철저히 일상적이고 세속적인 오늘의 현실세계를 무대로 하여 이야기를 전개하고 있다. 이렇게 함으로써 그는 초월적 차원과 세속적 차원을 단일한 작품 속에서 서로 온전하게 겹쳐진 하나로 통합하고자 하는 시도를 보여준다.

이러한 그의 시도는 상당히 어려운 과제에 도전한 것이라고 말하지 않을 수 없다. 위에서 말한 계보에 속하는 국내외의 수많은 선행 작품들 가운데서도 이러한 시도를 보여준 사례는 거의 찾을 수가 없는 것이 사실인데, 이는 방금 말한 <통합>의 과제가 얼마나 어려운 것인가를 명료하게 증거해 준다. 이토록이나 어려운 과제에 이문열이 정면으로 도전했다는 사실은 그의 패기를 인상적으로 확인하게 한다.

돌이켜 보면 이문열은 『사람의 아들』에서도 이미 그러한 패기의 일단을 보여준 바 있었다. 하지만 『사람의 아들』에서 그가 보여주었던 <통합>의 작업은 액자 형식이라는 편리한 장치에 의거한 것이었다. 물론 액자 형식이라는 장치에 주목하고 그것을 적절하게 활용한 것 자체가 그의 명민함을 입증하는 것이기는 하지만 어쨌든 『사람의 아들』은 <통합>의 과제에 맨몸으로 달려든 작품은 아니었으며 그만큼 패기의 이면에 조심스러움이 배어 있는 작품이었다. 그런데 이번에 『호모 엑세쿠탄스』를 쓰면서 그는 액자라는 장치에 기대지 않고 그야말로 맨몸으로 통합의 과제를 성취하고자 나서고 있는 것이다.

이러한 시도에 나선 이상, 작품의 주인공은 당연히 일상인이 될 수밖에 없다. 과연 신성민이라는 이름을 갖고 있는 이 작품의 주인공은 어느 모로 보나 일상적인 인간이다. 그런데 이문열은 이처럼 일상인을 작품의 주인공으로 설정하면서, 그 중에서도 특히 주식전문가라는 신분을 그에게 부여하였다.

주식이란 오늘날 우리 사회의 일상적인 현실 가운데서도 특히 세속적 성격이 뚜렷한 것이라고 할 만하다. 그런 것이면서 또한 그것은 현대 자본주의 사회의 핵심에 자리잡고 있는 존재이기도 하다. 이런 사실을 감안하면 작가가 이 작품의 주인공을 주식전문가로 설정한 데에도 그 나름의 주밀한 배려가 작용하고 있음을 알 수 있다.

이문열은 주인공 신성민을 이처럼 주식전문가로 설정하여 이야기를 이끌어 나가면서, 주식전문가들의 구체적인 직업세계를 상당히 실감나게 보여주고 있다. 이것은 작가가 지니고 있는 지식의 폭을 확인하게 하는 것이면서, 이 작품의 리얼리티를 강화시키는 효과를 창출하는 것이기도 하다.

최근에 와서는 조금씩 나아지고 있지만, 사실 오랫동안 한국의 많은 소설들이 공통적으로 노정해 온 중요한 약점 가운데 하나는, 작가들이 전문적 직업의 세계, 그 중에서도 특히 경제 분야 전문가의 세계에 대하여 잘 알지 못하는 가운데 창작에 임하다 보니 허술한 구석을 보이는 예가 흔했다는 점이다. 소설에서 경제 분야의 전문적 직업을 지닌 화이트 칼라가 등장할 경우 그들이 실제로 자신의 전문 분야에서 활동하는 모습을 구체적으로 실감나게 보여준 예는 그렇게 많지 않았다. 이문열은 이러한 한계를 일찍부터 잘 극복해 온 작가이다. 특히『미로일지(迷路日誌)』라든가『변경』같은 작품을 보면 그가 경제 분야에 대해 얼마나 조예가 깊은가 하는 점을 확인할 수 있거니와『호모 엑세쿠탄스』에서도 그는 이러한 조예를 발휘하여 작품의 사실적 밀도를 높여주고 있다.

그런데, 이처럼 주식전문가라는 직업을 갖고 있는 일상인인 신성민은, 그 자신이 전혀 이해할 수 없고 납득할 수도 없는 과정을 거치면서, 재림한 그리스도와 적그리스도의 싸움에 서서히 말려들어간다. 말하자면 세속적인 일상의 차원을 멀찍이 벗어난 초월적 차원의 드라마에 끌려들어가는 것이다. 이렇게 끌려들어가면서 그는 일상인답게 그 드라마의 사실성을 좀처럼 믿지 못하고 회의를 거듭한다. 그의 눈앞에서 전개되는 모든 것이 알고 보면 단순한 광신도들의 공허한 소동이 아닌가, 혹은 아예 일종의 사기극이 아닌가 하는 의심 내지 불신이 그 회의의 요체이다.

이러한 그의 지속적인 회의는 그와 마찬가지로 어디까지나 일상인의 무리에 속하는 대다수의 독자들이 작품 속에 나오는 초월적 차원의 싸움에 대하여 당연히 품게 마련인 회의를 대변해 주고 있는 것이기도 하다.

주인공 신성민이 바로 그러한 독자들의 회의를 대변해 주고 있는 만큼 독자의 입장에서는 주인공에게 공감을 느끼는 가운데에서 작품 속의 사건 전개를 따라갈 수가 있다.

이렇게 보면, 『호모 엑세쿠탄스』속에 나타나 있는 대립 구조는 이원적인 면모를 지닌다고 할 수 있다. 우선 일차적으로는 그리스도 진영과 적그리스도 진영 사이의 대립이 있다. 그리고 이차적으로는 위의 양자를 모두 포괄하는 <초월>의 차원과 거기에 대비되는 <세속>의 차원 사이에서 빚어지는 대립 혹은 긴장이 있는 것이다.

소설의 주인공 신성민은 그리스도 진영과 적그리스도 진영, 그리고 이 양자 모두와 맞서는 세속의 세계 등 세 가지 영역 모두와 관련되면서 그 셋을 서로 맺어주는 하나의 연결점으로 존재한다. 그런데 이러한 그가 원래 서 있었던 자리, 그리고 계속 서 있으려 하는 자리는, 앞에서도 이미 언급되었던 바와 마찬가지로, 세속의 세계이다. 그러한 만큼, 그가 그리스도 진영과 적그리스도 진영의 대결로 요약되는 초월적 차원을 만났을 때 보여주는 최초의 반응은 당연히 <회의>가 될 수밖에 없다. 그러나 이처럼 회의를 품게 되고 그 회의를 계속 지녀 나가면서도 앞에서도 말한 것처럼 그는 자신도 모르는 힘에 의하여 서서히 그 대결의 자장 안으로 끌려들어가게 된다.

이렇게 주인공 신성민이 대결의 자장 안으로 끌려들어가는 과정은, 각도를 달리해서 보면, 수수께끼가 제시되고 그 수수께끼에 대한 풀이가 이루어져 가는 과정이기도 하다. 작품의 전개가 이러한 방식으로 이루어지는 만큼, 『호모 엑세쿠탄스』는 전체적으로 보면 수수께끼풀이의 성격을 띠고 있기도 한 셈이다. 다르게 표현하면, 이 작품에서 적극적으로 원용하고 있는 것 중의 하나가 바로 추리소설의 구조라고 말할 수 있다.

그런데 추리소설의 구조라는 측면에서 『호모 엑세쿠탄스』를 볼 때

이 작품에 대하여 말할 수 있는 한 가지는 작품의 속도라는 문제와 관련된 것이다. 이문열은 이 작품을 진행시키는 과정에서 대체로 속도를 적절하게 조절하는 데 성공하고 있다. 사건이 전개되면서 수수께끼가 풀려나가는 속도가 느리지도, 빠르지도 않으며 알맞은 편이라는 느낌을 주고 있는 것이다.

그리고 이 작품의 전개 과정을 이야기하면서 한 가지 더 언급해야 할 사항이 있다. 그것은 전체 48개 장으로 이루어져 있는 이 작품이 거의 모든 장의 서두마다에서 새로운 단편이 시작되는 것 같은 느낌을 주고 있다는 사실이다. 달리 말하자면 이 작품을 진행시켜 나가는 과정에서 작가는 서술의 연속성을 유지하는 데 무게를 두기보다는 거의 매 장마다에서 단절에 가까운 느낌을 주는 가운데 새로운 긴장을 조성하는 전략을 쓰고 있다는 것이다. 이러한 방식으로 작품이 진행되기 때문에 독자의 입장에서는 이 작품을 읽는 일이 상당히 긴장된 독서행위를 요구하는 것으로 느껴진다. 이러한 긴장은 작품 전체를 지배하고 있는 추리소설적 긴장과 어울리면서 대체로 긍정적인 효과를 낳고 있으나, 때에 따라서는 필요 이상의 피로감을 가중시키게 되는 경우도 전혀 없지는 않다.

3. 가롯 유다와 〈처형하는 인간〉

다시 앞의 이야기로 돌아가서, 주인공 신성민의 〈끌려들어감〉 자체에 대한 논의를 계속하기로 하자. 신성민은 그와 같은 끌려들어감의 과정에서, 본의 아니게도, 그리스도를 적그리스도에게 넘겨준 가롯 유다의 역할을 담당하게 된다. 그런데 〈가롯 유다의 역할을 담당하게 되었다〉고만 하면 뭔가 대단히 드라마틱한 행동을 하게 되고 내면적으로도 뭔가 드라마틱한 고뇌의 과정을 거치게 되는 것으로 추측하기 쉽지만 실제로는 그렇지가 않고 그가 원래 지니고 있었던 일상인의 면모에서 그렇게 멀리 떨어지지 아니한 자리에서 어쨌든 가룟 유다와 같은 <역할>만을 담당하게 되는 것이다.

소설 속의 이야기 전개 과정에서 신성민이 이러한 길을 걷게 되는 것은, 그 자연스러운 효과로서, 가룟 유다라는 인물 혹은 <가룟 유다적인 것> 자체에 대한 새로운 해석을 가능하게 한다. 이것은 우리가 각별히 주목할 필요가 있는 사항이다.

원래 복음서에 나오는 가룟 유다라는 인물상은 상당히 풍부한 해석을 가능하게 하는 실마리를 담고 있으며, 많은 명민한 현대 작가들은 이 점을 놓치지 않고 살려내어 저마다의 유다상(像)을 만들어냈다. 지금 우리의 머리 속에 금방 떠오르는 예만 들어 보더라도, 카잔차키스의 『그리스도 최후의 유혹』이, 그리고 『사반의 십자가』, 「아겔다마」, 『가룟 유다에 대한 증언』, 『사람의 아들』 등의 여러 국내 작품들이 모두 그러하였다. 그런데 『호모 엑세쿠탄스』는 여기에 다시 한번 온전히 새로운 유다상의 사례를 보태준 셈이다.

그런데 신성민이 재림한 그리스도에 대하여 가룟 유다와 같은 역할을 하는 대목에서 받게 된 색다른 인상을 마음속에 간직한 채 계속해서 『호모 엑세쿠탄스』의 그 다음 대목을 읽어나가다 보면, 우리는 자못 기묘한 사태를 목도하게 된다. 그 다음 대목에서 신성민은 이번에는 적그리스도에 대하여 역시 가룟 유다에 해당하는 역할을 수행하게 되는 것이다. 서로 맞서 싸우고 있는 두 진영 중 한쪽에 대하여 가룟 유다가 되었던 사람이, 다음번에는 그 반대 진영에 대하여 가룟 유다가 된다! 이것은 의미심장한 아이러니를 느끼게 하는 설정이 아닐 수 없다.

아무튼, 신성민이 두 번에 걸쳐 양쪽 모두에 대하여 가룟 유다와 같은 역할을 수행하게 된 것도 한 원인으로 작용하여, 재림한 그리스도는 그 반대세력에 의하여 처형당하고, 적그리스도 역시 그 반대세력에 의해 처형당한다. 이처럼 그리스도도 적그리스도도 모두 처형당하는 운명을 맞이하게 된다는 데에서 <처형하는 인간>이라는 뜻을 가진 이 작품의 제목 『호모 엑세쿠탄스』가 나온 것이기도 하다.

그런데 본래 그리스도 혹은 그리스도의 어떤 면모를 지닌 자에 대한 처형이라는 것은 일찍부터 수많은 사람들에게 익숙해져 온 착상이다. 복음서에 나타나 있는 그리스도의 죽음 자체는 새삼 말할 필요도 없거니와, 그 선구의 의의를 지니는, 『구약성서』의 「창세기」에서 아브라함이 이삭을 번제의 제물로 바치려 했던 이야기라든가, 이와 동궤에 놓이는 많은 예들을 우리는 잘 알고 있다. 그리고 이러한 계보의 발상에 대한 르네 지라르의 현대적인 해석도 꽤 널리 알려져 있는 편이다.

이에 비하면 그리스도에 대하여 처형이라는 방식으로 도전해 오는 적그리스도에게 역시 처형이라는 징벌로 대항한다는 발상은 우리들에게 그다지 친숙한 것이 아니다. 아니, 친숙하지 않은 정도가 아니다. 대단히 낯선 것이다. 이처럼 낯선 발상을 들고 나왔다는 점에서도 『호모 엑세쿠탄스』의 작가는 역시 남다른 패기의 소유자라는 평가를 받을 만한 자격이 있다.

이처럼 처형이라는 설정과 관련하여 이문열은 『호모 엑세쿠탄스』에서 남다른 패기를 보여주고 있거니와 작품 속에서 이루어지는 두 차례의 처형 행위, 즉 재림한 그리스도에 대한 처형과 적그리스도에 대한 처형은 모두 당연히 초월적 차원에서 이루어진다. 그렇다면 이처럼 초월적 차원에서 이루어지는 처형 행위는 주인공 신성민이 기본적으로 몸담고 있는 세속적 현실의 공간에서는 어떠한 면모를 띠고 나타나게 되는가? 아니, 그것이 과연 세속적 현실의 공간에서 나타날 수 있기나 한가? 이 까다로운 물음에 대해서 작가가 어떤 방식으로 대답하는가 하는 것이야말로 내가 이 글의 앞부분에서 말했던 바, <초월적 차원과 세속적 차원을 단일한 작품 속에서 서로 온전하게 겹쳐진 하나로 통합하고자 하는 시도>의 성패를 가르는 핵심적 사안이 될 것이 틀림없다.

그런데 이문열은 바로 이 물음 앞에서 그가 가진 대담성의 최대치를 발휘한다. 독자의 의표를 찌르는 전략을 구사하는 것이다. 구체적으로 말하자면 그는 위의 물음에 대하여, 현실의 실재성 자체를 의문에 붙이면서 사실적 소설과 환상소설 사이의 경계선을 자유롭게 넘나드는 수법으로 대응한다.

이문열은 위와 같은 수법을 동원하여 이야기를 전개해 나가면서, 최종적으로, 주인공 신성민이 처음부터 집요하게 품었던 의문, 즉 재림한 그리스도와 적그리스도 사이의 대결이라는 것이 단순한 광신도들의 공허한 소동이나 심하게는 일종의 사기극이 아닌가라는 의문은 잘못되었던 것으로, 즉 그 대결은 진정으로 중차대한 의미를 지닌 대결이었던 것으로 결론이 나게끔 만든다.

작품이 이러한 결론에로 나아가게 되면서, 주인공인 신성민은 원래 그가 몸담고 있었던 세속의 차원을 완전히 벗어나 초월적인 차원으로 들어가는 경이로운 체험을 하기에 이른다.『호모 엑세쿠탄스』라는 소설 전체의 대미를 장식하는 부분에 나오는 그의 아프리카 여행을 보면 그 체험의 성격이 어떤 것인지를 확인할 수 있거니와, 이 에필로그 부분은 그것 자체만으로도 구원에 대한 인류사적 열망의 문학적 표현으로서 기억될 만한 의의를 가지는 것이라 할 수 있다. 이 대목에서 신성민은 완전히 초월적인 차원의 주민이 된 사람답게 비세속적인 언어를 구사하는데, 이러한 언어의 스타일을 보면서 우리는 그의 이름 신성민이 사실은 <神聖民> 혹은 <神性民>의 뜻을 가지는 것이었음을 확실히 인지하게 된다.

4. 언어의 문제

방금 『호모 엑세쿠탄스』의 에필로그 부분에서 구사되고 있는 신성민의 언어가 비세속적인 성격을 띠고 있다는 사실에 주목한 바 있지만, 사실 이 언어의 문제는 『호모 엑세쿠탄스』라는 작품을 전체적으로 논의하는 자리에서도 상당한 비중을 갖는 것으로 인정되어야 마땅하다.

『호모 엑세쿠탄스』 속에서 세속적 차원은 세속적인 차원에 어울리는 언어로 표현되며, 초월적 차원은 초월적인 차원에 어울리는 언어로 표현된다. 이 중에서 전자의 경우는 지극히 당연한 것이어서 별다른 논의를 필요로 하지 않을 정도이지만, 후자의 경우는 그렇게 간단하지 않다. 이러한 측면을 소설 속에 끌어들이는 것 자체가 모험에 해당하며, 그러한 모험을 성공적으로 수행해 내기 위해서는 상당히 치밀한 전략이 필요한 것이다. 이문열은 이 점을 명료하게 인식했고, 다양한 전략을 수립하여 구사했다. 그 전략 가운데에는 환청이라는 장치의 도입도 있고, 미묘한 반어적 어조의 동원도 있다. 하지만 여기서 다른 무엇보다도 큰 비중을 차지하는 것은 이메일이라는 장치를 적극적으로 활용하는 전략이었다. 복수의 발신자들이 지속적으로 이메일을 통해 주인공 신성민에게 전달하는 문서들을 다채롭게 배치하면서 그것을 통하여 이문열은 비단 내용면에서 이 작품의 주제에 해당하는 것들을 부각시키고 있을 뿐만 아니라 스타일의 측면에서도 <초월적인 차원은 초월적인 차원에 어울리는 언어로 표현한다>는 과제를 상당한 분량에 걸쳐서 무난하게 이행해 내고 있는 것이다.

그런데 주인공 신성민은 소설의 에필로그 부분에 도달하기 이전까지는 그처럼 초월적 차원에 어울리는 언어로 행해진 발화들을 일방적으로 받아들이기만 하는 수화자에 지나지 않았다. 그러니까 재림한 그리스도의 말을 듣는다든지, 환청을 듣는다든지, 이메일을 받아 읽어본다든지 하는 등의 수용행위만이 그가 그러한 언어들과 갖는 관계의 전부였다. 그 자신의 발화는 모두가 세속의 언어에 해당하는 것에 지나지 않았다. 그러던 것이, 에필로그 부분에 이르면, 앞에서 이미 언급되었던 바와 마찬가지로, 그 자신이 신성한 언어로 말하는 자가 된다. 이처럼 언어의 측면에서 차원 이동을 하게 되면서, 그것과 더불어, 정신의 측면에서도 그는 차원 이동을 하게 된다. 이처럼 언어와 정신의 양면에서 동시에 주인공 신성민에게 일어나는 차원 이동의 사건에 초점을 맞추고 보면, 이 작품 『호모 엑세쿠탄스』는 주인공 신성민이 새로운 존재로 거듭난 이야기로 규정될 수 있다. 즉 남다른 시련을 겪은 끝에 드디어 신성한 차원의 주민이 되는 자격을 획득한 한 인간의 입사담(入社譚)으로 읽혀질 수 있다.

이처럼 중요한 의미를 갖는 『호모 엑세쿠탄스』의 에필로그 부분은 신성민이 이라크를 거쳐 아프리카의 르완다로 가서 자신의 내적 탐색 여행을 계속하는 것으로 설정하고 있는데 이러한 설정 역시 주목할 필요가 있다. 이 대목에서 이라크나 르완다는 단순한 지리적 배경으로 나타나고 있는 것이 아니라 작가가 작품 속에서 일관되게 제기하고 있는 <인간의 궁극적 구원에 대한 질문>에다 진정한 의미에서의 세계사적 깊이와 무게를 부여하는 장치로 활용되고 있기 때문이다. 이러한 장치의 도입이 없었더라도 『호모 엑세쿠탄스』는 한국문학의 범위를 넘어 세계문학적 차원의 의의를 확보한 작품이 될 수 있는 것이었지만, 위와 같은 장치를 도입함으로써, 『호모 엑세쿠탄스』는 그러한 의의를 더욱 뚜렷이 강화할 수 있게 된 것으로 보인다.

5. 맺는 말

지금까지『호모 엑세쿠탄스』에 대하여 몇 가지 소략한 논의를 시도해 본 셈이다. 지금까지의 논의만으로도『호모 엑세쿠탄스』가 문제작이라는 명칭에 값한다는 사실은 충분히 입증되었으리라고 믿는다. 그런데 실제로『호모 엑세쿠탄스』는 이 글에서 언급된 것을 전부 제외해 놓고 보더라도 참으로 풍부한 논의의 소재를 함유하고 있는 작품이다(정치소설 혹은 시론소설(時論小說)의 측면에서 이 작품이 지니고 있는 문제성도 그 풍부한 논의의 소재 가운데 중요한 일부라고 할 수 있다). 앞으로 많은 논자들이 이 작품을 진지하게 읽고 그처럼 풍부한 논의의 소재들을 가능한 한 다양하게 발굴하여 공론화해 주기를 희망한다.

사회학적 방법에 입각한 성서신학 연구의 고전
—서중석의 『복음서해석』

나는 스무 살 전후의 젊었던 시절부터 지금에까지 이르는 30여 년의 기간 동안 기독교 신학의 세계에 대하여 꾸준히 관심을 기울여 왔다. 나에게 있어서 기독교 신학은 참으로 매력적인 학문이다. 내가 교회에 다니며 찬송가를 부르던 시절에도 그러하였지만, 교회 출석을 그만둔 지 오래인 지금까지도 여전히 그러하다.

기독교 신학은 무엇보다도 인간의 구원이라든가 우주의 궁극적 의미라든가 하는 거대하면서도 절실한 문제들과 온몸으로 맞부딪치는 학문이기에 매력적이다. 그런가 하면 그것은 논의의 전개 과정에서 종종 <모범적인 엄밀성>과 <파격적인 대담성>의 인상적인 조합을 보여주기에 매력적인 존재이기도 하다.

기독교 신학의 매력이 위와 같은 데에 있기 때문에, 나는 내가 개인적으로 기독교를 믿느냐 믿지 않느냐 하는 것과 상관 없이, 그 학문에 대하여 지속적으로 매력을 느끼지 않을 도리가 없는 것이다. 어쩌면, 내가 기독교 신학에 대하여 느끼고 있는 이러한 매력을 다른 많은 사람들도 기독교 신학을 조금만 공부해 본다면 금방 같이 느낄 수 있을지 모른다.

기독교 신학 가운데서도 내가 가장 좋아하는 분야는 성서신학이다. 그리고 나는 실제로 성서신학이야말로 기독교 신학의 핵심이 된다는 생각을 갖고 있기도 하다. 사실 그렇지 않은가? 기독교의 모든 교리는 성서에서 나온다. 기독교인들은 모든 판단의 근거를 성서에 둔다. 그런 성서를 연구하는 성서신학이야말로 기독교 신학의 핵심이 될 수밖에 없지 않은가!

오늘날 우리나라의 기독교 신학은 학문적으로 상당히 높은 수준을 보여주고 있거니와, 성서신학의 분야 역시 예외가 아니어서, 탁월한 통찰을 담은 세계적 수준의 책들이 계속 나오고 있다. 그러나 이 분야에서 나에게 가장 매력적인 책을 한 권만 고르라고 한다면 지금도 나는 일찍이 1991년에 나왔던 서중석의 『복음서해석』(대한기독교서회)을 선택할 수밖에 없다.

사회학적 방법에 입각하여 복음서를 해석한 열두 편의 논문과 부록으로 이루어져 있는 이 책은, 사회학적 방법이라는 것이 성서 연구에서 얼마나 참신하면서도 깊이 있는 성과를 낼 수 있는가를 시범해 보인 명저에 해당한다. 물론 사회학적 방법이 성서를 연구하는 가장 우수한 방법이거나 유일하게 바람직한 방법이라고 말할 수는 없으며, 다른 연구 방법들도 얼마든지 그 나름의 가치를 인정받아야 하는 것이겠지만, 적어도 사회학적 방법은 구체적인 역사적 현실의 공간 속에서 공동체를 이루며 생생하게 살아 움직이는 인간의 고뇌와 열망, 탐구의 결정체로 성서의 텍스트를 파악하는 것이라는 점에서 가장 강렬한 인간미를 느끼게 하는 방법임에는 틀림없다. 그리고 이런 점에서 사회학적 방법은 기독교 신자뿐 아니라 비신자로부터도 자연스러운 공감을 불러일으킬 수 있는 가능성이 가장 큰 방법이 되기도 한다. 이 책은 그러한 사회학적 방법을 탁월한 수준에서 실천하는 가운데, 다른 방법으로는 상상도 하기 어려울 참신하면서도 설득력 있는 통찰을 다양하게 선보인다. 그 중에서 나에게 각별히 인상적으로 다가왔던 사례 세 가지를 간단하게 소개해 보기로 한다.

(1) 「누가복음」 6장 20절을 보면 <가난한 자는 복이 있나니 하나님의 나라가 너희 것임이요>라는 구절이 나온다. 그런데 이와 동일한 기원을 가지고 있는 말이 「마태복음」 5장 3절에는 <심령이 가난한 자는 복이 있나니 천국이 저희 것임이요>로 변모되어 나타난다. 왜 이런 변화가 생겼을까? 이 책은 그 답을 명쾌하게 제시한다. 「마태복음」을 기록한 사람이 소속되어 있었던 집단, 즉 마태공동체가 비교적 부유한 사람의 공동체였기 때문이라는 것이 그 답이다. 부유한 사람들의 공동체에 속해 있는 사람이 자기 공동체의 구성원들에게 읽힐 목적으로 복음서를 쓰면서 문자 그대로의 뜻에서 가난한 사람들, 즉 빈민층에게 특별한 복이 있다는 소리를 할 수는 없었다는 것이다.

(2) 「마가복음」 10장 13절에서 16절까지에 걸쳐 있는 내용을 보면 어린이가 예수에게 오는 것을 그 제자들이 제지하자 예수가 제자들을 나무라며, <어린아이들의 내게 오는 것을 용납하고 금하지 말라 하나님의 나라가 이런 자의 것이니라 내가 진실로 너희에게 이르노니 누구든지 하나님의 나라를 어린아이와 같이 받들지 않는 자는 결단코 들어가지 못하리라>고 말했다는 얘기가 나온다. 이 책의 설명에 따르면 위의 이야기는 마가공동체와 베드로계 공동체 사이의 갈등관계를 반영하고 있으며, 더 나아가, 이 갈등관계 속에서 마가공동체쪽이 취한 입장을 적극적으로 부

각시키고 있다. 좀더 구체적으로 말하자면, 마가공동체를 포함한 모든 기독교인들의 공동체는 사도들의 지시와 중개에 의존해야 한다는 베드로계 공동체의 주장에 대한 마가공동체쪽의 반론이 위에 인용된 예수의 발언이라는 형태로 나타난 것이다.

(3) 네 편의 복음서 중, <예수는 원래 하나님이었으나 스스로를 낮추기로 작정, 육신을 입고 이 땅에 내려왔으며, 수난을 통하여 영광을 얻는다>고 하는 생각을 가장 뚜렷하게 드러내고 있는 것은 「요한복음」이다. 위와 같은 생각을 「요한복음」이 가장 뚜렷하게 드러내고 있는 것은, 요한공동체가 처해 있었던 독특한 사정을 반영하고 있다. 요한공동체는 유대교로부터 축출당한 결과 사회적 신분의 현저한 하향 이동을 경험하면서 고통을 겪는 한편, 장차 다시 상향 이동을 성취하고자 하는 희망에 매달렸는데, 이러한 그들의 사정이 위와 같은 예수관(觀)에 반영되어 있는 것이다.

『복음서해석』의 내용 중 나에게 가장 강렬한 인상을 남겨 주었던 사례를 세 가지만 들어 보았거니와, 이 책에 들어 있는 그 밖의 대목들도 모두 주목에 값한다.

이 책에서 구사되고 있는 바와 같은 방법으로 복음서의 텍스트를 규명해 들어갈 때, 복음서는 단지 거룩하기만 한 이야기의 모음집이 아니라, 그러니까 도덕 교사의 훈화 말씀처럼 어쩔 수 없이 거리감을 느끼게 하는 설교가 아니라, 훨씬 생생하게 인간적이고 그런 만큼 구체적이며 현실적이고 역사적인 실감을 느끼게 하는 텍스트로 다가온다.

그러니 만큼, 이 책을 다 읽고 나서 복음서를 다시 펼치면, 복음서가 한결 재미있어진다. 한결 인간적인 텍스트로, 살아서 생동하는 텍스트로,

새롭게 읽혀진다. 훨씬 가깝게 다가오면서, 전과 다르게 읽혀진다. 이 정
도라면 대단한 것 아닌가? 내가 지금까지도 성서신학 분야에서 내가 읽
은 가장 매력적인 책으로 이 『복음서해석』을 들고 있는 것이 무리가 아
니라는 점을 인정할 수 있지 않은가?

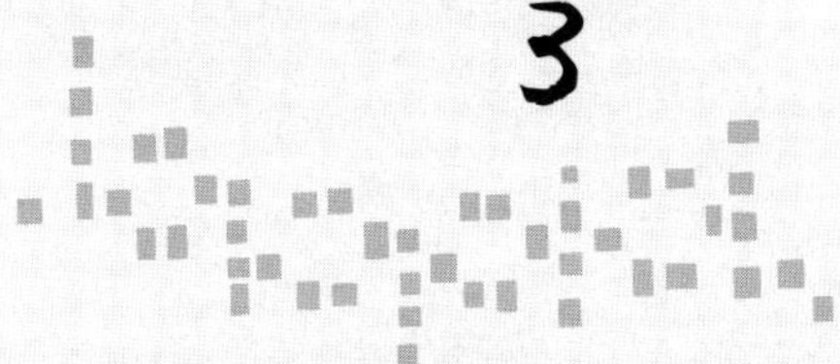

3

나는 처음부터 리영희의 문화혁명관에 현혹되지 않았다

내가 아직 젊은 대학생이었던 시절에 써서 혼자 읽어보고 서랍 속에 넣어두었다가 그만 잃어버린 여러 편의 글들 중 지금도 무척 아깝게 생각하는 것이 하나 있다. 그 당시 의식 있는 젊은이의 필독서 제1호로 떠받들어졌던 리영희의 『전환시대의 논리』(창작과비평사, 1974)를 읽고 쓴 독후감이 그것이다. 그 글에서 나는 리영희가 중국의 문화혁명을 자못 긍정적으로 평가하고 있는 데 대하여―중국의 문화혁명을 거론하는 과정에서 리영희가 실제로 사용한 표현들은 상당히 조심스러운 것이었지만 그 조심스러운 표현들의 배후에서 문화혁명에 대한 그의 열렬한 애정을 읽어내는 것은 어떤 독자에게 있어서나 지극히 쉬운 일이었다―<진정한 자유와 관용과 다양성을 사랑하는 정신>의 이름으로 신랄한 비판을 가했었다. 『전환시대의 논리』를 읽어본 대부분의 주위 사람들이 그 저자의 주장에 현혹되어 새로운 개안(開眼) 혹은 각성의 감동을 피력하고 있을 때에 나는 감히 그 저자의 논리를 정면으로 비판하고 나섰던 것이니, 지금 생각해도 그것은 참으로 예외적인 이단자의 행동이 아닐 수 없었다. 하지만 나에게는 내 주위의 어느 누구가 무슨 소리를 하더라도 옳은 것은 그들이 아니라 나라고 하는 확신이 있었다. 그리고 이러한 나의 확신은 그로부터 약 15년의 세월이 흐른 후 문화혁명의 자세한 실상이 우리나라의 많은 사람들에게 소상히 알려지면서 객관적으로도 그 정당성을 인정받을 수 있게 된 셈이다.

　리영희가 『전환시대의 논리』에 이어 두 번째로 낸 저서의 제목은 『우상과 이성』(한길사, 1977)이었다. 그가 자기 저서의 제목을 이렇게 붙인 것은 말할 나위도 없이 리영희 자신이야말로 참다운 이성의 대변자이며 거짓 우상에 도전하여 그 권위를 파괴하는 자라는 확신에서였으리라.

　이 책을 보면 중국의 문화혁명에 대한 그의 열렬한 애정은 『전환시대의 논리』에서보다도 좀더 분명한 표현을 얻고 있거니와, 이 책이 나왔을 당시 나는 이 책을 읽어보면서 다음과 같은 생각을 했다. <나는 이 리영희라는 사람의 견해 중 많은 부분에 대하여 단호히 반대하지 않을 수 없다. 중국의 문화혁명에 대한 그의 찬양은 물론이요, 동독의 공산정권에 대한 그의 옹호, 소련의 한계는 중국과 같은 문화혁명을 수행하지 못한 데 있다는 그의 주장 따위를 나는 단 하나도 받아들일 수 없는 것이다. 내가 보기에 리영희의 이런 모든 견해들은 바로 이 리영희라는 사람이야말로 한 사람의 어리석은 우상숭배자라는 사실을 입증해 주는 것으로 여겨진다. 그러니까 이 책의 많은 부분에 있어서 우상이라는 말과 이성이라는 말 모두는, 리영희가 이 책의 제목을 붙이면서 생각했던 것과는 정반대의 자리에 놓이는 것으로 파악되어야 마땅하다.>

　『전환시대의 논리』 및 『우상과 이성』에 나타나 있는 리영희의 문화
혁명관을 어떻게 평가할 것인가 하는 문제에서 이미 뚜렷하게 드러났던
나의 이단자적 위치는 그후 리영희식의 세계관·정치관·역사관이 우리
나라의 지식인 사회를 압도적인 힘으로 장악하게 되면서 더욱 움직일 수
없는 것으로 굳어지게 되었다. 그러나 나는 『전환시대의 논리』에 대한
독후감을 쓰던 당시에 내가 지녔던 확신, 즉 내 주위의 어느 누구가 무슨
소리를 하더라도 옳은 것은 그들이 아니라 나라고 하는 확신을 줄기차게
유지하였다. 그 확신의 힘으로 나는 내가 그 독후감을 쓴 후의 20년 동
안 계속해서 이 나라의 지식인 사회를 지배한 자칭 <진보주의>의 탁류
를 헤쳐나왔다.

　리영희가 『전환시대의 논리』에서 처음으로 제시하고 『우상과 이성』
에서 더욱 분명한 어조로 피력했던 문화혁명 긍정론에 내가 조금도 현혹
되지 않을 수 있었던 까닭은 무엇일까? 이 물음에 대한 답은 여러 가지
로 제시될 수 있다. 하지만 그 여러 가지 답 중에서 제일 중요한 것 하나
만을 제시하라고 한다면 그 답은 다음과 같은 것이 될 수밖에 없다. <당
시 리영희는 40대의 어른이었고 나는 아직 어린 대학생에 불과했지만,
그럼에도 불구하고 리영희보다는 내가 인간이라는 혼란스럽고 모순된 존
재의 실상을 훨씬 더 냉철하고 정확하게 파악하고 있었다.>

쇼스타코비치의 음악과 삶

전혜린은 그의 말년에 쓴 한 수필에서 자기가 가장 사랑하는 음악의 하나로 쇼스타코비치의 교향곡 5번을 든 적이 있다.[1] 실제로 쇼스타코비치의 교향곡 5번을 들어 보면 전혜린의 그러한 평가를 충분히 이해할 수 있겠다는 느낌이 저절로 든다. 장엄한 도입부에서부터 격정적인 피날레에 이르기까지 일관되게 이 곡은 듣는 이의 혼을 드높은 정신의 경지로 이끌어 올리면서 전율과도 같은 감동의 물결에 흠뻑 젖어들지 않을 수 없도록 만든다.

교향곡 5번 이외에도 쇼스타코비치는 숱한 걸작을 남겼다. 수많은 교향곡과 현악 4중주, 그리고 협주곡, 소나타, 오페라, 칸타타, 거기다 재즈 작품들까지……. 이런 작품들로 하여 그는 근대 서양이 낳은 가장 위대

---

1) 전혜린, 『그리고 아무 말도 하지 않았다』(대문출판사, 1969), p.140.

한 작곡가들의 반열 속에 뚜렷한 한 자리를 차지하고 있다.

그러면 이처럼 위대한 예술가로 기억되는 그의 생애는 과연 어떠했던 가? 그가 11세 되던 해에 그의 조국 러시아는 공산주의 국가 소련으로 바뀌었다. 그때부터 58년 후, 69세를 일기로 세상을 떠날 때까지, 그는 그 자신의 창조적인 광채로 빛나는 예술혼과 공산주의 독재 국가의 잔인무도한 권력이 행하는 억압 사이에서 빚어지는 숨막히는 긴장으로 허덕이며, 마치 한 사람의 슬픈 줄타기 광대와 같은 삶을 살아야만 했다.

그는 수천만 명의 동포가 잔인무도한 숙청의 제물이 되어 처참하게 죽어가는 것을 보았다. 그 제물 가운데에는 그의 가장 친한 벗이었던 연출가 메이에르홀드도 포함되어 있었다. 그가 산 나라를 지배한 공산주의 독재자들의 권력은 한번씩 발작을 일으킬 때마다 피의 홍수를 몰아오곤 했다. 공산주의 종주국을 동경한 나머지 제 발로 그 나라를 찾아갔던 우리나라의 시인 조명희도 그러한 발작의 희생물이 되어 재판도 없이 처형되었던 것을 우리는 알고 있다. 재일동포 작가 이회성이 공산주의 소련의 붕괴 후 그 나라를 방문하여 취재한 자료를 바탕으로 쓴 소설『유역』을 보면 1937년 무렵 레닌그라드에서 공부하고 있던 8백 명의 한인 대학생 가운데 열 명만이 살아 남았다는 증언이 나온다.[2] 이런 나라가 소련이었다.

이런 나라에서 쇼스타코비치는 음악을 했다. 그 자신도 늘 한밤중에 느닷없이 체포되는 운명을 각오하면서 살아야 했음은 말할 나위도 없다. 실제로 몇 번이나 구체적인 위기가 닥쳐 왔는지 모른다. 그러나 워낙 전 세계적으로 드높았던 예술가로서의 명성과 믿기 어려울 정도의 행운, 그리고 그가 종종 어쩔 수 없이 벌였던 광대짓이, 그의 이름을 처형대의 제

---

2) 이회성, 『유역』(김석희 역, 한길사, 1992), p.147.

물로 사라진 사람들의 명단에 들지 않을 수 있게 했다.

　이런 나라에서 살았기에 쇼스타코비치는 버나드 쇼라든가 로멩 롤랑 같은 사람을 가장 경멸했다. 그들은 자유로운 서방 세계에 살면서 그 세계가 허용해 주는 안락한 삶을 마음껏 향유하는 한편으로, 허황한 관념적 환상에 취한 나머지 소련을 동경하고 찬양하는 데 앞장선 사람들이었다. 그들에게는 소련에서 잔인무도한 인권 유린이 광범하게 벌어지고 있다는 정보가 알려진 적이 없었던가? 그렇지 않다. 알려졌지만 그들이 간단히 무시해 버렸던 것일 따름이다. 그러면서 그들은 이름 높은 휴머니스트로서의 온갖 명성과 영광을 누렸다. 쇼스타코비치는 이런 사람들을 생각만 해도 속이 뒤집힌다고 말한 바 있다.[3] 전적으로 공감이 가는 말이다. 우리나라의 유명한 지식인들 가운데에는 버나드 쇼나 로멩 롤랑과 같은 사람이 소련에 대해서 보였던 언행과 기본적으로 동일한 성격의 언행을 마오쩌둥 시대의 중국에 대해서 보여 온 인물이 있는가 하면, 김일성의 북한에 대해서 보여 온 인물도 없지 않거니와, 바로 그런 유명 지식인 양반네들의 추한 모습을 생각할 때마다, 우리 자신도 늘 속이 뒤집히는 것을 느끼게 되곤 하지 않았던가.

　쇼스타코비치의 음악은 그처럼 엄혹한 상황 속에서 나온 것들답게, 늘 어두운 긴장과 짙은 고뇌의 그림자를 동반하고 있다. 그러나 참으로 우리를 놀라게 하는 것은 그 어떤 불안도, 공포도 그의 음악이 위대한 예술의 품격과 높이를 끝까지 일관되게 유지하는 것 자체를 방해하지는 못했다는 사실이다.

　2006년 9월 25일은 바로 이러한 사연의 주인공인 쇼스타코비치가 이 세상에 태어난 지 꼭 1백 년이 되는 날이었다. 이 날을 전후하여, 쇼스타

---

3) 솔로몬 볼코프, 『증언―드미트리 쇼스타코비치 회상록』(김병화 역, 이론과실천, 2001), p.337.

코비치의 탄생 1백 주년을 기념하는 행사가 세계 곳곳에서 열렸다. 우리나라에서도 그의 대표적인 오페라인 「므첸스크의 맥베스 부인」의 국내 첫 공연이 이루어졌다. 쇼스타코비치가 남긴 작품들은 그것 자체만으로도 참으로 뛰어난 것이며, 더 나아가서는 어떤 폭압적 권력의 미친 칼춤에 의해서도 결코 꺾이지 않는 예술의 존엄성을 증명한 것이기도 하기에, 그의 탄생 1백 주년을 기념하여 베풀어진 모든 행사들은 참으로 소중한 기억으로 많은 사람들의 가슴에 남았다.

경제 문제에 대하여 무지한 사람들

―『소설가 구보씨의 1일』과 관련된 단상 하나

최인훈의 연작 장편『소설가 구보씨의 1일』에 등장하는 주인공 구보는 소설가 이외의 다른 직업을 갖지 않고 살아가는 30대 중반의 남자이다. 작품 속에서 그의 신분을 단적으로 요약하고 있는 구절을 보면 <소설 노동을 직업으로 삼고 있는 이름을 구보라고 하는 홀몸살이의 이북 출신 피난민>[1]이라고 되어 있다. 그는 6·25 당시 북한의 고향에 부모와 형을 남겨 두고 어린 나이로 단신 월남해 온 사람이며, 작품 속의 이야기들이 전개되는 시점에서는 소설가로 활동하기 시작한 지 10년이 지났고, 아직 결혼을 하지 않은 상태에 있다.[2]

---

1) 최인훈,『소설가 구보씨의 1일』(재판, 문학과지성사, 1991), p.144.
2) 아직 결혼을 하지 못한 구보의 처지는 <홀아비>라는 단어로 표현되기도 한다(위의 책, p.19). 그런데 소설 속에서 사용된 이 <홀아비>라는 단어는 사실은 잘못 선택된 것이다. <홀아비>란 한 번 결혼을 했다가 어떤 이유로 다시 혼자가 된 남자를 가리키는 단어이지, 구보처럼 아직 결혼이라는 것을 한 번도 해 보지 못한 남자를 가리

작품 속의 시점에서 그는 비교적 젊은 나이라고 할 수 있음에도 불구하고 이미 무게 있는 작품을 다수 발표한 소설가로서 문단적·사회적 지위를 확립한 사람으로 나온다. 비록 그 문단적·사회적 지위가 경제적인 안정으로 곧장 연결되지는 않고 있지만, 그가 문학의 세계에서 상당한 성공을 거둔 이름 있는 소설가라는 사실 자체에는 의심의 여지가 없다. 작품 속에서 그가 하고 있는 일들이 그 점을 증명한다. 그는 대학의 문학 강연회에 초청받아 연사로 나서기도 하고, 잡지의 문학상 심사를 맡기도 하며, 어느 출판사가 『한국장편소설전집』류의 책을 기획·편집하는 일에 대한 자문 역할을 담당하기도 하는데, 이런 일은 문학의 세계에서 상당한 성공을 거둔 이름 있는 소설가가 아니고는 할 수 있는 일이 아니다. 이와 같은 수준에 도달한 사람답게, 작품 속에서 그는 자못 세련되고 깊이 있는 수준의 사색에 몰입하는 모습을 계속해서 보여준다. 그 사색의 주제는 문학, 철학, 역사, 정치, 사회, 종교, 예술 등등 실로 다양한 영역을 자유자재로 넘나든다.

그런데 한 가지 재미있는 것은 그런 그가 유독 경제 문제에 대해서만은 문외한이라는 사실을 소설 속의 한 대목에서 다음과 같은 방식으로 자백하고 있는 것이다.

키는 단어가 아니기 때문이다. 우리의 일상적인 언어 관습에 따르면 구보와 같은 처지의 남자를 가리키는 적절한 단어는 <홀아비>가 아니라 <총각>이다. 그러나 <총각>이라는 단어는 구보에게 전혀 어울리지 않는다. 소설 속의 구보는 소설가로서의 지위를 확고하게 굳힌 지 오래이고 그러한 신분에 걸맞게 원숙한 사고와 언동을 보여주는 인물로서 다분히 노성한 느낌을 주는데 이런 인물에게 <총각>이라는 단어를 갖다 붙이는 것은 도무지 번지수가 맞지 않는 일로 여겨지는 것이다. 그러니만큼 이 작품의 서술자가 구보의 처지를 이야기하는 자리에서 <총각>이라는 단어의 사용을 기피한 것은 자연스러운 일로 받아들여질 수 있다. 하지만 그렇다고 해서 의미가 전혀 다른 <홀아비>라는 단어를 사용하는 것이 적절한 대안이 될 수는 없다. <총각>이라는 단어를 쓰지 않은 것처럼 <홀아비>라는 단어도 쓰지 말고 처음부터 <홀몸>이라는 중립적인 단어를 일관되게 사용했더라면 차라리 더 좋았을 법했다.

구보씨는 (신문의—인용자 보충) 제2면을 본다. 여기는 경제 소식이 나는 자리다. 구보씨는 여기를 볼 때마다 골치가 지근지근 쑤신다. 제1면만 해도 소설로 치면 <악한소설> 아니면 기껏 <자연주의 소설>이다. 그래서 무식한 눈에도 지끈 우지끈하는 모양이 좀 알아볼 만하다(사실이야 그것인들 오죽하랴만). 그러나 이 제2면이란 데는, 도무지 <추상소설> 아니면 그 뭣이다냐 <상징주의> 같은 자리다. 우선 눈에 띄는 것이 신문 하면 나라 안팎 잘난 사람들 얼굴이 사진으로 나는 법이고, 제법 왕래하면서 보이는 행동거지를 사진으로 보여준다. 소설 노동자들이 쓰는 공사판 문자로 <형상화>라 하는 게 되는 국면이라는 모양이다. (…) 그런데 이 제2면이라는 데는 쇠통 이런 따위 <극적> 장면이 안 나오는 것이다. 이게 참 보통 일이 아니다. 돈과 재물이 움직이는 모양을 싣는 자린데, 늘 봐야 갈비 한짝 뜯는다든지 하다못해 팁 한 번 주는 사진도 나는 법이 없다. 그 대신 아라비아 숫자만이 보고만 죽으라는 듯이 푸짐하게 박혀 나온다. 그래도 행여 무슨 알아볼 만한 대목이 있을까 해서 소경이 막대질하듯 이리저리 살펴는 본다.3)

위의 인용에서 보듯 구보는 경제 문제에 대해 문외한이다. 정말 아무것도 모르는 문외한인 것이다(새삼 말할 필요도 없겠지만, 여기서 언급되고 있는 <경제 문제>란, 개인적인 <돈벌이> 차원의 그것이 아니라, 한 사회 전체의 운영 원리와 관계되는, 심층적이고 본질적인 차원에서의 그것을 가리킨다).

이처럼 자신이 경제 문제에 대하여 철저히 문외한이라는 사실을 고백하고 있는 구보의 모습을 볼 때 나는 우선적으로 다음과 같은 생각을 해보게 된다 : <구보가 그처럼 경제 문제에 대하여 문외한이라는 사실은 그가 가족의 생계를 걱정할 필요가 없는 혈혈단신으로 30대 중반의 나이에 이르도록 하숙 생활을 하고 있는 처지라는 사실과 무관하지 않은 것일지도 모른다.>

---

3) 위의 책, pp.316~317.

그런 생각을 하다가, 또 다음과 같은 생각을 해 보게 되기도 한다 : <따지고 보면, 소설 속의 구보와는 정반대로 가족의 생계를 책임지고 사회 생활을 해 나가는 입장이면서도 경제 문제에 대해서는 소설 속의 구보와 꼭 마찬가지로 무지한 사람들이 우리나라의 예술가, 문인, 지식인들 사이에는 무척 많은 것이 아닐까?>

위와 같은 생각에 잠기다 보면, 그 생각은 금방 다음과 같은 생각으로 다시 이어진다 : <위에 인용된 대목에서 보듯 소설 속의 구보가 경제 문제에 대한 자신의 무지를 겸손하게 인정하고 있는 것과는 대조적으로, 실제 경제 문제에 무지한 우리나라의 예술가, 문인, 지식인들 중 상당수는, 경제 문제의 본질을 제법 잘 안다고 자부하면서, 진보니 평등이니 마르크스주의니 하는 말들을 그 정확한 의미에 대한 고민 없이 유창하게 늘어놓은 끝에 터무니없이 그릇된 결론에 도달하는, 다분히 희극적인—더 깊은 차원에서 보면 비극적인—모습을 자주 드러내 보여주어 온 것이 아닐까?>

[덧붙이는 글]

최인훈의 『소설가 구보씨의 1일』에 대하여 언급하게 된 기회를 빌려, 문학과지성사에서 1991년에 가로쓰기로 바꾸어 출간한 이 작품의 새로운 판본에서 발견되는 교정상의 실수 하나를 지적해 두고자 한다. 세로쓰기로 인쇄되어 있는 이 작품의 1976년판을 보면 주인공 구보가 정의(正義)의 정의(定義)에 대해 다음과 같은 내용의 사색을 전개하는 대목이 나온다.

정의란 무엇? 제비뽑기에서 속임수를 없애는 것. 불행의 제비에 대한

위험률을 고르게 하는 것. 정의란 무엇? 사기·암체·새치기에 대한 처
벌이 엄격한 것. 엄격한 제비에서 나쁜 제비를 뽑은 사람들은 어떻게
하는가? 좋은 제비를 뽑은 사람들이 먹이고, 입히고, 가르칠 것. <u>그래도
떨어지는 사람들에 대해서는? 그래도 어두운 삶의 제비를 뽑은 사람에
게는? 또 먹이고, 입히고, 가르칠 것.</u> 그래도—. 아니 그 다음에 그래도
는 없지. 그쯤 그래도가 겹치면 죽으니깐.[4](밑줄 인용자)

위에 제시된 인용문 가운데 내가 밑줄을 친 부분이, 1991년에 나온
새로운 판본(p.47)에서는 고스란히 누락되어 있는 것이다. 누구나 금방 알
수 있는 것처럼, 밑줄 친 부분이 있어야 글의 흐름이 전체적으로 자연스
럽게 되며, 구보의 생각도 분명히 드러나게 된다. 이 부분이 누락된 것은
작가의 의도적인 수정에 따른 것이 아니라, 교정 과정에서의 실수에 기
인한 것임에 틀림없다. 상당히 중요한 실수다. 장차 반드시 바로잡아져야
할 것이다.[5]

---

4) 최인훈, 『소설가 구보씨의 1일』(초판, 문학과지성사, 1976), p.45.
5) 또 한 가지 덧붙이자면, 초판에 나오는 <나쁜 제비를 뽑은>이라는 대목이 개정판에
　 서는 <나쁜 제비를 뽑는>으로 잘못 인쇄되어 있다. 좀더 사소한 실수이지만, 역시
　 실수는 실수다.

부채의식의 청산을 논의할 때 유념해야 할 사항

2006년 5월 31일에 치러졌던 지방자치단체 선거에서 여당은 기록적인 참패를 당했다. 여당이 이처럼 참패한 원인은 어디에 있었을까? 이러한 물음 앞에서 다양한 해답들이 제시된 바 있다. 그 해답들 가운데에는 다음과 같은 것도 있었다.

<그동안 다수 국민들은 운동권 세력이 이 땅의 민주화를 이룩하는 데 기여한 점 때문에 그 세력에 대하여 일종의 부채의식(負債意識)을 느껴 왔다. 그러한 다수 국민들의 부채의식 덕분에 운동권 세력은 집권을 할 수 있었다. 그런데 운동권 세력은 정작 집권을 하고 나자 계속 실망스러운 모습밖에 보여주지 못했다. 운동권 세력의 이런 모습을 보면서 실망하고 분노한 다수 국민들은 그동안 운동권 세력이 집권을 하도록 해 준 것으로써 기왕의 채권-채무관계는 충분히 청산되었다는 판단을 하게 되었다. 그와 같은 다수 국민들의 판단이 여당에 일제히 등을 돌리는 모습

으로 나타난 것이다.>

　이러한 해답은 여당 참패라는 사태의 한 부분을 그런 대로 잘 설명해 줄 수 있는 것처럼 보인다. 하지만 좀더 깊이 생각해 보면, 앞의 해답에는 수정 내지 보완을 필요로 하는 점이 있음을 깨닫게 된다. 다수 국민들이 민주화와 관련하여 운동권 세력에게 느껴 왔던 <부채의식>이라는 것은 상당부분 오해에 기인한 것이었다는 점을 간과할 수 없기 때문이다. 운동권 세력이 이 땅의 민주화를 이룩하는 데 결과적으로 기여한 점이 있는 것은 사실이지만, 그들이 민주화를 진심으로 소망했던 적은 단 한 번도 없었다는 것이 역사적 진실이기에 그러하다.

　운동권 세력이 이 땅의 민주화를 이룩하는 데 결과적으로 기여한 점이 있다는 것은 구체적으로 무엇을 말하는가? 1987년의 직선제 개헌 투쟁 당시 운동권 가운데 다수파였던 NL진영이 직선제 개헌 투쟁에 적극 참여하기로 결정하고 그들의 행동역량을 동원했던 사실을 말한다.

　당시 NL진영의 행동역량이 상당한 것이었던 만큼, 그들이 직선제 개헌 투쟁의 성공에 기여한 몫은 작다고 할 수 없다. 하지만 그들이 민주화를 진심으로 소망했기에 이러한 결과를 만들어낸 것은 아니다. 그들의 진정한 소망은 어디까지나 주체사상이 지배하는 나라를 만드는 데 있었다. 그들이 직선제 개헌 투쟁에 참여한 것은, 그렇게 하는 것이 그들의 궁극적 목표를 달성하는 데 유리할 것이라는 전략적 판단의 소치였을 따름이다.

　그 당시 진심으로 이 땅의 민주화를 소망하여 마지 않았던 사람들이 이들 운동권 세력에 대하여 부채의식을 느낀 것은 이해할 수 있는 일이지만, 그 당시 운동권 세력의 진정한 뜻이 어디에 있었는가를 인식하지 못한 자리에서 느낀 부채의식이라면, 그것은 중요한 오해를 포함한 부채의식이라고 하지 않을 수 없다. 그리고, 오늘에 이르러 그 부채의식의 청산이 논의되어야 할 형편이라면, 그 청산에 대한 논의는, 기왕의 부채의식이 중요한 오해를 포함한 것이었음을 이제 와서라도 명확하게 하는 가운데에서 이루어져야 마땅하다.

한편, 1987년 당시 직선제 개헌 투쟁을 무시하고 외면하였던 PD진영과 관련해서라면, 부채의식이라는 개념 자체가 성립될 수 없다. 1980년대에 PD진영에 소속해서 투쟁했던 운동권 인사들도 그 동안 부채의식의 덕을 본 것이 있다면, 그들은 그야말로 무임승차의 부당이득을 누려 온 셈이라고 해야 할 것이다.

1980년대 운동권을 다룬 문학작품들의 문제점

1. 1980년대 운동권의 실상

1980년대에 감옥을 드나들며 싸웠던 운동권의 젊은이들은 대체로 NL파가 아니면 PD파에 속해 있었다. 이들 양자 가운데 NL파는 주체사상을 신봉하는 집단이었고, PD파는 마르크스-레닌주의를 신봉하는 집단이었다.

이 두 집단은 모두 그 당시의 한국 정권을 <반드시 타도해야 할 대상>으로 설정하고 맹렬한 투쟁을 전개하였다. 그 투쟁의 과정에서 고난도 많이 겪었다.

그런데 우리가 여기서 확실하게 해 두어야 할 것이 있다. 그들 두 집단 가운데 어느 쪽도, 진정한 의미의 자유나 진정한 의미의 민주주의를 위하여 투쟁한 것은 아니었으며, 오히려 그러한 것들이 더욱 철저하게 말살되는 세상을 만들기 위하여 투쟁하였다고 말하는 편이 진실에 가깝다는 점이 바로 그것이다. 그들 두 집단 가운데 NL파는 주체사상이 지배하는 세상을 만들기 위하여 투쟁했고, PD파는 마르크스-레닌주의가 지배하는 세상을 만들기 위하여 투쟁했던 것인데, 주체사상이라는 것도, 또 마르크스-레닌주의라는 것도, 진정한 의미의 자유나 진정한 의미의 민주주의에 대해서는 똑같이 철저하게 적대적인 성격을 띠는 이념이었기 때문이다.

그런데, 다들 알고 있는 바와 마찬가지로, 우리나라에서 진정한 의미의 자유, 진정한 의미의 민주주의를 크게 확장시키는 획기적인 변화가, 1987년에 이루어진다. 대통령 직선제를 골자로 하는 헌법 개정을 이루어 낸 이른바 <6월 혁명>의 성공이 그것이다. 바로 이 6월 혁명의 성공이 이루어지도록 하는 데 있어서, 그 당시의 운동권을 양분하고 있던 두 개의 그룹 가운데 하나인 NL파가 작지 않은 기여를 했다. 이 땅에 자유와 민주주의를 가져오기 위해서는 무엇보다 먼저 헌법 개정이 필요하다는 인식에 많은 사람이 도달하였을 당시, 그들은 바로 이 과제를 실현해 내기 위한 투쟁에 적극적으로 나섰고, 그들이 지닌 운동권으로서의 행동 역량을 효과적으로 발휘함으로써, 실제로 헌법이 개정되도록 만드는 데 공을 세웠던 것이다.

이것은 참으로 흥미로운 사실이 아닐 수 없다. 위에서 분명히 말해 둔 바와 같이, NL파는 원래 진정한 의미의 자유니 진정한 의미의 민주주의니 하는 것에 대해서는 적대적인 성격을 띠는 이념인 주체사상을 신봉하는 사람들이었다. 그런 그들이, 이 땅에서 진정한 의미의 자유와 민주주의가 크게 확장되도록 만드는 데 기여한 것이다. 이런 기묘한 사태가 어찌하여 가능했을까?

알고 보면, 이 물음에 대한 답은 그렇게 복잡한 것이 아니다. 1987년에도 NL파가 자기들의 궁극적인 목표로 삼고 있었던 것은 변함없이 <주체사상이 지배하는 세상을 만드는 것>이었다. 그런데 <최근의 제반 상

황을 종합적으로 고려할 때, 대통령 직선제 개헌을 위한 투쟁에 참여하는 일은 바로 이러한 우리들의 궁극적 목표를 성취하기 위한 긴 노력의 한 중간 과정으로서 상당한 전략적 효과를 기대할 수 있다>는 판단이 1987년 당시의 NL파 지도부에 의해 내려진 것이다. 그래서 그들은 이 투쟁에 적극적으로 뛰어들었다. 일단 뛰어든 바에는 그들이 지닌 행동 역량을 총동원하는 것이 당연했다. 그 결과는? 직선제 개헌 투쟁의 승리에 기여한 공로자로 역사 속에 기록되는 것, 바로 그것이었다.─대강 이상과 같은 내용이, 위의 물음에 대한 답이 되는 것이다.

그렇다면 NL파는, 1987년의 6월 혁명으로 직선제 개헌이 이루어진 후에는 어떤 길을 걸어가는가? 그들은 망설이지 않고, 한 가지 길을 선택하여 매진한다. 그것은, 직선제 개헌 투쟁에서의 승리라는 성과에 결코 만족하지 않고, 그들의 궁극적 목표인 <주체사상이 지배하는 세상>을 만들기 위한 장기적 투쟁을 흔들림 없이 계속 수행해 나가는 것이었다.

그들이 이런 길을 선택하여 매진하고 있는 판에, 소련 및 동유럽 여러 나라들에서 마르크스-레닌주의 체제가 몰락한다고 하는, 세계사적 수준의 거대한 변화가 발생한다. 이러한 사태의 변화는 NL파에게 어떠한 영향을 주었던가?

NL파에게 있어서 마르크스-레닌주의 체제의 몰락이라는 소식은 반가운 소식은 아니었음에 틀림없다. 그러나 반드시 커다란 타격으로 다가오는 소식도 아니었던 것이 사실이다. 주체사상을 신봉하고 있는 NL파의 입장에서 볼 때 마르크스-레닌주의라고 하는 것은, 사회주의라는 동일한 뿌리를 공유하고 있다는 점에서 분명한 친화감을 느낄 수 있는 존재이기는 했으되, 어디까지나 엄연한 남의 사상이지 자기자신의 사상은 아니었기 때문이다.

지금까지 1987년의 직선제 개헌 투쟁과 그 이후의 시기에 걸쳐 NL

파가 보여준 모습을 간략하게 정리해 보았거니와, NL파와 더불어 운동권 세력을 양분하고 있었던 PD파의 경우는 어떠하였던가?

1986년까지만 해도 NL파와 맞서서 자웅을 겨룰 만한 위치에 있었던 이들은 1987년과 그 이후의 시기로 넘어오면서 서서히 몰락의 길로 접어드는 운명을 면하지 못한다. 우선 그들은 1987년의 직선제 개헌 투쟁 당시 직선제 개헌 따위의 어중간한 목표를 위해 싸우는 데 동참할 수 없다고 주장하며 자기들대로의 독자노선을 고집하다가 대중적 호소력을 상당 부분 잃는다. 그런데다가 그들은 얼마 안 가 닥쳐온, 소련 및 동유럽 여러 나라들에서 마르크스-레닌주의 체제가 몰락하는 사태로 말미암아, 결정적인 타격을 입는다. 그들은 NL파와 달리 마르크스-레닌주의를 바로 자기들 자신의 이념으로 삼고 신봉하는 입장에 서 있었던 만큼, 그들이 결정적인 타격을 입는 것은 불가피했다. 그리하여, 1990년대로 넘어온 이후가 되면, 운동권의 헤게모니를 NL파가 계속 독점하는 시대가 이어진다. 그렇다고 해서 PD파의 명맥이 완전히 끊어진 것은 물론 아니지만, 그들이 NL파와 대등한 위치에서 경쟁하는 날은 다시 찾아오지 않는다.

2. 제대로 된 소설이나 비평문이 있는가?

1980년대 내내 우리나라에서는 운동권의 젊은이들을 다룬 소설이 숱하게 나왔다. 이런 소설을 대상으로 한 비평문도 숱하게 나왔다.

1980년대가 끝나고 1990년대가 개막되자, 이번에는, 1980년대에 운동권의 젊은이였던 인물들을 다룬 소설이 숱하게 나오기 시작하였다. 그리고 이런 소설을 대상으로 한 비평문도 숱하게 나오기 시작하였다.

2000년을 넘기고 2010년을 가까운 미래에 바라보게 된 오늘의 시점에서도, 1980년대에 운동권의 젊은이였던 인물들을 다룬 소설은 꾸준히 나오고 있다. 그리고 이런 소설을 대상으로 한 비평문도 꾸준히 나오고 있다.

그런데, 과문한 탓인지 모르지만, 적어도 내가 지금까지 읽어 본 바로는, 운동권의 젊은이들을 다루었던 1980년대의 그 많은 소설과 비평문 가운데서도, 그리고 1980년대에 운동권의 젊은이였던 인물들을 다룬 1990년대 및 2000년대의 그 많은 소설과 비평문 가운데서도, 내가 위에서 이야기한 <NL파와 PD파의 참모습>을, 진정한 의미의 자유에 대한 사랑에 입각하여, 진정한 의미의 민주주의에 대한 믿음에 입각하여, 올바르게, 비판적으로 검토한 경우는 거의 없다고 해도 과언이 아니다.

그들 운동권 가운데 NL파로 분류되는 집단이 <본의 아니게> 이 땅의 자유와 민주주의를 위해 기여한 바가 있는 것은 사실이지만, 그들 대다수의 본심은, NL파의 경우이거나 PD파의 경우이거나를 막론하고, 진정한 의미의 자유, 진정한 의미의 민주주의에 대하여 분명히 적대적인 방향을―좀더 명확하게 표현하자면, 진정한 의미의 자유와 민주주의를 말살하는 길로 나아가는 방향을―가리키고 있었다는 이 엄연한 진실을, 진정한 의미의 자유에 대한 사랑에 입각하여, 진정한 의미의 민주주의에 대한 믿음에 입각하여, 올바르게, 비판적으로 검토한 사례는 거의 없다고 해도 과언이 아니라는 이야기다.

2007년에 다시 읽는 「세월의 너울」

1. 「세월의 너울」의 김명식과 그 조카딸

　김원일이 1986년에 발표한 「세월의 너울」이라는 중편소설이 있다. 이 작품을 보면 당년 58세의 김명식이라는 남자와 그 가족이 주요 인물로 등장한다. 작품 속에서 그려지고 있는 것은 45년 전에 작고한 김명식 부친의 기제사를 맞이한 날 저녁의 그 집 풍경이다.

　이 작품의 주인공 겸 화자인 김명식은 성공한 사업가이며, 다복한 가장이다. 사업가로 활동해 오는 동안 부정한 일을 한 적이 없으니, 양심의 가책이 있을 것도 없다. 누구나 부러워할 만한 신분이 아닐 수 없다.

　그런데 자세히 보면 그에게는 누구나 부러워할 만한 신분의 소유자로서는 조금 의외다 싶은 면모가 있다. 운동권 대학생인 조카딸 건옥이라면 자기를 <이미 썩어버린, 정신개조가 불가능한 부르주아요 타락한 보수주의자>로 볼 것이 틀림없다는 생각을 하면서 그는, 분명한 확신을 가지고 그쪽의 논리를 비판하거나 질책하는 것은 도무지 엄두도 내지 못하는, 지극히 무기력한 모습을 보여주고 있는 것이다. 그는, <나는 그애들이 추켜세우는 민중의 일원은 못되지만 내 자신의 삶만큼은 성실하게 살아왔다고 자부한다>고 말하기는 하지만, 단지 그뿐이다.[1] 그러한 자부를 근거로 해서 조카딸의 입장을 비판하거나 질책하는 것은, 다시 말하지만, 아예 엄두도 내지 못하고 있는 것이다. 거기에 반해, 운동권 대학생인 조카딸 건옥은 보통 기세등등한 게 아니다. 그 기세등등한 모습을 김명식은 그의 아우로부터 다음과 같이 전해 듣는다.

「형님, 말도 마십시오. 저도 그애 때문에 시말서를 쓰지 않았습니까. 면회 가서, 제발 앞으로 공부에만 전념하겠다는 각서를 쓰라고 삼십 분이나 설득했지요. 그런데 막무가냅니다. 눈 똑바로 뜨고 나를 보며 한다는 소리가, 공무원이신 둘째큰아버지한테 폐를 끼쳐 미안하지만 자기 소신을 굽힐 수 없다지 않아요. 무슨 애가 그렇게 독해졌는지. 대학 들어갈 때만도 오죽 착하고 수줍음 많이 탔어요. 그러던 애가 그렇게 변해버렸으니……」[2]

이 작품 속에 나타나 있는 김명식의 무기력한 모습과 그 조카딸 건옥의 기세등등한 모습은 이 작품이 씌어진 1986년 무렵의 사회 풍경을 충실하게 반영하고 있다. 달리 표현하면, 「세월의 너울」은 바로 이 점에서 그 시대의 사회 풍경에 대한 거짓없는 증언으로 평가될 만한 가치를 갖고 있다.

2. NL파 · PD파의 어제와 오늘

「세월의 너울」이라는 소설이 발표된 지, 이제 21년이 흘렀다. 21년이

---

1) 김원일, 『김원일 중단편전집 5—마음의 감옥』(문이당, 1997), p.40.
2) 위의 책, p.39.

라는 세월이 흐른 지금의 시점에 와서 돌이켜보면, 그 소설 속에서 풀이 죽어 있던 58세의 사업가와 기세등등하던 운동권 대학생의 모습이 새삼 야릇한 감회를 불러일으키는 것을 느끼지 않을 수 없다.

사업가는 제쳐놓고, 운동권 대학생만 한번 생각해 보기로 하자.

1986년 무렵에 기세등등한 운동권 대학생이었다면 NL파였거나 PD 파였을 것이다. 다시 말하자면, 주체사상을 신봉하면서 이 나라 전체를 <주체사상에 토대를 둔 국가>로 만들기 위해 온몸으로 투쟁했던 집단의 일원이었거나, 마르크스-레닌주의를 신봉하면서 이 나라 전체를 <마르크스-레닌주의에 토대를 둔 국가>로 만들기 위해 온몸으로 투쟁했던 집단의 일원이었을 것이다. 그 어느 쪽이었든, 그는, 순수한 의미에서의 자유, 순수한 의미에서의 인권, 순수한 의미에서의 민주주의를 위해서 싸운 인물은 절대로 아니었을 것이다. 혹시 그가 자신의 아버지나 큰아버지와 같은 사람, 즉 자기 집단 바깥의 사람을 향해서, 오로지 순수한 의미에서의 자유, 순수한 의미에서의 인권, 순수한 의미에서의 민주주의 같은 것만을 들먹이며 공격의 화살을 겨누는 경우가 있었더라도, 그런 말들은 단순한 전략적 차원의 위장이거나 방편에 불과했을 것이다. 그의 본심은 따로 있었을 것이다. 그의 본심은, 주체사상이 지배하는 세상이 아니면 마르크스-레닌주의가 지배하는 세상을 만들고자 하는 열망으로 뜨겁게 불타고 있었을 것이다. 달리 말하자면, 순수한 의미에서의 자유, 순수한 의미에서의 인권, 순수한 의미에서의 민주주의 같은 것들이 철저하게 말살되는 세상을 만들고자 하는 열망으로 불타고 있었을 것이다.

이제, 1986년 무렵으로부터 다시 21년이 흐른 지금, 「세월의 너울」의 건옥과 같은 운동권 대학생이었던 사람들은 40대의 기성세대가 되어 있다. 그들은 현재의 시점에서는 김명식과 같은 사람을 향하여 예전과 똑같이 <정신개조가 불가능한 부르주아요 타락한 보수주의자>라고 일방적인 매도를 퍼붓지는 않을 것이다. 뭔가 다른 말을 할 것이다. 그 <다른 말>의 구체적인 내용은 사람에 따라 다를 것이다. 그 다양한 말들 중에서 우리가 가장 귀담아 들을 만한 가치를 지닌 말은, 뒤늦게나마 깊고 근원적인 사상의 변화를 일으켜, 순수한 의미에서의 자유, 순수한 의미에서의 인권, 순수한 의미에서의 민주주의를 위해 남은 생을 바치기로 작정한 소수 사람들의 말일 것이다.

4

한국 현대 역사소설과 고려시대

1. 서론

주지하는 바와 같이, 역사소설로 분류될 수 있는 소설작품들은 이광수·김동인의 시대 이래 오늘에 이르기까지 한국의 현대소설사 속에서 중요한 전통을 형성해 왔다.

일제 강점기의 경우, 이러한 역사소설들은, 물론 작가나 작품에 따른 편차가 있기는 하지만, 전체적으로 보면, 대략 세 가지 역할을 담당해 온 것으로 판단된다. 첫째는 일반 독자들을 상대로 하여 한국의 역사에 대한 교육의 기능을 수행하는 것이었고, 둘째는 이른바 <민족>이라는 관념에 대한 사유를 자극하는 것이었으며, 셋째는 독자들에게 풍부한 대중적 흥미를 제공하는 것이었다.

일제 강점기 동안 역사소설이 수행한 이와 같은 역할은, 해방 후에도 기본적으로는 큰 변화 없이 이어졌다. 말할 나위도 없이 작가나 작품에 따른 편차는 여전히 존재하였지만, 최소한, 전체적인 흐름은 큰 변화 없이 이어졌다고 볼 수 있는 것이다. 그러다가, 대략 1970년대 무렵으로 접어들면서, 위의 세 가지 역할 이외에 다시 한 가지 역할을 더 추가해서 수행하는 작품들이 대량으로 나타나기 시작했다. 그 새로 추가된 역할이란 바로 근대적 민중사상이라는 이데올로기와 관련된 사유를 촉발하는 역할이었다.

그런데, 이처럼 다양한 역할을 수행하면서 전개되어 온 우리의 현대 역사소설들을 구체적으로 검토해 보면, 한 가지 흥미로운 현상이 발견된다. 고려시대를 다룬 소설이 매우 적은 수로 그치고 있다는 사실이 바로 그것이다. 좀더 자세히 이야기하자면, 고려시대를 다룬 역사소설은 가까운 조선시대나 그 이후의 시대를 다루고 있는 작품들보다 현저히 적을 뿐 아니라, 아득한 삼국시대 및 통일신라시대를 다루고 있는 작품들과 비교해도 결코 더 많지 않은 것으로 판단되는 것이다.1) 이러한 현상은 어떤 연유로 발생하게 되었을까?

고려시대를 다룬 작품들이 조선시대나 그 이후의 시대를 다루고 있는 작품들보다 적은 수로 그치고 있는 것은 어렵지 않게 이해된다. 조선시대나 그 이후의 시대는, 지금까지 남아 있는 구체적·세부적 자료가 풍부하다는 점, 현대사와 곧바로 연결된다는 점, 오늘을 살고 있는 한국인 독자들에게

---

1) 고려시대를 다룬 소설과 삼국시대 및 통일신라시대를 다룬 소설의 양적 비교는 아직 엄밀한 통계 처리에 의한 확인을 거치지 못한 문제이다. 그렇기는 하지만, 최소한, 한국 현대 역사소설의 전통을 점검하고자 할 경우 우리들의 머리에 금방 떠오르는 작품들의 목록 속에서는, 전자가 후자보다 분명히 빈약한 양상을 보여주고 있다. 단적인 예로, 이광수의 경우를 보자. 그는 삼국시대나 통일신라시대를 대상으로 하여 『마의태자』, 『이차돈의 사(死)』, 『원효대사』, 『사랑의 동명왕』 등의 많은 역사소설을 쓴 바 있지만, 고려시대를 대상으로 해서는 단 한 편의 역사소설도 쓰지 않았다. 이런 이야기는 『백마강』을 쓴 김동인이나 『무영탑』, 『흑치상지』 등을 남긴 현진건에 대해서도 똑같이 적용된다. 일제 강점기에 나온 많은 역사소설들 중에서 윤백남의 『대도전(大盜傳)』과 박종화의 『다정불심(多情佛心)』 같은 극소수의 예를 제외하면 고려시대를 다룬 작품은 찾기 어려운 것으로 보인다.

친근감을 줄 수 있다는 점 등에서 고려시대에 비해 역사소설의 대상으로 선택되기에 보다 유리할 뿐 아니라, 민중사상을 소설적으로 형상화하기 위한 소재로서도 고려시대보다 훨씬 나은 면모를 지니고 있기 때문이다.

여기에 비하면, 고려시대를 다룬 작품들이 고려시대보다 먼 과거에 해당하는 삼국시대나 통일신라시대를 다루고 있는 작품들과 비교해 볼 때에도 더 많지 않은 것처럼 생각되는 사태가 초래된 것은 다소 의외라고 여겨질 수도 있을 법하다. 하지만 한국의 현대 역사소설이 일제 강점기에나 해방 후에나 변함없이 민족주의라는 이데올로기와 깊은 관련을 맺어 왔다는 사실을 상기해 보면, 이러한 현상에 대해서도 어느 정도 이해가 간다. 좀더 구체적으로 말하자면, 민족주의의 시각에서 볼 때 삼국시대나 통일신라시대는 원형적인 범례의 성격을 갖는 존재로 현대의 작가나 독자들에게 호소해 오는 힘을 가진 반면 고려시대는 그렇지 못하다는 판단이 가능한데, 역사소설의 소재로서 고려시대가 삼국시대나 통일신라시대보다 상대적으로 낮은 수준의 매력밖에 발휘하지 못해 온 데에는 이러한 사실이 크게 작용하였다는 설명을 해 볼 수 있는 것이다.

이러한 측면과 더불어, 특히 해방 후의 경우, 지리적인 요인도 또한 고려시대를 다룬 역사소설의 창작에 불리한 쪽으로 작용해 왔음을 간과할 수 없다. 조선의 수도였던 서울이나 삼국 중 가장 많이 소설의 소재로 등장했던 나라이자 삼국을 통일한 나라이기도 한 신라의 수도였던 경주가 모두 남한에 위치하고 있는 반면 고려의 수도였던 개성은 6·25 이후 북한의 영토 속에 들어가 버렸기 때문에 작가들이 취재 및 구상의 과정에서 현지 답사를 행하는 것이 불가능하게 되었고 독자들의 입장에서도 개성을 중심으로 하여 전개된 고려의 역사를 생생한 실감으로 떠올리기가 어려워졌다는 사실이 고려시대를 다룬 역사소설의 창작을 위축시키는 방향으로 상당한 영향력을 행사해 온 것이다.

이제까지 이야기해 온 여러 가지 사항들을 종합해 보면, 결국, 고려시대를 소설 속에 담아내는 작업이 지금껏 양적인 면에서 상대적으로 빈약한 수준에 머물러 온 것은 일단 이해할 만한 현상이었다는 결론을 내릴 수 있을 듯하다. 하지만 고려시대를 다룬 역사소설들이 이처럼 양적인 면에서 빈약한 수준을 면하지 못해왔다는 사실로부터, 곧바로, 질적인 면에서도 그것들이 역시 빈약한 수준을 면하지 못해 왔다는 결론이 도출되라는 법은 없다. 질적인 측면에서 볼 때 고려시대를 다룬 역사소설들이 지금까지 과연 얼마만한 성과를 보여 왔는가 하는 질문은 어디까지나 이러한 범주에 포함되는 작품들을 실제로 검토한 다음에라야 해답을 얻을 수 있는 질문인 것이다.

나는 이 글에서 위와 같은 문제의식에 입각하여, 지금까지 발표된 역사소설들 중 고려시대를 다룬 작품 몇 편을 골라 구체적으로 검토하는 작업을 시도해 보고자 한다. 내가 고찰의 대상으로 선택한 작품은 이동하(李東河)의 『서도(西都)의 일몰』(1976), 조정래의 『대장경』(1976), 김원일의 『깊은골 큰산』(1988), 김주영의 『화척』(1991~1995) 등 네 편이다. 논의의 순서는 작품이 발표된 순서에 따른다. 그리고 같은 시기에 발표된 『서도의 일몰』과 『대장경』 중 『서도의 일몰』을 먼저 논의하기로 한 것은 『서도의 일몰』 속에서 다루어지고 있는 시대가 『대장경』에서 다루어지고 있는 시대보다 앞선다는 점을 고려한 결과이다.

2. 네 편의 역사소설

2-1. 이동하의 『서도의 일몰』

이동하가 지금까지 발표한 많은 소설들 가운데에서 유일한 장편 역사소설에 해당하는『서도의 일몰』은 고려 인종 시대에 묘청과 그 추종자들이 서경 천도와 칭제건원(稱帝建元)을 주장하며 반란을 일으켰다가 진압된 사건에서 소재를 가져 온 작품이다. 이 사건이 많은 현대 한국인들의 기억 속에 강렬한 모습으로 남아 있게 된 것은 일찍이 신채호가「조선역사상 1천년래 제1대사건」이라는 제목으로 발표한 에세이에서 묘청의 주체적 민족주의와 그의 반란을 진압한 관군의 지휘관이었던 김부식의 의존적 사대주의를 대비시키면서 격정적인 언어로 대륙적 기상을 논하고 자립정신을 논하는 모습을 보여준 이후부터의 일일 것이다.

그러나 신채호가 그처럼 격앙된 톤으로 부각시켰던 묘청의 거사에 대해 이동하가 접근하는 자세는 신채호의 경우와 극단적인 대조를 보여준다. 일체의 흥분을 배제해 버린 회의주의자의 가라앉은 어조와 표정을 처음부터 끝까지 견지해 나가고 있는 것이다. 그러한 태도에 입각해서 씌어진 이『서도의 일몰』은 여러 가지 점에서 한국의 현대 역사소설들 가운데 다수와 구별되는 특징을 보여주고 있다.

무엇보다도 이 작품은 역사책 속에 크게 이름을 남기고 있는 유명인물도, 또 이른바 민중 집단의 입장을 대표하는 강력한 개성의 소유자도 아닌, 지극히 평범한 보통 사람을 주인공으로 삼고, 그의 시각에서 역사에 접근하고 있다는 사실이 주목된다. 이 작품의 주인공인 전원직은 평범하고 무력한 한 사람의 지식인이며, 서경에서 하급 관료로 재직하고 있다가 자연스럽게 묘청의 세력에 참여하게 된 인물이다. 이광수·김동인 이래 한국 역사소설의 주류를 이루어 온 전통에 따르면 묘청의 반란을 다룬 역사소설을 쓸 경우에는 묘청이나 그 주변의 주요 인물을 주인공으로 내세우든지, 아니면 그 난을 진압한 김부식이나 그 주변의 주요 인물을 주인공으로 내세우는 것이 상식이라고 할 수 있는데, 이동하는 그러한 전통을 단호히 거부하고 평범하고 무력한 한 사람의 지식인을 주인공의 자리에 놓은 것이다. 그런가 하면 조연급의 인물로 등장하는 사람들도 대부분 주인공 전원직과 대동소이한 면모를 지니는 사람들로 설정되어 있다.[2]

이처럼 평범하고 무력한 지식인의 면모를 갖고 있는 주인공 전원직과 그 동료들은 묘청이라든가 정지상과 같은 서경파 지도자들이 제시하는 비전에 공감하게 된 것을 계기로 하여 역사의 물결에 동참하게 된다. 하지만 그들은 처음부터 편파적인 열광자와는 거리가 먼 모습으로 나타난다. 그 단적인 증거로 들 수 있는 것이, 열광적인 묘청-정지상 추종자의 입장에서 본다면 가장 증오스러운 원수라 할 수 있는 김부식에 대해 전원직이 처음부터 상당한 존경을 가지고 대한다는 사실이다. 바로 이러한 태도에서 엿보이는 전원직과 그 동료들의 다분히 중도적이고 온건한 입장은 그 시대의 역사를 두 가지 대립되는 방향 모두에서 복합적으로, 균형 있게 바라볼 수 있게 만드는 요인으로 작용한다.

그런데 전원직과 그 동료들의 이런 다분히 중도적이고 온건한 입장은, 처음부터 끝까지, 짙은 회의와 피로의 색조를 동반하고 있다. 이와 같은 사실은, 그들이 아무리 중도적이고 온건한 입장에 서 있었다 하더라도 굳이 구분해 본다면 어디까지나 패배자측, 즉 묘청-정지상측에 위치하고 있던 사람들이라는 사실에서 자연스럽게 연유되어 나오는 것으로 이해될 수 있다.

이러한 회의·피로의 색조와 잘 어울리면서 그것을 더욱 선명한 존

---

2) 평범하고 무력한 지식인들을 역사소설의 중심부에 배치하는 태도는, 이광수·김동인 이래의 전통과 대립될 뿐 아니라, 1970년대 이래 큰 유행을 이루어 온 민중적 역사소설 계열의 관행과도 대립된다. 1970년대 이래의 많은 역사소설들에서는 역사책 속에 크게 이름을 남기고 있는 인물을 주인공으로 삼지 않는 대신 이른바 민중 집단의 입장을 대표하는 강력한 개성의 소유자를 중심에 놓는 태도를 보여 왔는데, 이동하는 『서도의 일몰』에서 이러한 태도도 거부하고 있는 것이다.

재로 만들어주는 것이, 이 작품에서 배경을 제시하는 방식이다. 이 작품은 묘청이 처음 군사를 일으킨 겨울에서부터 그 이듬해 겨울까지의 약 일년간을 시간적 배경으로 삼고 있는데, 이 중 처음의 겨울 부분이 작품의 근 절반을 차지한다. 그리고 이 겨울의 기간이 소설 속에서 제시되는 동안, 겨울 특유의 추위와 을씨년스러움이 집요하게 되풀이해서 강조된다. 그런가 하면 여름 동안에 벌어진 일들을 다룰 때에도 두드러지게 부각되는 것은 장마철의 음산함과 한기이다. 이러한 분위기는 현대를 배경으로 한 이동하의 다른 많은 소설들—그 중에서도 특히 초기작들—의 그것과 공통되는 것이면서, 주인공인 전원직과 그 동료들을 지배하고 있는 회의·피로의 색조를 두드러지게 만드는 데 크게 기여하고 있는 것이다.

이와 더불어 또 한 가지 주목해 보아야 할 것이, 등장인물들의 대사가 끝나는 자리에서 곧잘, 꼭 그래야 할 필요가 없는 상황에서도, 말줄임표가 사용되곤 한다는 사실이다. 예를 들면 다음과 같은 식이다.

「추위가 한결 심해졌구려……」
배유가 등을 활처럼 굽히며 지친 음성으로 중얼댔다. (…) 걷잡기 어렵게 떨리는 사지를 가까스로 가누며 전원직은 무겁게 말했다.
「이만 내 길을 가야겠소……」[3]

작중인물들의 대사 속에서 발견되는 말줄임표의 이처럼 잦은 사용 역시, 작품 전체를 무겁게 짓누르고 있는 회의와 피로의 색조를 더욱 짙은 것으로 만들어 주는 데에 효과적으로 기여하고 있는 것처럼 보인다.

그러면 이처럼 처음부터 끝까지 회의와 피로의 색조를 동반하는 가운데 중도적인 길을 가는 주인공 전원직의 구체적인 행로는 어떤 것인가?

---

3) 이동하, 『서도의 일몰』, 『삼성판 한국현대문학전집』 제50권(삼성출판사, 1979), p.321.

간단히 정리하자면 다음과 같다. 처음에 전원직은 묘청파의 일원으로서 적정(敵情)과 민정(民情)을 관찰하러 나섰다가 김부식의 군대에게 발각되어 붙들리지만 총사령관 김부식의 관대한 처분으로 석방된다. 그 후 그는 묘청의 군대로 복귀하지 않고 갈 곳을 잃어버린 아웃사이더가 되었다가, 나중에는 김부식이 묘청에게 보내는 사자의 일행을 위한 향도가 되면서 두 차례에 걸쳐 서경을 찾게 된다. 두 번째로 서경을 찾았을 때 그는 또 다시 대열로부터 이탈하면서, 한 사람의 무력한 아웃사이더라는 지위로 복귀한다. 묘청이 그의 핵심 동료였던 조광에 의해 살해당하고, 조광과 그 추종자들 역시 김부식의 군대에 의해 진압당하는 형태로 서경의 반란 사태가 완전히 종결된 후, 전원직은 머리를 깎고 중이 되는 길을 택한다.

전원직이 대략 위와 같은 말로 요약될 수 있는 인생의 행로를 걸어가는 동안 그가 처한 시대의 역사 속에서는 격렬한 역사적 사건들이 연이어 터지지만, 소설은 그러한 사건들이 터지는 현장을 직접 보여주는 일에 대단히 인색하며, 많은 경우 간접적으로 전달되는 말로 처리하고 만다. 예를 들면 다음과 같은 식이다.

(1)
「나, 한 가지만 물어 봅시다.」
침묵을 깨고 전원직이 무겁게 입을 열었다.
「개경의 기거주(起居注) 정지상 대감과 일관(日官) 백수한, 그리고 내시낭중(內侍郎中) 김안 대감 등은 어찌 되었소?」
「어찌되다니?」
한층 기어드는 목소리로 반문하며 배유가 대꾸했다.
「아직 모르고 있었소? 진작에 다 갔소이다……」
「가다니? 그 무슨 뜻이오?」
「뜻이구 말구가 어디 있소. 셋 다 비명에 갔소이다. 저승길이 멀다고 해도 이미 거지반 다 갔을 거외다.」

「그럴 수가……」

전원직은 부지불식간에 커다란 목소리로 외쳤다.

「허, 조심하우. 목소리가 너무 크오.」

「그래 어떻게들 처단됐소?」

「지금 그런 얘기 풀어놓을 계제가 못 돼 나도 유감이오만 장수 김부식이 보낸 무사의 칼에 목이 떨어졌다는 것만 아시우. 이른바 선참후계(先斬後啓)한 거외다……」[4]

(2)

전원직 일동은 곧 기다리던 결과를 접하게 되었다. 그러나 그것은 너무나도 의외의 일이었기 때문에 누구 하나 벌려진 입을 다물지 못했다. 대세가 기울어졌음을 간파한 분사시랑 조광 일당이 묘청·유참 및 참의 아들 호 등 세 사람의 머리를 베었다는 것이었다.

그 비극에 접하자 전원직은 자신도 모르게 땅바닥에 무릎을 털썩 꿇었다. 그리고는 두 손으로 바닥을 짚고 고개를 떨어뜨린 채 한동안 멍하니 있었다.[5]

(1)은 묘청파의 중진으로 묘청파의 궐기 당시 개경에 남아 있었던 정지상 이하 여러 사람들의 최후를 다룬 대목이요 (2)는 묘청의 죽음을 다룬 대목이다. 여기서 다루어지고 있는 사건들은 『서도의 일몰』이 대상으로 삼고 있는 기간 동안 고려에서 발생한 가장 중요한 역사적 사건들일 뿐 아니라 그 사건의 성격 자체도 매우 격렬하고 극적인 것이라 할 수 있다. 웬만한 역사소설 작가 같으면 이러한 사건들이 벌어지는 현장을 작품 속에서 직접 생생하게 제시하는 방법을 선택함직하다. 하지만 이동하는 『서도의 일몰』에서 이런 사건의 현장을 직접 제시하지 않고 단지 간접적으로 전달되는 말로 처리하는 방법을 고수한다. 이렇게 함으로써

---

4) 위의 작품, pp.313~314.
5) 위의 작품, p.327.

그는 작품의 톤이 결코 격정적으로 고조되는 일 없이, 우울하게 가라앉은 상태를 유지하도록 만든다.

이처럼 작품 전체의 색조가 시종여일 우울하게 가라앉은 상태를 유지하도록 만드는 가운데 작가는 주인공 전원직이 걸어가는 행로를 위에서 간단히 요약한 바와 같은 방향으로 설정해 놓고 있거니와, 그러한 행로를 걸어가는 동안 전원직의 마음속에서 오고 간 상념은 어떤 것이었던가?

원래 서경 사람으로서 묘청이 거사할 당시 서경에 있었던 전원직은 묘청이 내세운 칭제건원의 구호 이면에 자리잡은 이념에 대하여 처음에는 상당한 공감과 열의를 느꼈었다. 하지만 민정을 관찰하는 과정에서 <머릿속에서는 아름답고 순수하던 이상이 바깥 현실 속에서는 그처럼 어둡고 추하게만 보여질 수가 있었던가 싶을 정도로, 부정 일변도의 반응>6)이 지배적이라는 사실을 확인하고 당황하기 시작한다. 서경의 군사들이 <어명을 참칭하고 관리들을 구금하며 또 민가에 들어가 재물까지 함부로 토색질하자 마침내 양민들이 들고 일어나>7)는 사태를 목도하면서는 그 당황이 환멸로 바뀌게 된다. 그리고 한번 그의 마음속에 자리잡게 된 환멸은 그 후의 사태 진전에 따라 점점 강화되어 가기만 한다. 조광이 묘청, 유참 등을 살해하고 그들의 머리를 개경으로 보내자 개경의 고려 정부는 머리들을 <저자 가운데 높이 매달아 효수>하는데, 이 당시 개경에 와 있었던 전원직은 <일세를 진동시켰던 대사건의 주역들의 머리라고는 도무지 생각되지 않>는, <믿을 수 없을 만큼 조그마하고 검은 육괴>에 불과한 그 머리들을 보며 <삭막한 심경>에 빠진다.8) 이 때의

6) 위의 작품, p.316.
7) 위의 작품, p.322.
8) 위의 작품, pp.329~330.

<삭막한 심경>이야말로 환멸의 극치에 다름 아닐 것이다.

하지만 이처럼 당황에서 환멸로, 다시 환멸의 극치로 나아가는 과정을 밟으면서도 전원직은 묘청이 추구하였던 이념 자체만은 정당한 것이었다는 믿음을 끝까지 버리지 않는다. 김부식의 군대에 의하여 서경이 완전히 함락된 지 15년이 지난 후의 시점에 이르러서까지도 전원직은 다음과 같은 주장을 견지하고 있는 것이다.

—더럽고 비참한 것은 우리의 현실이었을 뿐이다. 을묘년 원두에 높이 내걸었던 그 이념, 그 뜻은 이렇게 물처럼 맑고 차가웠던 것이다. 또한 앞으로 역시 이렇듯 맑고 차갑게 흘러갈 게다……9)

전원직이 이처럼 묘청파의 이념만은 정당하였다는 믿음을 끝까지 견지하고 있는 것을 보면, 단순히 <당황>이니 <환멸>이니 하는 어휘들만 가지고 그의 내적인 세계를 규정해서는 안 되며, 또 다른 한편으로 그는 좀더 적극적인 신념의 소유자이기도 했다는 측면을 인정해 주어야 할 것 같은 느낌이 들기도 한다.

하지만 전원직의 마음속에는 그러한 적극적 신념의 측면과 대립되는 방향으로 작용하는 요소가 또한 분명하게 내재해 있다. 바로 묘청파의 이념을 철저히 부정하고 그들의 운동을 철저하게 짓밟아 버린 주역에 해당하는 인물인 김부식이 시종일관 전원직으로부터 존경을 받는 대상으로 등장하고 있다는 사실을 볼 때 우리는 그러한 요소의 존재를 인정하지 아니할 도리가 없다. 어디 전원직뿐인가? 어떤 면에서는 그의 동료요 어떤 면에서는 그의 스승이라고 할 수 있는 중 품선도 마찬가지이니, 김부식이 죽었다는 소식에 접한 그의 반응이 소설 속에는 다음과 같이 나타

---

9) 위의 작품, p.375.

나고 있는 것이다.

> 「학문과 군사와 정치에 대한 그의 밝고 깊은 지식은 그가 착수한 사록(史錄)들과 더불어 오래 기억될 것이외다.」[10]

위에 제시된 김부식에 대한 인물평은 품선에 의해 발설된 것이지만 그것은 그대로 전원직의 견해이기도 한 것으로 여겨진다.

지금까지 전원직의 마음속에서 오고 간 상념에 대하여 내가 관찰해 온 바를 종합해 보면, 대략 두 가지 정도의 이야기가 가능할 듯하다. 내가 첫 번째로 말할 수 있는 것은, 과연 그는 어떤 입장에 서 있는 인물이냐라는 물음을 던져 볼 경우, 그는 묘청파의 이념도 긍정하고 그것을 짓밟은 김부식이라는 인물도 긍정하는, 상당히 모호한 자리에 서 있는 사람이라는 결론이 불가피하게 된다는 점이다. 그리고 내가 두 번째로 말할 수 있는 것은, 또 한편으로 전원직에게 있어서는 그처럼 모호하지 않고 아주 확실한 것이 한 가지 있는데, 그것은 이념이 현실의 마당에 적용될 때에는 항상 혼란과 타락이 따를 수밖에 없다는 것을 체험으로 절감한 데에서 기인한 환멸의 정서에 다름 아니라는 점이다.

이처럼 두 가지 항목으로 요약될 수 있는 내면의 운동에 이끌려 간 결과 그가 도달한 귀착점은, 앞에서도 이미 언급되었던 바와 같이, 머리를 깎고 중이 되는 결단이었다. 이러한 그의 결단은 허무와 체념의 분위기를 짙게 동반하고 있는 것으로서, 이념과 현실 사이의 괴리에 놀란 나약하고 평범한 지식인에게는 아주 잘 어울리는 선택이었다고 인정받을 만하다.

이상에서 살펴본 바와 같은 면모를 가지고 있는 이동하의 역사소설

10) 위의 작품, p.378.

『서도의 일몰』은 앞에서 이미 언급하였던 바와 마찬가지로 여러 가지 점에서 한국의 현대 역사소설들 가운데 다수와 구별되는 특징을 보여주는 작품이다. 앞에서 나는 이 작품이 역사책 속에 크게 이름을 남기고 있는 유명인물도, 또 이른바 민중 집단의 입장을 대표하는 강력한 개성의 소유자도 아닌, 지극히 평범한 보통 사람—그 중에서도 특히 나약하고 무력한 지식인 집단에 속하는 인물—을 주인공으로 삼고, 그의 시각에서 역사에 접근하고 있다는 사실을 지적함으로써, 이러한 특징의 일단을 설명한 바 있거니와, 그러한 측면뿐 아니라 작품 전체의 분위기나 색조에 있어서도 이 작품은 한국 현대 역사소설의 주류로부터 동떨어져 있는 존재라고 하지 않을 수 없다. 정호웅은 「한국 역사소설의 미학적 특성 연구」[11]라는 흥미로운 논문에서 한국 현대 역사소설 가운데 다수가 보여주는 특징으로 (1) 강렬성·불변성, (2) 무시간성, (3) 윤리적 이분법, (4) 장식성 등 네 가지를 들면서 설득력 있는 논의를 전개한 바 있는데, 정작『서도의 일몰』을 보면 정호웅이 한국 현대 역사소설 중 다수의 특성으로 지적한 사항들 가운데 어느 것도 나타나지 않고 있는 것이다. 이러한 점에서 볼 때『서도의 일몰』은 한국의 현대 역사소설들 가운데에서 참으로 뚜렷한 개성을 보여주는 존재라고 할 만하다. 그 개성의 구체적인 면모는 내가 위에서 <중도적이고 온건한 입장>이니 <회의와 피로의 색조>니 <환멸의 정서>니 하는 말들을 동원하면서 이 작품을 검토해 오는 동안에 저절로 다 드러난 셈이라고 여겨지기에 반복을 피하고자 한다.

2-2. 조정래의 『대장경』

조정래가 1976년에 발표한 장편『대장경』은 고려가 몽골 군대의 침

---

11) 문학사와 비평연구회, 『한국문학과 계몽 담론』(새미, 1999)의 pp.189~215에 수록된 논문.

략에 맞서 가며 팔만대장경을 조성한 과정을 소설의 언어로 담아낸 작품이다. 조금 더 구체적으로 이야기하자면, 고려 현종 때에 만들어져 부인사에 보관되어 오던 대장경이 고종 때 침입해 온 몽골 군대의 방화로 인해 재로 화해 버리자 당시의 권력자였던 최우의 주도로 또다시 대장경 판각 사업이 추진되어 마침내 거대한 규모로 열매를 맺기에 이르렀는데, 이러한 역사적 사실을 근간으로 삼으면서 거기에 다양한 허구를 보태어 만들어낸 작품이 바로 조정래의 소설 『대장경』인 것이다.

『대장경』을 읽어볼 때 누구나 공통적으로 느끼게 되는 것은, 이 작품이 처음부터 끝까지 매우 열정적인 톤으로 전개되고 있다는 점이다. 논의에 실감을 주기 위해 이 소설의 첫 대목을 한 번 인용해 보기로 한다.

> 초승달이 노송의 가지 끝에 걸려 있었다. 제대로 어둠을 사르지 못하는 달빛은 희뿌연 안개를 일구는 듯싶었다. 그 엷은 달빛에 겨우 모습을 드러내고 있는 경내(境內)에는 깊이를 헤아리기 어려운 적막이 고여 있었다. 풍경도 울지 않았다. 풀벌레 소리도 들리지 않았다. 초저녁인데 그 어느 승방(僧房)에도 불이 밝혀지지 않았다. 큼직큼직한 건물들의 윤곽만 괴물스럽게 드러난 경내에 딱 한 군데 불이 밝혀져 있었다. 대웅전 뜨락 석등에서 황촉이 부지직거리며 제 몸을 태우고 있었다. 그러나 그 불빛마저도 애잔하게 어둠에 빨려들 뿐 대웅전으로 오르는 네댓 개의 계단도 미처 밝히지 못했다. 그 가물거리는 불빛을 타고 적막 속으로 스며드는 실오라기 같은 소리가 있었다. 그 소리는 끊어지는 듯하다가 이어지고 잦아지는 것 같다가 다시 솟고는 했다. 문이 꼭꼭 닫힌 불빛 없는 대웅전에서 흘러나오는 독경 소리였다. 깊이 가라앉은 음성의 그 독경 소리는 어느 순간 흐느끼는 것 같기도 하고 어쩌면 고통스러운 신음을 하는 것 같기도 했다.
> 좀더 기울어진 초승달은 노송의 잎새에 얼굴을 갈기갈기 찢긴 채 지쳐버린 듯했다.[12]

　화사하기 그지없는 미문체로 일관하고 있는 위의 대목을 읽어가다 보면, 상당히 모호하다는 느낌을 받지 않을 수가 없다. 예를 들어서 이야기해 보자. 불빛이 어둠을 조금밖에 밝히지 못하는 것을 두고 <애잔하게 어둠에 빨려들 뿐>이라는 표현을 썼는데, 이 때 그 광경을 보고 <애잔함>이라는 말로 표현될 수 있는 성질의 감정을 느끼는 주체는 과연 누구인가? 또, 독경 소리가 <어느 순간>은 <흐느끼는 것 같기도 하고> 또 <어쩌면 고통스러운 신음을 하는 것 같기도 했다>고 했는데, 독경 소리를 들으며 <흐느낌>이나 <신음>을 연상할 정도로 강렬한 정서적 충격을 받고 있는 주체는 도대체 누구인가? 위에 인용된 대목을 아무리 여러 번 반복해서 읽어 보아도, 이러한 물음에 대한 답은 찾을 길이 없다. 그렇기 때문에 위에 인용된 대목은 그 미문조에도 불구하고 상당히 모호한 인상밖에 주지 못하는 것이다. 그러나 이 점을 지적하면서 동시에 어쨌든 인정하지 않을 수 없는 것은, 위에 인용된 대목 전부가 매우 열정적인 톤을 동반하고 있다는 점, 그리고 이러한 톤이 많은 독자들의 마음속에 상당히 강한 인상으로 다가올 만한 힘을 지니고 있다는 점이다. 그런데 사실인즉 위에 인용된 대목에서 보이는 열정적인 톤이야말로 알고 보면 이 소설 전체를 처음부터 끝까지 꿰뚫고 있는 기조음에 다름 아닌 것이다.

　문체의 측면에서 발견되는 작가의 이처럼 열정적인 자세는, 이 작품의 주요 등장인물들을 형상화하는 자리에서도 변함없이 견지된다. 무엇보다도 이 작품 속에서 대장경 조성의 사업과 관련하여 핵심적인 역할을 담당하고 있는 세 인물, 즉 수기대사, 근필, 장균 등 세 사람을 볼 때에 그러한 판단을 내릴 수 있다.

　우선 사업 전체의 지휘를 맡은 것으로 설정되어 있는 수기대사를 보

---

12) 조정래, 『대장경』(해냄출판사, 1999), pp.9~10.

자. 소설 속에서 다른 등장인물들이 그를 부를 때는 물론이요 서술자가 그를 지칭할 때에도 그는 단 한 번의 예외도 없이 수기라는 이름 아래에 <대사>라는 호칭이 붙여진 상태로만 불리어지는 존재로 등장하는데, 다른 모든 등장인물들에 앞서서 서술자 자신이 이미 그에 대하여 지극한 경의를 품고 있음을 알려주고 있는 이러한 호칭에서도 이미 짐작되는 바와 같이, 그는 존경스러운 고승의 풍모를 지니고 있는 인물이다. 작가는 뜨거운 열정을 기울여 가며 그를 존경스러운 고승으로 형상화해 내는 데 만전을 기하고 있다. 지극한 애민의 정신과 그 어떤 막강한 권력 앞에서도 굽히거나 타협할 줄 모르는 비판정신, 그리고 추호의 차질도 없이 팔만대장경 조성의 대사업을 기획하고 진행시키는 실제적 능력 등이 그가 지닌 핵심적 덕목들이다.

그런가 하면 이 작품 속에서 대장경을 안치할 판당을 세우는 일을 책임진 목수로 등장하는 근필은 비록 신분은 미천하지만 그 내부에는 미켈란젤로처럼 천재적인 예술가의 혼과 재능을 지닌 인물로 설정되어 있다. 이 점에서 그는 현진건의 역사소설『무영탑』에 등장하는 천재 예술가 아사달의 소설적 후계자라고 할 수 있지만, 천재적인 예술가의 풍모를 부각시키기 위해 동원된 낭만적 과장의 정도라는 척도를 가지고 재어 보면, 『무영탑』의 아사달보다도 오히려 더 높은 자리에 놓이는 존재이다.13) 이러한 인물을 만들어내어 조종해 가는 작가 조정래의 붓길에서도 우리는 역시 저 <열정적인 자세>를 고스란히 감지할 수 있다. 그것은『대장경』의 해설을 쓴 정호웅의 표현을 빌리자면 <신비화>14)의 단계에까지 나

---

13) 여기에서 우리는 당연히 낭만주의적 역사소설관에 내재된 주관성과 시대착오의 문제를 제기할 수 있다. 이 점에 대한 보다 구체적인 검토를 위해서는, 강영주,『한국 역사소설의 재인식』(창작과비평사, 1991), pp.84~86에서 현진건의『무영탑』을 대상으로 해서 전개되고 있는 논의를 참고할 만하다.
14) 정호웅,「조정래 문학의 원점」,『대장경』해설, p.278.

아갈 정도로 도저하다. 그리고 이러한 이야기는, 대장경의 글씨를 쓰는 필생(筆生) 집단을 대표하는 존재로 설정되어 있는 장균을 소년 천재로 형상화하는 작가의 태도에 관해서도, 비록 그 세부적인 면모와 강도에 있어서는 차이가 있지만, 적어도 그 기본적인 원리에 있어서는, 아무런 수정 없이 그대로 적용될 수 있는 터이다.

작가는 이처럼 세 사람의 중심인물을 형상화하는 과정에서 시종일관 열정적인 자세를 견지할 뿐 아니라, 거기에서 다시 더 나아가, 『대장경』 이라는 소설 전체를 열정의 구현체로 끌어올리고 있다.

그런데, 이러한 사실을 주목하면서, 한 가지 제기하지 않을 수 없는 문제가 있다. 그것은 바로 그 열정의 초점이 모호하다는 문제이다.

생각해 보라. 작가가 열정을 다하여 그려내고 있는 수기대사, 근필 그리고 장균을 비롯한 많은 사람들이 실로 엄청난 땀과 눈물을 쏟아 가며 오랜 세월을 바쳐 이룩하고자 한 일, 그리고 기어이 이룩해 내고야 만 일은 과연 무엇이었던가? 그것은 바로 대장경을 조성하는 일이었다. 그런데 바로 이 대장경 조성의 동기가 도대체 무엇이었던가를 보여주는 데 있어서 소설 『대장경』은 모호성의 늪을 벗어나지 못하고 있는 것이다.

실제로 고려 고종 시대의 사람들이 대장경을 조성하고자 시도하였던 이유를 말해 주는 자료로서 오늘날 우리 앞에 남아 있는 것은 이규보가 지은 「대장각판군신기고문(大藏刻板君臣祈告文)」이다. 소설 속에도 인용되어 있는 그 글에 따르면, 그 시대 사람들이 대장경을 조성하고자 한 동기는 부처의 힘을 빌려 몽골의 침략을 물리치고자 하는 것 한 가지였다고 한다. 하지만 이규보의 글 속에 나타나 있는 이러한 주장을 액면 그대로 신뢰하기는 어렵다. 아득한 원시시대나 고대 세계의 주민도 아니고 합리적인 지식과 세계관이 이미 상당한 수준에 도달한 13세기에 살았던 사람들이—그 중에서도 특히 최고위의 권력 집단에 속하는 사람들이—대장경을 만들어 부처에게 바치면 침략군이 저절로 물러갈 것이라는 확신을 정말 일백 퍼센트 지니고 있었기에 무려 15년간(1236~1251)에 걸쳐서 그처럼 엄청난 대역사(大役事)를 벌였을 것이라고는 아무래도 생각하기 어려운 것이다. 물론 그런 발상 비슷한 것이 어느 정도는 작용했다 하더라도 그것만이 유일한 동기였으리라고는 보기 어려우며, 그것과 더불어, 무언가 다른 동기가 또 한편에서 작용하고 있었을 것임에 틀림없다.[15]

소설 『대장경』의 작자도 이 점을 인식하고 있으며, 그러한 인식에서부터 출발하여, 독자적인 설명을 시도하고 있다. 그런데 바로 이 독자적인 설명이라는 것이 엉성하기 짝이 없는, 허점투성이의 내용으로 되어 있는 까닭에, 작품 전체의 인상을 자못 모호한 것으로 만드는 결과가 초래되고 있다. 어째서 이러한 지적이 가능한가? 그 점을 알기 위해서는 부득불 소설 『대장경』에서 시도되고 있는 독자적인 설명이라는 것의 내용을 살펴볼 필요가 있게 된다. 그것을 한번 정리해 보기로 하자.

부인사에 보관되고 있던 대장경이 몽골 군대에 의해 불타 버리자, 당시의 집권자 최우는 <위기의 격랑>을 느끼게 된다. 그것은 <날로 초조

---

15) 물론, 장기적인 안목으로 보면, 그리고 또 동아시아 불교문화권 전체를 아우르는 거시적인 시각에서 보면, 역사상의 그 어떤 시점에서든, 대장경을 조성하는 작업이 한반도에서 한 번은 이루어져야만 했다는 판단이 내려질 수 있다. 그리고 조금 더 구체적으로 동아시아 불교사의 전개과정을 점검해 보면, 그 <역사상의 어떤 시점>이란 구체적으로는 11세기 이후의 어떤 시점이어야만 했다는 판단도 내려질 수 있다. 그러니만큼, 실제로 그 시대의 한반도를 지배하고 있었던 고려 왕조의 발안과 노력에 의하여 이 땅에서 대장경이 조성되었다는 사실 자체는, 하나의 역사적 필연이었다고 이해되어 무방하다. 그러나 아무리 그것이 <역사적 필연>이었다 하더라도, 그 필연이 구체적인 현실로 나타나도록 하기 위해서는, 무언가 직접적인 계기가 주어져야만 하는 것이다. 내가 지금 문제삼고 있는 것은 바로 그 <직접적인 계기>의 차원이다(동아시아 불교문화권 전체를 거시적으로 조망하는 입장에서 대장경 조성의 의의를 이해하고자 할 경우에는 조동일의 『하나이면서 여럿인 동아시아 문학』(지식산업사, 1999)에 수록되어 있는 「대장경 주고받기」라는 논문으로부터 귀중한 도움을 받을 수 있다).

해 가는 상감의 마음을 어떻게 누그러뜨리느냐>라는 문제 때문에 제기
된 위기였다.

> 최우는 위기의 격랑을 의식했다. 무슨 방법을 강구해야 한다는 것을
> 절감했다. 전란이 장기화되는 경우 그 위기는 내륙(內陸)에 있는 것이
> 아니라 바로 이 강화에 있었다. 몽골군도 저희들의 의식(衣食)생활을 해
> 결하기 위해서는 더 이상의 살상은 하지 않을 것이었다. 그럼 백성들은
> 착취를 당하긴 하겠지만 그런 대로 농사를 지어가며 살아갈 것이다. 그
> 런데 강화는 형편이 달랐다. 상감께서 계셨다. 날로 초조해 가는 상감의
> 마음을 어떻게 누그러뜨리느냐가 문제였다. 이 문제를 해결하지 않고서
> 는 위기의 격랑을 피할 도리가 없었다.16)

이러한 사정 때문에 최우는 절박한 위기감을 느끼면서 대책 마련에
부심하지만, 도무지 적절한 방법이 떠오르지 않는다. 그런데 이런 최우를
향해, 대장경을 다시 판각하면 위기를 무사히 넘길 수 있으리라는 제안
을 해 온 사람이 있다. 바로 그의 아내다. 아내의 이 말을 듣자 최우는
<과연 묘안이로구나! 과연 묘안이야!>17) 하고 외치며 대희(大喜)한다. 최
우는 즉각 왕에게 이 안을 제시한다. 왕도 찬성한다. 이러한 소식을 전해
들은 수기는 <정치가 아무리 술수라 하더라도 이렇게까지 교활할 줄은
정말 몰랐>다며, 자신의 <호신책>18)을 강구하고자 하는 목적 하나를
위하여 백성들에게 엄청난 고통을 강요하게 될 대장경 조성의 아이디어
를 낸 최우에 대하여 격렬한 분노를 느낀다. 그리하여 그는 대장경을 새
로 조성하는 작업의 총지휘를 맡아 달라는 최우와 왕의 요청을 단호히
거절한다. 하지만 자기가 아무리 비판적인 의견을 개진해 본들 대장경

16) 조정래, 앞의 작품, p.75.
17) 위의 작품, p.80.
18) 위의 작품, p.86.

조성의 작업 자체를 취소시킬 수는 없다는 사실을 깨닫게 되자, 이왕 돌이킬 수 없는 일이라면 자기가 맡아서 최선을 다하는 것이 그나마 나은 결과를 가져오게 만드는 길이라는 생각에서 결국 총지휘자의 역할을 수락하고 온갖 정성을 다 기울여 그 일에 매진하게 된다.─

소설 『대장경』에서 대장경 조성 작업의 동기에 대하여 조정래가 제시하고 있는 <독자적인 설명>의 개요는 대략 이상과 같은 것이다. 그런데 이러한 설명은 아무래도 설득력이 약한 것이라고 말하지 않을 수 없다. 그 시대의 실제적인 역사 전개 과정에 견주어서 따져 보아도 그러하며, 그 시대의 역사 전개 과정을 일단 도외시한 채 소설 자체의 내적 논리라는 것에만 시야를 한정해서 따져 보아도 역시 그러하다. 우선 전자의 측면부터 조금 구체적으로 언급해 보기로 하자.

그 시대의 실제적인 역사 전개 과정이 어떤 것이었는가를 검토해 보면, 소설 『대장경』에서 조정래가 제시하고 있는 설명 전체의 절대적인 바탕을 이루고 있는, <왕의 불편한 심기를 어떻게 무마하느냐 하는 것이 최우에게는 절박한 위기에 해당하는 문제였다>라는 전제가 아무런 근거를 갖지 못한 허구임이 금방 드러난다. 그 당시 최우는 절대권을 장악한 독재자였고, 왕은 허수아비에 불과했다. 절대권을 장악하고 있는 독재자인 최우가 허수아비에 불과한 왕의 심기에 대한 걱정 때문에 불안에 떨며 쩔쩔맨다는 것은 있을 수 없는 일이다. 그런데도 조정래는 『대장경』속에서 이런 설정을 감행했으며, 바로 그러한 설정 위에다 대장경 조성의 사업이 시작된 동기 전부를 얹어 놓았다. 이렇게 하기 위해서 그는 최우의 현실적 지위를 실제의 그것보다 훨씬 허약한 것으로 묘사한다. 왕이 만약 최우에 대하여 심각한 분노를 품는다면 최우는 금방 그 지위를 상실해 버릴 수도 있을 만큼 허약한 위치에 놓여 있다는 식으로 묘사하는 것이다. 뿐만 아니라, 최우의 성격 또한 실제와는 아주 다르게, 상당히 순진하고 심약한 것으로 바꿔 놓는다. 그 결과, <상감의 냉정해진 표정을 대할 때마다 최우는 몸둘 바를 몰랐다>[19]라는 투의 표현이 나오게 된다. 또, 수기대사를 향해, 부인사에 보관되고 있던 대장경이 불타게 된 것은 <오로지 나 하나의 불찰 때문>이라는 참회의 고백을 하면서, <고통스러운 빛으로 일그러>[20]진 얼굴을 보여주는 장면이 나오게 된다. 이런 투의 설정은 역사를 자의적으로 변조해 버리는 처사에 불과하다. 이런 자의적 변조를 행해 놓고서, 대장경 조성 사업의 동기에 대한 설명 전체를 그 자의적 변조 위에 올려 놓는 것이 독자들에게 설득력을 발휘할 수 없음은 지극히 당연한 일이다. 그런가 하면, 다음에 인용되는 사례에서 보듯, 왕과 최우 사이의 대화에서 왕이 일방적인 반말로 일관하고 있는 것 역시 설득력을 발휘할 수 없을 뿐 아니라, 더 나아가서는, 독자들로 하여금 작품의 리얼리티에 대한 극도의 불신을 품게 만드는 결과까지도 초래하게 된다.

　「뭣이라고?」
　상감이 용상에서 등을 떼며 반색을 했다.
　「어서 그 방법을 아뢰어라.」
　「예에……, 하오나 그 방법이라는 것이 피상적으로 생각할 때에는 현실성이 없는 것처럼 오해될 우려가 있기 때문에 아뢰기가 심히 주저되옵니다.」
　최우는 꼬리를 사렸다.
　「주저할 것이 뭐 있느냐. 본시 묘책이나 탁견은 설명을 곁들이지 않으면 오해를 낳게 마련이 아닌가. 그럴 염려를 막기 위해 경이 설명까지 소상하게 하면 될 게 아닌가.」[21]

19) 위의 작품, p.67.
20) 위의 작품, p.104.
21) 위의 작품, p.83.

소설의 후반부로 가 보면 최우는 군사적인 문제에 대해서도 전혀 무지하여, 군사 문제에는 원래 문외한이라고 할 수 있는 수기대사에게 방책을 물어 보고, 수기대사가 제시하는 상식론 수준의 제안을 듣자 비로소 깨달음을 얻은 듯 <대사 말씀 명심하오리다>22) 운운하는 장면이 나오기까지 한다. 이러한 장면은, 역사소설 속에서 한번 역사의 자의적 변조가 이루어지고 나면 자칫 잘못될 경우 그것이 얼마나 안타까운 파탄으로까지 이어질 수 있는가를 잘 보여주는 하나의 사례로 기록될 만하다.

소설 『대장경』에서 대장경 조성 작업의 동기에 대하여 조정래가 제시하고 있는 <독자적인 설명>이 그 시대의 실제적인 역사 전개 과정에 비추어 볼 경우 얼마나 설득력이 박약한 것으로 판정될 수밖에 없는가는 이상의 논의에 의하여 어느 정도 드러난 것으로 여겨지거니와, 그 시대의 역사 전개 과정을 일단 도외시한 채 소설 자체의 내적 논리에만 시야를 한정해서 살펴보더라도 그러한 결론은 바뀌지 않는다. 이 소설 속에 나오는 왕(고종)은 오로지 군주로서의 투철한 책임의식과 사명감만을 가진 인물로 설정되어 있는데, 왕을 그러한 인물로 형상화해 나가는 방식이 너무나도 단순하고 소박하기 때문에, 독자들로서는 그를 대할 때 마치 아동들이 읽는 동화책 속에 나오는 착한 왕을 대하는 듯한 느낌을 받게 된다. 그리고 왕을 둘러싸고 있는 신하들은 이러한 왕과 대비되면서 하나같이 무능하고 무책임한 인물들로 그려져 있는데, 작가가 왕과 신하들 사이의 이러한 대비관계를 제시하는 방식 역시 동화책에서 자주 보아온 바를 연상시키는 수준에 머무르고 있다. 구체적으로 작품의 한 대목을 인용해 보기로 하자.

22) 위의 작품, p.216.

설날을 기하여 몇 개월 만에 임금을 배알하게 된 중신들은 처음 벼슬 자리에 오를 때처럼 가슴이 설레고 얼굴에는 화색이 가득했다. 그러나 전란을 3년째로 넘기게 된 임금은 새해를 맞아 오히려 괴로움만 커갔다.

「상감마마, 만수무강 누리시옵소서.」

입을 모은 중신들의 새해 알현을 받으면서도 임금은 결코 달갑지 않았다.

「경들의 뜻 고맙긴 하오만 나라가 전란에 휩쓸린 채로 평정이 이루어지지 않고 있으니 내 어찌 만수무강하기를 바랄 수 있겠소.」

「황공하옵니다, 상감마마.」

「경들이 황공할 게 뭐 있겠소 임금인 내가 다 부덕한 탓이 아니겠소.」

상감의 말이 떨어질 때마다 중신들은 흠칫 움츠러들었다.[23]

위에 인용된 대목을 어떤 선입견 없이 객관적으로 읽어 보는 사람이라면, 여기에서 아동들이 즐겨 읽는 동화책의 수준을 연상하는 것이 결코 무리가 아니라는 사실을 수긍하지 않을 수 없을 것이다. 바로 이런 수준의 인물 설정과 사건 전개에 입각하여 대장경 조성 작업의 동기에 대한 설명이 이루어지고 있으니, 그 시대의 실제적인 역사 전개 과정을 도외시하고 보더라도 그것은 역시 설득력이 약하다고 하는 판정을 어떻게 피할 수가 있겠는가?

설득력이 약하다는 점으로는, 수기대사의 심리에 대한 묘사도 마찬가지이다. 앞에서 이미 언급되었던 것처럼 소설 속에서 수기대사가 대장경 조성 작업의 총지휘자라는 역할을 맡기로 한 것은 반드시 그 취지 자체에 대하여 전폭적인 공감을 느꼈기 때문이 아니었다. 단지 그것이 어차피 누군가에 의해서든 결행되고야 말 것으로 굳어진 마당이라면 다른 사람이 총지휘자의 역할을 맡는 것보다는 자신이 맡는 편이 나을 것 같다

---

23) 위의 작품, pp.82~83.

는 정도의 이유에서 그 자리를 수락한 것에 지나지 않는다. 그런데 정작 작업이 시작되면서부터 수기대사가 이 사업에 쏟아붓는 열정은 독자들로 하여금 놀라움을 금할 수 없게 할 만큼 엄청난 뜨거움을 지니고 있다. 어째서 이럴 수가 있을까? 그 점에 대하여 소설은 아무런 설명을 해 주지 않고 있기 때문에 독자들에게 있어서 수기대사라는 인물은 도무지 알 수 없는, 불투명한 존재로 남을 수밖에 없는 것이다.

소설의 뒷부분으로 가면, 도둑떼의 두령이 수기대사에게 감화되어 개과천선, 대장경 조성 사업을 적극적으로 돕게 된다는 이야기라든가, 장균이 귀족의 딸인 가화라는 처녀와 신분의 차이를 넘어선 혼인을 맺게 된다는 이야기 등등이 새로 펼쳐지면서 작품의 전개를 좀더 다채롭게 만들고 있는데, 이러한 이야기들 역시 소박한 동화풍의 수준을 넘어서지 못하고 있다는 점에서는 왕이 등장하는 대목들과 다르지 않다.

소설『대장경』은 지금까지 살펴본 바와 같이 다양한 측면에서 아쉬운 약점을 드러내고 있는 작품이거니와, 이 작품에 대해서 마지막으로 한 가지 더 언급해야 할 것은, 민중사상과 민족주의가 이 작품을 처음부터 끝까지 꿰뚫고 있다는 사실이다. 그 대표적인 증거로 들 수 있는 것이, 대장경 조성의 작업에 동원된 수많은 민초들이 <단 한 번의 불미스러운 일을 저지름이 없이 오늘까지 꿋꿋한 자세를 지켜준>24) 덕분으로 마침내 그 대역사가 마무리되어 가는 단계에서 수기대사가 깊은 감격을 느끼며 다음과 같은 확신에 도달하게 되는 대목이다.

비록 나라가 작고 국력이 약해 끊임없는 고난을 겪어오고 있는 땅이지만 저들과 같은 백성이 있는 한 소멸되지 않으리라. 저들이 지닌 예지와 신념과 끈기가 뿌리를 내리고 열매를 맺고 다시 퍼져 뿌리를 내리

---

24) 위의 작품, p.232.

는 동안에 이 땅은 기필코 번영하리라. 나라를 다스린다는 자들의 현세
욕으로 범해진 어리석은 잘못이 아무리 크다고 하더라도 저들의 슬기와
성실과 인내로 이 땅은 결코 박토로 버려지진 않으리라. (…) 백성은 어
리석은 무리가 아닌 것이다. 천한 무리도 아닌 것이다. 다만 견딜 줄 알
고 참을 줄 아는 착한 무리인 것이다. 그리고 말을 하지 않는 무리일 뿐
이다. 그래서 민심이 천심이라고 하지 않던가.25)

수기대사의 이와 같은 확신에 찬 선언은 바로 소설『대장경』전체를
관류하는 사상이 무엇인지를 뚜렷하게 드러낸 것이라고 할 수 있다. 그
리고 이러한 측면에서 볼 때,『대장경』은 민중사상과 민족주의를 기조로
하는 역사소설의 유형이 어떤 것인지를 잘 보여주는 좋은 사례로 거론될
만하다. 하지만 나는 이러한 사실을 충분히 인정하면서도, 민중사상 및
민족주의와 관련해서 볼 때, 두 가지 점에서 이 작품이 분명한 한계를 갖
고 있다는 사실을 또한 지적하지 않을 수 없다. 그 첫째는, 이 작품에서
다루어지고 있는 시대가 고려시대라는 사실을 감안할 때, 위에 인용된
수기대사의 선언에서 보이는 바와 같은 상당히 근대적인 민중사상이나
민족주의는 아무래도 어색한 느낌을 줄 수밖에 없다는 점이다.26) 그 둘
째는, 그러한 시대적인 문제점을 일단 도외시한 상태에서 관찰하더라도,
앞에서 내가 지적한 바와 같은 여러 가지 소설내적 결함들―작품의 많

25) 위의 작품, pp.232~233.
26) 임지현이 쓴『민족주의는 반역이다』(조합공동체 소나무, 1999)를 읽어 보면, 고려시
    대를 배경으로 삼고 있는 소설에서 다분히 근대적인 민족주의를 부각시키고자 시
    도하는 것이 왜 부적절한 처사로 간주될 수밖에 없는가 하는 점을 선명하게 이해할
    수 있다. 이 책에 수록된「한국사 학계의 <민족> 이해에 대한 비판적 검토」라는
    논문의 제3절에서 임지현은, 오늘날 우리가 이야기하는 <민족주의>나 그것과 가
    까운 형태의 이념이 고려시대에는 존재하지 않았다는 사실을 설득력 있게 증명한
    다. 그에 따르면, 고려시대에 고려라는 왕조의 백성으로 살았던 사람들 사이에서는
    <민족주의>나 그 비슷한 이념이 존재하였던 것이 아니고, 단지 <원초적 유대감
    (nativism)>이 존재하였을 따름이다(위의 책, p.76).

은 부분이 소박한 동화풍의 전개를 보여주고 있다든가, 저 선언의 주체인 수기대사라는 인물이 다분히 불투명한 인상을 주는 존재로 그치고 있다든가 하는 점 등등—의 존재로 말미암아, 작품 속에 피력된 민중사상이라든가 민족주의라든가 하는 것들도 그 실감을 상당부분 감쇄당하는 운명에 빠지고 있다는 점이다.

2-3. 김원일의 『깊은골 큰산』

김원일의 장편 『깊은골 큰산』은 친원파(親元派)의 노선을 고수하면서 고려 왕조를 끝까지 지키고자 했던 최영, 친명파(親明派)의 노선을 선택하여 최영과 맞서다가 마침내는 고려를 무너뜨리고 새로운 왕조를 세우는 데까지 나아가게 되는 이성계, 처음에는 이성계와 마찬가지로 친명파의 입장에 서서 최영과 대립하였지만 최영이 몰락한 이후에도 고려 왕조를 지켜야 한다는 신념을 고수했기에 이성계와 숙명적인 대결을 피할 수 없었던 정몽주—이 세 사람을 중심으로 하여 고려 말의 역사적 격동을 소설화한 작품이다. 그런데 실제로 작품을 써나가는 과정에서 김원일은 위의 세 사람을 모두 등장시키기는 하되 그들 중 누구도 작품의 중심에 세우지는 않고 그 대신 하급 관리인 차덕저라는 인물을 주인공으로 내세워 이야기를 전개시킨다. 차덕저는 원래 천민으로서 정몽주의 집안 사노였는데 남다른 총명과 근실함을 정몽주로부터 인정받은 덕택에 속량의 처분을 받고 더 나아가서는 학문을 배워 관직에 나아가는 행운을 누리게까지 되는 인물이다. 이와 같은 사연을 지니고 있는 인물이니만큼 그는 당연히 처음부터 끝까지 정몽주의 충실한 추종자로 일관한다. 이러한 차덕저를 주인공으로 설정하고 그의 시선을 통해 고려 말의 역사적 격동을 조명해 나가고 있기 때문에 전체적으로 『깊은골 큰산』은 그 시대의 3대 거두 가운데 정몽주에게 가장 큰 비중을 부여하게 된다.

그런데, 이처럼 소설 속에서 비교적 큰 비중을 부여받고 있는 정몽주를 묘사할 경우에나, 그보다 상대적으로 작은 비중만을 부여받고 있는 최영·이성계 두 사람을 묘사할 경우에나, 작가의 필치는 평범한 상식의 선에서 조금도 벗어나지 않는다. 김원일은 그 세 사람이 모두 그 나름의 위대성을 지닌 역사적 거인임을 인정하면서, 학교 교육을 받은 한국인이라면 누구나 알고 있는 수준의 상투적인 관점을 고스란히 반복한다. 그런가 하면 그는 바로 그 인물들이 피할 수 없는 상호 대결 관계에 들어선 모습을 그릴 때에도 필요한 만큼의 소설적 형상화를 시도하지 않고, 단지 상투적인 지식을 원용하는 것으로 끝내 버린다. 예컨대 요동 정벌이라는 문제를 놓고 최영과 이성계가 대립하는 대목만 하더라도 작가는 다음처럼 지극히 무미건조한 문체로 논쟁의 개요를 기록하는 데에서 한 걸음도 더 나아가지 않는다.

이성계는 이번에도 다음 네 가지 불가론(不可論)을 들어 요동 정벌을 반대했다.

「첫째로는, 작은 나라가 큰 나라를 치는 것은 옛 예로 보아도 승산이 없는 일로 좋지 않습니다. 둘째로는, 지금도 민심이 흉흉한데 여름철에 군사를 일으킴은 좋지 않습니다. 셋째로는 (…)」

그 말을 듣는 동안 우왕은 생각에 잠겨 있더니 말이 끝나자 손가락질로 이성계를 몰아세우며 꾸짖었다.

「경의 의견이 이치로는 그럴 듯하게 들리지만 그 불가론은 소극적인 평계에 불과하오. 나라 땅을 내 몸같이 생각한다면 늘 따뜻한 구들목에 앉아 바깥 추위를 염려하는, 그런 불가론을 어찌 입에 담을 수 있겠소 (…)」

우왕의 요동 정벌의 뜻은 이미 굳어진 결심이라 그 어조가 강경했다. 그러자 최영은 이성계의 말을 되받아 네 가지의 이유를 들어 주전론(主戰論)을 들고 나왔다.

「첫째, 명나라가 대국이기는 하나 지금 북원과 싸우는 중이라 마침 요동에는 큰 힘을 기울일 사이가 없지 않소. 둘째로는, 요동의 방비가

그 어느 때보다 허술한 데다, 세공 때마다 항상 주종(主從)관계로 애걸
만 하여 명 태조가 고려의 군사력을 과소평가하고 있소. 셋째로는 (…)」
　　최영의 이 말을 듣자 우왕은 그 자리에서 단안을 내렸다.
　　「최 시중의 말이 옳소 더 이상 이 문제를 짐 앞에서 논하지들 마오.」27)

　이처럼 작가는 거의 기계적인 문장을 구사하면서 논쟁의 개요를 제시
하는 것으로 그치고 있는데, 이런 것을 두고서 소설적 형상화를 말하기
는 어려운 일이다. 이 장면 이외에도 소설적 형상화를 적극적으로 시도
해 볼 만하다고 여겨지는 많은 경우에 있어서 작가는 역사적 기록을 거
의 그대로 전재하는 수준을 넘지 않고 있다.
　그런가 하면 그는 역사적 사건들에 대한 자신의 판단을 제시하는 데
에도 대단히 소극적이어서, 첨예한 쟁점이 부각되는 많은 경우에 대하여
자신은 과연 어떤 입장을 취하고 있는 것인지 분명하게 밝히지 않고 있
다. 단적인 예로, 위에 인용된 요동 정벌 문제의 경우만 하더라도, 그는
단지 최영과 이성계 사이의 논쟁 자체를 독자들 앞에 제시하기만 할 뿐,
그 논쟁점에 관하여 그 자신은 어느 편을 지지하고 있는지를 전혀 드러
내지 않고 있는 것이다. 그렇다고 해서 어느 편이 옳은가를 따지는 일
자체가 무의미하다는 식의 허무주의적 시각을 표방하는 것도 아니요, 『서
도의 일몰』에서 볼 수 있었던 지식인의 무력감이나 회의주의와 유사한
분위기를 내보이는 것도 아니다. 단지 완벽한 판단정지의 상태에 머무른
채, 그저 그 논쟁 자체를 지식의 차원에서 전달해 주고 있을 따름이다.
　역사 문제를 다루면서 이처럼 소극적인 태도를 고수한 결과, 이 소설
은 매우 단조롭고 평면적인 인상밖에 주지 못하고 있다. 그렇다면 우리
는 이 소설을 실패작으로 판정해야 마땅할 것인가? 반드시 그렇다고는

---

27) 김원일, 『깊은골 큰산』(작가정신, 1988), pp.128~129.

말할 수 없다. <실패>라는 단어는 <의도>와 <결과> 사이에 커다란 격차가 존재하는 경우에만 사용될 수 있는 것일 텐데,『깊은골 큰산』을 쓸 당시 김원일이 지녔던 <의도>는 본격적인 역사소설을 쓰겠다는 것이 아니었기 때문이다. 이 작품의 서문을 보면 그 창작 의도가 다음과 같은 것으로 나타나 있는 것이다.

> 이 소설은 <소설가의 역사책 읽기>의 한 단서로서, 그 독서행위의 결과로 남게 된, 역사를 다시 기록하며 해석해 보는 소설가의 작업으로 이해되기를 바란다.[28]

『깊은골 큰산』을 쓸 당시 김원일의 마음속에 들어 있었던 의도는 이 정도의 것이었는데, 그만한 의도는 이 작품에서 충분히 달성되었다고 말할 수 있으며, 그러니만큼, 이 작품에 대해 <실패>의 판정을 내리기에는 아무래도 주저되는 바가 있는 것이다.

하지만, 아무리 그렇다 해도, 모처럼 그만큼 의미심장하고 또 극적인 소재에 주목했던 바에는 좀더 적극적인 의욕을 가지고 소설적인 형상화의 작업에 도전해 보는 것이 좋지 않았을까라는 아쉬움 자체까지를 독자들의 마음속에서 지워 버리는 것은 불가능하다.『깊은골 큰산』을 쓸 당시 김원일이 내심으로 어떤 의도를 가지고 있었든, 이 작품 자체는 어디까지나 <소설>의 간판을 달고 발표된 것이기에 그것은 당연한 귀결이다.

이러한 아쉬움은, 역사책 속에 거인으로 기록되어 있는 존재가 아닌—따라서 그만큼 자유로운 소설적 형상화의 공간이 풍부하게 열려 있는—차덕저의 개인적인 이야기를 다루고 있는 부분에서조차도 작가의 필치

---

28) 위의 작품, 페이지 없음.

가 적극성을 결여하고 있기 때문에, 더욱 짙어지는 느낌이다. 이 부분에서 김원일이 역점을 두어 전개시키고 있는 것은 차덕저가 양인 신분인 김여옥을 짝사랑했던 사연이다. 이러한 설정 자체는 작가가 신분제도의 문제점에 대하여 진지한 비판의식을 지니고 있는 휴머니스트임을 입증하는 것으로서 충분히 높은 평가를 받을 만하며, 그러한 설정에 바탕을 둔 사건의 구성도 최소한 그 골격만은 잘 짜여진 것으로 인정받을 수 있다. 하지만 단지 골격만이 잘 짜여져 있을 뿐, 작품 속에서 그 사건이 구체적으로 전개되는 양상은 너무나 무미건조하며, 치열성이 결여된 느낌을 준다.

모처럼 중요한 소설적 장치로 마련된 차덕저와 김여옥의 이야기가 이처럼 비교적 낮은 수준의 호소력밖에 동반하지 못하고 있는 것에 비하면, 김여옥의 남편 김거돈이 요동 정벌군의 한 병사로 징집되어 갔다가 병을 얻어 귀향하던 중 피살되는 이야기는, 독자들로 하여금 전쟁이라는 것이 힘없는 민초들에게는 얼마나 처절한 고통의 원천으로 작용하는가를 새삼 깨닫도록 만들어 주면서, 좀더 절실한 감동을 전달한다. 바로 이러한 측면에서만 본다면, 『깊은골 큰산』은 저 중국 시인 두보의 명시 「병거행(兵車行)」이나 우리나라의 판소리 「적벽가」에 연결되는 작품으로서 뜻있는 존재라는 평가를 받을 만하다. 하지만 이 부분에서도 역시 『깊은골 큰산』이 소재 자체에 내장된 가능성의 최대치를 구현하는 성과를 보였다고 말할 수는 없다.

지금까지 『깊은골 큰산』에 대하여 여러 가지로 아쉬운 점을 지적해 보았거니와, 기왕 말이 나온 김에 한 가지만 덧붙여 지적하자면, 작품 속에 일본의 인명이나 지명이 나올 경우 일본 발음을 그대로 표기하는 방법을 택한 것이 고려시대를 배경으로 한 역사소설의 분위기와는 걸맞지 않는 조치여서 자못 어색한 느낌을 준다는 사실을 언급해야 하겠다. 지문의 경우에도 그러하지만, 특히 다음의 예에서 보듯 작중인물의 대사 속에서까지 이런 방법이 사용된 것은 작품의 실감을 상당히 손상시키는 처사가 아닐 수 없다.

「나으리, 분명히 왜구는 바다 건너 규우슈우로 가버렸겠지요? 다시는 나타나지 않겠지요?」[29]

이상의 논의를 통하여 『깊은골 큰산』의 전체적인 면모는 어느 정도 드러난 것으로 보아도 좋을 듯하거니와, 이 작품이 가지고 있는 여러 가지 약점의 존재에도 불구하고 한 가지 부정될 수 없는 사실은, 김원일이 이 작품을 통하여 역사소설의 한 가지 색다른 유형을 보여주었다는 사실이다. 그것은, 그 자신이 작품의 서문에서 말했던 바 그대로, <소설 쓰기>라는 측면보다는 차라리 <역사책 읽기>라는 측면에 무게중심이 놓이는 유형이다. 이러한 유형에 속하는 역사소설이 어느 시대에나 대단히 희소한 것이라는 사실을 고려하면, 『깊은골 큰산』을 바로 이런 유형에 속하는 작품으로 만듦으로써 김원일은 그 작품이 남다른 개성을 갖도록 만드는 데 성공하였다는 평가도 가능할 듯하다. 물론 이러한 평가에는, <소설작품이 남다른 개성을 갖기만 하면 무조건 다 좋은 것은 아니다>라는 단서가 반드시 부가되어야 하겠지만 말이다.

---

29) 위의 작품, p.49. 전에 나는 김원일의 다른 장편소설 『사랑아 길을 묻는다』를 검토하던 중, 조선시대를 배경으로 한 그 작품 속에서 작가가 산의 높이를 표시하기 위해 <미터>라는 낱말을 등장시킨 것을 보고 그것이 작품 전체의 통일된 분위기를 손상시킨다는 점에서 안타까움을 느낀 적이 있는데, 고려시대를 배경으로 한 『깊은골 큰산』 속에 일본 발음에 근거한 표기가 지문은 물론 대사 속에까지 등장하고 있는 것을 볼 때, 기본적으로 그 때와 동일한 안타까움을 느끼지 않을 수가 없다. 이동하(李東夏), 『한국문학을 보는 새로운 시각』(새미, 2001), p.239 참조.

2-4. 김주영의 『화척』

지금까지 내가 이 글 속에서 살펴본 세 편의 역사소설들은 그 동안의 논의과정에서 뚜렷하게 드러난 것처럼 서로간에 분명하게 구별되는 차이점들을 가지고 있다. 그러나 또 한편으로, 그 세 편의 소설들은 대단히 중요한 측면에서 분명한 공통점을 가지고 있기도 하다. 그 공통점이란, 지금으로부터는 시간적으로 아득히 떨어져 있는 고려시대를 다루면서도, 정작 지금과 다른 그 시대의 구체적인 풍속을 탐구하여 묘사한다든가, 실증적인 차원에서 역사상의 사건들에 대한 고증을 부지런히 행하고 그 고증의 성과를 소설 속에 담아낸다든가 하는 일에는 거의 관심을 기울이지 않고 있다는 점이다. 소설 속에 나오는 작중인물들의 대화에서 구사되고 있는 언어를 보더라도, 물론 작품에 따라 상대적인 차이는 다소 있지만, 대체로 보아 현대의 언어를 별다른 변용 없이 거의 그대로 쓰고 있으며, 근대 이전의 언어라는 인상을 별로 주지 않는다. 대사 이외의 지문에 해당하는 부분들을 써나가는 과정에서 고풍스러운 단어들을 찾아 구사하고자 하는 노력을 전혀 보여주지 않고 있다는 점에서도 세 작품은 모두 동일하다.

김주영이 다섯 권 분량의 대하장편으로 내놓은 『화척』은 바로 이런 측면에서 볼 때 앞의 세 소설과 뚜렷이 구별된다. 『화척』을 쓰면서 김주영은 작품의 배경이 되고 있는 고려시대의 구체적인 풍속을 탐구하여 묘사하는 일에 남다른 열성을 기울였다. 자신이 소설 속에서 다루고 있는 무신란 및 만적의 난에 관련된 역사적 디테일들을 정밀하게 고증하고 그 고증의 성과를 소설 속에 담아내기 위해서 그가 쏟아부은 노력도 대단한 것이었다. 작가 자신이 소설의 서문에서 말하고 있는 내용을 통해서도 이 점을 어느 정도 짐작할 수 있다.

나는 이 소설의 무대가 되는 개성 지방의 지리나 기후, 주거형태와 풍속, 고도(古都)의 배치 따위를 소상하게 답사하거나 조사해서 소설의 사실적 완성도를 지탱하는 데 미흡함이 없도록 조처하려 하였다.

물론 개성이란 곳이 쉽게 가 볼 수 없는 곳이란 것을 알고 있었기 때문에 집필에 착수하기 전, 국내는 물론 국외에 있는 자료들까지 수소문하여 고려시대 개성 시가지 지도를 손수 마련하였고 고려 무신정권 당시 혼란기를 중심으로 기술된 50여 편의 논문들도 섭렵하였다. 그리고 정부의 허가를 받아 문이당의 임성규 사장과 동행으로 북경으로 가서 개성을 답사할 수 있는 길을 모색하기도 하였다.[30]

그런가 하면 김주영은 작중인물들의 대사를 제시하는 방식에 있어서도 앞의 세 작품을 쓴 작가들과는 선명하게 구별되는 태도를 취하고 있다. 물론 고려시대의 언어를 엄밀하게 재구하여 소설 속에 담아내는 데까지는 나아가지 못하였지만(사실 그것은 원천적으로 불가능한 노릇이기도 하다), 최소한, 현대를 다루고 있는 소설의 경우와 분명하게 구별되는, <역사소설다운 대사의 구사>가 어떤 것인가 하는 점만은 확실하게 보여주고 있는 것이다. 대사 이외의 지문에 해당하는 부분들을 써나가는 과정에서도, 고풍스러운 단어들을 부지런히 찾아서 적절한 자리에 배치하는 일을 게을리하지 않고 있다(그리고, 작가의 그러한 노력 때문에 독자들이 작품의 이해에 불편을 겪는 사태가 일어나지 않도록 하기 위하여, 매 권말마다에 <낱말풀이>란을 마련해 두고 있기도 하다).

이처럼 다양한 측면에서 남다른 노력을 기울인 결과, 김주영은 『화척』에서 앞의 세 작품보다 훨씬 더 실감 있는 소설세계를 창출하는 데 성공하고 있다. 물론 거기에도 한계가 없지는 않다. 김주영 자신이 안타까움을 담아 고백하고 있듯, <(북경에서) 만나기로 약속되었던 북한 사람들

---

30) 김주영, 『화척』, 1(개정판, 문이당, 1995), p.5.

의 일방적인 파약(破約)으로 개성 방문의 길은 물거품이 되고 말았다>는 사정이, 그 실감을 극대화하고자 한 작가의 노력을 좌절시킨 가장 큰 요인으로 작용하였다. 김주영이 그러한 좌절의 연장선상에서 느낀 작가로서의 고통 때문에 한동안 이 작품의 신문 연재를 중단하였고, 그것이 더 나아가 <절필선언 사태>로 발전하기까지 하였던 것은 널리 알려진 바 그대로이다.

그러나 좀더 엄격하게 생각해 보면, 설령 작가의 개성 현지 답사가 성사되었다 하더라도, 이 작품이 고려시대의 역사와 삶의 풍경에 대한 실감을 정말 완벽하게 살려내는 것은 가능하지 않았을 터이다. 다른 것은 차치하고서라도, 소설 속의 대화에서 구사되고 있는 언어의 측면 한 가지만 따져 보아도, 역사적 디테일의 완벽한 복원이란 도달불가능한 이상에 불과하다는 사실을 금방 깨달을 수 있는 것이다. 하지만 물론 개성 현지를 답사한 상태에서 소설을 써나갔을 경우와 그렇지 못한 경우를 비교해 볼 때 그 양자 사이에 일정한 차이가 존재한다는 사실 자체를 부정할 수는 없다.

아무튼 김주영이 이처럼 가능한 한 풍부한 실감을 지닌 역사소설의 세계를 창출하기 위해 다양한 측면에서 진지한 노력을 기울인 결과『화척』은 내가 지금까지 검토해 온 세 편의 소설들 모두와 구별되는 네 번째 유형의 역사소설로 그 면모를 뚜렷이 하게 된 셈이다.

그러면 이『화척』이라는 소설에서 김주영이 다루고 있는 대상은 무엇인가? 그것은 바로 정중부·이의방·이고 등의 주도로 최초의 무신란이 일어난 시점(1170)에서부터 천민 출신인 만적이 신분해방을 기도하며 반란을 일으키려다 실패한 시점(1198)에까지 이르는 근 30년간의 역사적 격동기이다.『고려 무인 이야기』라는 책을 쓴 이승한은 그 책의 서문에서 이 시기를 두고 <우리 역사상 가장 독특하고 역동적인 시기>이며,

<역사에 관심이 많은 사람들, 특히 정치사에 관심이 많은 사람들에게는 더 할 수 없이 매력적인 시대>31)라고 규정한 바 있거니와, 그의 이러한 규정은 다소 과장된 것일지도 모르지만, 최소한, 그 시대가 <우리 역사상 가장 독특하고 역동적인 시기의 하나>이며, <역사에 관심이 많은 사람들, 특히 정치사에 관심이 많은 사람들에게는 참으로 매력적인 시대의 하나>라는 점은 부정할 수 없다. 이 기간 동안 고려에서는 역사의 대반전에 해당하는 사건들이 연이어 터져나왔으며, 그때마다 음흉한 모략이 난무하였고, 끔찍한 대량학살극이 수반되었다. 그 사건들 하나하나는 예외 없이 인간학적으로나 역사학적으로나 비상한 흥미를 끌 만한 요소들을 풍부하게 갖추고 있다. 그 동안 여러 편의 대하역사소설을 지속적으로 창작해 온 김주영이 이 시대에 관심을 기울이고 그것을 작품화하는 데까지 나아가게 된 것은 소재 자체에 내재해 있는 이러한 매력을 감안해 보면 누구라도 금방 수긍할 만한 사태의 진전이라고 말할 수 있다.

별로 길지 않은 이 기간 동안 고려의 최고권력자는 몇 차례나 뒤바뀌었음을 역사의 기록은 우리에게 말해주고 있다. 최초의 거사는 이의방과 이고가 정중부를 앞장세워서 일으킨다. 거사에 성공한 그들은 왕(의종)을 폐위하고 왕의 동생을 옹립한다. 쫓겨난 의종은 후일 이의민의 손에 살해당한다. 한편 거사가 성공한 직후부터 이의방과 이고 사이에는 갈등이 생긴다. 그 결과 이고가 이의방을 죽이려다가 거꾸로 이의방에게 죽임을 당한다. 그 후 이의방이 실권을 잡고 전횡하는 기간이 이어지지만, 그도 결국 정중부에게 살해당한다. 그리고 정중부는 경대승에게 살해당한다. 경대승이 불안한 나날을 보내다가 젊은 나이로 죽자, 그 동안 경대승의 손길을 피해 은둔해 있던 이의민이 전면에 등장하여 한동안 전권을 휘두

31) 이승한, 『고려 무인 이야기』, 1(푸른역사, 2001), p.5.

른다. 하지만 그도 결국 최충헌·최충수 형제에 의하여 살해당한다. 최충헌·최충수 형제는 이의민을 제거하고 나자마자 내분에 휘말려든다. 이 내분은 최충수가 최충헌 부하의 손에 죽음으로써 마감된다. 그리고 이때부터 최충헌과 그 아들 및 손자에게로 이어지는 최씨 장기집권 시대가 열리게 되는 것이다.

『화척』에서 김주영은 이러한 근 30년 동안의 역사 전개 양상을 상세하게 그려나간다. 이렇게 하는 과정에서 그는 중요한 역사적 인물들의 실명을 그대로 사용하며, 그들을 무대의 전면에 적극적으로 등장시킨다. 그들의 행적을 소설적으로 형상화하는 그의 작업은 앞에서 이미 언급된 대로 엄밀한 실증적 고증에 의해 시종일관 뒷받침되고 있다. 이렇게 하면서 그는, 세부적인 차원의 묘사나 사건 설정에서는 풍부한 상상력을 동원하지만, 역사적 전개 과정의 골격에 있어서는 어디까지나 정사(正史)의 기록에 충실한 태도를 견지한다.

그런데 김주영이 『화척』에서 이처럼 정공법에 입각하여 다루어나가고 있는 12세기 후반 고려 정계의 권력투쟁사라는 것은, 위에서 간단히 요약해 본 사실(史實)의 줄거리만 보아도 누구나 금방 짐작할 수 있듯, 인간의 원초적인 욕망을 아무런 이념의 포장도 없이 적나라하게 내보인 것으로서, 어떻게 보면, 추악하기 그지없는 것이었다고 말할 수 있다. 시각을 달리해서 평가하자면, 야성적 에너지로 충만한 것이었다고 말할 수 있을지도 모른다.

김주영은 이처럼 일면 추악하고 일면 야성적인 권력투쟁의 드라마를 생생하게 묘사해 나간다. 그렇게 하는 과정에서 그는 지배층에 속하는 어떤 인물도 영웅화하지 않는다. 영웅화하지 않는 것은 물론, 긍정적인 시선조차 주지 않는다. 전부 부정적인 인물로 그려내고 있다고 말해도 별로 틀릴 것 같지 않다.

이러한 김주영의 태도는 일단 역사의 기록을 충실하게 따른 것으로 볼 수 있다. 이러한 태도 자체를 비판하기는 어렵다.

하지만, 이러한 태도를 견지해 나가면서, 그가 문학적 형상화의 측면에서 창조적인 시도를 행하는 데 너무나 소극적이었다는 점은 아무래도 아쉬움을 불러일으키는 요인으로 남는다. 예컨대 박종화의 경우와 한 번 비교해 보자. 박종화는 다른 어떤 역사소설가보다도 정사에 충실한 태도를 견지하고자 했던 사람으로 알려져 있지만,[32] 그런 그도『금삼(錦衫)의 피』에서는 연산군의 내면세계에 대한 새로운 해석을 보여주었고,『다정불심』에서는 신돈이라는 인물을 완전히 독창적으로 재창조한 바 있다. 그런데 김주영이『화척』에서 역사적으로 유명한 지배층의 인물을 그려나가는 과정을 전부 검토해 보아도 이와 비견될 만한 요소는 전혀 찾을 수 없다. 물론 이의방에서 최충헌에까지 이르는 그 모든 인물들이 하나같이 극도로 빈약한 수준의 내면공간밖에는 갖지 못한 인물들이니만큼 그들을 대상으로 하여 창조적 상상력을 발휘한다는 것이 쉽지 않았으리라는 점은 이해가 가지만, 그 점을 십분 감안한다 하더라도, 일말의 아쉬움이 남는다는 사실 자체는 달라지지 않는다. 역사학자인 이승한이 쓴『고려 무인 이야기』가 이 점에서는 오히려『화척』보다 더 적극적인―그리고 나름대로 상당한 호소력을 갖고 있는―상상적 탐구를 행하고 있다는 사실을 감안해 볼 때 그런 생각이 더 절실해진다는 지적도 덧붙여 두어야 할 것 같다.[33]

그렇다면 결국『화척』은 작가의 창조적 상상력이 매우 미미하게밖에

---

[32] 일찍이 이재선은 박종화가 <사료에 대한 존중을 누구보다도 중시하는 작가>임을 지적한 바 있다. 이재선,『한국현대소설사』(홍성사, 1979), p.399.
[33]『고려 무인 이야기』의 이러한 면모는 특히 이의민을 다루고 있는 부분에서 두드러지게 나타난다.

작용하지 않은 소설이라고 결론지어져야 마땅한 소설인가? 그렇지는 않다.

사실인즉『화척』은 두 개의 축을 가지고 있는 소설이다. 그 한 축에 해당하는 것이 이의방에서 최충헌에까지 이르는 지배층 인물들의 추악하고 또 야성적인 권력투쟁사라면, 그 축 옆에, 그 축에 못지않은 비중을 가지고, 다른 한 개의 축이 또한 엄존하는 것이다. 그 다른 축이란 바로 노비라든가 화척과 같은 하층 천민들의 세계이다.[34] 소설 전체의 제목이『화척』으로 되어 있다는 사실만 보아도 짐작할 수 있듯 김주영은 바로 이 두 번째 축에 해당하는 부분을 탐구하여 소설적으로 형상화하는 일에 비상한 열정을 쏟아 붓고 있는 것이다.

고려시대를 다루고 있는 소설 속에 하층민이 등장한다고 하면 사람들은 누구나 대번에 노비 집단을 연상할 것이다. 과연『화척』에 등장하는 하층민의 무리들 가운데서도 노비는 커다란 비중을 점하고 있다. 하지만 김주영은 고려시대의 하층민을 다루면서 이처럼 노비 집단에 주목하는 것만으로 만족하지 않고, 화척 집단에게까지 시야를 확대시킴으로써, 소설세계의 폭을 크게 넓힌다. 그리고 역사책 속에는 최충헌의 사노(私奴)로 등장하는 만적이라는 인물이 원래는 화척 집단 출신이었던 것으로 설정함으로써, 그 두 집단을 자연스럽게 연결시켜 내고 있다.

『화척』속에서 이처럼 지배층의 권력자들 못지않게 커다란 비중을 가지고 등장하는 하층민들 가운데 대표적인 인물들은 하나같이 신분해방

---

34) <화척>이라는 집단의 성격에 대해서는 다음과 같은 설명을 참조할 수 있다. <당시 호적에 등록되지 않고 자유로이 옮겨 다니면서 국가의 부역을 부담하지 않았던 부류도 있었다. 사냥·도살업을 하거나 버들고리를 엮어 팔아 생활하였던 양수척(楊水尺)·화척(禾尺)이 바로 그들이었다. 그들에 대해서는, 태조 왕건이 후백제를 공략할 때 제압하기 어려웠던 자들의 후예라거나 우리와는 다른 북방민족계통으로 여기고 고려의 공민으로 보지 않았다.>(한국역사연구회,『고려시대 사람들은 어떻게 살았을까』, 1(청년사, 1997), p.199.)

에 대한 열망에 불타고 있는 모습을 보여준다. 그리고 이러한 열망을 실현하고자 하는 투쟁의 과정에서 파란만장한 사건들을 만들어나간다. 이처럼 신분해방의 문제에 초점을 두는 가운데 하층민들의 세계를 부각시키면서 파란만장한 사건들의 연쇄를 만들어나가고 있다는 점에서 보면 『화척』은 황석영의 대하역사소설인『장길산』과 같은 작품을 연상시키는 면모를 보인다고 말할 수 있다.

아무튼 김주영은『화척』을 이처럼 두 개의 축—즉 지배층의 권력투쟁사라는 축과 하층민의 세계라는 축—을 동시에 가지는 소설로 만들어나감으로써, 자기가 다루고 있는 시대의 두 가지 측면을 한꺼번에 부각시키고 있으며, 일종의 종합에 접근하는 모습을 보여준다. 물론『화척』에서 그가 보여준 것은 어디까지나 <일종의 종합에 접근하는 모습> 정도일 뿐이며, 결코 종합 그 자체는 아니다. 당대의 사회 속에서 가장 많은 인구를 가지고 있었으며 또한 지배층과 천민층의 중간에 해당하는 위치를 차지하고 있기도 했던 평민층에 대한 소설적 형상화가 거의 이루어지지 않고 있다는 사실을 감안하면, 이 점에는 의문의 여지가 없다. 하지만 그처럼 엄연한 한계를 수반하는 가운데에서도 어쨌든 이 작품이 고려시대를 다룬 역사소설들 가운데서는 유례를 찾기 어려울 만큼 넓은 폭을 가진 소설공간을 보여주는 가운데 종합에의 접근이라는 측면에서도 뜻있는 진경을 이룩했다는 사실을 부정할 필요는 없을 것이다.35)

그런데 만일『화척』이라는 작품 속에서 그 두 개의 축이 서로 긴밀하게 연결되지 않은 채 단순한 평행선을 그리는 것으로 그친다면, 이 작품은 심각한 분열을 면하지 못하게 될 것이다. 이러한 파탄을 막기 위해서

---

35) 이처럼 평민층에 대한 형상화가 소홀히 된 대신 지배층의 세계와 하층민의 세계 양자를 본격적으로 부각시키고 있다는 점에서 보면 『화척』은 홍명희의 『임걱정』을 연상시키기도 한다.

김주영은 용의주도한 수법을 구사한다. 즉 지배층에 속하는 대표적 인물들과 천민층에 속하는 대표적 인물들을 매우 극적이면서 밀도 있는 은원(恩怨)의 관계로 얽어매고 있는 것이다. 예를 들어서 이야기하자면, 소설 속에서 화척 출신의 중요 인물로 등장하는 거칠은 이의방의 생명을 구해 주지만 나중에 가서는 결국 이의방에 의해 살해당한다. 거칠과 이의방 사이의 이러한 관계는 만적과 최충헌 사이에서도, 물론 구체적인 디테일은 달리하지만, 기본적 골격에 있어서는 똑같은 양상으로 되풀이된다. 위기에 몰린 최충헌의 생명을 구해 준 만적이 나중에 가서는 최충헌에게 살해당하는 것으로 일생을 끝맺는 것이다. 그런가 하면 두 집단의 관련 양상은 애정관계에 기초를 두고 나타나기도 한다. 거칠의 친구인 걸보와 지배층에 속하는 왕규의 아내 이씨가 연인 관계로 발전하게 되는 경우가 그것이다(하지만 그 두 사람 사이의 애정은 걸보가 조위총의 난이라는 역사의 격랑에 휩쓸려 희생됨으로써 완성에 이르지 못하고 만다).

이처럼 다양한 방식으로 두 개의 축을 연결시켜 나가는 김주영의 솜씨는 매우 탁월하다. 조금도 어색한 느낌을 주지 않는, 지극히 자연스러운 방식으로 그 양자를 이어붙이고 있는 것이다.

하지만 아무리 그 양자간의 연결이 교묘하게 이루어진다 하더라도, 그러한 연결의 결과로 두 세계가 하나로 통합되는 것은 아니다. 소설 속에서 지배층의 공간과 천민층의 공간은 처음부터 끝까지 엄연히 별개의 존재로 움직이는 것이다.

이 가운데 전자의 공간에서 창조적 상상력의 활동이 매우 미미하게밖에 이루어지지 못하였다는 점은 앞에서 지적된 바 그대로이거니와, 후자의 공간에서는 이와 자못 다른 양상이 나타난다. 원래 역사책 속에다 그 행적에 대한 기록을 상세하게 남기고 있는 권력층의 인물을 다루는 경우에 비해 그렇지 아니한 하층의 인물을 다루는 경우에는 작가가 지닌 창조적 상상력이 활동할 수 있는 여지가 훨씬 커지게 마련이거니와, 『화척』
에서 김주영은 이러한 여건을 적극적으로 활용하여 인상적인 성과를 올
리고 있다.

앞에서 이미 언급되었던 것처럼 이 작품 속에 등장하는 하층민 출신
의 주요 인물들은 하나같이 신분해방의 열망에 불타고 있는 존재들이다.
김주영은 그들이 이러한 열망을 실현하기 위해 고투하는 과정을 자세하
게 묘사해 나간다. 실제로 이러한 묘사를 행해 나가는 자리에서는 상당
히 격앙된 톤으로 치달을 법도 한데, 김주영은 결코 그런 모습을 보여주
지 않는다. 언제나 침착하게 절제된 표정을 유지한다. 그런데 주목할 만
한 것은 이처럼 침착하게 절제된 표정을 견지하는 가운데 펼쳐지는 『화
척』 속의 하층민들에 관련된 이야기가 독자들의 마음속에 결코 가볍지
않은 수준의 감동을 심어 주는 데 성공하고 있다는 사실이다. 바로 이런
점에서 『화척』은 앞서 살펴본 『대장경』의 경우와 흥미로운 대조를 보여
준다.

그런데 『화척』에서 이처럼 하나같이 신분해방의 열망을 뜨겁게 간직
한 존재로 등장하는 하층민의 여러 인물들은 소설 속의 이야기가 전개됨
에 따라 각양각색의 형태로 그들 나름의 파란곡절을 겪어 나간 끝에 각
기 다른 결말에 도달하게 된다. 그들이 맞이하는 결말 가운데에는 비극
적인 좌절로 분류될 수 있는 경우가 다수를 차지한다. 자기가 구해 주었
던 권력자의 손에 살해당하는 거칠과 만적의 경우는 그 대표적인 사례이
거니와, 조위총의 난에 가담하였다가 전사하였음이 거의 분명한 것으로
제시되는 걸보의 경우나, 이의민의 아내 최씨에게 성적으로 희롱당한 후
누명을 덮어쓰고 비참하게 살해되는 을술의 경우, 그리고 마음 깊이 사
랑하던 만적이 살해당한 후 한을 품고 스스로 눈을 찔러 장님이 되는 자
운선의 경우 등도 모두 비극적인 좌절로 마무리되는 모습을 보여준다는

점에서 동일하다. 그런가 하면 만적이 열렬한 어조로 제창한 신분해방의 대의에 마음으로부터의 공감을 느끼고 그의 거사에 동참하기로 언약하였다가 일이 사전에 발각되는 바람에 처형당하고 마는 수백 명의 노비들 역시 이와 동일한 자리에 놓인다. 여기에 비하면 자유로운 삶의 길을 찾아내는 데 성공하는 비연이나 도금 내외는 참으로 드문 행운을 안은 사람들이라고 말할 수 있을 것이다.

이처럼 대부분 비극적인 결말을 맞이하는 모습으로 제시되는 소설 속의 하층민들 가운데에서 가장 강렬한 인상을 남기는 인물은 거칠과 만적이다. 거칠은 작품 속에 처음 등장할 때부터 최후를 맞이할 때까지 시종일관 허약하고 초라한 외관을 보여주면서도 그 내면에는 남다른 인격의 아름다움을 지닌 존재로서 독특한 감명을 안겨주거니와, 이처럼 독자들에게 감명을 안겨주는 힘은 그가 최후를 맞게 되는 대목에서 가장 높은 지점에 도달한다. 그는 위기의 순간에서 일단 피하고 볼 시간적 여유를 가지고 있었음에도 불구하고 다음의 장면에서 보듯 다른 사람이 혹시나 희생될지도 모른다는 걱정 때문에 죽음을 각오하고 일부러 사지에 남아 있다가 예상대로 이의방의 칼에 죽는 최후를 맞이하게 되기 때문이다.

몸채의 편방에서 달려나온 집사는 일부러 목청을 가다듬어 거칠을 부르면서 행랑으로 내달았다. 그때쯤 거칠은 이미 천동사저에는 있지 않으리라 예측하고 있었기 때문이었다. 그러나 집사의 예견과는 달리 거칠은 예 하는 대답소리를 길게 빼며 행랑채 모퉁이에서 돌아나오고 있었다. 아연했던 것은 거칠이가 아니라 집사였다. 조금 전부터 집안의 심상찮은 기미를 느낀 하님들이 여기저기서 삐쭉하니 얼굴을 내밀었다. 집사는 아득한 시선으로 한동안 거칠을 바라보았다. 그러나 거칠의 표정에서는 이렇다 할 동요를 찾아볼 수 없었다.

거칠이가 그 자리에 서 있다는 사실을 믿을 수 없었던 집사는 시각을 다투어야 할 자신의 처지를 잊고 물었다.

「도대체 이찌된 노릇인가? 여기가 저승인 줄 아는가?」

「저승에서도 이렇게 멀쩡하다면 얼마나 좋겠습니까만 이승인 줄은 쇤네도 알고 있습니다.」

「내 정녕 목숨을 걸고 귀뜸을 했거늘……」

거칠이가 허리를 깊숙이 조아렸다.

「그들을 피신시키느라고 허둥지둥하다가 정작 쇤네의 처지를 잊어버린 것입니다.」

「하늘이 무너진다더니 이게 어인 날벼락인가?」

「아닙니다. 집사 어른께서 정작 쇤네나마 끌어대지 못하신다면 그때 당하실 고초는 어찌하시렵니까. 쇤네들이 작당하여 장달음을 놓았다면, 필경 집사 어른을 대신 끌어다 고초를 안길 것은 뻔한 이치가 아니겠습니까.」[36]

이러한 장면에서 자연스럽게 드러나는 그의 남다른 인품은 이의방을 비롯한 권력자들의 추악한 면모와 선명한 대조를 이루면서, 독자들로 하여금 인간의 진정한 높낮이가 과연 어떤 것인가를 다시 묻게 만든다. 그런가 하면 천민 집단의 총체적인 해방을 도모하다가 순정이라는 동료의 밀고로 말미암아 일이 사전에 발각되는 바람에 살해당하게 되는 만적은 유년기에서 청년기에까지 이르는 기간 동안의 성장 과정이 독자들 앞에 고스란히 제시되면서 남다른 열정과 총명으로, 그리고 자운선과의 한많은 사랑으로 인해 유달리 뚜렷한 모습으로 각인될 기회를 가졌던 존재이기에, 그의 비극적인 최후가 더욱 진한 여운을 남기게 되는 것이다.

그런데 이처럼 거칠과 만적, 그리고 다른 많은 하층 인물들의 면모와 행적을 통해 그 시대의 하층민들이 응당 품었음직한 신분해방에의 열망이 인상적으로 부각되고 있기는 하지만, 그들이 살았던 시대가 중세에 해당하는 고려시대인 만큼, 그들을 형상화하는 과정에서 근대적인 민중

---

36) 『화적』, 3, pp.132∼133.

사상이나 그것과 비슷한 자리에 놓이는 이념형태를 부각시키는 것은 시대착오의 오류에 빠질 수밖에 없다. 다행히도 김주영은『화척』속의 하층민들을 구체적으로 형상화시켜 나가는 과정에서 이런 점을 잘 인식한 것으로 보인다. 여기서 그는 어디까지나 고려시대에 가능하였으리라고 여겨지는 정도에서 크게 벗어나지 않는 수준의 인식능력과 행동능력만을 그 인물들에게 부여하는 데에서 그치는 리얼리스트로서의 미덕을 견지하고 있는 것이다.

3. 맺는 말

지금까지의 논의를 통하여 나는 고려시대를 다룬 역사소설들 가운데 『서도의 일몰』, 『대장경』, 『깊은골 큰산』, 『화척』 등 네 편을 선택하여 구체적으로 살펴보는 작업을 수행한 셈이다. 그 네 편을 구체적으로 살펴본 결과, 역사소설의 여러 유형들 가운데 한 가지씩을 보여주고 있다는 점에서는 그 네 편이 모두 동일하며, 그러니만큼 우리는 그 네 편을 살펴보는 것만으로도 역사소설의 다양한 유형들 가운데 네 가지를 확인할 수 있게 되는 셈이라는 결론을 얻었다. 그렇다면 그 네 편의 작품에서 이룩된 소설적 성과의 수준은 얼마만한 것이라고 할 수 있을까? 이 물음에 대한 일차적인 답은, <그것들 각각이 이룩한 소설적 성취의 수준은 작품마다 서로 다르게 나타나고 있다>는 것이 될 터이다. 하지만 그 점을 충분히 감안한다 하더라도, 전체적으로 볼 때, 그 수준의 평균치는 썩 높은 편이 못 되는 게 확실하다. 그런데 사실 내가 이 글에서 검토해 본 네 편의 작품은 고려시대를 다룬 해방 후의 역사소설들 가운데 대표적인 존재로 거명되기에 모자람이 없는 것들이다. 그처럼 대표적인 작품들의 수준이 이 정도라면, 고려시대를 다룬 역사소설들의 성과는 비단 양적인 면에서만 빈약한 것일 뿐 아니라 질적인 면에서 보더라도 그렇게 두드러지는 편이 못된다는 결론을 피하기 어려운 것으로 여겨진다. 이것은 무척 우울한 결론이 아닐 수 없다.

이처럼 우울한 결론을 제시하면서, 다시 한 가지 덧붙여 이야기해 두어야 할 사실이 있다. 그것은 내가 이 글에서 고찰의 대상으로 삼았던 네 편의 작품 중 원래 작가 자신의 주체적인 창작 의욕에 바탕을 두고 착상된 것은 『깊은골 큰산』과 『화척』 등 두 편으로 그친다는 사실이다. 바꾸어 말하자면, 다같이 1976년에 발표된 『서도의 일몰』과 『대장경』은 원래 작가 자신의 주체적인 창작 의욕에 바탕을 두고 착상된 것이 아니었다. 그렇다면 그 작품들은 도대체 무엇에 바탕을 두고 착상된 것이었던가? 이 물음에 대한 답을 얻기 위해서는 이재선의 다음과 같은 이야기를 들어볼 필요가 있다.

현대 역사문학의 전개에서 결코 간과할 수 없는 사항의 하나는 70년대의 유신 시대에 <민족 문학 대계>라는 이름 아래, 한국문화예술진흥원의 주도로 12권의 역사문학이 간행된 사실이다. 이른바 국책적 제도권 역사문학의 문제다. 제1차 문예 중흥 5개년 계획 사업으로 추진된 이 국책 사업에 200여 명의 문인들이 집필을 의뢰받아 단군신화, 동명왕에서 비롯하여 역사상의 주도 인물과 사건사를 작품화하였던 것이다. 왜 이런 계획을 추진한 것일까? 이 문제는 이른바 <국적 있는 교육>, <한국적 민주주의>를 내세웠던 그 혹독한 유신 시대의 국책적인 국가 이념의 고취, 의도적인 이념화 사업과 결코 무관하지 않을 것이다. 민족의 주체성과 문화적 민족주의를 확립하려는 의도로 추진된 이 시도가 역사문학의 가치를 고양하였는지 또는 문학과 정권과의 유착 현상으로서 문학의 국책적 도구화를 초래하였는지의 그 공과를 이제 냉철한 평가 작업을 거쳐야 할 것이다.[37]

37) 이재선, 「역사소설의 성취와 반성」, 유종호 외, 『한국 현대문학 100년』(민음사,

　『서도의 일몰』과 『대장경』은 바로 위에 인용된 글에서 이재선이 말하고 있는 <민족 문학 대계>의 일환으로 창작된 것이다. 이러한 이야기는, 만약 한국문화예술진흥원에서 <민족 문학 대계>라는 이름의 기획물을 마련하여 창작 지원을 행하는 조치를 취하지 않았더라면, 그 두 작품이 씌어지는 일은 아마도 없었을 것이라는 추론을 가능하게 한다. 이것은, 달리 말하자면, 한국문화예술진흥원의 극성스러운 책동이 없었던들, 내가 고려시대를 다룬 해방 후의 역사소설 가운데 대표적인 존재로 지목한 네 편 가운데에서는 단지 두 편만이 이 세상에 나올 수 있게 되었으리라는 이야기가 된다. 그뿐만이 아니다. 이처럼 남게 되는 두 편 가운데 『깊은골 큰산』은 앞에서 이미 보았던 것처럼 <소설가의 역사책 읽기> 정도의 가벼운 마음에 바탕을 두고 씌어진 것에 지나지 않았다. 그러고 보면 내가 이 글에서 검토한 네 편 가운데서 정말 작가 자신의 창조적인 열정에 의하여 생성된 작품은 『화척』단 한 편에 불과한 것이다. 이러한 사실을 인식하고 나면, 우리나라 소설가들의 고려 시대 역사에 대한 관심이 도대체 얼마만큼이나 빈약한 수준에 머물러 왔던가 하는 점을 더욱더 뼈아프게 느끼지 않을 수 없다.

　이러한 사태가 초래된 데에는, 말할 나위도 없이, 내가 이 글의 서론에서 언급했던 바와 같은 여러 가지 요인들이 복합적으로 작용하였다. 그리고, 바로 그런 여러 가지 요인들을 두루 검토해 보면, 역시 내가 이 글의 서론에서 말했던 바와 같이, 고려시대를 다룬 역사소설들이 양적으로 빈약한 수준을 면하지 못해 왔던 것은 어느 정도까지는 이해할 만한 현상이었던 것으로 인정해야 할 것 같다는 생각이 들기도 한다.

　하지만, 아무리 그 여러 가지 요인들을 충분히 인정한다 하더라도, 실

　　1999), p.150.

제로 우리 앞에 제시되어 있는 성과의 미미함은, 그 정도가 지나치다는 느낌을 지울 수 없다. 아무리 여러 가지 요인들이 고려시대를 다룬 역사소설의 활발한 창작을 방해하는 힘으로 작용해 왔다 하더라도, 우리의 소설가들은 이 방면의 창작에 조금은 더 열정을 보였어야 마땅했던 것이다. 그렇다면, 우리는, 미래의 한국 소설문학을 향해서는 보다더 적극적으로 이 방면의 창작에 열정을 보여줄 것을 요청해도 좋으리라.

도대체 무슨 근거로 우리는 고려시대를 다룬 역사소설의 창작이라는 과제와 관련하여 소설가들에게 이런 요청을 제기할 수 있는 것인가? 이 물음에 대한 답은 이 글의 서론 첫부분에서 내가 언급하였던 역사소설의 네 가지 역할을 돌이켜 볼 때 저절로 얻어질 수 있다. 조금 더 구체적으로 이야기해 보자.

첫째, 일반 독자들을 상대로 하여 한국의 역사에 대한 교육의 기능을 수행하는 것이 역사소설의 한 가지 역할이었으며 그 점은 지금도 변함이 없다. 그런데 이러한 측면에서 보면 고려시대는 삼국시대, 통일신라시대, 그리고 조선시대 및 그 이후의 시대와 완전히 대등한 지위를 갖는 것이다.

둘째, 독자들로 하여금 민족이라는 관념에 대한 사유를 적극적으로 행하도록 자극하는 것이 역사소설의 또 다른 역할이라고 할 수 있다. 그런데 이러한 사유가 바람직한 방향으로 이루어지도록 하기 위해서는 역시 한국사 전개의 전체적인 양상을 제대로 파악하는 것이 필요하다. 그리고 한국사 전개의 전체적인 양상을 제대로 파악하기 위해서는 고려사도 다른 모든 시대의 역사와 대등한 수준으로 온전하게, 또 깊이있게 인식하는 것이 필요하다.

셋째, 독자들에게 풍부한 대중적 흥미를 제공하는 것이 역사소설의 또 한 가지 역할이다. 그런데 이러한 측면에서 고려시대가 지니고 있는 소재로서의 매력은, 알고 보면, 다른 어떤 시대와 비교해 보아도 전혀 손색이 없을 정도로 높다.

넷째, 1970년대 이래로, 근대적 민중사상과 연관되는 측면에서 역사소설의 역할이 문제되기 시작했거니와, 이러한 측면에서 보면 분명 고려시대는 조선시대나 그 이후의 시대보다 불리한 면모를 갖고 있는 것이 사실이다. 근대적 민중사상을 소설의 영역에서 문제삼는 작업은 조선시대 전기와도 잘 맞지 않는 것인데 하물며 고려시대이겠는가? 하지만 역사 속의 모든 움직임이 다 그러하듯 근대적 민중사상에서 주로 문제삼는 이른바 민중운동의 성쇠라는 것도 그 본격적인 단계 이전에 이를테면 전사(前史)에 해당하는 단계를 가졌던 것이고 본격적인 단계의 온전한 이해를 위해서는 전사의 단계에 대한 파악도 반드시 필요하다는 견지에서 보면, 고려시대와 민중운동을 연결하여 고찰하는 작업도 반드시 불가능한 것만은 아니다. 만적의 난 같은 사례가 그 좋은 증거를 제공해 주고 있지 않은가? 더구나 방향을 돌려서 삼국시대나 통일신라시대와 고려시대를 비교해 보면, 삼국시대나 통일신라시대보다야 고려시대쪽이—역시 만적의 난과 같은 사건의 경우에서 보듯—훨씬 더 유리한 터이다.

지금까지 내가 역사소설의 네 가지 역할과 관련지어 가면서 시도해 본 논의를 통하여, 고려시대를 역사소설의 대상으로 삼는 작업이 지금까지 좀더 활발하게 수행되어 왔어야 마땅했다는 점이나 앞으로 정말 활발하게 수행되어 나가야 마땅하다는 점은 충분히 설명되었으리라 믿는다. 이 점을 전제하면서, 다시 한 가지 덧붙여서 말해 두고 싶은 것이 있다. 그것은 비단 소설의 경우뿐 아니라 각 분야 전반에 걸쳐 많은 현대 한국인들의 한국 역사에 대한 인식이 조선시대사에만 편중된 결과 여러 가지 문제점이 나타나고 있는데, 고려시대를 역사소설의 영역 속에 적극적으로 끌어들이는 작업은 이러한 문제점을 극복하는 데 분명 의미 있는 역할을 수행할 수 있으리라는 사실이다. 이 점을 조금 더 구체적으로 이야기해 보자.

오늘날 많은 한국인들은 <전통>이라든가 <한국적인 것>이라든가 하는 말을 들을 때나 그런 것을 탐구하고자 할 때 보통 조선시대의 것만을 떠올리고 거기에서 멈춰 버리는 경향이 있다. 예를 들면 유교적인 도덕주의, <문중> 개념, 여성차별, <선비>의 이미지 등등을 떠올리는 데에서 좀처럼 더 나아가지 않는 것이다. 그런데 조금만 깊이 생각해 보면 이것은 큰 잘못임을 알 수 있다. 위에서 나열된 것들은, 알고 보면, 조선시대—그 중에서도 특히 후기—의 수백년간이라는 비교적 짧은 기간에만 한정된 것이다. 이런 것들은 기껏해야 <전통의 일부분> 혹은 <한국적인 것의 일부분>에 불과하다. 그럼에도 불구하고 현대인들은 흔히 이런 것이 <전통 그 자체>라고, 혹은 <한국적인 것 그 자체>라고 착각하는 오류에 빠지고 있다.

이러한 오류는 그것 자체로서도 이미 심각한 문제점을 함축하는 것이라고 할 만하다. 게다가 더욱 문제가 되는 것은, 이와 같은 오류가 단지 사실을 잘못 파악하는 것, 즉 인식의 문제로만 끝나지 않고, 더 나아가서 오늘의 한국인이 자신의 정체성을 규정하고 미래의 방향을 설정하는 데에 있어서도 중대한 착오를 일으키게 함으로써, 행동 혹은 생활의 차원에서도 다양한 부작용을 유발하고 있다는 점이다.

삼국시대나 통일신라시대를 비롯한 고대의 역사에 대한 관심은, 바로 이러한 오류에 기인한 문제점과 부작용들을 어느 정도나마 견제해 주는 역할을 수행한다고 말할 수 있을 것이다. 신라시대의 화랑에 대하여, 통일신라시대의 불교문화에 대하여, 혹은 단군에 대하여 관심을 가지고 그러한 대상을 오늘의 한국과 연결시켜 보는 작업을 적극적으로 수행할 때 위에서 언급된 문제점이나 부작용들이 어느 정도 견제될 수 있다는 것은 누구라도 인정할 만한 사실이다.

하지만 그러한 고대의 역사는 오늘의 시점으로부터 너무나 아득하게 먼 거리에 있으며, 많은 경우 역사의 일부라기보다는 신화의 영역에 속하는 것, 혹은 신화까지는 아니더라도 어쨌든 초역사적인 <원형>의 차원에 포함되는 것으로 여겨지기 십상이다. 물론 그러한 사실이 고대사의 중요한 매력 가운데 일부를 이루고 있는 것도 사실이지만, 우리가 어디까지나 현실적인 <역사>의 차원에서 앞서 얘기된 오류의 시정을 기하고자 할 경우, 고대사가 지니고 있는 그러한 면모는 아무래도 한계의 측면으로 작용하는 부분이 클 수밖에 없다.

그런데, 통일신라시대까지의 고대사가 지니고 있는 이러한 한계로부터 자유로운 위치에 있으면서, 조선시대사에 편중된 한국사 인식이나 전통 인식 혹은 <한국적인 것>에 대한 인식의 문제점을 극복할 수 있도록 만드는 데 큰 힘을 발휘할 수 있는 것이 바로 고려시대의 역사에 대한 관심이라고 할 수 있다. 이런 점에서 고려시대의 역사에 대한 관심을 제고하는 것은 지적인 활동의 여러 분야에 걸쳐서 보편적으로 요청되는 사항이라고 하지 않을 수 없으며, 각 분야마다의 전문가들이 자기의 영역에서 가능한 방법을 적극적으로 동원할 필요가 있는 것으로 생각되거니와, 소설이라는 분야는 그 중에서도 특히 효율성이 높은 것으로 평가되기에 모자람이 없을 것이다.

한국 예술가소설의 성격과 전개 양상
—해방 전의 작품들을 대상으로

1. 글을 시작하며

이 글의 목적은 20세기의 한국문학사 속에서 전개된 이른바 <예술가소설>의 면모에 대하여 몇 가지 사실을 검토해 보는 것이다. 예술가소설에 대한 논의를 전개하는 마당에서는 보통 예술과 사회 사이의 관련양상이라든가 예술가의 면모를 지닌 그 주인공이 영위하는 삶의 기본적인 성격이라든가 하는 문제들이 논의의 초점으로 떠오르게 마련이다. 이 글도역시 그러한 관례에서 벗어나지 않을 것이다.

그런데, 구체적인 논의로 들어가기에 앞서, 한 가지 전제해 둘 사항이있다. 이 글에서는 <예술가소설>이라는 낱말을 되도록이면 넓은 의미로사용할 예정이라는 점이 그것이다. <예술가소설>이라는 낱말을 좁은 의미로 사용하게 되면, 누가 보아도 예술가의 반열에 오른 존재라고 인정할 만한 수준에 도달한 인물이 주인공으로 등장하는 소설만을 가리키게될 것이다. 이렇게 할 경우, 예를 들어 현진건의 「빈처(貧妻)」와 같은 작품은 예술가소설의 범주에 포함되는 것으로 간주하기 어렵게 된다. 「빈처」의 주인공은 예술가라 자처하고 있지만, 실제에 있어서 그는 단지 예술가 지망생 정도의 수준에 머물러 있을 따름이기 때문이다. 하지만, 20세기 한국의 소설사를 대상으로 하면서 예술과 사회 사이의 관련양상이라든가 예술가의 면모를 지닌 그 주인공이 영위하는 삶의 기본적인 성격이라든가 하는 문제들을 짚어 보고자 할 경우, 「빈처」는 빼놓을 수 없는 중요성을 가지는 텍스트임에 틀림없다. 그렇다면, <예술가소설>이라는 낱말을 엄격하게 적용하겠다고 고집하다가 중요한 텍스트를 제외하게 되는 것보다는, 개념의 엄격성을 다소 희생하면서라도 중요한 텍스트를 적극적으로 다루고, 그렇게 함으로써 논의 자체의 풍요성을 기하는 편이 바람직하다. 이러한 뜻에서 나는 <예술가소설>이라는 낱말의 뜻을 <예술가 혹은 예술가 지망생을 주인공으로 등장시킨 소설>로 넓게 규정해 놓고 논의를 진행하고자 한다.

2. 조선 후기의 예술가전(藝術家傳)들

20세기의 한국문학사 속에서 전개된 예술가소설의 면모를 논의의 대상으로 삼고 씌어진 글은 기왕에 이미 여럿 나온 바 있다. 이런 글들을 보면, 서양에서 나온 예술가 소설에 대한 이론을 소개하는 데서부터 논의의 실마리를 풀어 나가는 것이 일반적이다. 특히 마르쿠제의 예술가소설론이라든가 에드먼드 윌슨의 『상처와 활』 같은 책이 중요한 안내자로 등장하곤 한다.

이처럼 서양에서 나온 예술가소설 이론들을 점검하고 적절하게 원용하는 것은 물론 필요한 작업이다. 그리고 실제로 그와 같은 작업의 결과로 우리나라의 예술가소설들에 대한 이해의 폭이 넓어진 것도 사실이다.

하지만 이러한 점을 충분히 인정하면서도 나는 우리나라의 예술가소설에 대한 그 동안의 연구가 서양의 이론을 살피는 데에 너무 큰 비중을 두어 온 반면 정작 우리나라의 문학사 안에서 그것이 전대의 어떤 유산과 어떤 연관관계를 맺는 가운데 발생하고 또 전개되어 왔는가를 따지는 데에는 소홀하지 않았는가 하는 아쉬움을 가지고 있다. 그렇기 때문에 이 자리에서 나는 바로 그 문제에 대한 약간의 검토를 시도하는 것으로 나 자신의 이야기를 시작해 보고자 한다.

예술가소설이 우리나라에서 발생하고 전개되어 온 과정을 전대의 유산과 상호 관련시키면서 살펴보고자 할 경우, 구체적으로 문제가 되는 것은 조선 후기에 씌어진 예술가전[1]들이다. 물론 한국의 역사 속에서 예술가의 삶에 초점을 맞추어 씌어진 글이 조선 후기의 예술가전들에 이르러서야 처음으로 출현한 것은 아니다. 저『삼국사기』의「열전」에 들어 있는「백결선생전」,「김생전」,「솔거전」 등에서 이미 예술가의 삶에 대한 기록이 등장하고 있는 것이다. 하지만 그러한 기록들은 단순한 공식적 역사기록의 면모에서 한 발짝도 더 나아가지 않고 있기 때문에, 이들을 문학사의 일부로 다루는 것은 적절하지 않다.[2] 이와 대조적으로, 조선 후기에 씌어진 여러 편의 예술가전들은 예술가의 삶에 초점을 맞추어 씌어진 글이라는 점에서 20세기의 예술가소설과 공통될 뿐 아니라 문학작품으로서의 가치도 분명하게 지니고 있기 때문에 한국의 문학사 속에서 예술가소설의 전단계를 이루는 존재로 인정받기에 모자람이 없는 것이다.

---

1) 예술가의 삶을 대상으로 해서 씌어진 전은 오늘날 보통 예인전(藝人傳)이라 불리어지고 있다. 박희병, 『한국고전인물전연구』(한길사, 1992), p.328 이하 참조, 그러나 이 글에서는 이른바 예인전에 속하는 작품들과 현대 예술가소설 사이의 맥락관계를 고려하여 <예인전>이라는 명칭 대신 <예술가전>이라는 명칭을 쓰고자 한다.
2) 위의 책, p.349 참조.

주지하다시피, 전이라는 양식은 우리나라의 문학사 속에서 자못 오랜 역사를 가지고 있다. 그러나 예술가들의 삶을 관심의 대상으로 삼고 씌어진 이른바 예술가전은 조선 후기가 되어서야 비로소 출현하였다. 왜 그랬을까? 이 물음에 대한 답을 찾기 위해서는 조선 전기까지의 우리 역사 속에서 음악이나 미술과 같은 예술의 세계를 담당한 사람들이 어떤 존재였던가를 살펴볼 필요가 있다.

조선 전기까지의 우리 역사 속에서 음악이나 미술과 같은 예술의 세계를 담당한 사람들은 크게 두 부류로 나누어진다.

그 하나는 지배층의 위치에 있는 사람이 종합적 교양의 일환 혹은 여기(餘技)로 음악이나 미술에 몰두했던 경우이다. 고려 시대의 공민왕이 훌륭한 그림을 그린 일이라든가 조선조 세종의 셋째 아들이었던 안평대군이 뛰어난 글씨를 남긴 일 등이 그 대표적인 예이지만, 이들 외에도 지배층의 위치에 있는 사람이 음악이나 미술에 몰두했던 사례는 적지 않다. 심지어는 매우 엄격한 도덕주의자의 면모를 지닌 집단으로 흔히 기억되고 있는 조선 전기의 사림파 유학자들 가운데에서조차도 이런 부류의 사람들이 다수 나온 바 있다.[3] 그런데, 이런 사람들은, 공민왕이나 안평대군처럼 비범한 기량을 가졌던 사람까지도 포함하여, 어느 누구도 전문적인 예술가로 자처하지 않았다. 예술은 그들에게 있어 어디까지나 종합적 교양의 일환이든가 기껏해야 단순한 여기였을 뿐이다.

이들과 더불어 조선 전기까지의 우리 역사 속에서 예술의 세계를 담당해 갔던 또 다른 부류는 바로 전문가로서의 음악인 혹은 미술들이다. 이들은 국가기관에 소속된 기능인들이었던 셈인데, 그 신분은 매우 낮았다. 조선 시대의 경우에 한정해서 보더라도, 조선 전기의 전문적인 음악

---

3) 강명관, 『조선시대 문학예술의 생성 공간』(소명출판, 1999), pp.109~120 참조.

인으로는 장악원(掌樂院)에 소속된 악공과 기녀들이 주류를 이루었는데, 이들의 신분은 노비에 불과했다.4) 그들 이외에는 음악에 남다른 취미를 가진 양반 지배층이 사사로이 양성한 성비(聲婢)·악노(樂奴)가 있을 따름 이었는데, 이들 역시 그 이름이 가리키는 바 그대로 노비의 신분이었다.5) 이러한 사람들에게서 창조적인 예술가로서의 자의식이라든가 긍지 같은 것을 기대하기는 어려운 노릇이다. 실제로 그러한 자의식이나 긍지를 내면에 숨겨 가지고 있었던 예외적 인물이 혹 존재하였을지도 모르지만, 전이라는 문학 양식의 창조를 담당한 사람들에게 그러한 예외적 인물의 내면이 포착된 예는 전무하였다. 그런가 하면 전문적인 미술가 집단으로는 도화서(圖畵署)의 화원(畵員)들이 있었는데, 이들의 신분은 기술직 중인으로서 음악인들보다는 높은 편이었다.6) 하지만 창조적인 예술가로서의 자의식이라든가 긍지 같은 것을 지니기 어려운 존재였다는 점이나 설령 예외적으로 그런 것을 지닌 사람이 있었다 하더라도 그것을 전이라는 양식의 그물로 포획해 낼 문학인이 전무하였다는 점에서는 그들 역시 전문적인 음악가 집단과 아무런 차이가 없었다.

음악이나 미술과 같은 예술의 세계를 담당한 사람들이 지금까지 살펴본 두 가지 부류로 한정되어 있는 마당에서 예술가전으로 분류되는 글이 나올 수 없는 것은 당연한 귀결이다. 첫 번째 부류에 속하는 사람들 가운데에는 독자적인 개성의 소유자로서 전 집필자들의 관심을 끌 만한 사람이 다수 있었지만, 그들이 지닌 개성의 핵심은 예술가로서의 면모에 있지 않았다. 그런가 하면 두 번째 부류에 속하는 사람들 가운데 독자적인 개성의 소유자로서 전 집필자들의 관심을 끌 만한 존재가 등장할 가능성

---

4) 위의 책, p.131.
5) 위의 책, p.140.
6) 위의 책, p.326.

은, 조선 후기가 시작될 때까지는, 원천적으로 차단되어 있었다. 사정이 이러하였으므로, 예술가전의 성격을 지닌 글이 출현하기 위해서는 조선 후기까지 기다리지 않으면 안 되었던 것이다.

그러면 조선 후기에는 어떻게 하여 예술가전의 성격을 지닌 글이 출현할 수 있었던가? 위에서 내가 조선 전기까지의 사정을 설명하기 위해 동원하였던 표현을 그대로 끌어와서 설명하자면, 첫째로는 전문적인 음악인이나 미술인들 중에서 창조적인 예술가로서의 자의식과 긍지를 지닌 사람이 등장하였기 때문이며, 둘째로는 그러한 사람의 내면을 전이라는 양식의 그물로 포획해낼 만한 안목과 역량을 가진 문학인이 등장하였기 때문이라고 할 수 있다.

이처럼 음악인·미술인의 집단과 문학인의 집단 양쪽에서 예술가전의 성립에 필요한 인물들이 동시에 등장할 수 있었던 데에는 말할 나위도 없이 조선 후기 예술계·문학계 전체의 새로운 변모가 배경으로 작용하고 있다. 그리고 이러한 조선 후기 예술계·문학계 전체의 변모에는, 우리나라의 사회 및 경제 전반이 조선 후기에 이르러 새로운 역사적 단계에로 접어들었으며 이에 대응하여 사람들의 사상이나 의식도 이전 시대와는 크게 다른 양상을 띠게 되었다는 사정이 작용하고 있다. 좀더 구체적으로 말하자면 이렇다. 우선, 이전 시대에 비해 상업이 발달하고, 도시가 팽창하며, 이른바 경화세족(京華世族)의 지위가 확고해지는 한편으로는 신분체제가 동요를 일으키는 가운데 중인층이 부상하고, 일반 평민들 가운데서도 재력을 갖춘 사람들이 늘어났다는 것을 사회·경제면에서의 변화로 이야기할 수 있고, 중인층이나 평민층들 가운데서 새로운 자아각성의 조짐이 보이기 시작하는가 하면, 지배층에 속하는 양반들 가운데서도 진보적인 사상의 세계를 개척하는 사람이 다수 등장하였다는 것을 사상·의식면에서의 변화로 지적할 수 있을 터이다. 그리고 이러한 사회·

경제·사상·의식면에서의 온갖 변화는 예술계와 문학계에도 새로운 바람을 몰고 왔다. 그 새로운 바람은 예술가들의 사회적 지위를 이전 시대에 비해 현저하게 상승시켜 주었고, 창조적인 재능을 가진 예술가들의 개성이 자유롭게 펼쳐질 수 있는 공간을 비록 초보적인 단계로나마 어느 정도 만들어 주었는가 하면, 새로운 자아각성의 체험을 가진 중인층의 인물이나 진보적인 사상의 세계를 개척할 만한 역량과 의욕을 가진 양반층의 인물이 전의 집필자로 적극 나설 수 있는 토양을 형성하였다.

바로 이러한 경위에 의하여 조선 후기의 우리 문학계에서는 예술가전의 활발한 출현을 보게 된 것이어니와, 오늘날 우리에게 남겨져 있는 그 시대의 예술가전들 가운데서도 특히 인상적인 명편으로는 음악인을 다룬 전으로서 정내교의 「김성기전」을, 그리고 화가를 다룬 전으로서 정약용의 「장천용전」과 조희룡의 「최북전」을 지목할 수 있다. 이러한 작품을 남긴 문학인들 중 정내교는 자아각성의 체험을 가진 중인층 출신의 문사였고, 정약용은 주지하는 바대로 그 시대에 가장 위대한 진보적 사상의 세계를 개척한 양반층 출신의 문사이자 백과사전적 지식인이었으며, 조희룡은 정내교와 마찬가지로 선진적인 자기의식과 계층의식을 가졌던 중인층 출신의 문필가이자 화가였다. 그리고 이들의 작품에서 입전(立傳)의 대상이 된 예술가들 중 김성기는 17세기 후반에서 18세기 초까지에 걸친 기간 동안 우리나라의 음악계를 대표할 만한 존재로 활약한 인물이면서, 당대의 불의한 권력자로부터 초청을 받았을 때에는 목숨을 걸고 거부할 정도로 강한 예술가적 자존심과 의기를 보인 인물이기도 했다. 한편 장천용은 비록 무명의 지방 화가였지만 그 예술적 기량과 자유분방한 인품으로 해서 정약용의 따뜻한 존중을 받은 것을 보면 역시 범상하지 않은 창조적 예술가의 반열에 드는 인물이었음을 알 수 있다. 그런가 하면 최북은 한국의 미술사 속에서도 특히 남다르게 강렬한 <작화주체로서의

치열한 각성>[7]을 보여주었던 화가이거니와, 바로 이 최북을 대상으로 해서 씌어진 두 편의 전─남공철의 「최칠칠전」과 조희룡의 「최북전」─을 검토한 박희병은 그 검토의 결과를 종합적으로 정리하는 자리에서 다음과 같은 말을 하고 있다.

> 그에게는 패트런의 비호도 관의 녹봉도 없었다. 그리하여 전면적인 상품적 교환관계 속에 자신의 예술을 위치시켜야 했기에 다른 예술가들보다 한층 예각화된 자의식을 갖게 되었다. (…) 그는 예술사의 현장을 이탈하지 아니하고 자신의 투철한 예술혼으로 악바리처럼 끝까지 현실과 싸우는 태도를 견지하였다. 중세적 예속에서 벗어나 예술가의 근대적 자기 해방에로 나아가고 있는 조선 후기의 예술사에서 최북과 같은 예술가상은 커다란 의의를 갖는다.
>
> 「최북전」은 지배층에 대한 최북의 반항적 자세를 잘 보여주고 있다. (…) 그는 강렬한 자존의식으로 일체의 권위와 지배적 규범, 신분적 차별에 항거했다. 이러한 자존의식은 그의 높은 예술가적 자의식의 표현이다. 최북의 기행 역시 그의 유별난 자의식과 밀접한 관련이 있다. 즉 그것은 자신의 과잉된 자의식과 적대적 객관세계 간의 심각한 괴리에 대한 고뇌와 반발로서의 의미를 띠고 있다. 근대이행기적 면모를 드러내면서도 기본적으로는 여전히 봉건적 제 관계가 압도적이었던 당시의 역사적 현실에서 천재적 예술가가 내보인 반항과 현실초극의 몸짓이었던 것이다. (…) 최북이라는 예술가가 근대성을 갖는다면 그것은 창조주체의 자의식과 현실 사이의 심각한 불화 및 그러한 불화에 대한 항거 때문이다. (…) 개인의 해방, 일체의 외부적 권위의 배제, 일체의 제한과 구속에 대한 무시 등 근대예술의 정신을 그는 누구보다도 적극적으로 그리고 누구보다도 뚜렷하게 실천해 가고 있었다. 「최북전」은 소품인 대신 꽉 짜인 구성으로 이러한 최북의 예술가상을 감동적으로 형상화하고 있다.[8]

---

7) 유봉학, 「조선 후기 풍속화 변천의 사회·사상적 배경」, 최완수 외, 『우리 문화의 황금기 전경시대』, 2(돌베개, 1998), p.241.

다소 긴 인용이 된 셈이다. 그러나 길이를 의식하면서도 내가 굳이 이만큼의 분량을 인용한 데에는 이유가 있다. 무엇보다도 위의 인용은, 조선 후기에 이르러 우리나라의 예술계와 문학계에서 일어난 변모가 그 세계를 조선 전기까지의 예술계·문학계와 얼마나 현저하게 다른 것으로 만들어 놓았는가 하는 점을 우리들에게 더할 나위 없이 생생하게 일깨워 주고 있다. 그런가 하면 또한 위의 인용은, 조선 후기에 이르러 우리나라 의 예술계와 문학계에서 일어난 변모가 그 세계를 20세기 혹은 21세기 한국의 예술계·문학계와 얼마나 가까운 것으로 만들어 놓았는가 하는 점도 우리들에게 생생하게 일깨워 주고 있다. 그리고 위의 인용은, 조선 후기의 예술가전 속에서 그려지고 있는 예술가의 초상이 20세기에 들어 와서 나온 우리나라의 이런저런 예술가소설들 속에서 그려지고 있는 예 술가의 초상과 얼마만큼이나 근접한 자리에까지 도달해 있는가를 우리들 에게 선명하게 알려주고 있기도 하다. 이러한 점들을 인식하고 나면, 우 리가 20~21세기 한국의 예술가소설을 논하고자 할 경우 마르쿠제니 에 드먼드 윌슨이니 하는 서양 사람들의 이론에서 참고할 만한 내용을 구해 오는 것 못지않게 조선 후기의 예술가전들을 철저하게 검토해 보는 것도 반드시 필요한 작업이라는 사실을 더욱더 강한 확신으로 실감하게 되지 않을 수가 없다.

3. 20세기 초에 일어난 지각변동

지금까지 조선 후기의 예술가전에 대한 간략한 고찰을 시도해 보았거 니와, 이러한 예술가전이 씌어진 기간은 좀 더 구체적으로 이야기하자면

---

8) 박희병, 앞의 책, pp.423~424.

17세기에서 19세기까지에 걸치는 기간이다. 17세기에 처음으로 그러한 범주에 드는 작품이 출현하고, 18세기에 그 폭이 더욱 확장되며, 19세기에 이르러서는 드디어 절정에 도달하게 되는 것이다(참고로 밝히자면, 위에서 언급된 세 사람 중 정내교는 주로 18세기 초에 활동한 사람이고, 정약용은 18세기 말에서 19세기 초까지 걸쳐서 활동한 사람이며, 조희룡은 주로 19세기에 활동한 사람이다).

그러다가 20세기로 넘어오게 되면, 이 예술가전의 명맥은 갑작스럽게, 완전히 끊어지고 만다. 누구나 알고 있는 바와 같이, 20세기로 넘어올 무렵 이 나라의 문학계는 그 동안 서양에서 발전하여 전세계로 퍼져 나간 이른바 <근대문학>과의 본격적인 만남을 처음으로 갖게 되면서 거대한 지각변동을 일으키게 된다. 바로 이러한 지각변동의 결과로 소설이라는 장르가 새로운 가치와 의미를 부여받으면서 문학계의 핵심부를 장악하게 된 반면 전이라는 양식은 종말을 맞이하게 되어 버리는데, 전이라는 양식의 하위 범주에 속하는 예술가전 역시 전 양식 일반의 운명에서 결코 예외가 되지 못했던 것이다.

20세기로 넘어올 무렵 우리나라의 문학계가 이른바 근대문학과의 본격적인 만남을 처음으로 갖게 되면서 경험한 사태를 나는 방금 <지각변동>이라는 말로 표현하였거니와, 이러한 지각변동의 과정은 비단 문학계에서뿐만 아니라, 음악계, 미술계 등 예술계 전반에 걸쳐서 광범위하게 전개되었다. 그런데, 바로 이러한 지각변동이 진행된 과정을 검토하는 자리에서 우리가 항상 잊지 말고 유념해야 할 사실이 하나 있다. 그것은 그 시대의 사람들이 이러한 사태의 도래를 예외 없이 긍정적으로 받아들이고 그 진행과정에 적극적으로 참여했던 것은 아니라는 사실이다. 무엇보다도, 그 당시의 지식인·문화인 집단 가운데에서 가장 큰 비중을 점하고 있었던 양반 유학자 그룹 가운데 다수는 이러한 지각변동을 긍정적으로 받아들이지 않았으며, 그 당연한 결과로, 그 신행과정에 적극 참여하는 것도 거부하였다.

양반 유학자 그룹 중 다수의 이러한 태도와 극적인 대조를 이룬 것이, 진작부터 상당한 사회적·문화적 능력을 갖추고 있으면서도 그 동안 지배체제로부터 계속 소외당해 왔던 집단에 속하는 사람들의 태도였다. 지역을 기준으로 해서 이러한 집단을 대표하는 존재를 찾는다면 평안도 사람들이 첫손에 꼽히고, 신분을 기준으로 해서 찾는다면 중인층이 첫손에 꼽힐 터이거니와, 우리나라의 문학계·예술계에서 일어난 지각변동의 과정을 열성적으로 주도해 간 인물들 대부분이 바로 이 부류에서 나왔음은 주지의 사실이다. 문학계의 경우만 보더라도, 김동인, 김소월, 김억, 이광수, 주요한, 현상윤 등이 모두 평안도 출신이었으며, 평안도 출신이 아닌 사람들 중에서도 나도향, 염상섭, 최남선, 현진건 등이 모두 중인 출신이었다.

평안도 출신과 중인 출신으로 대표되는 이들 열성적 주도 그룹들은, 과거 조선시대 문화의 헤게모니를 장악해 왔던 양반 유학자 그룹에 대하여 강렬한 대결의식 혹은 거부의식을 가지고 있었으며, 자기들이 한국 문화계의 주역이라는 자리를 차지할 수 있도록 만들어 준 서양식 근대문학·예술을 헤게모니 쟁취의 주요한 수단으로 활용하는 데에 용의주도하였다. 이러한 그들의 태도는 자연 <과거의 조선시대 문화>라는 것 자체에 대한 단호한 거부와 <서양식 근대문화>라는 것 자체에 대한 전폭적 지지를 동반하였다.

그런데 그들이 과거의 조선시대 문화에 대한 단호한 거부의 뜻을 구체적으로 피력해 놓은 글들을 읽어 보면, 그 거부의 상당부분이 무지에서 연유하였다는 사실을 확인하게 된다. 한 예로, 이 거부 운동의 가장 정열적인 투사로 활약하였던 이광수의 글 가운데 일부를 읽어 보자.

> 조선인의 사상해(思想海)는 오래 잔잔하엿섯다. (…) 이조에 입(入)하
> 여서는 이퇴계를 중심으로 하는 주자학파의 완성에 다시 일파(一波)가
> 움지기고는 이래 삼백여 년간 인해 잔잔하야 일파부동(一波不動)하게 되
> 엇다.
> 침체한 삼백 년간에 조선인의 머리는 곰팡이 슬고 심정은 냉회(冷灰)
> 가티 싸늘하게 식엇다. 그네는 의(衣)하고 식(食)하고 주(住)하기 위하야
> 수족의 운동을 하엿스나 정신생활은 아주 정지의 상태에 잇섯다. 보는
> 이로 하여곰 혹 조선인의 정신생활이 아주 고사(枯死)하여 바리지나 아
> 니하엿는가 하고 의심하게 될이만콤 그만콤 침묵하엿섯다.9)

> 조선인에게는 시도 업고 소설도 업고 극도 업고 즉 문예라 할 만한
> 문예가 업고 즉 조선인에게는 정신적 생활이 업섯다. 의코, 식코, 주키
> 위하야 조선인은 수족의 운동을 하엿스나 (그것도 잘은 못하엿기로 이
> 처름 빈궁하건마는) 정신생활은 거의 정지의 상태에 잇섯다. 정신생활
> 을 가지지 못한 조선인은 맛당히 괴한(愧汗)이 첨배(沾背)하여야 할 것이
> 다.10)

위의 인용된 대목을 읽어 가노라면, 이광수는 조선시대 문화의 유산
에 대하여 어찌 이토록이나 지독하게 무지하였으며, 그 지독한 무지를
만천하에 공개하는 데에는 어찌 이토록이나 용감하였던가라는 탄식이 저
절로 나오게 된다. 하지만 탄식을 멈추고 좀더 깊이 생각해 보면, 이광수
의 그러한 무지는 단순한 무지가 아니었으며, 그가 보여준 용감성 역시
단순한 용감성이 아니었음을 깨달을 수 있다. 그는 조선시대 내내 한국
의 정신적·문화적 헤게모니를 장악해 왔던 양반 유학자 그룹으로부터
바로 그 헤게모니를 빼앗아 오려는 싸움의 일선에 나선 전사로서 위의
글을 쓰고 있는 것이다. 그러니 만큼 위의 글을 쓰고 있던 당신의 그로서

---

9) 이광수, 「부활의 서광」, 『청춘』, 1918. 3, p.18.
10) 위의 글, p.21.

는 말이 되기나 안 되거나를 따지지 말고 조선시대 문화의 유산을 무조건 무지막지하게 깎아내리는 것이 전략상 필요했을 터이다. 이럴 경우, 조선시대 문화의 유산에 대해서 무지하면 무지할수록 그는 단호할 수 있고, 자신만만할 수 있다. 그러니까 그는 조선시대 문화의 유산에 대해서 알 필요가 없었고, 알려고 들 필요가 없었다. 설령 이미 알게 된 것이 있더라도 잊어버리거나 아니면 알지 못하는 척 연극이라도 해야 할 형편이었다.

이광수의 글에 나타나 있는, 과거의 조선문화에 대한 혹독한 비난을 오로지 이러한 전략의 차원에서만 읽어내는 것은 물론 온당한 처사가 아닐 터이다. 하지만 이러한 전략의 차원을 무시하거나 간과한 상태에서 그의 글을 읽는 것은 더더욱 잘못된 처사라고 말하지 않을 수 없다.

이처럼 전략적 차원에 대한 고려가 그 심층적 동기의 중요한 일부를 이루고 있는 가운데에서 나온 것이 과거의 조선시대 문화에 대한 이광수의 단호한 거부였거니와, 이러한 거부와 불가분의 짝을 이루는 것이, 서양식 근대문화에 대한 전폭적 지지이다. 이러한 양상이 단적으로 나타난 예를 그의 문학론에서 찾아보자.

> 동양은 기후 부조(不調)하고, 토지 불모하여 생활이 곤란한 토지(방국(邦國)이나 지방)가 다(多)한 고로, 의식주의 원료를 득함에 급급하여 지(智)와 의(意)만 중히 여기고, 정은 천홀(賤忽)히 하여 차(此)를 배척하며, 멸시하여 온 고로 정을 주(主)하는 문학도 한 유희소한(遊戲疎閒)에 불과하게 알아 온지라, 그러므로 기 발달이 지지(遲遲)하였으나, 피(彼)구주(歐洲)는 반차(反此)하여 기 대부분은 기후 온화하고, 토지 비옥하여, 생활에 여유가 다한 고로, 인민이 지와 의에만 급급치 아니하고 정의 존재와 가치를 각(覺)한지라, 그러므로 문학의 발달이 속히 되어서 금일에 지(至)하였나니라.[11]

차(此) 귀중한 정신적 문명을 전하는 데 최(最)히 유력한 자는, 즉 기 민족의 문학이니, 문학이 무(無)한 민족은 혹은 습관으로, 혹은 구비(口碑)로 기 약간을 전함에 불과하므로 아무리 누대를 경(經)하여도 기 내용이 첨부(瞻富)하여지지 아니하여 야만미개를 불면(不免)하나니라. (…) 방금, 서양 신문화가 침침연(浸浸然)습래(襲來)하는지라, 조선인은 마땅히 구의(舊衣)를 탈(脫)하고, 구구(舊垢)를 세(洗)한 후에 차(此) 신문명 중에 전신을 목욕하고 자유롭게 된 정신으로 신정신적 문명의 창작에 착수할지어다.[12]

위의 인용된 글을 보면 이광수가 그 동안 서양에서 발전하여 전세계로 퍼져나간 이른바 근대문학이라는 것에 대하여 얼마나 깊은 존경의 마음을 품고 있었는가 하는 점을 알 수 있거니와 서양식 근대문학에 대한 그의 이와 같은 존경은 서양식 근대음악, 서양식 근대미술에 대해서도 똑같이 그대로 주어지는 것이었다. 그러한 존경은 물론 양반 유학자 그룹으로부터 한국의 정신적·문화적 헤게모니를 빼앗아 오기 위한 싸움의 일선에 나서고 있는 그에게 바로 그 서양 근대문학·예술이 참으로 유용한 무기로 기능해 준 셈이라고 하는 전략상의 판단과 무관한 것이 아닐 터이다.

지금까지 우리가 이광수의 글을 검토하면서 확인한, 과거의 조선시대 문화·예술에 대한 단호한 거부와 서양식 근대문화·예술에 대한 전폭적 지지는, 물론 이광수 한 사람만의 독특한 주장으로 그치는 것이 아니었다. 이광수와 더불어 <지각변동 과정의 열성적 주도 그룹>을 형성한 사람들 대다수가 단지 표현의 강도나 색채만 달리했을 뿐 기본적으로는 어디까지나 그와 동일한 신념을, 그리고 동일한 전략적 감각을 지니고

---

11) 이광수, 「문학의 가치」(1910), 『이광수전집』, 1(우신사, 1979), p.546.
12) 이광수, 「문학이란 하(何)오」(1916), 『이광수전집』, 1, p.551.

있었던 것이다. 다음과 같은 김동인의 발언을 잠깐 살펴보아도 그 점은
금방 확인된다.

> 현금(現今) 조선 사람 중에 대개는 아직 가정소설을 됴화하오, 통속소
> 설을 됴화하오, 흥미중심소설을 됴화하오. 참 예술적 작품, 참 문학적
> 소설은 닐그려 하지도 아니하오. 그뿐만 아니라 이거슬 경멸하고 조롱
> 하고 불용품(不用品)이라 생각하고, 심한 사람은 그런 거슬 닐그면 구역
> 증이 난다고까지 말하오.13)

> 우리는 소설에 대한 오해의 사상을 곳치고—즉 극유치(極幼稚)한 통
> 속소설에 건전한 문학적 소설로 대(代)하고, 소설과 타락을 연상하는 사
> 상에 소설과 문화를 연상하는 사상으로 대하여 우리 사회를 순예술화한
> 사회로 만드릅시다.14)

위의 인용에서 <참 예술적 작품>, <참 문학적 소설>, <건전한 문
학적 소설>이라는 말로 지칭되고 있는 것이 서양식 근대문화의 일부를
이루는 근대소설이고 <가정소설>, <흥미중심소설>, <극유치한 통속소
설>이라는 말로 지칭되고 있는 것이 조선시대 문화의 일부를 이루는 고
소설이라는 점에 유의하면서, 그리고 고소설이거나 다른 어떤 소설이거
나를 막론하고 소설이라는 것 자체에 대해 비판적인 시선을 보내며 <소
설과 타락을 연상>하는 대표적 집단이 바로 다름 아닌 정통적 양반 유학
자 집단이라는 사실을 염두에 두면서 위의 글을 읽어 보면, 김동인이 신
념의 차원에 있어서나 전략적 감각의 차원에 있어서나 이광수와 조금도
다르지 않다는 사실이 금방 확인되는 것이다.

그런데 이처럼 과거의 조선시대 문화·예술을 단호하게 부정하는 한

---

13) 김동인, 「소설에 대한 조선 사람의 사상을……」, 『학지광』, 1919. 1, p.45.
14) 위의 글, p.47.

편 서양식 근대문화·예술에 대해 전폭적 지지를 보내는 태도는 바로 한국을 식민지로 만든 일본 지배자들의 태도와 전적으로 일치하는 것이었다. 우선, 과거의 조선시대가 <조선인의 머리는 곰팡이 슬고 심정은 냉회가티 싸늘하게 식>도록 만들 만큼 형편없는 시대였다고 규정짓고 그러한 규정을 대대적으로 유포·선전하며 그 시대의 유산을 무지막지하게 깎아내리는 것은 이광수 같은 사람이 나서서 외치지 않더라도 일본 지배자들 스스로가 그들 자신의 이해관계에 비추어 볼 때 철저히, 조직적으로, 체계적으로 추진해야 할 정책이었으며, 실제로 그들은 그렇게 했다. 그런가 하면 주지하다시피 일본은 19세기 중반에 들어와 서양과의 본격적 만남을 갖게 된 이후 부국강병의 길로 나아가면서 정치·경제적으로는 서양과 어깨를 나란히 하는 가운데 패권을 겨루는 수준에까지 도달하였으면서도 문화·예술의 영역에서는 열렬한 서양 추종의 자세로 일관하였는데, 이러한 그들의 태도 역시 이광수나 김동인과 같은 저 <열성적 주도 그룹>의 태도와 완전히 동일한 것이었다.

이처럼 일본 지배자들의 태도 및 이해관계는 적어도 지금 우리가 논의하고 있는 주제와 관련된 범위 내에서는 이광수나 김동인과 같은 <열성적 주도 그룹>의 태도 및 이해관계와 전적으로 일치하는 것이었거니와, 이러한 양자간의 공생관계는 <유학>이라는 장치를 통하여 더욱 긴밀해지게 된다. 양반 유학자 그룹으로부터 한국의 정신적·문화적 헤게모니를 빼앗아 오기 위한 투쟁의 전선에 나선 <열성적 주도 그룹>은 일본 유학이라는 장치를 유효적절하게 활용하는 가운데 그들의 역량을 키우고 전술을 개발해 나가면서 마침내는 결정적인 승리를 거두게 되는 것이다.

지금까지 나는 조선시대에 한국의 정신적·문화적 헤게모니를 장악하였던 집단으로부터 바로 그 헤게모니를 빼앗아 오려는 신흥 세력의 전략이라는 측면에 계속 주목하는 가운데 20세기 초의 저 <지각변동>을 논의해 왔거니와, 이러한 측면이 <지각변동>이라는 사태의 전부를 설명해 주는 것은 물론 아니다. 그 점은 너무나 명백하기 때문에 새삼 길게 이야기할 필요도 없을 것이다. 그럼에도 불구하고 내가 이러한 측면을 계속 강조한 이유는, 지금까지 학계의 논의에서 일반적으로 이러한 측면이 부당하게 경시되었고, 그 결과 이 시대의 지각변동에 대한 전체적 이해가 상당히 왜곡되어 왔음을 부정할 수 없기 때문이다.

4. 예술가소설의 초기적 양상

위에서 이야기된 <열성적 주도 그룹>의 활약을 위한 바탕이 되어주었고 또 부분적으로는 바로 그들의 활약에 힘입어서 더욱 결정적으로 굳어지기도 했던 저 <지각변동>이 문학의 영역에서 실제로 나타난 가장 대표적인 현상의 하나가 바로 전통적 전 양식의 몰락과 서양식 근대소설의 부상이었다. 바로 이런 거대한 흐름 속에서, 바로 그것의 일환으로, 예술가전의 몰락과 예술가소설의 등장이라는 사태도 연출될 수 있었던 셈이다. 그러면 이제부터는 논의의 범위를 좁혀, 20세기로 넘어오면서 일어난 <지각변동>의 소산 가운데 하나로 새로이 등장하게 된 우리 예술가소설의 초기적 양상에 대한 검토를 시도해 보기로 하자.

<열성적 주도 그룹>에 속하는 많은 사람들이 유학의 뜻을 품고 일본으로 건너갔을 때 그들을 기다리고 있었던 것은 일본인들의 중개를 통하여 전달되어 오는 다채로운 서양식 근대문학과 예술의 잔치판이었다. 그리고 이러한 잔치판의 메뉴 가운데 중요한 한 부분으로 자리잡고 있었던 존재가 바로 예술의 독자성과 예술가의 천재성을 강조하여 마지 않는 이른바 <예술지상주의>라는 것이었다.

　　예술지상주의가 서양식 근대문학·예술의 중요한 일부를 차지하게
된 경위가 무엇이냐 하는 것은 그것대로 별도의 복잡한 설명을 요구하는
문제이지만, 이 자리에서 그것까지 따질 여유는 없다. 여기서는 단지 그
예술지상주의라는 것이 20세기 초 일본에 소개된 서양식 근대문학·예
술의 중요한 일부를 이루고 있었다는 사실과 일본에 건너간 한국인 유학
생들 가운데 상당수가 그것으로부터 깊은 감명을 받았다는 사실, 그리고
그 감명의 가장 빠른 가시적 표현이 김환의 「신비의 막」(1919), 이동원의
「몽영(夢影)의 비애」(1920), 민태원의 「음악회」(1921) 같은 소설작품으로 나
타났다는 사실만 지적해 두면 충분하리라.

　　20세기 한국 예술가소설의 계보는, 내가 방금 거명한 세 편의 작품이
등장한 시점에서부터 출발한다고 말할 수 있다. 그런데 이처럼 문학사적
으로 무시할 수 없는 의의를 갖는 세 편의 작품은 모두 서양식 근대문
학·예술에 대한 열렬한 찬양을 포함하고 있다는 점에서 동일하다. 그런
가 하면, 정작 서양식 근대문학·예술이 어째서 그처럼 찬양받을 만한
가치를 가진 것인지에 대한 진지한 사유가 결여되어 있다는 점에서도 세
작품은 완전히 동일하다.

　　「신비의 막」을 예로 들어 그 점을 확인해 보자. 이 작품의 주인공 이
세민은 아버지의 반대를 무릅쓰고 동경으로 건너가 고학을 하며 미술에
정진하는 청년이다. 그는 가난하지만 행복하다. 자기는 절대적인 가치를
지닌 예술이라는 분야의 활동에 종사하는 사람이니만큼 예술의 진가를
모르는 세상의 수많은 사람들과는 비교할 수 없이 우월하다고 확신하기
때문이다.

　　세민은 전차 안에 잇는 사람들을 도라보면서 빙그레 웃는다. 그의 우
　숨은 「나는 너의 몰으는 신비를 안다」는 자만심에서 발하는 것이다.15)

하지만 그가 예술을 논하녔서 실제로 하고 있는 말들을 보면, <예술의 진가>에 대한 그의 의식이 얼마나 막연하고 종잡을 수 없는 수준의 것인지를 금방 알 수 있다. 한 예로 그는 자신의 아버지를 향해 <유교에서는 허례만 숭상하고 우리 인생과 밀접한 관계가 잇는 예술을 천하게 녁엿슴으로 생존경쟁하는 20세기 활무대(活舞臺)에서 우리는 낙오자가 되고 말엇습니다>16)라는 말을 하고 있는데, 이처럼 예술을 옹호하는 무기로 생존경쟁이라는 개념을 끌어들이는 것을 볼 때 우리는 참으로 혼란스럽다는 느낌을 갖지 않을 수가 없다. 그리고 이런 혼란스러운 느낌은, 같은 그 이세민이 친구와 토론하는 자리에 가서는 다음과 같은 말로 문명비판론을 전개함으로써 자신이 아버지를 상대로 펼쳤던 주장을 완전히 뒤집어 버리고 있는 것을 볼 때, 다시 몇 배로 증폭되기에 이른다.

「자연히 나셔 자연히 살다가 자연으로 돌아가는 인생이 구태여 인공을 가하여 자연을 부자연하게 할 필요가 업지—나는 문명하엿다는 현대보다 오히려 세기전 원시생활이 더욱 흥미잇게 생각이 되니까……」17)

이세민의 주장들은 이처럼 막연하고 종잡을 수 없는 양상을 보여주지만, 그 주장들에서 시종일관 변하지 않고 전달되어 오는 것이 없지는 않으니, 바로 서양식 근대문학·예술과 그 문학·예술인들에 대한 맹목적 추종의 태도이다. 방금 인용한 <원시> 운운의 발언이 서양 근대문학·예술인들의 문명비판론을 맹목적으로 모방한 것이라는 사실을 감안하면 이 점에는 의문의 여지가 없다.

이처럼 막연하고 종잡을 수 없는 수준의 인식을 드러내되 그 근저에

---

15) 김환, 「신비의 막」, 『창조』, 1(1919. 2), p.29.
16) 위의 작품, p.25.
17) 위의 작품, p.34.

서양식 근대문학·예술과 그 문학·예술인들에 대한·맹목적 추종을 일관되게 깔아놓고 있다는 점에서 「신비의 막」은 앞서 말했듯 거의 비슷한 시기에 나온 「몽영의 비애」나 「음악회」 같은 작품과 완전히 동일한 모습을 보여주는데, 이러한 현상을 목도하면서 우리는 그 소설의 작가들이 일종의 유행심리나 문화적 허영에 기초하여 예술가소설의 창작에 나섰던 것이 아닌가라는 의혹을 품지 않을 수 없게 된다. 그리고 여기에서 한 걸음 더 나아가 생각을 확대해 보면, 그 시대에 새로운 문학을 한다느니 새로운 예술을 한다느니 하며 <자만심>을 뽐냈던 부류들 가운데 상당수가 이런 유행심리나 문화적 허영의 범주에서 자유롭지 못한 게 아닌가 하는 의혹을 갖지 않을 수 없게 된다.

이러한 의혹을 품은 채 그 무렵에 나온 소설들 가운데 예술가소설의 범주에 드는 것을 한 편 더 찾아보고자 할 경우, 맨 첫 번째로 우리의 시야에 들어오는 것은 현진건이 1921년에 발표한 「빈처」이다. 이 작품에 대해서는 어떠한 평가가 가능할까?

이 작품에 일인칭으로 등장하는 주인공의 면모를 보면, 위에서 내가 거론한 세 편의 소설에 등장하는 인물들이나 그 작가들과 중요한 점에서 공통되는 존재임을 금방 알 수 있다. 서양식 근대문학·예술과 그 문학·예술인들이 대단한 존재라고 믿으며 자신도 그러한 의미에서의 문학·예술인이 되고 싶어하기는 하는데, 정작 그 문학·예술과 그 문학·예술인들이 왜 대단한 존재인가라는 질문을 받는다면 막연하고 종잡을 수 없는 답변밖에는 별로 내놓을 게 없는, 다분히 맹목적인 추종과 모방의 심리에 사로잡혀 있는 인물이라는 점에서 이러한 지적이 가능한 것이다.

하지만 이러한 사실을 근거로 해서, 위에서 내가 거론한 세 편의 소설에 등장하는 인물들이나 그 작가들과 「빈처」의 주인공을 완전히 동일시할 수는 없다. 「빈처」의 주인공은 위에서 내가 거론한 세 편의 소설에 등장하는 인물들이나 그 작가들이 갖고 있지 못한 미덕을 하나 가지고 있는 것이다. 그것은 자신이 아직도 문학·예술인으로서의 역량이라는 측면에서 부족한 존재임을 인식하고 인정할 줄 아는 <겸손>이다. 다음의 대목을 보면 그 점이 선명하게 드러난다.

> 내가 아다십히 내가 별로 천품은 업스나 어쨋던 무슨 저작가(著作家)로 몸을 세워보앗스면 하야 나날이 창작과 독서에 전심력을 바치엇다. 물론 아즉 남에게 인정될 가치는 업는 것이다.[18]

물론 「빈처」의 주인공은 이처럼 드문 겸손의 미덕을 지니고 있기는 하되, 근본적인 차원에서 보면, 아직도 저 「신비의 막」의 이세민과 대동소이하다는 평을 받아야 할 만큼 유치한 면을 가지고 있는 것도 사실이다. 아내의 언니가 비록 돈 많은 남편 덕분에 물질적으로는 유족한 삶을 살지만 그 내적인 삶은 불행하다는 사실을 알고 난 후에 그가 보이는 반응은 이 점을 의심의 여지가 없을 만큼 선명하게 나타내 주고 있다.

> 처형의 남편이 이번 그 돈을 딴 뒤로는 주야 요리점과 기생집에 돌아단이더니 일전에 어떤 기생을 어더가지고 미쳐 날뛰며 집에만 들면 집안 사람을 들복고 걸핏하면 처형을 친다한다. 이번에도 별로 대단치 안흔 일에 처형에게 밥상을 냅다 갈겨 바로 눈 우에 그러케 멍이 들엇다 한다.
> 「그것 보아— 돈푼이나 잇으면 다 그런 것이야.」
> 「정말 그래요, 업스면 업는 대로 살아도 의조케 지내는 것이 행복이야요.」
> 아내는 충심으로 공명해 주엇다. 이 말을 들으매 내 마음은 말할 수

---

18) 현진건, 「빈처」, 『개벽』, 1921. 1, p.166.

업시 만족해지며 무슨 승리자나 된 듯이 득의양양하엿다. 그리고 마음
속으로
　「올타 그러타. 이러케 지내는 것이 행복이다.」
　하엿다.[19]

<돈푼이나 있으면 다 그런 것>이라는 터무니없는 일반화, 거기에 이
어지는 <말할 수 없는 만족>과 <무슨 승리자나 된 듯 득의양양한 태
도>—이런 것을 가리켜 유치하다고 하지 않으면 이 세상의 그 어떤 것
을 가리켜 유치하다고 말할 수 있으랴. 바로 이 장면이나 그 밖의 여러
장면에서 연이어 나타나는 그의 유치함이 하도 심한 정도의 것이어서,
나로서는 앞에서 언급한 바 있는 그의 <겸손>이라는 미덕의 존재에도
불구하고 전체적인 면모에 있어 이 주인공은 결국 위에서 내가 거론한
세 편의 소설에 등장하는 인물들이나 그 작가들과 동렬에 놓이는 존재라
고 결론짓지 않을 수 없다.

그러나, 「빈처」의 주인공이 이처럼 유치한 면모를 뚜렷하게 보여주는
존재라고 해서, 「빈처」라는 작품 자체가 「신비의 막」이나 「몽영의 비애」
따위와 동렬에 놓이는 존재라는 판단을 내린다면 그것은 큰 잘못이다.
이 작품에 등장하는 주인공은 「신비의 막」 등 세 편의 소설에 나오는 인
물이나 그 작가들과 결국 대동소이한 수준에 머무르고 있는 존재임에 틀
림없지만, 그러한 주인공을 내세워 소설을 전개해 가는 현진건이라는 작
가는 그 주인공과 전적으로 수준을 달리하는 존재이기 때문이다. 「빈처」
가 일인칭 소설의 형태를 취하고 있는 데다가 그 주인공의 생활에 현진
건 자신의 생활과 비슷한 면이 많이 있기 때문에 독자들로서는 자칫하면
그 주인공과 현진건을 동일시하기 쉬운 것이 사실이며, 실제로 그 주인

---

19) 위의 작품, p.171.

공의 면모 기운데 상당 부분이 현진건 자신을 진솔하게 투영시킨 모습으로 해석될 수 있는 것도 사실이지만, 적어도 자기인식 및 자기표현의 역량이 얼마만한 수준에 도달해 있느냐 하는 점을 기준으로 해서 따져 보면, 그 양자는 전혀 다른 존재인 것이다. 한 마디로 말해서 「빈처」의 주인공이 <낮은 수준>의 인물이라면, 그러한 주인공을 등장시켜 이야기를 전개하고 있는 작가 현진건은 <그보다 훨씬 높은 수준>의 인물이다. 현진건은 <서양식 근대문학·예술과 그 문학·예술인들이 대단한 존재라고 믿으며 자신도 그러한 의미에서의 문학·예술인이 되고 싶어하기는 하는데, 정작 그 문학·예술과 문학·예술인이 왜 대단한 존재인가라는 질문을 받는다면 막연하고 종잡을 수 없는 답변밖에는 별로 내놓을 게 없는> 그러한 부류의 인간이 자기 내부에 살고 있다는 사실을 명민한 분별력으로 인식하였고, 자기 내부의 바로 그러한 인간을 상당히 세련된 작가적 시선으로 자세하게 관찰하였으며, 그러한 관찰의 결과를 「빈처」라는 소설 속에 담아낸 것이다.[20]

이러한 점에서 「빈처」는 분명 위에서 언급된 세 편의 예술가소설과 전혀 다른 소설이며, 그 작품들보다 월등 진전된 경지를 보인 소설이다. 하지만 이 점을 인정하는 데 인색하지 않으면서도 나는 또 한편으로 이 작품의 한계를 지적하지 않을 수 없다. 그것은 앞에서 언급된 것처럼 분명 <낮은 수준>에 머물러 있는 주인공을 대하는 작가 자신의 시선이 주로 연민과 동정의 심리에 의해 채색되어 있으며, 그 결과, 주인공과 같은 부류의 사람들이 가지고 있는 문제점에 대한 비판의식이 제대로 드러나 있지 않다는 점이다. 물론 이것은 현진건이 그러한 부류의 사람을 발견하여 집중적으로 관찰한 장소가 다른 곳 아닌 바로 자기자신의 내부였기

---

20) 이 점은 이상섭이 쓴 「현진건의 신변 소설」이라는 글에서 진작 자세하게 논의된 바 있다. 이상섭, 『언어와 상상』(문학과지성사, 1980), pp.248~260 참조.

에 불가피하게 초래된 한계였다고 볼 수 있는 면이 없지도 않다.

이러한 측면에서 보면, 염상섭이 1922년 초에 발표한 「암야(闇夜)」[21]가 더욱 주목받을 만하다. 「암야」는 염상섭 문학의 출발점을 보여준다는 점에서 중요할 뿐 아니라 20세기 한국 소설사 전체를 놓고 볼 때에도 가볍게 다룰 수 없는 작품으로서 지금까지 다양한 논의의 표적이 되어 왔거니와, 예술가소설이라는 측면에서 이 작품을 보면, 당시의 자칭 문화인·예술가들 사이에 널리 퍼져 있었던 유행심리나 문화적 허영의 면모를 단호히 비판하면서, 바로 그러한 부정적 면모가 다른 사람 아닌 자기 자신의 내면에도 깃들여 있다는 사실을 인식하고 괴로워하는 주인공의 모습이 중요한 의미를 갖는 것으로 부각된다.

> 「……유희적 기분을 빼노으면, 그들에게 무엇이 남는다! 생활을 유희하고, 연애를 유희하고, 교정(交情)을 우롱하고, 결혼문제에도 유희적 태도……소위 예술에까지 유희적 기분으로 임하는 말종들이 안인가. 진지, 진검(眞劍), 성실, 노력이란 형용사는, 모조리 부정하고 덤비는 사이비 떼카댄쓰다.……고뇌? 인간고(人間苦)?……그런게 잇슬리가 잇나! A두, B두, C두, D두, E두……모다 한씨다.……엣!……그러나 대체 그들이란 누구다? 그들이라 하며 매도하는 자기자신이, 벌서 그 한 분자가 안인가? 안인가가 안이다. 그 수괴다.……아—아스—」[22]

위에 인용된 대목을 통하여 그 점이 여실히 나타나거니와, 여기에서 발견되는 작가의 태도는 「신비의 막」과 같은 부류의 작품들에서 볼 수 있었던 무반성적인 태도와 구별되는 것임은 물론이요 「빈처」에서 볼 수 있는 연민이나 동정의 심리보다도 한 단계 높은 곳에 위치하는 것으로

---

21) 이 작품의 창작은 1919년 10월 26일에 이루어졌음이 작품 말미에 밝혀져 있다. 염상섭, 「암야」, 『개벽』, 1922. 1, p.64.
22) 위의 작품, pp.61~62.

생각된다. 물론 여기에 나타나 있는, 당대의 이른바 문화인·예술가들 전
반에 대한 주인공의 날카로운 공격과 거기에 이어진 자기 스스로에 대한
비판이 구체적인 현실인식이나 전망의 모색에까지 나아가지 못한 점은
이 작품의 한계로 지적되어야 할 것이다.

지금까지 나는 1920년을 전후한 시기에 발표된 다섯 편의 예술가소
설을 거론하면서 그 중 현진건의 「빈처」와 염상섭의 「암야」가 상대적으
로 높은 수준에 도달한 작품이라는 사실을 이야기한 셈이거니와, 이 중
「빈처」에서 중요한 문제로 부각되어 있는 것임에도 불구하고 아직 이 글
에서 언급되지 않은 것이 있다. 그것은 바로 문학·예술인과 시장생산체
제 사이의 관계양상이라는 문제 혹은 자본주의적인 교환가치가 지배하는
세계 속에서 가난한 문학·예술인이 겪어야 하는 고통이라는 문제이다.
이 문제는 사실 「빈처」에서 이야기의 핵심을 이루고 있을 정도이다. 그
러니 만큼 이 작품을 논하는 자리에서는 당연히 이 문제를 거론해야 마
땅하다. 그러나 이 문제는 비단 이 작품에만 한정적으로 나타나는 것이
아니며 박태원이나 이태준과 같은 작가들에 의해 씌어진 1930년대의 대
표적인 예술가소설들에서도 계속 커다란 비중을 가지고 다루어지는 문제
이기 때문에 이 문제에 대한 논의는 다음 절에 가서 이 작품을 1930년대
의 대표적인 예술가소설들과 연계시키는 가운데 시도하기로 한다. 그런
데 이러한 작업에 착수하기 전에, 먼저 짚고 넘어가야 할 1920년대의 중
요한 예술가소설이 한 편 있다. 1929년에 발표된 김동인의 「광염소나타」
가 바로 그 작품이다.

김동인의 「광염소나타」는 그 속에 담겨 있는 작가적 인식의 높이에
있어서는 「빈처」나 「암야」에 미치지 못하는 작품으로 생각된다. 이 작품
속에는, 「빈처」에 나타난 바 있는, <서양식 근대문학·예술과 그 문학·
예술인들이 대단한 존재라고 믿으며 자신도 그러한 의미에서의 문학·예

술인이 되고 싶어하기는 하는데, 정작 그 문학·예술과 문학·예술인이 왜 대단한 존재인가라는 질문을 받는다면 막연하고 종잡을 수 없는 답변 밖에는 별로 내놓을 게 없는> 그러한 부류의 인간을 자세하게 관찰해 내는 세련된 작가적 시선 같은 것은 없다. 그런가 하면, 「암야」에 나타나 있는 예리한 비판의식이나 준열한 자기점검의 정신 같은 것도 전혀 없다. 작가적 인식의 높이를 문제삼는 자리에서 보면, 이 작품에 나타나 있는 주장의 핵심에 해당하는 작중인물 K의 다음과 같은 발언은 「빈처」나 「암야」의 수준보다 분명 낮은 수준의 치기를 읽게 해 줄 뿐이다.

> 「사실 말이지 백성수의 그의 예술은 하나하나가 모두 우리의 문화를 영구히 빛낼 보물입니다. 우리의 문화의 기념탑입니다. 방화? 살인? 변변치 않은 집개, 변변치 않은 사람개는 그의 예술의 하나가 산출되는 데 희생하라면 결코 아깝지 않습니다. 천 년에 한 번, 만 년에 한 번 날지 못 날지 모르는 큰 천재를 몇 개의 변변치 않은 범죄를 구실로 이 세상에서 없이하여 버린다 하는 것은 더 큰 죄악이 아닐까요?」23)

하지만, 방금 말한 것이 엄연한 사실임에도 불구하고, 「광염소나타」가 대다수의 독자들에게 던져주는 충격과 감명의 파장은 결코 작은 것이 아니다. 이 점을 부인할 수는 없다. 그렇다면, 「광염소나타」가 그만한 파장을 일으킬 만한 문제작으로 자리잡을 수 있게 한 원동력은 어디에서 왔을까? 그 답을 한 마디로 제시한다면 그것은 <유별나게도 강한 김동인의 권력의지>가 될 것이다. 주지하다시피 김동인의 권력의지는 유별나게도 강한 것이어서 그로 하여금 소설 창작의 기본원리로 <인형조종술>이라는 것을 내세우게 했는가 하면 작품 속에서 진시황이나 수양대군 같은 절대권력자형의 인물들에 대한 공감 어린 예찬을 서슴지 않게 했을 정도

---

23) 김동인, 「광염소나타」, 『김동인 단편선—감자』(문학사상사, 1993), p.268.

였거니와, 이처럼 유별나게 강한 김동인의 권력의지가 그의 작품 속에서 가장 용의주도한 기법상의 배려와 가장 치열한 내적 절실성을 동반하면서 발현될 수 있는 곳은, 바로 그 자신이 한 사람의 문학·예술인이라는 사실을 감안할 때, 당연히 문학·예술인을 등장시키면서 그 문학·예술인의 예외적 특권을 옹호하는 장면이 될 수밖에 없었다. 이런 자명한 논리가 창작의 실제를 통하여 구현된 작품, 그것이 바로 「광염소나타」였다. 「광염소나타」가 작가적 인식의 높이에 있어서 「빈처」나 「암야」에 명백히 못 미치는 존재임에도 불구하고 그 나름의 비상한 매력을 지닌 문제작으로 문학사에 기록될 수 있었던 비밀의 핵심은 바로 여기에 있는 것이다.

5. 양반 유학자들과 예술가소설의 주인공들

이제는 다시 「빈처」에로 돌아가 논의를 계속하기로 하자. 「빈처」를 보면 주인공의 아내가 <당신도 살 도리를 좀 하셔요>라는 말을 조심스럽게 건네자 주인공이 <사나운 어조로 몰풍스럽게 소리를 꽥> 지르는 장면이 나온다. 그가 <몰풍스럽게> 내던진 말은, <막버리군한테나 시집을 갈 것이지, 누가 내게 시집을 오래ㅅ서! 저 따위가 예술가의 처가 다 뭐—야!>라는 것이었다.24) 이러한 주인공의 말은, <살 도리를 찾는 일> 즉 <생활의 세계에 관심을 갖는 일>은 <막벌이꾼>과 같은 부류의 사람들에게나 해당되는 일이며, <예술가>는 그런 하찮은 일 따위는 전혀 무가치한 것임을 알기 때문에 거기에 괘념할 까닭이 없다는 뜻을 담고 있다.

이러한 그의 말을 접할 때 나는 대번에 빌리에 드 릴라당의 『악셀』에

24) 현진건, 앞의 작품, p.164.

나오는 주인공 악셀 백작의 다음과 같은 말을 연상하지 않을 수 없다.

「인생이라구? 그건 하인들이 우리 대신 살아줄 거야」[25]

사실 「빈처」의 주인공이 보여주는, 도도한 고자세로 생활을 무시하는 태도에는, 분명 악셀 백작으로 대표되는 서양 근대 예술지상주의자들의 태도와 상통하는 점이 있다. 그렇다면 적어도 이 점에 있어서 「빈처」의 주인공은 자신이 그처럼 존경하고 또 닮기를 원했던 서양 근대문학·예술인들 중 일부의 면모에 꽤 가깝게 다가가 있는 셈이다.

하지만, 이 지점에서 조금 더 깊이 생각을 진전시켜 보면, 「빈처」의 주인공이 서양의 근대문학·예술인들 중 일부와 어느 정도 닮은 모습을 보여주고 있는 것은 사실이지만, 실인즉 그들보다도 훨씬 더 그와 가까운 존재가 따로 있다는 것을 깨닫게 된다. 그 <훨씬 더 가까운 존재>란 누구인가? 바로 조선시대의 양반 유학자들이다. 「빈처」의 주인공이 행하는 고백 가운데에 들어 있는 다음과 같은 내용을 보라.

나는 보수 업는 독서와 가치 업는 창작으로 해가 지고 날이 새며 쌀이 잇는지 나무가 잇는지 망연케 몰랏섯다. 그래도 때때로 맛난 반찬이 상에 오르고 입은 옷이 과히 추하지 아니함은 전혀 안해의 힘이엇다. 전들 무슨 벌이가 잇스리요. 부끄럼을 무릅쓰고 친가에 가서 눈치를 보아 가며 구차한 소리를 하여 가지고 어더온 것이엇다. 그것도 한 번 두 번 말이지 장구한 세월에 어찌 늘 그럴 수가 잇스랴! 말경(末境)에는 안해가 가져온 세간과 의복에 손을 대는 수밧게 업섯다. 잡히고 파는 것도 나는 알은 체도 아니하엿다. 그가 애를 쓰며 특명스러운 엽집 한멈에게 돈푼을 주고 시켯섯다.[26]

25) 아르놀트 하우저, 『문학과 예술의 사회사 : 현대편』(백낙청·염무웅 공역, 창작과비평사, 1974), p.185에서 재인용.

근대 서양의 예술지상주의자들은 비록 도도한 고자세로 생활을 무시하기는 하였을망정, 「빈처」의 위에 인용된 대목에 나오는 그 주인공의 고백이 선명하게 보여주는 것처럼 자기 배우자의 희생적인 고통과 노력에 무턱대고 의지하는 방법으로 나날의 기본적인 의식(衣食)을 해결하고자 하는 유아적인 태도를 취하지는 아니하였다. 그런데, 「빈처」의 주인공에 앞서서, 그와 기본적으로 똑같은 유아적 태도를 가지고 인생을 살아간 사람들이 있었다. 바로 조선시대의 양반 유학자들이었다. 조선시대의 양반 유학자들이 아무런 회의 없이 준수하였던 삶의 틀은 다음과 같은 것이었다.

 부인은 남편이 과거에 급제하여 관리가 되어 생계를 유지할 녹봉을 얻을 때까지 그의 과거 시험 준비를 뒷받침해야 하였는데, 대부분의 유학인들에게 이러한 생활이 일시적인 것이 아니라 항구적인 것으로 되어가자, 조선의 남자들은 일하지 않고 책만 보며 시를 읊는 생활에 안주하였다.27)

남편은 <책만 보며 시를 읊는> 일로 나날을 보내는 반면 아내가 생계를 전적으로 책임지고 고투하는 이러한 부부의 <업무 분담> 양상은 바로 「빈처」에 나타나 있는 주인공 부부의 <업무 분담> 양상과 한 치도 다르지 않다. 그렇다면 여기에서 도출되는 결론은 자명하다. 「빈처」의 주인공에게 진정한 모범으로 다가온 것은 근대 서양의 예술지상주의자들이라기보다 차라리 조선시대의 양반 유학자들이라는 결론이 그것이다. 「빈처」의 주인공은 일찍이 <지식에 목마른> 것을 느끼고 <지식의 바닷물을 얻어 마시려고> 길을 나섰던 사람인데, 그가 지식의 바닷물을 찾아

---

26) 현진건, 앞의 작품, pp.165~166.
27) 변원림, 『역사 속의 한국 여인』(일지사, 1995), pp.63~64.

탐색의 길을 떠난 다음에 실제로 행한 것은 <광풍에 나부끼는 버들잎 모양으로 오늘은 지나, 내일은 일본으로 굴러>[28]다니는 것이었으니, 그가 그 탐색의 길에서 열심히 익혔던 것은 조선시대의 양반 유학자들이 남겨 준 정신적·문화적 유산이 아니라 근대 서양의 문학이요 예술이었을 것임이 확실하다. 그럼에도 불구하고 그가 정작 삶의 틀을 선택함에 있어 모범으로 삼은 존재는 다시 말하지만 근대 서양의 문학·예술인들이라기보다 차라리 조선시대의 양반 유학자들이었던 것이다.

그런데 이처럼 조선시대의 양반 유학자들이 걸어갔던 길을 고스란히 따라 걷고 있는 주인공에 대하여 작가인 현진건이 보여주는 태도는 이미 앞에서 언급되었듯 주로 연민과 동정의 심리에 의하여 지배되고 있다. 주인공의 한계를 모르고 있지는 않지만, 그 한계를 이유로 주인공을 비판할 생각은 별로 없으며, 따뜻한 미소로 그 한계의 문제점을 덮어 버리고 있는 것이다.

주지하다시피 현진건은 대대로 많은 무관과 통역관을 배출하였던 서울의 중인층 출신이다.[29] 앞에서 나는 <평안도 출신과 중인 출신으로 대표되는 이들 열성적 주도 그룹들은, 과거 조선시대 문화의 헤게모니를 장악해 왔던 양반 유학자 그룹에 대하여 강렬한 대결의식 혹은 거부의식을 가지고 있었으며, 자기들이 한국 문화계의 주역이라는 자리를 차지할 수 있도록 만들어 준 서양식 근대문학·예술을 헤게모니 쟁취의 주요한 수단으로 활용하는 데에 용의주도하였다>는 말을 한 바 있거니와, 현진건 역시 중인 출신의 작가로서 이러한 <열성적 주도 그룹>의 의식과 전

---

28) 현진건, 앞의 작품, p.165.

29) 대구가 현진건의 출생지로 기록되게 된 것은 그의 부친이 대구의 우체국장으로 근무할 때 그가 태어났기 때문이다. 그가 속한 가문은 어디까지나 서울에 뿌리를 둔 중인 집안이다. 이어령 편, 『한국작가전기연구』, 하(동화출판공사, 1980), p.203 참조.

략개념을 고스란히 지녔던 사람이다. 그가 양반 유학자들의 학문이나 문학을 하지 않고 서양식 근대문학을 자신의 직분으로 선택하였으며 비상한 열의로 그 길에 매진하였다는 사실 자체가 이미 그가 이광수나 김동인과 어깨를 나란히 하여 저 헤게모니 쟁취의 전선에 나선 투사였음을 말해 준다.

그런 그가 정작 삶의 틀을 선택하는 자리에서 조선시대의 양반 유학자들이 걸어갔던 길을 고스란히 따라 걷는 길을 선택한 「빈처」의 주인공에 대하여 전혀 비판을 가하지 않고 오히려 연민과 동정의 시선으로 임하게 된 것은 어떤 연유에 의하여 가능했던가? 이 물음에 대한 답은 한 가지밖에 없을 것이다. 주인공이 행하는 <독서>와 <창작>이 유교나 과거 시험과 관련된 것이 아니라 서양식 근대문학·예술에 초점을 맞춘 것이었기 때문이라는 답이 그것이다. 여기에서 우리는 <서양 근대문학·예술에 대한 추종이라는 외피를 쓰고 있기만 하면 삶의 틀에 있어서는 양반 유학자들의 선례를 고스란히 이어받아도 긍정할 수 있다>는 논리와 <바로 그 양반 유학자들로부터 한국의 정신적·문화적 헤게모니를 반드시 빼앗아 와야겠다>는 욕망 사이에서 현진건이 기묘한 혼란과 분열을 노정하고 있는 모습을 발견하게 된다.

6. 예술가소설에 나타난 자본주의 체제 비판

「빈처」를 보면 주인공과 그의 손윗동서가 흥미로운 대조를 이루고 있다. 주인공의 동서는 그의 아내—즉 주인공의 처형—가 자랑하는 바에 따르면 <기미(期米)를 하여 가지고 이번엔 돈 10만원이나 착실하게 땄다>고 할 정도로 유능한 사업가이다. 그처럼 유능한 사업가와 결혼한 덕분에 주인공의 처형은 <비단을 나리감고 치감고 얼굴에 부유한 태가 질

질 흐른다.>30) 하지만 이 유능한 사업가는 또 한편으로는 <그 돈을 딴 뒤로는 주야 요리점과 기생집에 돌아단이더니 일전에 어떤 기생을 어더 가지고 미쳐 날뛰며 집에만 들면 집안 사람을 들복고 걸핏하면 처형을 친다한다. 이번에도 별로 대단치 안흔 일에 처형에게 밥상을 냅다 갈겨 바로 눈 우에 그럿케 멍이 들었다>31)는 소식이 들려오는 사람이기도 하다. 그러니까 이 사람은 근대적 자본주의 체제가 서서히 정착되어 가고 있던 당신의 시대상황 속에서 남보다 민활하게 대처하는 능력을 가진 덕분으로 큰 성공을 거둔 승리자이지만 내면적으로는 철저히 타락한 모습을 보여주는 속물에 불과한 것이다. 한편 그와 대비되는 주인공은 <물질적으로는 가난하지만 그 내면에는 문학·예술인으로서의 순수성과 자존심을 간직한 인물>이다.

「빈처」에서 마련된 이러한 대비 구도는, 1930년대에 들어가서 발표된 박태원이나 이태준의 여러 예술가소설들에서 충실하게 계승된다. 박태원이 1934년에 발표한 「소설가 구보씨의 1일」에서 주인공 구보가, 어떤 미모의 여성을 동반하고 월미도로 놀러가는 길인 중학 시절의 동창생을 우연히 만나 속으로는 싫으면서도 어쩔 수 없이 한 잔의 차를 같이 나누고 헤어진 후 다음과 같은 상념에 잠기는 장면을 보자.

> 문득, 구보는, 그러한 여자가 웨 그자를 사랑하러드나, 또는 그자의 사랑을 용납하는 것인가 하고, 그런것을 괴이하게 여겨본다. 그것은, 그것은 역시 황금까닭일게다. (…) 사실, 같은 돈이라도 그사나이에게 있어서는 헛되이, 그리고 또 아까웁게 소비되어 버릴게다. 그는 날마다 기름진 음식이나 실컷 먹고, 살찐 계집이나 질기고, 그리고 아무 앞에서나 그의 금시계를 끄내보고는 만족하여 할게다.32)

30) 현진건, 앞의 작품, p.169.
31) 위의 작품, p.171.

그런가 하면 이태준의 단편 「장마」(1936)에 나타나는 주인공 <나>와 그 동창생 <강> 사이의 대비나, 같은 이태준의 「패강랭(浿江冷)」(1938)에 나타나는 주인공 <현>과 그 동창생 <김>의 대비도 완전히 동일한 구도를 보여준다. 「장마」에 나오는 <강>은 <한 사오십정보 맨드러놨네. (…) 잘 팔리면 오십만원쯤은 무려할걸세 난 본부에 드러가서두 막 뻗히네> 하고 으시대며, <본부>라는 말을 몰라서 반문하는 주인공에게 <허 — 이사람 서울 햇있네그려 본불 몰라? 총독불!> 하고 무안을 주는 인물이지만, 또 한편으로 <양복저고리 에리에는 일장기 빼지를 척 꽂>고 다닐 정도의 친일파이기도 하다. <세상일이 다 낙시질이데그려 알아듯겠나? 미끼가 든단말일세 허허……>라는 것이, 그가 자신만만하게 갈파하는 처세철학이다.33) 그런가 하면 「패강랭」에 나오는 <김>은 평양의 부회의원이요 성공한 실업가로서 작가인 주인공 <현>을 향해 <자네들 이제부턴 실속채려야 하네. (…) 팔릴 글을 쓰란 말일세>34)라는 충고를 던지는 위인이다. 이러한 유형의 인물들과 대비되는 「소설가 구보씨의 1일」의 구보, 「장마」의 <나>, 「패강랭」의 <현>은 하나같이 <물질적으로는 가난하지만 그 내면에는 문학·예술인으로서의 순수성과 자존심을 간직한 인물>로 나타난다.

그러면, 앞에서 내가 「빈처」의 경우를 두고서 길게 논한 바 있는, <양반 유학자들로부터 한국의 정신적·문화적 헤게모니를 빼앗아 오고자 하는 그룹>과 바로 그 <양반 유학자 집단> 사이에서 발견되는 내면적 관련성이라는 문제는, 「소설가 구보씨의 1일」, 「장마」, 「패강랭」 등의 작품들이 씌어진 1930년대에는 어떤 양상으로 나타나는가? 특별히 흥미

---

32) 박태원, 「소설가 구보씨의 1일」, 『소설가 구보씨의 1일』(문장사, 1938), p.254.
33) 이태준, 「장마」, 『가마귀』(한성도서주식회사, 1937), pp.168~170.
34) 이태준, 「패강랭」, 『삼천리문학』, 1938. 1, p.29.

로운 양상을 보여주는 이태준의 경우에 초점을 맞추면서 이 문제를 조금 검토해 보기로 하자.

양반 유학자들의 문화에 대해서 이태준이 보여준 태도는, 그의 선배 세대에 속하는 이광수·김동인·염상섭 등과 같은 작가들의 그것과 비교할 때, 훨씬 호의적인 것이었다고 말할 수 있다. 잘 알려진 「패강랭」의 서두 부분을 잠깐 보기로 하자.

다락에는 제일강산(第一江山)이라, 부벽루(浮碧樓)라, 빛낡은 편액(扁額)들이 걸려 있을 뿐, 새 한마리 앉아 있지 않았다. 고요한 그속을 드러 서기가 그림이나 찢는것 같아 현은 축대 아래로만 어정거리며 다락을 우러러본다.
질퍽하게 굵은 기둥들, 힘 내닷는 대로 밀어던진 첨자와 촛가지의 깍음새들, 이조(李朝)의 문물(文物)다운 우직한 순정이 군대군대서 구수하게 풍겨나온다.[35]

이러한 대목에서 어렵지 않게 읽어낼 수 있는 이태준의 조선시대 양반 유학자 문화에 대한 호의적 태도는 사실 그의 수많은 소설과 수필에서 반복적으로 제시되고 있는 것이기도 하다. 이태준이 조선시대 양반 유학자들의 문화에 대하여 이러한 태도를 취할 수 있었던 데 대해서는 다양한 측면에서 설명이 가능하다. 그 다양한 설명들 가운데서도 특히 유력한 지위를 점할 만한 것은 이태준이 일찍 사별한 그의 아버지—그 아버지의 상상도(想像圖)를 그는 개화파이면서도 진지한 유학자의 풍모를 지닌 인물로 그리고 있었다—에 대해서 품고 있었던 동경과 숭앙의 심리일 것이다.

하지만, 아무리 그렇다 하더라도, 내가 앞에서 여러 차례 언급했던 저

---

35) 위의 작품, p.21.

308

<헤게모니 쟁탈진>의 상황은 이태준이 조선시대의 양반 유학자 문화에 대하여 호의적인 태도로 임하는 것을 조금이라도 방해할 만한 요소로 작용하지 않았을까? 나는 그렇지 않았으리라고 생각한다. 이태준이 한국을 대표할 만한 소설가의 한 사람으로 공인되면서 활발한 창작활동을 전개하였던 1930년대라는 시기는, 일찍이 지난 1910년대 이래 이광수를 도전파(挑戰派) 혹은 신파(新派)의 대표적인 전사로 등장시킨 가운데 전개되어 왔던 저 <헤게모니 쟁탈전>이 바로 그 도전파의 압도적인 승리로 끝난 지도 한참 지난 시점이었기 때문이다. 이광수가 그의 싸움을 시작하던 무렵만 해도 막강한 권위를 동반하면서 군림하고 있었던 저 양반 유학자 집단의 정신적·문화적 세력은 1930년대에 이르면 적어도 문학·예술의 세계에서는 이미 완전한 몰락의 선고를 받은 상태였던 것이다. 이미 완전한 몰락의 선고를 받은 상대에 대하여 더 이상 긴장된 대결의식을 가질 필요는 없다. 얼마든지 관대한 태도로 임해도 전혀 문제될 바가 없는 것이다.36) 사정이 이러한 만큼, 조선시대 양반 유학자의 문화에 대하여 1930년대의 이태준이 그처럼 호의적인 태도를 취하는 데 있어서

---

36) 자타가 공인하는 <헤게모니 쟁탈전>의 주역으로서 양반과 그들의 문화에 대해서 온갖 신랄한 말로 공격을 퍼붓는 일에 지칠 줄을 몰랐던 바로 그 이광수는, 참으로 희한하게도, 훗날에 가서 다음과 같은 말로 양반을 찬양한 바 있다. <양반이란 민족의 꽃이요, 지도자를 의미함이요, 홍익인간의 민족적 이상을 지키고 발전하고 실현하는 것으로 제 구실을 삼는 사람들이지 권세를 잡고 저를 높이고 다른 동포들을 낮추어 일종의 특권 계급을 이루는 자들을 가리키는 것이 아니다>(「내 나라」, 『이광수전집』, 10(우신사, 1979), p.235). 이광수의 이처럼 희한한 발언은, 그가 평생을 두고 일관해서 보여주었던 것이 바로 혼란 그 자체라고 해도 지나치지 않을 정도의 사상적 잡거성(雜居性)이었다는 사실을 감안하면, 이해를 하지 못할 바도 아니다. 하지만 아무리 그렇다 하더라도, 그와 그의 동류들이 <헤게모니 쟁탈전>에서 완전히 승리를 거둔 결과 양반 유학자 집단의 정신적·문화적 권위 상실이 결정적으로 굳어진 후에도 한참 더 세월이 흐른 시점이 되지 않고서는, 위의 발언은 도저히 나올 수 없었을 것이다. 실제로 위의 발언이 실려 있는 텍스트는 이광수가 1948년에 간행한 수필집 『돌베개』이다.

저 <헤게모니 쟁탈전>의 문제가 걸림돌로 작용할 까닭은 전혀 없었던 것이다.

그러나 아무리 조선시대 양반 유학자들의 문화에 대하여 뚜렷한 호의를 내보이고 있었다 하더라도 이태준이 그 자신의 진정한 자리 혹은 궁극적인 귀의처로 설정한 곳은 역시 서양식의 근대문학과 예술이 지배하는 세계였다. 그가 조선시대 양반 유학자들의 문화에 대하여 지녔던 감정의 핵심은 앞에서 이미 말한 바 있듯 <호의>였다. 어디까지나 <호의>였을 뿐 그 이상은 아니었던 것이다. 어떤 대상에 대하여 <호의>를 지닌다는 것은 기본적으로 그것이 <남의 것>이라는 인식을 전제로 한다. 이태준은 조선시대 양반 유학자들과 자신은 전혀 다른 부류에 속한다는 인식 아래 그 유학자들의 문화에 대해 호의를 보냈던 것일 따름이다. 그가 이광수, 김동인, 염상섭, 현진건 등과 마찬가지로 양반 유학자들의 학문이나 문학을 하지 않고 서양식 근대문학을 자신의 직분으로 선택하였으며 비상한 열의로 그 길에 매진하였다는 사실 그 자체만으로도 이 점을 증명하기에는 충분하다.

이처럼 이태준의 입장은 조선시대 양반 유학자들의 문화에 대하여 호의적인 태도로 임하기는 하되 그 자신은 기본적으로 어디까지나 서양식 근대문학·예술의 세계에 몸담고 있는 존재로 파악하고 있었던 것으로 요약된다. 이태준은 그러한 입장을 취하는 한편, 그러한 입장의 연장선상에서 <예술가> 혹은 <예술가 이상 가는 존재>로서의 강렬한 자부심을 견지하고 있었으며, 바로 그러한 자부심에 입각하여, <자본주의 체제 속에서 승리를 거두고 있기는 하되 내면적으로는 타락한 속인>들에 대한 비판의식을 드러내었다. 「패강랭」에서 <현>이 돈많은 속물 <김>을 향해 사이다 컵을 던지며 <이자식? 되나 안되나 우린 이래뵈두 예술가다! 예술가 이상이다 이자식……>37) 하고 절규하는 대목을 읽을 때 우리는 그러한 <현>의 모습 위로 작가인 이태준 자신의 면모가 떠오르는 것을 느끼지 않을 수 없거니와, 여기에서 만나게 되는 이태준의 면모를 요약할 수 있는 말로 우리는 <자부심>과 <비판의식>이라는 두 개의 단어 이상 가는 것을 찾기 어려운 것이다. 그리고 이것은, 앞에서 이미 이야기된 바 있듯, 「빈처」의 주인공이나 「소설가 구보씨의 1일」의 구보, 그리고 이태준 자신이 쓴 「장마」 속의 <나>가 지녔던 태도에 그대로 이어지는 것이기도 하다.

그런데, 이처럼 「빈처」, 「소설가 구보씨의 1일」, 「장마」, 「패강랭」 등 여러 편의 예술가소설들에서 일관되게 나타나고 있는, 저 <자본주의 체제 속에서 승리를 거두고 있는 속인들에 대한 비판>이라는 것은, 「빈처」가 발표되었던 1920년대 초의 시점에서보다는, 「소설가 구보씨의 1일」, 「장마」, 「패강랭」 등의 작품들이 발표되었던 1930년대의 시점에서 더 큰 현실감을 확보할 수 있는 것이었다. 주지하다시피, 한국 사회가 전체적으로 어느 정도나마 자본주의적인 삶의 실감을 느끼게 하는 공간으로 변모해 간 것은 아무래도 1930년대에 들어서서부터의 일이기 때문이다.[38]

그렇다면, 이들 일군의 예술가소설들에서 공통적으로 나타나고 있는, <자본주의 체제 속에서 승리를 거두고 있는 속인들에 대한 비판>이라는 것에 대해서 우리는 어떤 평가를 내릴 수 있을까?

이 물음에 답하기 전에 잠깐 시야를 넓혀서 일반론적인 차원의 검토를 조금 해 두기로 한다.

<자본주의적 체제 속에서 승리를 거두고 있는 속인들에 대한 비판>이라는 것은, 따지고 보면, <자본주의 체제에 대한 비판>의 일부를 이루

---

37) 이태준, 「패강랭」, p.30.
38) 1930년대에 들어와 자리잡기 시작한 자본주의적 삶의 실감을 당대의 소설계에서 가장 잘 표현해 준 존재가 바로 「소설가 구보씨의 1일」이라고 할 수 있다.

고 있는 것이다. 조금 더 구체적으로 말하면, 근대의 문학·예술인들이 <자본주의 체제에 대한 비판>을 시도할 경우 가장 자주 선택하는 방법이 바로 <자본주의 체제 속에서 승리를 거두고 있는 속인들에 대한 비판>이라고 할 수 있는 것이다.

그런데 이처럼 <자본주의 체제 속에서 승리를 거두고 있는 속인들에 대한 비판>이라는 방법을 가장 즐겨 선택하는 가운데에서 이루어져 온 <자본주의 체제에 대한 비판>이라는 것은, 서양 지역의 경우에나 비서양 지역의 경우에나, 근대문학·예술의 핵심적인 전통 가운데 일부를 이루고 있다고 해도 과언이 아닐 정도이다. 그런가 하면, 자본주의 체제를 긍정적으로 평가하고 그것의 공적을 부각시키는 작업은, 19세기 전반기 이전의 서양에서 일부 나타났던 사례들을 제외하고 보면, 거의 전무하다고 해야 할 정도로 미미하기 짝이 없다. 그렇다면 자본주의 체제라는 것은 과연 수많은 근대문학·예술작품들 속에서 그처럼 압도적으로, 그리고 지속적으로 비판받아야 마땅할 만큼 근본적으로 문제투성이인 것일까? <자본주의 비판론>의 정당성을 믿어 의심치 않고 있는 세상의 수많은 문학·예술인들이 보기에는, 이러한 질문을 제기하는 것 자체가 불필요한 수고인 것처럼 여겨질지도 모른다. 하지만 조금만 더 깊이 생각해 보면, 위의 질문에 대한 답이 그렇게 간단한 것일 수 없다는 사실을 깨닫게 된다. 자본주의 체제가 출현한 결과 비로소 이 지구상에서는 본격적인 인간해방의 드라마가 전개될 수 있었다는 <엄연한 역사적 진실>을 그 누구도 외면할 수 없기 때문이다.

우리가 전근대적 사회를 돌아보면, 사회적·체제적 부조리에 대하여 분노를 금할 수 없고, 때로는 야만적이라고 느끼기도 한다. 그런데 그 모든 부조리를 쓸어내어 버린 것이 무엇인가 하면, 그것이 바로 화폐이다. 근대사회로의 전환에 대하여 분명의 진보, 자유의 승리, 이성의 승리, 인간정신의 위대한 진보 등이라고 말하기도 하지만, 그것은 지극히 추상적인 언어일 뿐이다. 인류 수천 년의 역사에서 근대 이전의 부조리를 쓸어낸 것을 구체적으로 말하면, 그것은 화폐인 것이다. 화폐가 인간에게 자유를 선물하였다. 화폐가 민주주의를 선물하였다. 화폐가 인간을 계급으로부터 해방시켰다. 그것은 공자도 할 수 없었던 일이었다.[39]

위에 인용된 글은 송희식이 쓴 『자본주의 우물을 벗어난 문명사』의 한 대목이거니와, 이 글에서 송희식이 제시하고 있는 주장은 인류의 역사를 편견 없이 검토해 본 사람이라면 누구도 부정할 수 없는 진실을 담고 있다. 그리고 역시 인류의 역사를 편견 없이 검토해 본 사람이라면, 위에 인용된 글에서 송희식이 사용하고 있는 <화폐>라는 표현을 <자본주의 체제>로 바꾸어도 아무런 문제가 없다는 사실을 인정하지 않을 수 없을 것이다.

엄연한 역사적 진실이 이러한 것임에도 불구하고, 수많은 근대문학·예술인들은, 그가 서양 지역의 사람이거나 비서양 지역의 사람이거나를 막론하고, 어찌하여 자본주의 체제에 대한 비판을 그처럼 집요하게, 지칠 줄 모르고 수행해 온 것일까? 그리하여 급기야는 자본주의 체제에 대한 비판이 근대문학·예술의 핵심적인 전통 가운데 일부를 이룰 정도에까지 이르게 된 것일까? 이 물음에 대한 답은 두 가지로 정리될 수 있다.

우선적으로 제시될 수 있는 첫 번째의 답은, 자본주의 체제가 분명이 지구상에서 처음으로 본격적인 인간해방의 드라마가 전개될 수 있도록 만드는 공적을 이룩하기는 했지만, 빛이 강하면 어둠도 짙다는 식으로, 그러한 공적을 가능케 한 근본적 장점들의 이면에 또한 그 나름의 문

---

39) 송희식, 『자본주의 우물을 벗어난 문명사』(모색, 1995), p.180.

제점을 내장하고 있기도 한 것이 사실인데, 바로 그러한 문제점의 존재가 수많은 근대문학·예술인들의 비판적 시각에 걸려들지 않을 수 없었으며, 그 자연스러운 결과로, 문학·예술의 영역에서 자본주의 비판론들이 계속 나오게 되었다는 것이다.

그렇다면, 자본주의 체제에 내장된 문제점들이란 구체적으로 어떤 것들인가? 『자본주의 우물을 벗어난 문명사』의 저자인 송희식은 그 책의 제8장 제1절에서 그 문제점을 무려 여덟 가지 항목으로 체계화하여 제시하고 있거니와[40] 여기서 잠깐 그 개요만을 열거해 보면 그것은 다음과 같다. (1) 경쟁과 대립과 적대를 그 본질적인 요소로 삼고 있다는 점, (2) 심각한 불평등의 문제를 안고 있다는 점, (3) 개인의 생존을 보장하지 않는다는 점, (4) 격심한 경제변동의 문제, (5) 개인주의와 물질주의의 문제, (6) 전쟁의 문제, (7) 환경파괴의 문제, (8) 인구의 문제. 이 여덟 가지 문제점들에 대한 송희식의 논의는 상당부분 초점이 빗나갔거나 과장된 것으로 보이지만, 어쨌든 그것은 왜 수많은 근대문학·예술인들이 자본주의에 대해 비판적인 태도를 취하게 되었는가를 적어도 부분적으로는 설명해 준다.

그리고 송희식의 설명을 참조하면서 다시 하나 덧붙여 생각해야 할 사실이 있다. 그것은 인간의 궁극적인 자유에 대한 이념을 자본주의 체제가 충족시켜 주지 않는다는 사실이다. 인간의 궁극적인 자유에 대한 이념은, 한자경의 유려한 표현을 빌려서 이야기하자면, 예컨대 <일체의 무대 위의 규정이 우리 자신들의 규정이고 속박이며, 우리는 본질적으로 그런 규정과 관계망을 넘어 자유로운 존재라는 것, 누구나 천리를 따라 하늘을 나는 한 마리 붕새라는 것, 일체의 연기적 규정 너머 자비를 실천

---

40) 위의 책, pp.261~265.

하는 부처들이라는 것〉[41]—이런 점들까지를 적극적으로 고려해 주기를
요청하는 것인데, 자본주의 체제가 인간에게 선물한 〈자유〉에는 불행하
게도 이러한 점들에 대한 고려가 빠져 있는 것이다. 〈자본의 논리가 지
배하는 무대 위의 최대 가치는 그것이 아무리 순수 진리와 학문, 개인의
인권과 자유와 평등이라는 그럴 듯한 옷을 입고 있어도 역시 돈〉[42]일
따름이기에 그러하다. 그런데 근대의 문학·예술은, 많은 경우, 앞서 인
용한 한자경의 말 속에 나타나 있는 바와 동일하거나 최소한 그것과 상
통하는 의미에서의 〈궁극적인 자유〉에 대한 소망을 키우고 표현하는 것
을 그 전통의 중요한 일부로 삼아 온 것이 사실이다. 바로 이 점이 또한
근대의 수많은 문학·예술인들로 하여금 자본주의 체제에 대한 비판을
행하지 않을 수 없게 만드는 원인이 되는 것이다.

그러나, 지금까지 제시된 답이 사태의 일면을 분명 잘 설명해 주고
있는 것임에는 틀림없지만, 그것이 곧 완전한 답이라고 말할 수는 없다.
이러한 답만 가지고서는, 수많은 근대문학·예술인들에 의한 자본주의
비판론이 어찌하여 그토록 집요하고 극단적인 형태로 진행되었으며, 비
판에는 그토록 집요하고 극단적이었던 다수의 근대문학·예술인들이 정
작 자본주의 체제에 의해 이룩된 〈공적〉을 인정하고 부각시키는 데에는
어찌하여 그토록 인색하였는가 하는 의문을 도저히 충분하게 설명해 줄
수 없는 것이다.

여기서 내가 〈수많은 근대문학·예술인들에 의한 자본주의 비판론이
어찌하여 그토록 집요하고 극단적인 형태로 진행되었으며, 비판에는 그
토록 집요하고 극단적이었던 다수의 근대문학·예술인들이 정작 자본주

---

41) 한자경, 「한국철학을 생각하며」, 홍원식 외, 『동양을 위하여, 동양을 넘어서』(예문
　　서원, 2000), p.78.
42) 위의 글, pp.76~77.

의 체제에 의해 이룩된 '공적'을 인정하고 부각시키는 데에는 어찌하여 그토록 인색하였는가>라는 표현을 쓴 데 대하여, <그것은 너무 지나친 표현이 아닌가> 하고 반발하는 사람이 있을지 모른다. 하지만 그것은 절대로 지나친 표현이 아니다. <자본주의 체제에 의해 이룩된 '공적'을 인정하고 부각시키는 데에는 어찌하여 그토록 인색하였는가>라는 표현을 놓고 한번 더 생각해 보자. 자본주의 체제가 이룩한 공적이 무엇인가는 앞에서 이미 설명한 바 있거니와, 복거일의 표현[43]을 빌려서 다시 정리하면, 그것은 <파는 사람이 그 돈을 내는 사람의 특질을 따진 뒤에야, 곧 인종·성별·신분·종교·출신 지역 따위를 따져 파는 사람이 정한 기준들에 맞아야, 비로소 무엇을 살 수 있는 사회>를 무너뜨리고 <돈을 내면 무엇이든지 살 수 있는> 사회를 만들어낸 것인데, 자본주의 체제의 출현에 의하여 이룩된 이러한 변화가 인간의 해방을 위해 기여한 바는, 다시 한번 강조하거니와, 진실로 대단한 것이었다. <파는 사람이 그 돈을 내는 사람의 특질을 따진 뒤에야 비로소 무엇을 살 수 있는 사회>가 어떤 것인가를 한번 생각해 보라. 자본주의 체제가 출현하기 이전에 존재하였던 신분 사회를 제외하면, 복거일이 예시하고 있는 바와 마찬가지로, <나치 독일이나 남아프리카 연방이나 공산주의 사회들>이 바로 그런 사회이다.[44] 이 세 가지 사례는 모두 자본주의 체제가 출현함으로써 이룩된 인간해방의 드라마를 다시 뒤집어 버리려고 시도하다가 실패한 예들이거니와, 이 끔찍한 사례들과 대비해 보면, 자본주의 체제에 의해 이룩된 인간해방의 드라마가 얼마나 뜻깊은 것인지 대번에 드러난다. 사정이 이러함에도 불구하고, 앞에서 말했듯이, 자본주의 체제가 이룩한 이

---

43) 복거일, 『소수를 위한 변명』(문학과지성사, 1997), p.62.
44) 여기서 말하는 <남아프리카 연방>이란 물론 인종차별 정책이 고수되던 시절의 남
   아프리카 연방을 가리킨다.

와 같은 공적을 문학·예술의 영역에서 긍정적으로 부각시킨 작업은, 19
세기 전반기 이전의 서양에서 일부 나타났던 사례들을 제외하고 보면,
거의 전무하다고 해야 할 정도인 것이다. 이러한 사태를 눈앞에 대했을
때, <어찌하여 그토록 인색하였는가>라는 표현이 떠오르는 것은 지극히
당연한 일이 아닐까?

어쨌든, 바로 이러한 이유 때문에 두 번째의 답을 모색하는 작업이
필요해지는 것인데, 하우저가 쓴『문학과 예술의 사회사』를 읽어 보면,
바로 그 두 번째 답이 나와 있다. 그 책 속에 하우저는 다음과 같은 말을
적어 두고 있는 것이다.

> 자기들의 고용주에 대한 교양계층의 원한은 새로운 것이 아니다. 르
> 네상스 시기의 인문주의자들은 이미 그 병을 앓았고 그리하여 열등감의
> 여러 신경증적 증세를 드러냈던 것이다. 그러나 진리를 소유하고 있다
> 고 믿는 계급이 어떻게 경제적 정치적 모든 실권을 소유한 계급에게 질
> 투와 선망과 증오를 느끼지 않을 수 있었겠는가?[45]

<진리를 소유하고 있다고 믿는 계급>이 <경제적 정치적 모든 실권
을 소유한 계급>에 대해서 느끼지 않을 수 없는 <질투와 선망과 증오>
—바로 이것을 두 번째의 답으로 삼고, 이 두 번째의 답으로써 이미 제
시되었던 첫 번째 답을 보충할 때에만, 앞의 물음에 대한 우리의 답은 완
전해질 수가 있는 것이다.

그리고 여기서 덧붙여 한 가지 더 이야기해 두어야 할 것은, 근대의
많은 문학·예술인들이 자본주의 체제에 대한 비판을 시도할 때 구체적
으로 가장 자주 선택한 방법이 왜 하필이면 <자본주의 체제 속에서 승리

---

45) 아르놀트 하우저, 앞의 책, p.135.

를 거두고 있는 속인들에 대한 비판>이었던가 하는 의문을 우리는 당연히 품어볼 수 있는데, 위에 인용된 하우저의 설명은 바로 그 의문에 대한 답도 제시해 주고 있다는 사실이다.

지금까지 나는 근대문학·예술의 전반에 걸쳐 나타나고 있는 <자본주의 체제에 대한 비판>의 문제와 관련하여 <일반론적인 차원의 검토>를 조금 시도해 본 셈이거니와, 그렇다면 지금까지의 논의에서 이야기된 내용은 「빈처」, 「소설가 구보씨의 1일」, 「장마」, 「패강랭」 등 일군의 한국 예술가소설들에 대하여서도 그대로 적용되는 것일까? 대체로 그렇다고 대답할 수 있다.

그렇기는 하지만, 지금까지의 일반론적인 논의에서 이야기된 내용이 이 작품들에도 그대로 적용된다는 사실을 인지하는 것만으로 이 작품들에 나타난 <자본주의 비판>—좀더 구체적으로 말하자면, <자본주의 체제 속에서 승리를 거두고 있는 속인들에 대한 비판>—의 성격에 대한 이해를 완결지을 수 있는 것이냐 하면, 그렇지는 않다. 무엇보다 먼저, 앞에서 길게 논의되었던, <조선시대 양반 유학자들 및 그들의 문화>와 <이 작품들의 주인공 및 작가> 사이의 연관관계에 대한 이해를 여기에 추가시킬 필요가 있다.

앞에서 자세하게 논의되었던 바와 같이, 「빈처」를 비롯한 일군의 예술가소설들에 나타났던 대비 구도는, 기본적으로, <양반 유학자가 보여준 삶의 틀을 이어받고 있는 근대적 문학·예술인>과 <자본주의 체제 속에서 승리를 거두고 있기는 하되 내면적으로는 타락한 속인> 사이의 대비 구도로 요약될 수 있는 것이었다. 뿐만 아니라, 이태준의 경우에는, 여기에 덧붙여서, 조선시대의 양반 유학자 문화에 대한 작가의 호의적인 태도가 명시적으로 나타나기까지 했었다. 그런데, 자본주의 체제의 근간을 이루는 화폐라는 것에 대해, 상인계급에 대해, 그리고 <부의 축적>을

318

삶의 중요한 목표로 삼는 태도에 대해, 바로 이 조선시대의 양반 유학자들만큼 강렬한 적대감과 경멸감을 지속적으로 보여준 부류는 유사 이래 그 유례를 찾기 어려울 정도이다. 양반 유학자들이 체제의 주도권을 잡고 이끌어갔던 조선이라는 나라가 경제 문제에 대하여 도대체 어떤 정책을 취했던가 하는 점을 살펴보면 그 점을 생생하게 확인할 수 있다.

유교적 덕치의 실현을 이상으로 삼았던 조선시대에 정부는 당연히 국가의 재정이나 국방과 같은 국가경영의 현실적 문제에 소홀하였다. 유교에서는 부의 축적을 여색에 빠지는 것과 함께 군자로서 가장 경계해야 할 일이라고 보았다. 따라서 조선시대에 들어와 국가는 상공업 활동을 극도로 억압하여, 고려시대까지만 해도 성행하였던 대외무역이 금지되고 오직 조공무역만이 명맥을 유지하게 되었다. 상공업 활동은 정부의 엄격한 통제하에 놓이게 되는데, 예를 들면 당시 시전 상인들은 이윤의 대부분을 정부에 시장 건물의 사용료 명목으로 바치는 조건으로 정부에 물자를 독점적으로 공급하는 권리를 얻어야 했다. 그리고 그들은 천민 다음으로 가장 천시받는 계층이 되어, 그들의 자식에겐 과거시험을 볼 자격도 부여되지 않았다. 이토록 상공업자 계층을 천시한 것은 당시 중국[명·청]에도 없었던 일이다. 중국만 해도 선비로서 글공부를 하다가도 집안이 빈한하게 되면 장사를 하는 것이 집안의 수치가 아니었으나, 우리나라에서는 혼자서 충분히 경작할 논밭이 있더라도 남에게 소작을 주고 선비는 집안에 양식이 떨어졌는지도 모르고 글공부에 전념하는 것을 집안의 자랑으로 여겼다.[46]

양반 유학자들이 체제의 주도권을 잡고 이끌어갔던 조선이라는 나라의 경제 정책이 이런 것이었을 뿐 아니라, 거기에 걸맞게, 사적인 삶의 공간에서도 양반 유학자들은 철두철미한 반(反)화폐, 반상공업, 반자본주

---

46) 김은희, 「경제위기에 대한 문화적 진단」, 김은희 외 2인 공저, 『문화에 발목잡힌 한국 경제』(현민시스템, 1999), pp.24~25.

의의 자세를 고수하였다.

> 선비의 조건은 재물로부터 자신을 완벽하게 소외시키는 것으로 근본을 삼는다. 왜냐하면 재물은 선비가 이상으로 삼는 삼강오륜을 해치는 가장 직접적인 요인으로 보았기 때문이다. 그러기에 재물의 단위인 금전은 저주하고 멀리해야 할 악마였다. (…) 곡식도 몇 말, 몇 되 구체적으로 분량을 말한다는 것은 상스럽게 여겼다. (…) 비단 금전을 말하는 것 이외에 금전에 손을 댄다는 것도 터부였다. (…) 토지문서도 재물이라 하여 선비들은 직접 그 문서에 손대는 법이 없었다. 토지매매 등 문서를 만져야 하는 일이 있으면 종을 시키되 위임장을 써서 그 종으로 하여금 재산 매매행위를 대행하도록 했던 것이다.[47]

이처럼 극단적인 반(反)화폐, 반상공업, 반자본주의의 자세를 고수하면서도, 조선시대의 양반 유학자들은 어쨌든 그 시대 내내 조선이라는 국가 전체의 정치적·사회적 헤게모니를 통째로 장악한 주역으로 군림하였었다. 그런데 「빈처」의 주인공과 같은 인물로 대표되는 20세기 한국의 문학·예술인들은 조선시대 양반 유학자들이 보여준 삶의 틀을 물려받으면서 그들이 지녔던 반화폐, 반상공업, 반자본주의의 자세도 의식적으로든 무의식적으로든 물려받게 된 반면, 그들이 향유했던 정치적·사회적 헤게모니는 다 잃어버리고, 오히려 <경제적 정치적 모든 실권을 소유한 계급에게 질투와 선망과 증오를 느끼기나 하는 존재>로 전락한 셈이다. 사정이 이러한 만큼, 「빈처」의 주인공과 같은 20세기 한국의 문학·예술인들이 가지게 된 반자본주의적 의식의 강도는 참으로 강렬한 것이 될 수밖에 없는 것이었다. 「빈처」, 「소설가 구보씨의 1일」, 「장마」, 「패강랭」 등의 예술가소설에 공통적으로 드러나는, <자본주의 체제 속에서 승리를

---

47) 이규태, 『선비의 의식구조』(신원문화사, 1984), pp.30~31.

거두고 있는 속인들에 대한 비판>의 근지에는, 바로 이러한 복합적 상황
이 작용하고 있는 것이다.

7. 식민지 자본주의와 군국주의 파시즘의 문제

지금까지 나는 「빈처」를 비롯한 일군의 예술가소설들에 나타나 있는,
<자본주의 체제 속에서 승리를 거두고 있는 속인들에 대한 비판>이라는
요소의 본질이 무엇인가라는 물음을 놓고, 두 가지 차원에서 논의를 시
도해 보았다. 첫 번째로는 서양 지역과 비서양 지역을 막론하고 보편적
으로 적용될 수 있는 일반론의 차원에서 논의를 시도해 보았고, 두 번째
로는 조선시대 양반 유학자들의 전통과 관련된 측면에서 한국이라는 나
라에만 존재하는 독특한 현상을 따지는 개별론의 차원에서 논의를 시도
해 본 셈이다.

그런데 다시 여기에 덧붙여 또 한 가지 언급해 두어야 할 사실이 있
다. 지금 우리가 직접적인 논의의 대상으로 삼고 있는 예술가소설들에서
문제가 되고 있는 <자본주의 체제>란 독립국가의 자본주의 체제가 아니
라 <식민지>의 자본주의 체제이며, 바로 이 특수한 사정으로 말미암아,
이들 예술가소설들에 나타난 비판론들은 좀더 강한 설득력을 얻게 된다
는 사실이 바로 그것이다.

식민지 상황에서 전개되는 자본주의란 기본적으로 식민지 종주국의
이익을 목표로 삼는 것이 될 수밖에 없다. 식민지 종주국의 이익을 창출
하기 위해서라면 피지배민족의 이익은 언제든지, 얼마든지 짓밟힐 수 있
으며, 실제로 무수히 짓밟히게 마련이라는 것이 식민지 자본주의의 근본
원칙이다. 식민지 자본주의의 본질이 이러한 것임에도 불구하고, 자기 자
신 피지배민족의 일원이면서 바로 그 자본주의 체제 속에서 <승리>를

거두는 편에 서는 인간들이란, 물론 간단히 획일적으로 단정하기는 어렵지만, 어쨌든 많은 경우, 내면적 타락상을 보여주는 인간들이 아닐 수 없다. 그들이 이런 부류의 인간들이기 때문에, 지금 우리가 살펴보고 있는 일군의 예술가소설들 속에서 행해지고 있는 그런 인간들에 대한 비판은, 독립국가의 문학·예술인들이 그 독립국가를 무대로 해서 전개하는 작품의 경우에 비해, 좀더 강한 설득력을 동반하는 것이 될 수밖에 없는 것이다.

이러한 지적은, 특히 이태준이 쓴 예술가소설들에서 가장 인상적으로 확인된다. 이태준은 「장마」에서도, 「패강랭」에서도 저 <승리한 속인>들을 비판할 때에는 그들이 피지배민족의 구성원이면서도 식민지 지배자들에게 적극적으로 빌붙어서 이익을 추구할 정도로 타락한 인간들이라는 사실을 빼놓지 않고 상기시킨다. 「장마」의 경우, 이태준은 성공한 속인의 전형으로 <강>을 등장시키면서, 그가 <양복저고리 에리에는 일장기 빼지를 척 꽂>고 다니는 인물임을 지적함으로써 그가 내면적으로 타락한 친일파의 일원임을 선명하게 부각시킨다. 또한 「패강랭」에서는 <김>으로 하여금 대화 중에 자주 일본어를 쓰게 만듦으로써 그의 친일적인 면모를 독자들이 인상적으로 기억하도록 유도한다. <김>은 계속 일본어를 쓰더니 마침내는 <팔릴 글을 쓰란 말일세>라는 말을 했다가 분노한 <현>의 공격을 받고 <빨근해>졌을 때조차 <뭐야?>라고 한국말로 대드는 대신 <나니?>라는 일본어를 쓸 정도이다. 이에 더욱 격분한 <현>이 <더러운 자식! 나닌 무슨 말라빠진……> 하고 외치며 컵을 던져 버리는 사태가 벌어지는데,48) 여기서 현이 내뱉는 <나닌 무슨 말라빠진……>이라는 대사에는 <김>의 친일성에 대한 비판이 함축되어 있음

---

48) 이태준, 「패강랭」, p.29.

을 독자는 자연스럽게 느낄 수 있다. 그리고 이러한 느낌은 <자본주의 체제 속에서 승리를 거두는 편에 서 있는 속인>으로서의 <김>에 대한 <현>의 비판이 전체적으로 강한 설득력을 갖도록 만드는 효과를 창출하는 것이다.

이처럼 자신이 예술가소설 속에서 문제삼고 있는 자본주의가 식민지 자본주의라는 사실을 분명히 인식하고 그러한 인식을 작품 속에 명시적으로 담아 내는 이태준의 태도는 그 연장선상에서 자연스럽게 일본 제국주의 자체에 대한 비판적 표현으로 이어진다. 「장마」 속에 나오는 다음과 같은 대목은 그 대표적인 예이다.

> 안국동(安國洞)서 전차로 갈아탔다. 안국정(安國町)이지만 아직 안국동이래야 말이 되는 것 같다. 이 동(洞)이나 이(里)를 깽그리 정화(町化)시킨 데 대해서는 적지않은 불평을 품는다. 그렇게 삐지네쓰의 능률만 본위로 문화를 통제하는 것은 그릇된 나치스의 수입이다. 더구나 우리 성북동(城北洞)을 성북정(城北町)이라 불러보면 <이주사>라고 불러야 할 어른을 <리상>이라고 남실거리는 격이다. 이러다가는 몇 해 후에는 이가니 김가니 박가니 정가니 무슨 가니가 모다 어수선스럽다고 시민의 성명까지도 무슨 방법으로던지 통제할런지도 모른다.
> 모든 것에 있어 개성(個性)을 살벌하는 문화는 고급한 문화는 아닐게다.49)

우리는 위의 인용문을 통하여, 그의 예술가소설 속에서 이태준이 내보이는 비판의식이 단지 식민지 자본주의 체제 속에서 적극적인 친일의 길을 택할 정도로 타락한 한국인들을 겨냥하는 것으로 그치지 않고, 일본 제국주의 자체에 대한 비판으로까지 나아가고 있음을 확인하게 된다.

49) 이태준, 「장마」, pp.156~157.

이 점을 확인하면서 우리가 한 가지 더 짚고 넘어갈 것은, 위에 인용된 대목의 후반부에 나타나 있는, 몇 년 후에는 일제 통치자들이 혹시 시민의 성명에까지도 손을 댈지 모른다고 한 주인공 <나>의 불안이, 일제 말기에 이르러 그들이 대대적으로 창씨개명이라는 것을 강행함으로써, 정말로 맞아떨어진 셈이 되었다는 사실이다.

물론, 「장마」에 나타나 있는 이태준의 이와 같은 비판의식은, 소설 속에서 지속적으로 부각되지 못하고, 단지 주인공 <나>의 머릿속을 일시적으로 스쳐 지나가는 파편적 상념의 수준에 그치고 있다는 점에서, 엄연한 한계를 지니고 있음이 사실이다. 그리고 이러한 지적은, 박태원의 「소설가 구보씨의 1일」 속에 들어 있는 다음과 같은 대목들—식민지 백성의 운명으로 추락한 민족의 일원으로서 느끼는 비애를 드러낸다는 방법을 통해 일본 제국주의에 대한 비판의식을 은근히 암시하고 있는 대목들—에 대해서도, 마찬가지로 적용되는 것이 또한 사실이다.

> 그 빈약한, 넘우나, 빈약한 옛 궁전은, 역시 사람의 마음을 우울하게 하여 주는 것임에 틀림없었다.[50]

> 가난한 소설가와, 가난한 시인과……어느 틈엔가 구보는 그렇게도 구차한 내 나라를 생각하고 마음이 어두웠다.[51]

8. 염상섭의 예술가소설들

앞에서 나는 1920년대 초기의 예술가소설 가운데 상대적으로 높은 수준에 도달한 작품이 현진건의 「빈처」와 염상섭의 「암야」 등 두 편이라

---

50) 박태원, 앞의 작품, p.245.
51) 위의 작품, p.284.

는 사실을 지적한 다음, 그 중 「빈처」에 대하여 비교적 상세한 고찰을 행한 바 있다. 그리고 거기서 한걸음 더 나아가, 「빈처」에 나타나 있는 기본적인 대비 구도가 1930년대에 이르러 발표된 박태원이나 이태준의 예술가소설들 속에 계승되어 있음을 말하고, 그 두 작가의 예술가소설들을 구체적으로 살펴보았다. 내가 그러한 작업을 수행하는 동안, 「암야」의 작가인 염상섭의 존재는 뒷전으로 물러나 있었던 셈이다. 그러나 사실인즉 염상섭은 우리가 20세기 한국의 예술가소설을 논하는 자리에서 절대로 빼놓고 지나갈 수 없는 존재이다. 그렇다면 나로서는 현진건의 「빈처」나 박태원·이태준의 예술가소설들을 논의하는 자리에서 염상섭의 작품들을 함께 이야기하는 것이 적절하지 않았을까? 그렇지는 않다. 염상섭의 예술가소설들은 현진건의 「빈처」나 박태원·이태준의 예술가소설들과 뚜렷하게 구별되는, 아주 특이한 양상을 보여주기 때문이다. 어떤 근거로 그같은 판단을 내릴 수 있는가? 이제부터 그 점을 구체적으로 설명해 보기로 한다.

앞에서 나는, 「암야」에서 특별히 돋보이는 요소가 주인공의 자기비판이라는 사실을 지적한 바 있다. 그렇다면 「암야」는, 간단히 말해서, 주인공의 자기분열을 보여주는 작품이라고 규정될 수 있다. 이 자기분열은, 각도를 달리해서 보면, 이중성으로 이해될 수도 있을 법하다.

그런데 참으로 흥미로운 것은, 「암야」의 작자인 염상섭 자신이, 「암야」를 쓴 이후 계속하여 창작활동을 수행해 나가는 과정에서, 줄기차게 이중성을 드러내고 있다는 사실이다. 그 이중성의 양상은 「암야」에 등장하는 주인공의 이중성과 정확하게 일치하는 것은 물론 아니지만, 그것과 전혀 무관한 면모를 보여주는 것도 역시 아니다.

지금 내가 지적하고 있는, 염상섭이 줄기차게 노정한 이중성이라는 것은, 구체적으로 말하자면, 그가 한편으로는 『만세전』(1922~1924), 「E선생」(1922), 『사랑과 죄』(1927~1928), 『삼대』(1931), 『무화과』(1931~1932)처럼 인간성에 대한 깊이 있는 통찰과 진지한 사회의식에 입각한 문제작들을 계속 써냈으면서, 그것과 완전히 시기를 같이하여, 「금반지」(1924), 「전화」(1925)나 『광분』(1929~1930), 『백구』(1932~1933)처럼 인간성에 대한 깊이 있는 통찰도, 진지한 사회의식도 찾아보기 어려운 풍속소설 혹은 통속소설들을 한편으로 꾸준히 써내기도 했다는 사실을 가리킨다.52) 여기서 전자의 측면은 「암야」에서 자기비판을 행하는 주인공의 모습과 완전히 일치하는 것은 아니로되 어쨌든 그것을 연상시키는 바 있으며, 후자의 측면은 같은 「암야」에서 자기비판의 대상이 된 주인공의 모습과 완전히 일치하는 것은 아니로되 어쨌든 그것을 연상시키는 바 있다. 바로 이런 점에서, 염상섭이 보여주는 이중성의 양상이 「암야」에 등장하는 주인공의 이중성과 정확하게 일치하는 것은 물론 아니지만, 그것과 전혀 무관한 면모를 보여주는 것도 역시 아니라는 지적이 가능한 것이다.

그런데, 염상섭이 그의 창작활동을 통하여 지속적으로 보여준 이같은 이중성의 근원이 무엇인가를 이해하고자 할 경우, 흥미로운 시사를 던져주는 작품이 있다. 중편 「해바라기」가 바로 그 작품이다. 염상섭은 『만세전』을 1922년 7월부터 9월까지 『신생활』에 연재하다가 중단하였으며, 그로부터 근 2년이 지난 후인 1924년 4월에 다시 『시대일보』의 지면을 얻어 연재를 재개하였는데, 그 중간 시기에 해당하는 1923년에 바로 이 「해바라기」의 발표가 이루어졌다. 그러니까 염상섭의 작품을 시기별로 분류할 경우 「해바라기」는 『만세전』과 기본적으로 동일한 시기에 속하는 존재로 규정될 수 있다.

이러한 「해바라기」의 내용은 간단하다. <아즉 졸업은 못하얏슬망정

---

52) 방금 열거한 네 편의 작품 중 단편인 「금반지」와 「전화」는 풍속소설로, 장편인 『광분』과 『백구』는 통속소설로 분류될 수 있다.

동경너자대학 문과에까지 올러간>53) 최영희라는 여주인공이 <일본에서 공과대학을 졸업한 뒤에 나오는 길로, 엇던 일본사람이 경영하는 만선건물주식회사의 전속한 기사가 되는 동시에, 총독부 토목과의 촉탁을 어더>54)하게 된 리순택이라는 청년과 결혼식을 올리고 남해의 조그마한 섬으로 신혼여행을 떠난다. 신혼여행의 목적지를 그곳을 잡은 이유는 이미 고인이 된 최영희의 애인 홍수삼의 무덤이 거기에 있기 때문이다. 홍수삼의 무덤 앞에 묘비를 세우자는 최영희의 제안에도 리순택은 흔쾌히 응한다. 최영희는 홍수삼의 묘비를 세우면서 홍수삼과의 사이에 얽힌 추억이 담겨 있는 자신의 원고뭉치를 몰래 태워버림으로써 자신의 과거에 대한 전별의 의식(儀式)을 마친다.

대략 위와 같은 줄거리로 되어 있는 「해바라기」의 주인공인 최영희에게 있어서 결혼이라는 것은 <일평생 몸을 의탁할 곳을 차지랴는, 말하자면 주판질도 다 해보고 압뒤 경우도 다 살펴본 뒤에 하는 일>이다. <셰상이 어떠케 도라가는지 결혼이란 무엇인지 쓴맛단맛 다 알고, 인제는 사랑이니 깨몽둥이니 하며 꿈속가튼 생각만 할 때가 아니라>55)는 것을 알고 있는 사람으로서 그는 진정한 애정도 없으면서 리순택과의 결혼에 임하는 것이다. 그에게 있어서 절실한 의미를 갖는 것은 자신의 예술뿐이다. 하지만 <예술이 밥은 먹어주지 안는다>56)는 것을 영희는 알고 있다. 그래서 그는 탄탄한 사회적 지위와 넉넉한 재산을 가지고 있는 홀아비인 리순택의 구혼을 받아들인 것이다.

　「행복을 구햐야서 결혼을 한 것은 아니다. 나의 행복은 예술에 잇다」

53) 염상섭, 「해바라기」, 『염상섭전집』, 1(민음사, 1987), p.115.
54) 위의 작품, p.121.
55) 위의 작품, p.116.
56) 위의 작품, p.123.

하면서도 한편으로는,

「사랑을 바다 주는 유쾌한 의무를 다한 보수로 밥을 먹여 달라」고 하며 안젓다. 그러나 이것이 영희로서는 정직한 생각일지도 모른다.[57]

이처럼 최영희는 자신의 예술세계를 추호의 양보 없이 지켜 가는 한편 리순택의 재산과 사회적 지위, 그리고 자신에 대한 애정을 이용하여 물질적으로도 편안한 삶을 누리려는 계획을 세우고 있는 사람이다. 그렇다면 그는 그 나름의 <이중성>을 가지고 자신의 삶을 만들어 가고자 하는 예술가라고 할 수 있다. 이처럼 자기 나름의 <이중성>에 입각한 삶을 분명하게 의도하고 있는 예술가를 등장시켜 그리고 있다는 점에서 「해바라기」는 지금까지 우리가 살펴본 그 어떤 예술가소설과도 구별되는 그것 나름의 독자적 개성을 확보한 작품이라고 하지 않을 수 없다.

그런데 바로 이러한 개성을 지니고 있는 「해바라기」라는 작품을 논하면서, 조동일은 그 주인공인 최영희의 면모에서 작가인 염상섭 자신의 면모를 읽어내고 있다.

남편은 남들이 부러워하는 아내를 소유하는 데서 만족을 얻고, 아내는 소유당해 주는 것으로 생활의 방도를 마련하고 아무에게도 밝힐 수 없는 내심을 따로 간직해 인간관계의 위기가 조성되었다. (…) 예술가가 교환가치 시대의 불리해진 여건을 견디어나가는 타협의 방식도 그렇게 마련되었다. 염상섭이 신문소설을 쓰는 것은 작품에서 아내가 혼인을 생업으로 삼은 대책과 상통했다.[58]

이것은 상당히 흥미로운 해석이라고 생각된다. 나는 앞에서 염상섭의 <이중성>에 대하여 언급한 바 있거니와, 「해바라기」에 대한 조동일의

---

57) 위의 작품, p.127.
58) 조동일, 『한국문학통사』, 5(제2판, 지식산업사, 1989), p.139.

설명을 조금 변용시켜서 적용해 보면, 염상섭의 <이중성>에 대한 해석의 한 가지 유형이 성립될 수 있을 듯싶기도 하다. 이를테면, 염상섭 자신이 최영희에게서 나타나는 바와 같은 종류의 <이중성>을 가지고 있으면서 때로는 <생활>쪽으로 기울어지고 때로는 <내면의 진실, 즉 예술>쪽으로 기울어지는 불안정한 모습을 보여주곤 했는데, 그가 이 둘 가운데 <생활>의 측면에 기울어졌을 때에는 「금반지」·「전화」처럼 재치있는 풍속소설이나 『광분』·『백구』처럼 통속적인 장편소설이 나왔고, <예술>의 측면에 기울어졌을 때에는 『만세전』·『삼대』류의 진지한 문제작이 나왔다는 식의 설명도 불가능하지 않을 듯싶은 것이다. 널리 알려져 있듯 「해바라기」의 최영희는 나혜석을 모델로 삼고서 만들어진 인물이거니와, 소설을 쓴 일이 있기는 하지만 주업(主業)은 어디가지나 화가였던 나혜석을 모델로 한 <예술가>를 만들어내면서 염상섭이 그 예술가의 구체적인 직업을 설정함에 있어 <화가>라는 측면은 완전히 배제해 버리고 오로지 <소설가>라는 직업만 가진 것으로 설정한 데에는 이처럼 최영희와 염상섭 자신이 비슷한 존재이기도 하다는 자의식이 작용하였는지도 모를 일이다.59)

그러면 이처럼 어떤 의미에서 염상섭의 <이중성>에 대한 이해의 단초를 제공해 준다고 할 수도 있는 「해바라기」라는 작품 자체는 염상섭이 지속적으로 써나간 두 개의 작품 계열 가운데 어느 편에 속하는가? 명백히 <생활>쪽으로 기울어진 소설의 계열에 속한다. 좀더 구체적으로 말하자면, 「금반지」나 「전화」와 같은 풍속소설의 계열에 속한다. 『광분』이

59) <당신가치 소설 한편을 써두……>(「해바라기」, p.141)라는 리순택의 대사나 <조흔 로맨쓰나 가젓스면 이약이나 드러서 소설 한아 쓰구>(p.143)라는 최영희의 대사로 이루어볼 때 최영희의 구체적인 직업은 소설가임을 알 수 있다. 이것은 또한 <동경녀자대학 문과>라는 그의 출신 학교와도 어울리는 것이다.

나『백구』와 같은 작품들처럼 상업주의와 타협한 통속성을 드러내고 있지는 않지만, 그렇다고 해서 인간성에 대한 깊이 있는 통찰이나 진지한 사회의식이 나타나 있지도 않지만, 단지 <세상이 어떠케 도라가는지 결혼이란 무엇인지 쓴맛단맛 다> 아는 작가의 탁월한 세태관찰과 묘사가 돋보이는 가벼운 분위기의 작품이라는 점에서 그러한 판단이 가능하다. 이러한 성격의 작품이 위에서 말했듯이『만세전』이 씌어지다가 중단된 바로 그 시점에서 나왔다는 사실이야말로 염상섭의 <이중성>을 그 어떤 경우보다도 더 선명하게 보여주는 것이 아닐 수 없다.「해바라기」의 <가벼운 분위기>와『만세전』의 <침통하고 깊이있는 문제의식>은 문자 그대로 극과 극의 대조를 이룬다고 할 수 있을 만큼 서로 먼 거리에 있는 것들이기 때문이다.

앞에서 이미 말했듯 염상섭은『만세전』과「해바라기」를 발표한 후에도 계속 그 나름의 <이중성>을 견지해 나가게 되거니와, 이러한 지적은 그가 쓴 작품 중 예술가가 중요한 인물로 등장하는 것들의 경우에도 물론 그대로 적용된다. 구체적으로 제목을 들어 말하자면 화가와 음악가가 중요한 인물로 등장하는『사랑과 죄』는『만세전』·『삼대』의 계열에 속하는 작품이요, 화가가 중요한 인물로 등장하는『모란꽃 필 때』(1934)는『광분』·『백구』의 계열에 속하는 작품인 것이다. 이 중에서도 특히『모란꽃 필 때』는『광분』이나『백구』이상으로 통속성이 두드러지는 작품이다. 뿐만 아니라,『만세전』이나『삼대』와 같은 작품에서 당대의 다른 어떤 작가보다도 과감하고 예리하게 일본 제국주의의 문제점을 비판하였던 바로 그 작가가 쓴 작품이라고는 도저히 믿어지지 않을 정도로, 일본을 대하는 태도에 있어서 심각한 <문화적 예속>[60]의 문제점을 드러낸 작

---

60) 이보영,『난세의 문학』(예지각, 1991), p.483.

품이 바로 이 『모란꽃 필 때』이기도 하다. 다른 사람도 아닌 『만세전』과 『삼대』의 작가에 의하여 이러한 작품이 씌어졌다는 사실은 우리를 참으로 우울하게 만드는 것이 아닐 수 없다. 더구나 이 작품이 씌어진 1934년은 일본 제국주의의 가혹한 탄압과 교묘한 회유로 말미암아 한국의 문학계 전반에 걸쳐 친일의 색조가 강화되는 사태도 아직 일어나지 않았던 때임에랴.

9. 해방 후의 예술가소설에 대한 간단한 스케치

지금까지 내가 시도해 온 논의에 의해, 넓은 의미에서의 예술가소설이 해방 전의 우리 문학계에서 기본적으로 어떤 성격을 보여주었으며 또한 어떤 양상으로 전개되어 왔던가 하는 점은 대충 드러난 것으로 판단된다. 그러면, 해방 후의 우리 문학계에서는 예술가소설이 어떤 모습으로 나타났던가?

이 물음에 대한 답을 이 자리에서 자세하게 개진하는 것은 불가능하다. 해방 후의 우리 문학계에서는 예술가소설에 해당하는 작품이 해방전의 경우와는 도무지 비교가 되지 않을 정도로 많이 쏟아져 나왔으며, 그 작품들의 성향도 해방 전의 경우에 비해 훨씬 더 다양해진 모습을 보여주게 된 만큼, 위의 물음에 대한 답을 자세하게 개진하기 위해서는, 지금까지 이 글에서 내가 해 온 이야기보다 몇 배나 긴 이야기를 새로 펼쳐 나가야 하는 것이다. 그러한 작업을 이 자리에서 시도할 수는 없다. 그렇게 하지 않는 대신, 여기서는 아주 간단한 스케치 정도만을 제시해 두는 것으로 그치고자 한다.

해방 후의 우리 문학계에 나타난 예술가소설의 양상에 대해 <간단한 스케치를 그려 보겠다>는 정도의 목표를 가지고 접근해 볼 경우, 가장 먼저 눈에 들어오는 것은, 해방 후의 우리 예술가소설들에서도 해방 전의 경우와 마찬가지로 <자본주의>의 문제—좀더 구체적으로 표현하자면, <자본주의의 원리에 의해 지배되는 세상과 예술가 사이의 관련방식>이라는 문제—가 아주 심각한 주제로 다루어지곤 하는데, 작가가 그러한 주제를 구현하는 과정에서 창출해 낸 주인공들 가운데서 특히 뚜렷한 인상을 남기는 인물로는 세 가지 정도의 유형이 발견된다는 사실이다. 그 첫째 유형은 예술가라는 직업 이외의 다른 직업을 갖지 않는 가운데, 자본주의의 원리가 지배하는 세상에 대해 격렬한 <광기>로 정면대결하는 유형이다. 이제하가 쓴 「유자약전(劉子略傳)」의 주인공 유자가 이러한 유형을 대표한다. 두 번째 유형은 역시 예술가라는 직업 이외의 다른 직업을 갖지 않는다는 점에서는 유자 같은 사람과 동일하지만, 그렇게 격렬한 정면대결의 자세를 보이지는 않으며, 차라리 조용한 내면적 초월을 지향하는 유형이다. 최인훈이 박태원의 작품 제목과 주인공 이름을 빌려서 쓴 연작 장편 『소설가 구보씨의 1일』의 주인공 구보가 이러한 유형을 대표한다. 세 번째 유형은 자본주의 체제 속에서 일정한 세속적 직업을 가지고 생활하는 한편 자신의 내면에다 조용한 초월의 공간을 따로 마련해 두는 유형이다. 복거일이 쓴 『비명을 찾아서』의 주인공 박영세가 이러한 유형을 대표한다.

　해방 후의 우리 문학계에 나타난 예술가소설을 살펴볼 때 또 한 가지 금방 눈에 띄는 것은, <정치권력과 예술가 사이의 관련방식>이라는 문제에 정면으로 도전하여 상당히 깊은 수준의 탐구를 행한 소설들이 적지 않게 발견된다는 사실이다. 이것은 해방 전의 예술가소설들에서는 앞에서 이태준의 「장마」나 박태원의 「소설가 구보씨의 1일」과 같은 작품을 살펴볼 때 확인되었던 바와 마찬가지로 이 방면에서의 탐구와 표현이 극도로 억제될 수밖에 없었던 것과 뚜렷한 대조를 이루는 현상이다. 대표적인 예로, 이문열의 예술가소설인『시인』을 보면 정치권력과 예술가 사이의 관련방식을 아예 몇 가지로 유형화하면서 그 하나하나에 대해 나름대로의 심층적인 점검을 행하는 작업이 이루어지고 있는데, 이러한 작업은 해방 전의 예술가소설에서는 그 비슷한 것조차 구상될 수 없었던 것으로, 예술가소설에 있어서의 <해방 전>과 <해방 후> 사이의 대비를 가장 극명하게 드러내 주는 사례라 할 만하다.

말할 나위도 없이, 해방 후의 예술가소설에서 활발해진 <정치권력과 예술가 사이의 관련방식>에 대한 탐구는, 많은 경우, <자본주의 문제>에 대한 탐구와 상호 긴밀하게 연결되면서 이루어지곤 한다. 우선, 위에서 <자본주의 문제>의 탐구와 관련하여 언급된 세 편의 작품 모두가 이 문제에 대한 검토 또한 도외시하지 않고 있으며, 그 중에서도 특히『비명을 찾아서』의 경우 그 주된 초점은 자본주의의 문제보다 차라리 이쪽에다 두어져 있다는 사실을, 이 자리에서 상기할 수 있다. 그리고 <정치권력과 예술가 사이의 관련방식>이라는 주제를 가장 지속적으로, 또 가장 깊이 있게 탐구해 온 작가인 이청준의 여러 예술가소설들을 보아도, 그 대부분의 경우에 있어 자본주의의 문제는 결코 도외시되어 있지 않다.

지금까지 이야기해온 바와 같이 해방 후의 우리 예술가소설들을 일별할 때 가장 선명하게 눈에 들어오는 것은 <자본주의의 원리에 의해 지배되는 세상과 예술가 사이의 관련방식>이라는 문제 및 <정치권력과 예술가 사이의 관련방식>이라는 문제의 두 가지로 볼 수 있거니와, 이러한 문제에 대한 탐구를 중심으로 해서 전개되어 온 해방 후의 우리 예술가소설들은 그 양적인 팽창에 걸맞은 성과를 질적인 측면에서도 어느 정도 달성해 왔다고 여겨진다. 그런데, 바야흐로 시대의 흐름이 20세기를 지나 21세기로 나아옴과 더불어, 위의 두 가지 문제는 점점 더 복잡해져 가기만 하는 양상을 보이고 있다. 이처럼 시대의 진행과 더불어 문제가 복잡해져 간다는 이야기는, 예술가소설들에서 다루어질 수 있고 다루어져야 하는 또 다른 여러 가지 주제들에 대해서도 물론 마찬가지로 적용된다. 그러니 만큼, 우리의 예술가소설이 지금까지 이룩한 성과를 넘어 한 단계 더 진전된 성과를 이룩하고자 한다면, 문제의 복잡성에 맞먹는 새로운 응전의 방법과 내용을 개발하는 데 작가들 모두 적극적인 노력을 기울여야 할 필요가 절실하다.

저자 **이동하(李東夏)**

1955년생
서울대 법학과 졸업
서울대 국문과 및 동 대학원 졸업(문학박사)
현재 서울시립대 국문과 교수
『현대소설의 정신사적 연구』,『한국소설과 기독교』,『한국문학과 인간해방의 정신』,
『한국 현대소설과 종교의 관련 양상』 등 저서 다수
대한민국문학상, 조연현문학상, 현대문학상, 김환태평론문학상 수상

역락비평신서 10

한국소설 속의 신앙과 이성

저자 이동하
초판 1쇄 발행 2007년 5월 21일
초판 2쇄 발행 2007년 9월 17일

펴낸곳 도서출판 역락
등록 1999년 4월 19일 제303-2002-000014호
펴낸이 이대현
편집 권분옥

주소 서울시 서초구 반포4동 577-25 문창빌딩 2층
전화 3409-2058, 2060
팩시밀리 3409-2059
홈페이지 http://www.youkrack.com
e-mail youkrack@hanmail.net

값 17,000원
ISBN 978-89-5556-540-9 03810

잘못된 책은 바꿔 드립니다.

이 책은 한국문화예술위원회가 선정한 우수문학도서로 국무
총리복권위원회의 복권기금을 지원받아 무료로 제공합니다.
(참조 : www.for-munhak.or.kr)